阿來作品集1

格薩爾王

༄། །གེ་སར་རྒྱལ་པོ།

阿來

目錄

第一部　神子降生

第二部 賽馬稱王

第三部　雄獅歸天

格薩爾王

༄། །གེ་སར་རྒྱལ་པོ།

第一部　神子降生

故事：緣起之一

那時家馬與野馬剛剛分開。

歷史學家說，家馬與野馬未曾分開是前蒙昧時代，家馬與野馬分開不久是後蒙昧時代。

歷史學家還說，在絕大多數情形下，「後」時代的人們往往都比「前」時代人們更感到自己處於恐怖與迷茫之中。

的確是這樣，後蒙昧時代，人與魔住在下界，神卻已經住在天上去了。儘管他們還常常以各種方式降臨人間，也只是偶一為之罷了。在人與魔的爭鬥中，人總是失敗的一方。神不忍心看人長久而悲慘的失敗。不忍的結果，也就是偶爾派個代表下界幫上一把。大多數時候，忙都能幫上。有時也會越幫越忙。據說，蒙昧時代結束後一百年或者兩百多年後，神就不經常下界了。說來也怪，神不下界，魔也就消失了，也許魔折騰人，只是為了向神挑釁，如果只是欺負軟弱的人，自己都覺得沒什麼勁頭。更通常的說法是，魔從來就沒有離開這個世界。所有人都知道，魔是富於變化的，想變成什麼就能變成什麼。可以變成一個漂亮無比的女人，也可以變成一根正在朽腐，散發著物質腐敗時那種甘甜氣息的木樁。

魔既然想變成什麼就能成為什麼，久而久之，就對種種變化本身感到厭倦了。如此一來，魔就想為什麼一定要變化成那些凶惡的形象呢？於是索性就變成了人的形象。魔變成了人自己。魔與人變成一體。當初，在人神合力的追擊下，魔差一點就無處可逃，就是這關鍵的時候，魔找到了一個好去處，那就是人的內心，藏在那暖烘烘的地方，人就沒有辦法了。魔卻隨時隨地可以拱出頭來作弄人一下。這時的人，就以為自己在跟自己鬥爭。迄今為止，歷史學家都對人跟自己鬥爭的結果與未來，感到相當悲觀。他們已經寫的書，將要寫的書，如果並未說出什麼真相，至少持之以恆地傳達出來這麼一種悲觀的態度。俗諺說，牲口跑得太遠，就會失去天賜給自己的牧場；話頭不能扯得太遠，否則就回不到故事出發的地方。

讓我們來到故事出發的地方。

一個叫做嶺的地方。

這個名叫嶺，或者叫做嶺噶的地方，如今叫做康巴。更準確地說，過去的「嶺」如今是被一片更為廣大的叫做康巴的大地所環繞。康巴，每一片草原都猶如一只大鼓，四周平坦如砥，腹部微微隆起，那中央的裡面，彷彿湧動著鼓點的節奏，也彷彿有一顆巨大的心臟在咚咚跳動。而草原四周，被說唱人形容為柵欄的參差雪山，像猛獸列隊奔馳在天邊。

格薩爾大王從上天下界就降臨在這樣一個適於駿馬驅馳的地方。

那時，後蒙昧時代已經持續好長時間了。那時，地球上還分成好多不同的世界——不是不同的國，而是不同的世界。那時不是現在，人們不會動不動就說地球是一個村落，到處宣講所有人都在同一個世界。那時的人覺得大地無比廣闊，可以容納下很多個不同的世界。人們並不確切知道除了自己的世界之外，還有沒有別的世界，但總是望著天邊猜想，是不是在天盡頭有另外的世界。這另外的世界要麼更加邪惡，要麼更加富庶。有很多傳說講述或者猜想著那些鄰近或者遙遠的世界。叫做嶺的那個世界在被人傳說，而嶺也在猜度著別的世界。那時的嶺是一個小小的世界，但人們還是願意把族人的聚集地叫做國。其實，那還不是真正的國。當智慧初啟的人們用石頭、木棒、繩索驅使家馬與野馬分開的時候，別的世界已經走出蒙昧世界很久很久了。在那些世界，哲人一邊教誨眾多弟子，一邊進行幽深抽象的思考。他們培育了很多種類的植物種子，他們冶煉金、銀、銅、鐵，以及輕盈的汞和沉重的鉛。那些世界已經是真正的國。從低到高，自上而下，他們把人分出細緻的等級和相應的禮儀。他們豎起雕像，他們紡織麻和絲綢。他們已經把外部的魔都消滅了，也就是說，在另外世界的那些國度中，如果有魔，也已經都潛藏到人內心裡去了。它們讓人們自己跟自己搏鬥。那時，它們就在人的血液裡奔竄，發出猖猖的笑聲。

但在嶺噶，一場人、神、魔大戰的序幕才要拉開。

也有人說，世界上本來沒有魔。群魔亂舞，魔都是從人內心裡跑出來的。上古之時，本來沒有魔。因為人們想要一個國，於是就要產生首領，首領的大權下還要分出很多小權，所以人有了尊卑；因為人們都想過上富足的日子，於是有了財富的追逐：田地、牧場、宮殿、金錢、珍寶，男人們還想要很多美女，於是就產生了爭鬥，更因為爭鬥的勝負而分出了貴賤。所有這些都是心魔所致。

嶺噶的情形也是這樣。河流想要溢出本來的河道，沖擊泥土與岩石混雜的河岸，結果是使自己渾濁了。這是一個比方，說嶺噶的人們內心被欲望燃燒時，他們明亮的眼睛就蒙上了不祥的陰影。

人們認為是一股風把魔鬼從什麼角落裡吹到世間來的，是這股妖風破壞了嶺噶的和平安寧。

那麼，妖風又是誰吹出來的呢？誰如果提出這樣的問題，人們會感到奇怪。人不能提出那麼多問題，你要是老這麼提出問題，再智慧的聖賢也會變成一個傻瓜。可以問：魔是從哪裡來的？也可以答：妖風吹出來的。但不能再問妖風是誰吹出來的。也就是說，你要看清楚「果」，也可以問問「果」之「因」，但不能因此沒完沒了。總之，妖風一吹起來，晴朗的天空就布滿了陰雲，牧場上的青草在風中枯黃。更可怕的是，善良的人們露出邪惡的面目，再也不能平和友愛。於是，刀兵四起，呼喚征戰與死亡的號角響徹了草原與雪山。

故事：緣起之二

某一天，眾神出了天宮在虛空裡飄來飄去四處遊玩。看到嶺噶上空愁雲四起，神靈們的座騎，無論獅虎龍馬，掀掀鼻翼都聞到下界湧來哀怨悲苦的味道，有神就嘆道：「有那麼多法子可以對付那些妖魔鬼怪，他們怎麼不懂得用上一個兩個？」

大神也嘆氣，說：「原來我想，被妖魔逼急了，人會自己想出法子來，但他們想不出來。」在天庭，所有的神都有著具體的形象，唯有這個大神，就是那一切「果」的最後的「因」，沒有形象。大神只是一片氣息。強弱隨意的一種氣息。天上的神都是有門派的，這個大神籠罩在一切門派之上。

「那就幫幫他們吧。」

「再等等。」大神說，「我總覺得他們不是想不出法子，而是他們不想法子。」

「他們為什麼不想……」

「不要打斷我，我以為他們不想法子是因為一心盼望我派手下去拯救他們。也許再等等，斷了這個念想，他們就會自己想法子了。」

「那就再等等？」

「等也是白等，但還是等等吧。」

他撥開一片雲霧，下界一個聖僧正在向焦慮的人眾宣示教法。這位高僧跋涉了幾千里路，翻越了陡峭雪山，越過了湍急的河流，來到這魔障之區宣示教法。高僧說，那些妖魔都是從人內心釋放出來的，所以，人只要清淨了自己的內心，那麼，這些妖魔也就消遁無蹤了。但是，老百姓怎麼會相信這樣的話呢？那麼凶厲的妖魔怎麼可能是從人內心裡跑到世上去的呢？人怎麼可能從內心裡頭釋放這麼厲害的妖魔來禍害自己呢？那些妖魔出現時，身後跟著黑色的旋風。人的內心哪裡會有那麼巨大的能量？於是，本來滿懷希望來聽高僧宣示鎮魔之法的眾人失望之極，紛紛轉身離去。

那位高僧也就只好打道回府了。

眾神在天上看到了這種情景，他們說：「人要神把妖魔消滅在外面。」

大神就說：「既然如此，只好讓一個懂得鎮妖之法的人先去巡視一番再做區處吧。」

於是，就從那個高僧返回的國度，另一個有大法力的人出發了。前面那個高僧不要法術，要內心的修持，所以，他一步一步翻越雪山來這個地方，差不多走了整整三年。但這個懂法術的蓮花生大師就不一樣了。他能在光線上有種種幻變。他能把水一樣的光取下一束，像樹枝一樣在手中揮舞。需要快速行動時，他能御光飛翔。於是，轉瞬之間，他就來到了幾條巨大山脈環抱的雄壯高原。他發現自己喜歡這個地方的雄奇景觀。綿長山脈上起伏不絕的群峰像雄獅奔跑，穿插於高原中央的幾條大河清澈浩蕩，河流與山崗之間，湖泊星羅棋布，蔚藍靜謐，寶石一般閃閃發光。偏偏在這樣美麗的地方，人們卻生活得悲苦不堪。蓮花生大師仗著自己高超的法術，一路降妖除魔，在天神指示的嶺噶四水六崗間巡視了一番。他已經穿越了那麼多地方，卻還有更多寬廣的地方未曾抵達；他已經降伏了許多的妖魔，但好像只是誘使了更多的妖魔來到世間，這自然讓他感到非常困倦。妖魔的數量與法力都遠遠超乎他的想像。更讓人感到困倦的情形是，許多地方已經人魔不分了。初步聚集起來的兩三個部落就宣稱是一個國。這些大小不一的國，不是國王墮入了魔道，就是妖魔潛入宮中，成為權傾一時的王臣。大師可以與一個一個的魔鬥法作戰，卻沒有辦法與一個又一個的國作戰。好在，他只是接受了巡視的使命，而不是要他將所有的妖魔消除乾淨，於是，他也就準備轉身覆命去了。

這時，那些對於魔鬼的折磨早都逆來順受的老百姓都在傳說，上天要來拯救他們了。

好消息非但沒使人們高興起來，反倒惹出了一片悲怨之聲。有嘴不把門的老太婆甚至在嗚嗚哭泣的時候罵了起來：「該死的，他們把我們拋在腦後太久太久了！」

「你這樣是在罵誰？」

「我不罵我成為魔鬼士兵的丈夫，我罵忘記了人間苦難的天神！」

「天哪，積積嘴德吧，怎麼能對神如此不恭呢？」

「那他為什麼不來拯救我們！」

這一來，輪到那些譴責她的人怨從心起，大放悲聲。

妖魔們卻發出狂笑，大開人肉宴席，率先被吃掉的，就是那些傳說了謠言的多嘴多舌的傢伙。因為犯了長舌之罪，在變成宴席上的佳餚前，他們都被剪去了舌頭，他們的鮮血盛在不同的器具裡，擺在祭台上，作為獻給許多邪神的供養。妖魔把一些人吃掉了。還有更多的人他們還來不及吃掉。這些還沒有被吃掉的人，沒有了舌頭，他們因為懊悔和痛苦而嗚嗚啼哭。哭聲掠過人們心頭，像一條黑色的悲傷河流。

不論是什麼樣的人，但凡被這樣的哭聲淹沒過一次，心頭剛剛冒出的希望立即就消失了。望望天空，除了一片片飄蕩不休的沒有根由的雲彩，就是那種幽深而又空洞的藍，可以使憂傷和絕望具有美感的藍。甚至出現了一種有著詩人氣質的人，想要歌唱這種藍。雖然他們不知道，到底是要歌唱天空的藍，還是歌唱心中的絕望。但一經歌唱，憂傷就變得可以忍受，絕望之中好像也沒有絕望。但是，妖魔不准歌唱。他們知道歌唱的力量，害怕這種動了真情的聲音會上達天庭。於是，他們憑空播撒出一連串煙霧一樣的咒語，那種看不見的灰色立即就瀰漫到空氣中，鑽入人們的鼻腔與嗓子。吸入這種看不見的灰色的人都成了被詛咒的人。他們想歌唱，聲帶卻僵死了。他們的喉嚨裡只能發出一種聲音，那就是逆來順受的綿羊那種在非常興奮時聽起來也顯得無助的叫聲。

——咩！

——咩咩！

這些被詛咒的人發出這樣單調的聲音，卻渾然不覺，他們以為自己還在歌唱。他們像綿羊一樣叫喚著，臉上帶著夢遊般的表情四處遊蕩。這些人叫得累了，會跑去啃食羊都能夠辨認的毒草，然後吐出一堆灰綠色的泡泡，死在水邊，死在路上。妖魔們就用這樣的方式顯示自己的力量。

對此情景，人們甚至說不上絕望，而是很快就陷入了聽天由命的漠然狀態。一個明顯的標誌就是：他們臉上生動的表情變得死板，他們都不抬頭望天。望天能望出什麼來？總在傳說會有神下凡來，但神就是遲遲不來。既然神都沒有來過，誰又見過神的模樣呢？傳說有人見過，但問遍四周，又沒有一個人親眼見過。其實，也沒有人見過魔。不是沒有魔，而是見到過魔的人都被魔吃掉了。而且，很多魔都化身成了人的形象。他們是高高在上的人，他們自稱國王，或者以國王重臣或寵妃的面目出現於世人面前。所以，人們並不以為世上有妖魔橫行，只是不巧投生在了苛毒的王與臣的治下罷了。有哲人告訴他們，生於這樣的國度，最明智的對策就是接受現實，接受現實就是接受命運。這樣可能得到一個酬報，那就是下一世可能轉生到一個光明的地方。

那時候，這樣的哲人就披著長髮，待在離村落或王宮相距並不十分遙遠的山洞裡面。他們坐在裡面沉思默想。想像人除了此生，應該還有前世與來生，想像除了自己所居的世界之外，還有很多世界的更大世界該是什麼模樣。這些世界之間隔著高聳的山脈，還是寬廣的海洋？

他們認為魔鬼是一個必定出現，而且必須要忍受的東西。他們把必須忍受恐怖、痛苦和絕望的生命歷程叫做命運。而人必須聽從命運的安排。

有了這種哲理的指引，人們已經變得聽天由命了。

就是在這麼一種情形下，蓮花生大師轉身踏上了歸程，準備把巡查看到的結果向上天覆命。路上，他不斷遇見人：農夫、牧羊人、木匠、陶匠、甚至巫師腳步匆匆地超過他，看他們僵硬而相似的笑容，看他們木偶一般的步伐，大師知道，這些人都聽到了魔鬼的召喚。他搖晃那些人的肩膀，大聲提醒他們轉身回到自己所來的地方，但沒有人聽從他的勸告。剛來到這片土地的時候，他一定會抽身和魔鬼們大戰一場。但這是回去覆命的時候，他已經相當困倦了。他知道自己不能戰勝所有的魔鬼。況且這些經過他大聲提醒的人，並不因此就覺醒過來。於是，他對自己說了那句後來流傳很廣，而且，一千多年後傳播更廣、認同更多的話。

他對自己說：「眼不見為淨。」

他的全句話是：「眼不見為淨，我還是離開大路吧。」

於是他穿過一些鉤刺堅硬的棘叢去到隱祕的小路上去。倦怠的心情使他都忘了自己是個有法術的人，這才使他在避開大路的時候，硬生生地從棘叢中穿過，而忘了念動最簡單的護身咒語。結果，他袒裸的雙臂被刺出了鮮血。這使他有點憤怒。他的憤怒本身就是一種力量，從他身體裡一波波盪出，使那些棘叢都在他面前倒伏下去了。

小路上也不清靜，牧人丟下羊群，巫醫扔下剛採到手的草藥，都動身往魔鬼發出召喚的方向去了。

小路很窄，那些急著超過他要去奔赴魔鬼之約的人不斷衝撞著他。大師有些好奇，是什麼樣的魔法驅使這些人不顧一切地奔赴那個規定的地點。他也不由得克服了自身的困倦感，抖擻起精神尾隨著那些人，往前趕路了。最後，他來到一個岩石被風剝去了苔蘚，顯露出大片赭紅的山口，從那裡望得見山下窪地裡有一個碧藍小湖。他記起來，那是他前來巡查時曾經走過，並且戰勝過三個妖魔的地方。那三個妖魔能在地上地下自由進出，就像龍自由翻飛騰挪於湖水的上面與下面。這使得他不得不動用神力，把湖邊一個個小丘崗整座整座搬起來扔到山下，那些巨石引起的強烈震動，使三個妖魔無所遁形，一個斃命於地下，剩下兩個直接就被鎮壓在了沉重的岩石之下。現在，在曲折的湖岸上，還四處散布著巨大的岩石。當時，那些岩石是黝黑的，經過風吹日晒，岩石的表面卻泛出了暗淡的紫紅。這讓他恍然記起，自己來到此地，已經有相當長的時間了。一年？兩年？說不定已有三年。但是，就在這個當年他鎮伏過妖魔的地方，湖水中間又出現了新的妖魔。那妖魔是一條巨蛇。它巨大的身子深潛在水下，在湖水中間，這妖魔施展法術，伸出的長舌幻變成一個開滿豔紅花朵的漂亮半島。半島頂端，魅惑的妖女托著巨乳在半空飄蕩。那些人正是聽從了妖女歌聲的召喚，因為迷狂，他們臉上那種僵硬的笑容變得生動了，如果說他們還殘存了一點點意志，那就是為了指使自己那具血肉之軀，從巨蛇的舌頭上直接進入魔鬼的口中。

他飛身到一塊巨石頂上，大聲喝止這些去赴魔鬼之約的人們。

但是，沒有一個人有沙漏中漏下一粒沙那麼短暫的猶豫。他的喝止只是使得天空中飄飛的裸身妖女發出更加曼妙的歌唱，而他不能召來空中的霹靂去轟擊蛇魔，因為大群的人已經走在了巨蛇的舌頭上，他不能將他們和蛇魔同時毀傷。蛇魔也知道他無從下手，把巨大的尾巴從湖的對岸豎起來，帶著腥風，挑釁般地搖擺。他唯一能做的就是飛身而去，越過那些高高興興地奔向自己悲慘命運的人們，站在了蛇口幻化而成的龍宮的入口。在那裡，他定穩了心神與腳跟，念動咒語，使身體迅速膨脹，把那蛇口塞滿爾後撐開、撐開、再撐開，巨蛇的掙扎在湖上掀起了滔天的巨浪。鮮花與芳草消失了。那條想縮回口腔的巨舌把人們都拋入了水中。一聲震天動地的巨響，大師幻變出的巨大身量終於撐爆了巨蛇的頭顱。大師用神力將那蛇屍拋到岸上化成一列逶迤的山脈。待大師回過身來，那一湖血水已將徒然掙扎的眾生淹沒殆盡了。

他喝一聲：「起！」

說著就把眾多被淹沒的人身托到了岸上。

他又施展了還陽之法，有一半的人慢慢從沙灘上站起來。這時，他們臉上才顯出了驚愕的表情，這才想起應該轉身奔逃，但是，腳下哪裡還有力氣。他們躺在地上哭了起來。大師給了他們哭泣的力氣。因為他需要收集他們的淚水，然後，像降下冰雹一樣，把這些淚珠降在被蛇魔的腥血污染的湖上。淚水裡的鹽，吸收了湖水中的血污；淚水中的藍色悲情四處瀰漫，將充溢了湖水的暴戾之氣吮吸殆盡。

大師還召來了歡快的鳥群停在樹上歌唱，讓這些劫後餘生的人高興起來。這種心情使他們重新站起身來，邁開雙腿，走在了回家的路上。他們將回到自己的牧場，回到那些種植青稞與蔓菁的村莊。燒陶人回到窯場，石匠回到採石場上，皮匠還會順便在路上採集一些能使皮革柔軟的芒硝。大師知道，他們這一路並不一定就能順利，可能遇上強盜，也可能遇上邪祟。在河曲，在山間，在所有蜿蜒著道路的地方，都是這些命運並不在握的人在四處奔忙。他們都面臨著同一個世界上相同的風險。

儘管如此，大師還是用最吉祥的言語替他們做了虔誠的祝誦。

大師自己不是神，或者說，他是未來的神。眼下，他還只是經虔敬的苦修得到高深道行的人。他身上帶著許多制勝的法器，腦子裡儲存著法力巨大的咒語。這時，他還不能自由地上達天庭，但他能夠上升到天庭的門口。在那裡，救度苦難的觀世音菩薩，等他告訴巡查嶺噶遇見的種種情形。

然後，菩薩再把他彙報的情況轉稟給上面。

他是乘坐大鵬鳥離開嶺噶往天上去的。

起初，他覺得有些頭暈目眩，大鵬鳥背上除了那些漂亮的羽毛，沒有什麼可抓拿。他覺得自己可能要從這虛空裡掉下去了。後來，他想起來，自己就是踩在一束陽光上也可以凌虛飛翔。害怕是因為被那些剛剛拯救出來的人弄得心神不定了。

他只稍稍調整一下呼吸，就在大鵬背上坐得穩穩當當了。他一頭紛披的長髮飄飛起來，掠過頭頂和耳際的風呼呼作響。他把飄飛過身邊的雲絮抓到手中，擰乾水分，編結成大小不一的吉祥結，拋向下方。因為他法力已是那樣的高深，當他將來成了神，那些吉祥結落地之處，都將成為湧現聖蹟的地方。

從上方傳來含有笑意的聲音：「如此一來，將來的人就能時時處處地想起你了。」

本來大師只是一時興起，隨手採擷雲絮，隨手綰結些花樣，隨處拋撒了，沒想到卻讓上界的神靈看成一種刻意的紀念，不由得心中惶然，連忙喝止了大鵬，斂身屏息，低眉垂手，道：「貧僧只是隨性而動……」

上方沒有聲音，只有一種深含著某種意味的沉默。

大師就覺得有些懊惱了：「要麼我去收回那些東西再來覆命。」

「罷了罷了，知道你只是脫離了凡界，心中高興而已。」

鵬鳥背上的大師這才長吁了一口氣。

菩薩說：「自便些，下來說話吧。」

可虛空之中怎麼下來？

「叫你下來就只管放心下來。」菩薩笑著揮揮手，就見虛空之藍變成了水波之藍，盪漾的漣漪間，一朵朵碩大的蓮花浮現，直開到他的腳前。他踩著朵朵蓮花移動身子時，只覺得馥郁的芳香直沖腦門。感覺自己不是在行走，而是被這一朵朵花香托著來到菩薩跟前。

菩薩溫聲撫慰：「難為你了，那些邪魔外道也真是難纏。」

為這溫軟的慰問，他倒自責起來。他說：「回菩薩話，我不該遇到太多妖魔時就生出厭倦之心。」

菩薩笑了：「呵呵，也是因為愚昧的蒼生正邪不分吧。」

「原來從上天什麼都可以看見。」他想，「那為什麼還要讓我去巡視一番？」

菩薩搖動豐腴柔軟的手：「天機不可盡測。不過，等你也上來永駐天庭的時候也就明白了。」

這麼一說，大師就心生感激了：「是，我必須積累足夠的功德。」

倒是菩薩說得明白：「對，人成為神也要有足夠的資歷。」菩薩還說，「你在嶺噶所見所聞，所做所想都不用細說了，下面發生的一切，上面都看得清清楚楚，不但已經發生的看得清楚，就是未曾發生的也一清二楚。」

大師說：「那何不索性徹底地解決了下面蒼生的一切困苦？」

菩薩的神情變得嚴肅，說：「上天只能給他們一些幫助和指點。」

「那容我再去奮戰！」

「你的使命已經圓滿，你的功德也足以讓你擺脫輪迴，由人而神，位列天庭了。從此以後，你就以你高深的法力護佑雪山之間的黑頭黎民就可以了，再不用親自現身大戰妖魔了。」

菩薩說完，轉過身去，踩一朵粉紅祥雲飄然進了天庭高大的闕門，大師等了幾炷香工夫，也不見菩薩出來。一時間，他免不得有些不耐煩了。菩薩沒有交代要等他，或者無須等他，更沒有交代是不是現在就可以進入天庭，免不得使他心中焦躁起來。依著未修煉成大師前的急脾氣，他早翻身上了大鵬鳥背，徑直回到早先修行的深山裡去了。

說唱人：牧羊人的夢

是的，焦躁。

那些雲絮飄來盪去，焦躁。

這個牧羊人已經做過很多次這個夢了。每一次夢到這裡，當那個名氣最大的菩薩進入天庭之門，故事就不再發展了。他就是在夢中也知道自己處於焦躁的情緒之中；就是在夢中，他也知道，正在焦躁著的其實不是徘徊於天庭門口等待消息的那個人，而是他自己在等待夢中的故事出現新的進展。

在夢中，他往天庭深處望去，看見晶瑩剔透的玉石階梯一路斜著向上。近處很堅實，到了高遠處，就顯得輕軟了。然後，階梯好像不是消失於雲霧之中，而是不勝自己的重力，在高處突然跌落下去了。那也是視線的跌落之處。在夏季牧場的盡頭，他登上過海拔五千多米的戴著冰雪頭盔的神山。在頂峰，視線也是這樣突然折斷的，山勢就那樣突然間傾折而下，那些斷崖下面，雲霧蒸騰，而在雲霧之外，就是另外的世界。不是此世界，而是彼世界了。可彼世界是什麼樣子，可能今生今世都無從看見。

在夢中，他好像得到某種暗示，到某一時刻，那個世界就會在他面前轟然洞開。轟然洞開，他腦海中真的出現了這個詞。在現實生活中，他是個一字不識的愚笨的牧羊人。但在最近這些夢裡，他好像很有悟性了。這不，就在焦躁地等待夢中的故事往下進展之時，腦海中就突然出現這個書上才有的文雅的詞。他腦海中一冒出這個詞，世界真的就發出了轟轟然的聲響。那是夏日裡冰川融化時從陡峭山坡的礫石灘上傾瀉而下的洪水的聲響。這聲音使他從夢中醒來。他睜開眼睛，發現自己在一個長滿伏地柏的背風的小丘後睡著了。羊群分散在四周的草灘上，伸出舌頭攬食鮮嫩的青草，牠們鼻翼不停掀動，捕捉微風中的種種氣息，其間不斷露出粉紅色的鼻腔。看到他醒來，這些羊都仰起那天生就長得很悲哀的臉，對他叫道：

咩——

這時，夢中那機靈勁兒還沒有過去，於是，他心中湧起一縷悲憫之情，因為這讓他想起了夢裡那些被魔鬼驅使的人群。

他看看天空，其中似乎包含著某種啟示。這時，曾在夢境中作響的聲音再次轟然響起，像千軍萬馬從遠方奔馳而來。他抬起頭來，看見自己身居在這個世界的盡頭，那座神山頂峰下面的漫坡上，厚厚的積雪裂開巨大的口子，和鐵灰色的岩石山體分裂開來。這些厚厚的積雪低沉地轟鳴著，慢慢向下滑動，直到斷崖處，發出了更大的轟響。沉重者向下墜落，輕盈者向上飛升。最後一股強勁的氣流直撲到他面前。冷冽而清新至極的空氣使他從惺忪的睡意中徹底清醒過來。這是他一直在盼望的最大的那次雪崩，這說明夏天已經真正來到了。在他四周的草地上，紫色的龍膽已然開放，一叢叢鳳毛菊長滿茸毛的莖幹頂端已經結出了碩大的蓓蕾。

他不會太注意那些花，作為一個牧羊人，他想的是，雪崩的危險消除後，明天就可以把羊群趕到更靠近山腳的地方，那裡的牧草已經非常茂盛了。雪崩的聲音使羊群有短暫的驚惶。他想起點什麼，仰起臉瞭望了一陣天上的流雲，他突然明白，是想起了那個夢。每次醒來，那個夢都被忘得一乾二淨，只有焦躁的情緒還留在心頭，像罩在天空一角的烏黑的雲團。這天，他卻突然看見了自己的那個夢，看見這塊土地上早就發生上演過的故事。不只是上演——草原上，農莊中，千百年來，都有說唱藝人不斷講述這個故事。他也很多次聆聽過同一個英雄故事《格薩爾王傳》。只是，迄今為止，他遇到的說唱藝人並不十分出色，只能演說偉大故事的一些片段。聽說，在遙遠的地方，有少數天賦異稟的人們能把這些故事演說完全，但也只是聽說而已。他只是聽過這個漫長故事的一些生動的片段。

現在，他想起了那個夢境。知道這個夢境就是那個偉大故事的開頭部分，是他聽過的那些英雄故事片段的開頭部分。

這個世界如此安靜，他卻分明聽到隆隆的雷霆聲滾動在山間。而他就像被閃電擊中一樣，渾身顫抖，汗如雨下。是什麼力量讓他看到那偉大故事的開場？好多故事講述者，一直找不到這個故事的開場。因為沒有開場，所以，他們就只能講述片段，無從知曉一個偉大事件的整體：緣起、過程、結局。牧羊人的叔父就是這樣一個藝人。他是一個經版雕刻師。住在兩百里外的一個農耕的村莊，農事之餘就在梨木上為印經院雕刻經版。他盤腿坐在院子中央，在一株李子樹的陰涼下，一刀，一刀，木屑從指縫間漏出，臉上卻爬上了越來越深的皺紋。有時，他會喝一點淡酒，之後，就歌唱一些嶺國大王格薩爾的故事片段。沒有開始，也沒有結局，只是描繪：故事主角騎著什麼樣的寶馬，拿什麼樣的兵器，穿著什麼樣讓英武的人更其英武的盔甲，會什麼樣的法術，如果沒有一點仁慈心在，很輕易就可以殺人如麻。

「然後呢？」牧羊人很多次這樣問叔父。

「師傅就講了這麼多，其他的我也不知道了。」

「那你的師傅是誰教的？」

「沒有，他是做夢看見的。他病了，發高燒，說胡話，夢見了這些故事。」

「他就不能把夢做完整一點？」

「我親愛的晉美姪兒，你的問題太多了。你走這麼遠的路來看我，把小毛驢的腿都走瘸了，就是為了來問這樣的傻問題嗎？」

晉美笑笑，沒有回答。

在這個農耕村莊長著幾株李子樹的院落裡，晉美看叔父把一塊梨木版平放在膝頭上，嘴裡念念有詞，用鋒利的刀子刻出一個個輪廓清晰的字母。他不想在屋子裡和他的堂弟堂妹待在一起。上高中的堂妹明確地表示，討厭他那一身腥羶的牧場味道。他自己也感到奇怪，自己在牧場上是沒有味道的，但是到了視野促狹的農耕村落中時，自己身上真的就有了一種味道。他不得不承認，這種味道，正是羊啊牛啊這些畜生身上的味道。

叔父說：「晉美，不要再惦記味道這個事了，多待一些日子它就沒有了。」

「我要回去了。」

叔父說：「我想你是失望了。我的故事就那麼七零八落的，但那也要怪我的師傅。他說，夢做得很全，但醒來過後，就記不起來那麼多了。他說，他能講出來的不及夢裡所見一半的一半。」

晉美想要告訴叔父自己也在做這樣的夢，但夢醒之後什麼都記不起來。好多次夢醒，就什麼都忘記了。只是被雪崩驚醒的那一次，想起了故事完整的開頭。雖然故事的主角尚未登場，但他知道，這就是那個偉大故事起始的部分，所以才要由那麼雄壯的雪崩來喚醒。在夢中，去往天庭稟報的菩薩久久沒有音信，使人焦躁不安。當他記起了這個夢，想要繼續做下去的時候，卻又不再做那個夢了。所以，他才趕了兩百里長路，毛驢背上馱了禮物來看望叔父。

叔父說：「我看晉美你心神不寧。」

他沒有說話，他覺得必須守住那個祕密。夢中看見英雄故事，都是神靈授意。

叔父坐在李子樹的陰涼下，讓出半邊座位：「來，坐下。」

他坐下，叔父把經版放到他的雙膝之上：「握著刀，這樣握，太正了，稍斜一點，下刀，用力，好，好。就這樣來。再來，再來。看，就這樣，一個字母出現了。」

晉美認得這個字母，很多不認字的人也認得字母表上的第一個字母。人說，這個字母是人類意識的源頭，是詩歌的偉大母親，就像吹動世界的最初一股風，就像冰川舌尖融化出來的第一滴清泉，是一切預言的寓言，當然也是所有寓言的預言。但叔父要告訴他的不是這個。雕刻只是一種手藝，不該說出這麼高深的話來。叔父只是說：「親愛的姪子，人太多了，神就有看顧不到的時候，這樣你就心神不寧了。那時，你就想這個字。」

「我又不會刻。」

「你就把心想成上好的梨木版，你就想著自己拿著刀，一筆一畫往上刻這個字母。你只要想著它，念著它，後來，意念之中就只有它閃閃發光，這樣你的心神就能安定了。」

回家的路上，他對毛驢說：「我在想這個字母。」

這個字念出來的聲音是：「嗡！」這個聲音一起，水磨啦，風車啦，紡錘啦，經輪啦，好多能夠旋轉的東西就開始旋轉。所有的東西都轉動起來後，整個世界也就旋轉起來了。

毛驢聽不懂他的話，低眉順目地走在前面。大路在一片稀疏的松林中轉了一個大彎。毛驢晃動著窄臀，在大路轉彎的地方從他視野裡暫時消失了。他提高了聲音對停在野櫻桃樹上的兩隻鸚鵡說：「要想著這個字母！」

兩隻鳥驚飛起來，聒噪著：「字母！字母！字母！」飛到遠處去了。

他緊走一陣，看見毛驢停在路邊等他。毛驢平心靜氣地看他一眼，又搖晃著脖子上的響鈴開步走了。

好長一段路上，晉美不斷告訴路邊出現的活物，自己在努力觀想那個字母。他的語氣半是鄭重半是戲謔。鄭重是因為他期望這個法子能幫他重回那個夢境，並在醒來時，不會忘記什麼。戲謔是因為他不敢相信這個法子，所以用這樣的口吻來使自己事先得到解脫。但他真的希望這個法子是靈驗的。

穿越山谷時，他對趴在岩石上晒太陽的蜥蜴這樣說。

在高山草甸上，他對一隻雙手合十、踮著雙腳向遠方眺望的旱獺說。

他對一頭因一對美麗的犄角而顯得有些驕傲的雄鹿說。

可是牠們都沒有理會他。

後來遇到的活物，好像怕他絮叨，都驚慌失措地早早躲開了。

這天晚上，他露宿在一個山洞裡。毛驢在洞口啃食青草。近處地面，月光像水一樣流淌，到了遠處，月光就幻化得像一片霧氣了。這樣的夜晚，在比周圍都高出一截的山上，應該是適合做夢的。他在臨睡前還在默念那個字母。可是早上醒來，他就知道自己沒有做夢。

道路越升越高，天空日漸晴朗。第二天，他本來打算住在鎮子上的旅館裡，但旅館沒有地方安置毛驢。服務員領他去看樓房後面的院子，水泥地上停放的是大大小小的汽車。

服務員很奇怪：「看樣子你走了很長的路，走長路的人都坐汽車。鎮上就有汽車站，我告訴你怎麼走。」

他搖了搖頭：「汽車上沒有毛驢的座位。」

他離開旅館，在鎮子外面的小山崗上找一個過夜的地方。那座小山崗光禿禿的，他只好在一座鐵塔下過夜。鐵塔的基座正好是個避風的地方。天氣有點冷，更重要的是，他想往肚子裡填點熱乎的東西，就燃了一堆小小的火。給自己煮了一壺茶，烤了一塊肉，並且後悔沒在鎮子上給自己弄瓶酒。他沒有打算在這個地方做夢。在他看來，這不是個能做夢的地方。小山崗那麼荒涼，下面的小鎮閃爍著耀眼而不穩定的燈光，更有意思的是，沒有遮攔的風橫吹過來，鐵塔竟發出人頭昏腦脹時那種嗡嗡的聲響。

他把身子蜷曲在羊毛毯子下，仰望著聳立在星空下的鐵塔，久久不能入睡。有了這塔，小鎮上的人就可以聽收音機看電視了。他們還到郵局去打電話。打電話是在一個大房裡有很多小房間，每個人把自己關進一個格子，拿著話筒說話時手舞足蹈，表情豐富，那個與之交談的人卻不在跟前。

聽著鐵塔持續不斷的嗡嗡聲，他有些明白了，那是很多人說話的聲音在這裡匯集在一起，字母，字，詞，這些東西都混在了一起，就變成了這種低聲哼唱一般的聲音。只是這哼唱讓人聽起來確實是頭昏腦脹。

在這種聲音中，他想默念一下那個萬聲之首的字母，那個字母卻在這所有話語匯聚而成的嗡嗡聲中難以顯現。

他拉起毯子，包住頭，把星光和聲音都擋在外面。

沒有想到，他就在這個地方做那個很難往下接續的夢了。起初，他看見這鐵塔從頂端開始，發出水晶一般幽深清澈的光芒，那光越來越強，越來越潤澈晶瑩。

原來彼塔非此塔，本來就是天庭之上的一座水晶之塔……

還是莫名焦躁。

只是這次焦躁是害怕突然被什麼東西驚醒過來。

故事：神子發願

久去不回的觀世音菩薩終於從那座水晶之塔後轉了出來。來到天庭正門，菩薩說：「咦？人怎麼不見了？」

但他是菩薩，沒有什麼想不明白的事情。驚疑的神色剛爬上眉梢，嘴角卻已顯現出釋然的笑紋，說：「這人還是個急脾氣，等得不耐煩了。只可惜，他把面見大神的機會錯過了。也罷，也罷，看來也是機緣未到。」

於是，他又轉身回去面見大神。

大神微微一笑，說：「原來我想，索性就讓他先做個人間領袖，率領眾生斬妖除孽，蕩平四方，或許他們就能自己建造起一個人間天國。現在看來，是我的想法過於浪漫了。」

菩薩相機進言，大致意思是說，失望的不該是大神，而應該是那個叫做嶺的妖魔橫行之地，因為種種孽障而失去了建立人間天國的機緣。而且，下界之地是那麼廣大，應該有地方讓大神放手去做同樣的社會實驗。

「修行到你這個地步，也能說出這樣糊塗的話來？」大神深感遺憾地嘆了一聲。

「嗡！」

這所有讚頌與詛咒的起始之聲，從大神口中發出時，菩薩心中感到了一種深刻的震盪。

這也是一聲召喚。片刻之間，天庭中的眾神都齊聚到了大神的四周。表示大神存在的那片強烈氣息動蕩一下，眾神腳下的五彩祥雲就盪開去了。下面依然是雲霧翻沸，那顏色卻是悲淒的灰與哀怨的黑了。大神再動蕩一下，於是，下界的情形展現了：一塊塊大小不一的陸地飄蕩在海洋之間。海洋分割的一塊塊陸地，也就是他們常說的所謂東西南北、上下左右的一個個瞻部洲的情形映現在眾神面前。在一塊大陸上，上萬的人排成方陣，彼此衝殺。另一個大陸上，很多人在皮鞭驅使下開挖運河。又一塊大陸上，那麼多的能工巧匠集中起來，為活著的皇帝修築巨大的陵墓。熱鬧工地的四周，病餓而死的匠人的荒塚已經掩去了大片的良田。在另一片陸地幽深的叢林中，一個人群正在追蹤另一個人群，把其中的落伍者烤食了，把剩下的肉乾充作繼續追蹤的長路上的乾糧。還有一些似乎是想逃離大陸，他們的船被風暴吹翻在海上。海中比船還壯大的魚騰躍而起，把掙扎在水中的活人一口就吞下肚去。

大神說：「你們看看吧，那些地方都建立起了一個又一個的國。看看，國與國怎麼互相征戰，看看國怎麼對待自己的子民。」

「崇高的神啊，嶺也要建立一個國嗎？」

「也許他們自己願意這麼想，但那只是試圖建立一個國，還不是一個真正的國。」

「所以您才想……」

「想讓他們試試，看看能不能夠建立一個不一樣的國。」大神沉吟半晌，「看來，人的歷史只有一種，沒有辦法找到第二個方向。有魔鬼的時候，都需要我們的護佑與幫助。等到驅除了魔鬼，建立起一個又一個的國，他們又該互相廝殺了。」然後，大神把嶺噶的畫面呈現在大家面前。悲苦混亂的情形，使得眾神不由得嘆息連連。大神再開口時，眉目間帶上了責怪之情：「我不相信這情形要經我點撥，列位才能發現。」

眾神受到委婉的責備，臉上都做出特別憐憫的神情。

偏偏一個無名之輩，一個年輕人，起初一臉憐憫的神情，這時卻顯得悲憤難平了。大神讓年輕人來到跟前，說：「你們都不如這神子為下界飽受苦難的眾生憂憤那麼真切！」

神子的父母一步搶到玉階之前，把神子擋在身後：「犬子定力不夠，喜怒常形於色，讓大神錯責眾神了！」

大神沉下臉：「退下！」又換了一副臉色，「年輕人，你到我跟前來。」

神子擺脫父母的阻擋，上前到了大神跟前：「崔巴噶瓦聽從大神差遣！」

「你看那下界苦難……」

「小臣只是心中不忍。」

「好個不忍！讓你下界斬妖除魔，救眾生於苦難，你願也不願？」

崔巴噶瓦沒有答話，但他臉上堅定的神色說明了一切。

「好。只是你要想好，那時你不再是神，也是下界的一個人，從出生到長大，經歷一樣的悲苦和艱難，怕也不怕？」

「不怕。」

「也許你會褪盡神力，與凡人一樣墮入惡道，再也難回天界！」

神子的母親和姊姊已經淚水漣漣了。

「甚至你連曾在天界生活的記憶也會失掉。」

神子替母親拭去淚水，兄長一樣把姊姊攬入懷中，在她耳邊堅定地說：「不怕！」

父親把神子攬入懷中：「親愛的兒子，你令父親在眾神面前享受了前所未有的驕傲，你也把蘸著毒藥一樣悲苦的刀插進了我的心房！」

「父親，為嶺噶苦海中的凡人祝福吧！」

「是的，我祝福你將來的子民，我願意用全部的法力來加持你，讓你事業圓滿，讓你身處危難境地時，呼喚幫助的聲音能從嶺噶傳到天界！」

天庭的大總管說，當崔巴噶瓦下到凡間，眾神都發願請求讓大神再賜給他父親一個同樣勇敢的兒子。

當父親的拉著夫人立誓：「恰恰相反，為了記住這個兒子，為了讓他不會失去返回天界的力量，我們立誓不再用更多的精氣神血孕育出新的子息！」

說唱人：瞎眼中的光

牧羊人晉美在夢中流下了感動的淚水。

早上醒來，他發現四周的荒草上霜針閃爍寒光。腮邊的羊毛毯上，結起了一串晶瑩的冰珠。他不知道那是自己淚水的凝結。他摘了顆冰粒含進口中，牙齒並沒有感到冰的冷冽，舌頭卻嘗到了裡面帶著苦澀味道的鹽分。

他記起了夢境，知道那是自己的淚水。他又放了一顆冰粒在舌尖之上細細品嘗。這是水中、岩石中、泥土中都有的味道。羊群就常常把頭湊到岩縫中舔食其間泛出的鹽霜。每年人們都要到北方的湖泊中去撈取那美麗的晶體，這種味道鑽進身體裡，人就有了力氣。要是吃食中缺少了鹽，一個個村莊會像陷入夢魘一般而了無生氣。

高原早晨的寒氣總是凜冽的，但他不只是感到冷。他想起村子裡的降神師。人們有什麼問題想不明白，比如一頭牛或者一個人的魂魄丟失了，不知能不能找回來，就請他到家裡來問上一問。降神師吃喝夠了，就弄暗燈光，念動咒語，然後渾身顫抖，表示有知曉一切的神靈附體到了他的身上，要借他的口給凡間的眾生一些有用的指點。降神師像個木偶一樣地搖晃僵硬的身子，用非人間的濁重聲音說，牛回不來了，被三頭狼吃掉了，那個失魂落魄的人，走過河邊時，冒犯了某種邪祟，只要去施捨些供品，說上一些好聽的話，就又會生龍活虎了。神靈離開時，降神師就像根僵硬的木頭一樣倒在地上。

但晉美只是顫抖，這是另外的一種神靈附體。草原上把從夢中得到英雄故事的人稱為神授之人，是神靈在夢中把故事告訴他們的。有時候，神靈就是故事裡的主角，就是下到凡間成就了偉大事業，建立了偉大嶺國的神子崔巴噶瓦本人。但是牧羊人晉美卻只在夢境中看到故事徐徐展開，而沒有神靈來親自宣諭。小時候，村子裡來過一個瞎眼的說唱藝人，他在夢中所見的那個叫格薩爾的金甲神人更加乾脆，用一把利刃切開他的肚子，然後把一卷卷書塞進他腹腔，瞎眼的說唱人都記不起來神人有沒有把他切開的肚子縫上，他只知道自己在磨坊的嘩嘩水聲中醒來，肚子上沒有傷口。他知道自己並不認識書卷上的任何一個字，但他的腦子已經天上地下，轟轟然奔跑著千軍萬馬。

他想重新睡回到夢境裡去，也許授予他故事的神靈就該顯形了。

但是毛驢走過來，用嘴把他蒙住腦袋的羊毛毯子拉開。毛驢叫了一聲。晉美說：「我想再睡一會兒。」

毛驢又叫了一聲。

「夥計，我想再睡一會兒，你明白嗎？」

毛驢還叫。

「你的叫聲那麼難聽，神是不會喜歡的。」

毛驢一使勁，把毯子整個從他身上拉下來。

晉美只好站起身來：「好吧，好吧。」

他和自己的毛驢啟程上路往回村的路上去了。他那隻總是迎風流淚的左眼真的就什麼也看不見了。他蒙上右眼，毛驢、路、山脈都從眼前消失了，只有一些五彩的光斑，一串串絡繹而來，從陽光所來的方向。放開右眼，所有一切都又歷歷在目。

每天，他還是趕著羊群上山，等待那個一定會來的奇蹟出現。但是，每一天都跟往常一樣，山峰上的冰雪日漸融化，雪線一天天升高，山下承接融雪之水的湖泊日見豐滿。可是那曾經打開過的夢境之門卻總不開啟。他閉上眼睛，嘴裡念誦叔父教給他的萬聲之源。

他閉上右眼，用正在瞎掉的左眼迎接東方蜂擁而來的光，看見那些光在眼前幻化為種種絢麗的色彩，這時他就念動那個詞：「嗡！」

他還在心頭用意念描摹那個字母：「嗡！」

但是，那些旋轉不停的彩色光斑中沒有湧現神靈的形象。

他只好繼續放羊。晚上下了山，發現村子裡有人家在偶爾有汽車駛過的公路邊開了一個雜貨店，出售溫和的啤酒和暴烈的白酒。初夏的黃昏，男人們就聚集在雜貨店前的草地上，往胃裡灌酒，讓腦袋膨脹，讓身子輕飄，然後開始歌唱，唱那些廣播裡流行的歌，然後，也有人唱起那部英雄故事的片段：

魯阿拉拉穆阿拉，
魯塔拉拉穆塔拉！
今年丁酉孟夏初，
上弦初八清晨間，
嶺噶將有吉兆現，
長系高貴的鳳凰類，
仲系著名的蛟龍類，
幼系鷹雕獅子類，
上至高貴之上師，
下至氓然之百姓，

會聚一堂期佳音，
嶺噶將有吉兆現！

故事：神子下界

話說蓮花生大師離開嶺噶，心裡卻又生出了悔意。他並不怕那些妖魔邪祟，之所以產生倦怠之心，反而是因為那些蒙昧無知的百姓。那次他久等菩薩不至，離開天庭，回到自己修行之地不久，就傳來了神子崔巴噶瓦將下界到嶺的消息。這麼一來，他要再次返回幹一番驚天動地的事業已經不可能了。但他畢竟去過那地方。那地方的人民在他離開之後，仍在傳說他的種種事蹟。大師知道，這是他們對沒有充分聽從他的開示，他離開時也沒有真切挽留而表達的後悔之意。

他說：「我跟那個地方已經結下了不解之緣。」

有聲音就問：「如何就是不解之緣？」

大師笑而不言，但他看見百年之後，嶺的那些雪峰，那些藍汪汪的湖岸邊已經聳立起很多巍峨的寺院。那些寺院的殿堂中，大多供奉著自己泥胎金身的塑像，接受著豐富的供養。但他沒有回答。對他發問的是共同修行的上師湯東杰布。蓮花生大師對湯東杰布說：「看來，要請你讓嶺噶人知道神子將要降生在他們中間了。」

「為何你不親自前往？」

「因為我後悔自己回來。」

湯東杰布笑笑，答應了朋友的請求。

過了很多很多年，嶺國消失了，但在嶺國曾經存在的地方，產生了一個戲劇之神，也叫做湯東杰布。兩個湯東杰布是不是同一個人，沒有人考究過。但湯東杰布當時的做法倒是頗具戲劇性。他身子未動，能量巨大的意念已經到達了嶺噶，要讓人能夠預感到他的到來。

那時的嶺共有數十個部落，這些部落首領中位高德重、眾望所歸者是老總管絨察查根。人們並不認為他是部落首領中最傑出的那一個，但大家都知道他是對於世俗事務最樂此不疲、最津津有味的一個。這天太陽剛剛落山，老總管就睡下了。他很累，但睡不著。部落間的征戰，家族成員間因為權力而起的齟齬，都在激發他已然開始衰老的身體中潛藏的鬥志。法力高強的蓮花生大師離開嶺噶更讓他深感遺憾。於是，好些日子他都不去人們喝酒作樂的場合。他總是問自己，嶺真的要孽債深重而長沉苦海，永遠受不到神光的照耀嗎？

隨著這天的太陽沉入西邊蒼茫迷離的地平線，他讓自己的意識漸漸模糊，沉入了睡眠。但他很快就覺得光芒刺眼，剛剛西沉的太陽閃爍著奪目的光芒升上了東方的天空，如一面金輪在天空中旋轉。旋轉不停的金輪中央，一支金剛杵從太陽中央降下，直插在嶺噶中央的吉傑達日山上。那天象真是奇異啊！太陽還高掛天空，銀盤般的月亮又升上了天頂。月亮被眾星環繞著，和太陽交相輝映的光芒照耀了更大片的地域。老總管的弟弟森倫也出現在他夢中。森倫手持一柄巨大的寶傘。寶傘巨大的影子覆蓋了一個遠比嶺的疆域還要廣大許多的地區。東邊達到與伽地交界的戰亭山，西邊直抵與大食分野的邦合山，南方到印度以北，北方到了霍爾國那些鹹水湖泊的南岸。然後，一片彩雲飄來，彩雲之上，是上師湯東杰布來到了嶺噶，他一邊從天空中飄逸而過，一邊對老總管說：「老總管不要貪睡，快起身，若要日光耀嶺噶，我有故事與你聽！」

老總管待要問個仔細，上師駕著彩雲已經飄然而過，降落在東邊草原盡頭的瑪傑邦日山上。絨察查根從夢中醒來，立即感到神清氣爽，心裡的鬱結之氣一掃而空，立即吩咐下面快快去神山迎候湯東杰布上師。

「回總管話，上師的修行之地在西邊！」

老總管只好把原委告訴他們：「我剛才做了一個夢。這夢嶺噶人祖宗三代都沒敢想到過，這夢嶺噶子孫三代也難做到。真不知我們這些黑頭藏人是否能消受！上師也出現在夢中，快快迎請上師前來把夢圓！」

「上師真的要來？」

「上師已經來到嶺噶了！他降臨在了瑪傑邦日神山之上。牽上最好的馬匹，備好最舒適的肩輿，快快前去迎接！」

老總管派出快馬，派出群鳥一樣歡欣的信使，分別到長、仲、幼三系各部落，請眾首領務必於本月十五日，日月同時出現於天空，雪山戴上金冠之際，來老總管城堡處聚集。

其時，湯東杰布上師不等迎接，已經手持一根藤杖來到了總管城堡跟前，並在那裡作歌而唱，但華麗馬隊和漂亮的肩輿都經過他直奔東山去了。馬隊激起的塵土，和馬背上勇士們尖銳的嘯叫淹沒了他。等到塵土散盡，馬隊已經去得很遠了。他又開始作歌而唱，這才引來了在城堡議事廳中安排諸事已畢的老總管。

老總管何等眼力，一看此人相貌奇崛，那手杖的藤條更是採自仙山，便前去動問他可是智慧無邊的湯東杰布上師。

上師起身背對城堡像要離開。

老總管沒有追趕，只是口誦起古老的贊詞：「太陽是未經邀請的客人，若不以溫暖的光芒沐浴眾生，徒然運行有何用？甘霖是不請自來的客人，若不能滋潤遼闊田野，駕雲四布有何用？」

上師轉身面對站在城堡莊嚴大門口的老總管，哈哈大笑：「機緣已到！機緣已到！」

他聲音不大，卻早已傳達到天庭，傳到相距遙遠的蓮花生大師耳朵裡去了。

聲音傳到天庭，大神知道，神子崔巴噶瓦天神的壽命要暫時終止了，便召集眾神來為他做最後的加持。聲音傳到蓮花生大師耳朵裡，讓他心寬不少，便安坐下來，替嶺的未來多有祝禱。那時，上天救助人間有各種不同的教法，大神說：「既然有佛教一派的蓮花生已與嶺噶民眾修下了緣分，就讓佛教成為嶺噶永遠的教法吧！」當下就差人把佛教所奉的神靈都請到跟前來。這是天上，而在地下，老總管把湯東杰布請入城堡中，在議事廳上，深深拜伏於上師座前：「昨天夜裡，上師就經過了我的夢境，今天就請上師為我，更為陷於苦海的嶺噶眾生詳解此夢境。」

湯東杰布笑了：「好吧，誰讓我不小心就從人夢境中經過了呢？不過，縱使我有些許法力，也不能在口焦舌躁之時為人詳夢吧。」

老總管一拍腦袋：「水來！」

下面就端上來潔淨清冽的泉水。

「不，奶！」老總管又揮手！

上師小口地啜飲甘泉，又大口喝下一碗牛奶，說：「這麼長的路，雖不是一步步走過來的，腹中真也有些空落了！」

「再來一碗？」

「罷了，還是來說說你的夢境吧。」

老總管端端正正地在上師下首坐下，俯首道：「愚臣請上師開示！」

上師就朗聲起誦：

「嗡！法界本來無生死，

啊！偏是可憐生死相因之眾生！

吽！我來釋你神奇的夢，老總管請仔細聽！」

原來老總管夢中所見升上東山的太陽，象徵嶺噶將為慈悲與智慧之光所照耀；飛墜而下的金剛杵，象徵將有一個從天而降的英雄，將在老總管所轄的領地上誕生。這個英雄最終將建立一個偉大的稱為嶺的國，森倫出現在這個夢中，並手持寶傘，象徵他就是那個天降英雄在凡間的生身父親，傘影所籠罩的廣大地區，就是他英雄的兒子所建之國的廣大疆域。

聽了上師這番講述，老總管直感到眼前雲開霧散，滿眼光明。

此時此刻，嶺噶各部落的首領正率眾翻越高聳的山脈，越過寬闊的河流與湖沼，從四面八方絡繹而來，聚集到老總管的城堡跟前。威嚴的城堡高聳在一彎箭弓似的山脈臂彎裡，從西北方浩蕩奔流而來的雅礱江水正好在山彎前拉出一條筆直的弦，弓與弦之間，是百花盛開的平整草灘。老總管城堡前的草灘上人喊馬嘶，彩旗密布，各部落紮營的帳幕布滿了草灘。人們穿戴節慶的盛裝，猶如百花爭豔。營帳面對河流圍出一個巨大的半圓，拱衛著中央的議事大帳。那議事大帳，高聳如一座皎潔的雪山，覆蓋其上的金頂，猶如朝陽閃爍奪目的光芒。

大帳內部，排列好了金座銀座，一個個英雄座上都鋪著增加英雄威儀的虎豹之皮。

有人登上城堡高處，吹響了召集眾頭領議事的螺號。

大帳中，先是各部落頭領各安其位，然後各部落的千戶與百戶相繼入座。德高望重的老年人在上座，年輕勇武之士居下首。正是：人有頭、頸、肩，牛有角、背、尾，地有山、川、谷！

眾人轟轟然按序入座已畢，老總管向大家講述自己所夢的吉兆和湯東杰布上師的圓夢之言。喜訊從議事大帳閃電一樣傳布到萬眾之中，嶺噶的人們頓時一片歡騰！

老總管眼神炯炯地掃視一遍帳中的眾人，神色變得嚴肅而凝重了：「大家都應該聽說了，走出嶺噶，無論東西南北，那裡的眾生都已建立起自己的國，王宮壯麗，秩序井然。哲人在學堂裡傳布沉思之果，田莊長出豐美的蔬果，牧場溢出的奶彷彿不竭的甘泉。可是，嶺噶人卻還在茹毛飲血，還掙扎在外在與內在妖魔的惡法下面。所以如此，不是神沒有眷顧我們，而是我們的所作所為，不夠讓神來眷顧的資格！今天，嶺的人，特別是我們這些安坐於這大帳中，決定著許多子民命運的人都應該自省了！」

大家都點頭稱是，俯首默然去省看自己內心去了。卻也有人，比如達絨部的首領晁通不以為然，嘀咕道：「那也是為首者該負最大的責任，如果是我做嶺噶的總管……」

其他部落的首領有些輕蔑地制止了他：「咄！」

「你用如此腔調，我是一匹牲口嗎？」

「你是人，就該按老總管的吩咐反躬自省。」

各部落子民們並不知道議事大帳裡所起的波瀾，只是在為神界終於要來幫助結束下界的紛亂與悲苦而縱情歡呼。數萬人眾的歡呼聲直沖雲霄，到達了天庭。天庭正門那裡彩雲的幔幕都被歡呼聲衝激開來。

大神說：「崔巴噶瓦下界的時候來到了。」他吩咐人召來了崔巴噶瓦，讓他看見下界嶺噶萬眾歡騰的情形：「年輕的神子啊，下界的悲苦激盪了你內心的慈悲之海，看吧，你很快就要降生到他們中間，你將成為他們的王。」

崔巴噶瓦俯瞰下界，流下了感動的淚水：「我看到了。」

大神平和的表情變得凝重了：「也許你只看到了外面，但沒有看到裡面。」

「裡面？大神是說躲在陰影和山洞裡的妖魔邪祟嗎？」

「不僅如此，還有那些議事大帳裡面，所有人的內心裡面。」

崔巴噶瓦本是個無憂無慮的人，在天界生活，飄來飄去連身子的重量都感覺不到，有點憂慮都全是因為偶然發現了另一世界的悲苦，但大神這麼一說，倒把一粒懷疑的種子播在了他的胸間。

大神說：「也許我不該告訴你這些，我只應該讓更有法力者給你盡量多的加持和灌頂，讓你去迎接未來的人間考驗。孩子，世間有了疫和病，草木藥物沒有閒居的權利。現在我要你端坐不動，閉眼不看，把自己想像成一個可以接納各種法力的巨大容器就可以了。」

閉眼之前，他看見天庭的大神已經把法力無邊的西天諸佛都聚集起來了。

毗盧遮那佛，從額頭上發出了一道光，光芒遍照十方，把那個萬法之始的「嗡」字，變成一個八幅金輪，在神子頭頂旋轉一陣，就直接從他額際鑽入了身體中去了。他被告知，有了些加持，無論身處於如何污穢醜陋的環境之中，都能保持身心潔淨而不墮入惡道，這是對一個將去到下界的神靈的最基本的安全保護。

喜現佛又移步上前，從袒裸的胸口發出一道光，這道光在空中懸停半晌，化作一枚金剛杵鑽入了神子的胸口，仙女們上來用寶瓶中的甘露替神子潔淨身體，他因此可以避免沾染世間的業障。

吉祥莊嚴寶生佛也來了，他從肚臍間發出一道光，把盡量多的福分與功德聚集起來，化作一個燃燒的寶瓶，鑽入了神子的肚臍，因此，他將與世間那些暗藏的珍寶有了相見之緣，他將發掘出許多珍寶，助益他在人間建立一個國泰民安的國家。作為未來的國王，他將需要這樣的機緣。

上天的佛們真的能把一切都化成光，讓他們身體的任意部位發出任意的光。

阿彌陀佛從喉頭發出了一道光，這道光能把一切語言的能量化成一朵紅蓮，如果誰承受了這道光，就得到了人間對六十種音律的使用權。但佛沒有把一切都變成光，只是把一個凝結了神靈們對未來美好誓言的金剛杵，降到了神子的右手，佛說：「親愛的年輕人，拿著這個，因為它代表了讓你不會忘記拯救眾生的誓言。」

「我怎麼會忘記呢？」

「不然，不然，也許到了下界，就是……」

不空成就佛又來到了跟前，說，「要是年輕人不忘記他的誓言，做出一番事業時，那些容易輕狂而又具有野心的眾生中，有些人就要對你生出嫉妒之心了，那麼，」這個長相頗為幽默的佛從胯間發出一道光，鑽入神子身體同樣的部位，「孩子，這是一種力，可以讓你免受嫉妒之火的傷害，當然這也是一種權，使事業無邊的權！」

嗡！神子身上已經聚集了一切福德與法力，他站起身來時，本以為身體裡灌注了那麼多的東西，會非常沉重，不想卻是那麼輕盈。因為站起時用力過猛，連雙腳都差點脫離了踩著的玉階，使整個身體飄浮起來。他心中也有些微遺憾，天庭裡那麼多路數不同的神仙，給他加持的卻偏偏只是佛家一路，但他只是望了大神一眼，話到嘴邊卻沒有發聲為言。大神卻笑了：「神也是各管一方，嶺噶本該就是佛光沐浴的地盤。」

「只是……」

「只是什麼？說來聽聽。」

神子低聲說：「只是我以為另外一些神會好玩兒一點。」

大神朗聲大笑，轉臉對剛剛傾全力加持後有些虛脫、正倚坐於玉階之上休息的眾佛說：「聽見了吧，我想他是說你們過於正經了一點。」

眾佛合掌，不動嘴唇卻都發出同樣渾厚的聲音：「嗡——」

大神說：「現在回到你父母和姊姊身邊去吧，這一別，又要很長時間了。我和他們還有事要忙，要替你在嶺噶挑選一個有來頭的好人家！」

眾佛說：「這件事，就讓給蓮花生大師去辦吧。」

這個意念立即就傳到蓮花生大師修行的山間洞窟了。

大師走出洞窟，盤腿坐在一個可以極目眺遠的磐石之上。他閉目凝思，把右手兩個手指交疊起來，做一個手勢，嶺噶所有的景象就源源不絕在眼前顯現。神子崔巴噶瓦的降生之地就選在了中嶺與下嶺交界之地。那個地方，天如八幅寶蓋，地如八寶瑞蓮，河水的波浪拍擊著高原上那些渾圓山丘的崖石堤岸，彷彿在日夜吟誦六字真言。

地方的風水一目可見。而無論在天界還是凡間，一個有來歷的家族與有功德的父母才是最重要的。大師首先考量最古老的六個氏族，但迅即就被否定了。他又在腦海裡把藏地最著名的九個氏族在腦子裡過了一遍，果然其中有一個穆氏生活在嶺噶。這穆氏一家有三個女兒，幼女名叫江穆薩，出嫁後生了個兒子叫森倫，這個人天性善良，器量寬宏，完全夠資格做天降神子的生身父親。大師掐指算來，父系是穆族，母系就該是龍族。也就是說，天降神子的母親要在高貴的龍族中去尋找。那個高貴的女性居於龍宮之中，正是龍王嬌寵的幼女梅朵娜澤。想那龍宮也是水族們的天堂，龍女出宮，也如神子下降到凡間一般。為了廣大嶺噶藏民的福祉，龍王割愛將女兒嫁到嶺噶與森倫做了人間夫妻，還陪上了豐富的嫁妝。

於是，一切機緣成熟，神子崔巴噶瓦便自動結束了在天界的壽命，準備降臨到苦難的人間。

故事：初顯神通

六月，百花盛開的季節，龍女梅朵娜澤嫁給了森倫。

在去往嶺噶的路上，梅朵娜澤看到一朵白雲從西南方飄來。蓮花生大師的身影在雲頭上示現。大師說：「有福德的女子，上天將要借你高貴的肉身，降下一個拯救嶺噶的英雄。無論將來遭逢怎樣的艱難，你都要相信，你的兒子將成為嶺噶的王！對妖魔，他是厲神；對黑髮藏人，他是英明勇武的君王。」

龍女聞言，心中不安：「大師啊，既然我未來的兒子從天界降下，他是命定的君王，那你還說什麼遭逢艱難？」

大師垂目沉吟半晌，說：「因為有些妖魔，住在人心上。」

雖然龍女知道自己此行原是領受了上天的使命，但一直嬌生慣養的她，聞聽此言也禁不住心生惆悵，淚水盈眶。再抬頭時，大師駕著的雲頭已經飄遠。

婚禮之後，面對森倫萬千寵愛，百姓的真心愛戴，她真想像不到，當她未來的兒子降生時，會有什麼樣的艱難。有時，她望著天上的雲彩，含著笑意想，大師是跟她開個玩笑。但笑過之後，她還是感到有莫名的惶恐襲上心來。

在她之前，森倫曾從遙遠的地方娶回一個漢族妃子，生有一個兒子叫做嘉察協噶。嘉察協噶要比梅朵娜澤年長幾歲，已是嶺噶老總管麾下一個智勇雙全的大將。他把梅朵娜澤當成親生母親一樣來侍奉。有時，叔叔晁通語言輕佻，他說：「我的好姪兒，要是我，英雄美女，我會愛上年輕的媽媽！」

嘉察協噶裝作沒有聽見。

叔叔把這話說了又說，於是，羞惱不已的年輕武士，把一團青草塞進叔叔嘴裡，又忍不住哈哈大笑。笑過之後，任何一個人都能看出，他眼裡暗含著無限的悲傷，就是雄鷹落在這樣的光中，都會失去矯健的翅膀。

每到此時，梅朵娜澤心裡會湧上溫柔的母愛：「嘉察協噶，你為什麼常常懷有這樣的憂傷？」

「我年輕的母親，因為我想起親生母親是怎樣懷念故鄉。」

「你呢？」

「嶺噶就是我的故鄉。我四處征服強敵，卻不能解除母親無邊的痛苦。」

梅朵娜澤聞言淚光蕩漾，這讓嘉察協噶悔愧難當：「我不該讓母親心生悲戚。」

「如果我為你生下一個弟弟，你會不會忍心看他遭逢不幸？」

嘉察協噶笑了，自信滿滿：「母親怎麼有此擔心，我用生命起誓……」

梅朵娜澤笑了。

轉眼就到了三月初八。白天就有吉兆示現。

城堡中間，有一眼甘泉會在冬天凍結，春暖花開，冰消雪融，那眼泉水就會重新噴發。這天，泉水拱開厚厚的冰層，使濁重的空氣滋潤而清新。而且，天空中還飄來了夏天那種飽含雨意的雲層，雲層中還有隱隱的雷聲激盪。梅朵娜澤眉開眼笑，說那像極了水下宮殿裡的龍吟之聲。

整個冬天嘉察協噶都領了兵馬，與侵犯嶺噶的郭部落征戰。嘉察協噶率大軍一路反擊，前線不斷傳來勝利的消息。每有快馬出現在城堡跟前，一定是有新的捷報到了。這一天，又有新的捷報到了。嶺噶兵馬已經蕩平了郭部落所有關隘與堡寨，助陣巫師團都被斬於陣前，郭部落的全部土地、牲畜、人民與所有財寶都歸於嶺部落轄下，不日，大軍就將班師凱旋。

那天晚上，森倫和梅朵娜澤回到寢宮時，外面還是歡聲雷動，因此使得夫婦倆久久不能入夢。梅朵娜澤說：「願我與夫君所生之子，也像長子嘉察一樣正直勇敢。」

那天晚上，梅朵娜澤剛剛入夢，就見一個金甲神人始終不離左右。然後又看到頭頂的天空隆隆作響，雲層裂開時她看到了天庭的一角。從那裡，一枚燃燒著火焰的金剛杵從天上飛墜而下，然後猛然一下，從頭頂直貫入到身體深處。早上醒來，只覺得身體輕鬆，而心懷感動，她忍不住含羞告訴夫君，他們的兒子已經珠胎暗結，安座於肉身之宮了。

兩個人走上露台，再次聽到徹夜狂歡的百姓們發出的歡呼。一抬頭，就看見初升的陽光下，從大河轉彎之處的大路之上，奔馳而來嶺噶凱旋的兵馬。後面是塵土，中間有旗旌，前面是刀戟與盔甲閃閃的光。

天佑嶺噶，時間轉眼就過去了九個月零八天，到了冬月十五。這一天，梅朵娜澤的身子像最上等的羊絨一樣蓬鬆而柔軟，心識也透明晶瑩如美玉一般。她當然聽說過婦女生育的痛苦，更看見很多婦人因此丟失性命。她曾經悄聲對自己說：「我怕。」

但她兒子降生時，她的身體沒有經受任何的痛苦，心中也充滿了喜悅之情。更為奇異的是，這個兒子生下地來，就跟三歲的孩子一般身量。這是冬天，天空中卻響起了雷聲，降下了花雨。百姓們看見彩雲圍繞在她生產的帳房。

湯東杰布上師也前來祝賀，並由他給這孩子取名：世界英豪制敵寶珠格薩爾。

在慶祝穆氏家族再添新丁的宴會上，大家都要梅朵娜澤把這個身量超常的孩子抱來仔細看上一看。大家都願意給他最美好的祝願。嘉察協噶更是滿心喜悅，接過那孩子舉到眼前，格薩爾見了哥哥，眼睛閃閃發光，並做出種種親昵的舉動，嘉察也不由得把臉緊貼在弟弟的臉上。見此情景，湯東杰布上師說道：「兩匹駿馬合力，是制敵的基礎；兩兄弟親密，是富強的前兆。好哇！」

嘉察協噶想叫一聲弟弟的名字，卻一時間發不出聲來：「就是上師取的名字太複雜了。」「那就簡化一些叫他格薩爾吧。」他還對老總管說，「你們要用牛奶、酥酪和蜂蜜將他好好養育。」

梅朵娜澤把孩子抱在懷中，看他嘴闊額寬，眉目端莊，不楚心生歡喜，嘴裡卻說：「這麼醜醜的樣子，就叫他覺如吧。」

人們覺得這名字比格薩爾更加親切，就把覺如喚做他的乳名了。

身為叔叔的達絨部長官晁通卻很難融入這種喜慶的氣氛中間。他想，嶺噶的穆氏家族共一個祖先，後來卻分出長、仲、幼三個支系，很長時間裡並不分上下。自從森倫娶回漢妃，生出嘉察協噶這個令所有嶺噶人同聲讚頌的兒子後，他們一家在幼系的力量就日益強大。老總管出於幼系，自己所統領的最為富庶的達絨部落也屬於幼系。照理說來，老總管之後，該是他晁通執掌大權了。不想如今同出幼系的森倫又與龍族之女有了格薩爾這個一出生便呈現諸多異象的兒子，自己的夢想也許就要化為泡影了。想到此，他不禁心生毒計，要先下手為強，以絕後患。他起身回家，驅馬登上山崗，回望山下人聲鼎沸的山彎，他心裡像爬滿了毒蟲一樣，滿是孤獨之感。想起自己對那個初生嬰兒的惡毒念頭，他清楚那是膽小鬼的作派。但他的膽子已經大不起來了。少年時代他膽大氣盛，好勇鬥狠。一次，兩個人打架，他只幾拳頭就讓對方一命歸西了。有人告訴他母親一個讓人變得膽怯的祕方：喝下膽小怕事的狐狸的血。母親照章辦理。巫師沒有告訴他母親，喝下這血後，人也會染上狐狸的陰暗與狡猾。

他駐馬在山崗上，想起嘉察協噶和那個初生嬰兒眼中坦蕩的神情，想到自己的眼睛會像一個自作聰明的狐狸膽怯而狡詐，禁不住自慚形穢。畢竟當初的他只是蠻橫，同時也是非常坦蕩的啊！所以如此，完全是中了命運的魔法。問題是這種羞慚之情使他的內心更加陰暗了。

三天後，當他滿面笑容再次出現時，帶來了乳酪和蜂蜜：「真是可喜呀，我的姪兒才生下來，就有三歲孩子一樣的身量，要是吃下我奉送的這些食物，必定能更快成長！」他的話像蜜糖一樣甜，送來的吃食裡頭卻攙下了能夠放翻大象與犛牛的劇毒。晁通抱過姪兒，把這些攙了毒藥的食品餵到覺如口中。

覺如把這些東西全吞下，然後，用清澈無比的眼睛含笑看他，沒有顯示一點中毒的跡象。那孩子舉起手來，手指縫間冒出縷縷黑煙，原來，他運用天賜的功力，把那毒性都從身體裡逼出去了。

晁通不明就裡，看見自己指尖還沾著一點新鮮乳酪，便伸出舌尖舔了一點。肚子裡的腸子立即像是被誰擰了一把，劇痛像閃電的鞭子猛然抽打了他。他意識到自己這是中毒了。他想叫救命，刺痛的舌頭卻讓他發不出一個清晰的音來。大家只聽到他發出狼嗥一樣的叫聲，奔到了帳房之外。

在他身後，覺如發出了輕快的笑聲。

侍女說：「哦，晁通叔叔學狼叫逗少爺高興！」

晁通跌跌撞撞跑到河邊，把舌頭貼在冰上好一陣子，才能念動咒語，召喚他的朋友術士貢巴惹扎。這術士修煉得半人半魔，能夠攝奪活人魂魄。那些魂魄被攝奪的生人會像殭屍一樣供其驅使。術士是晁通祕密結交的朋友，兩個人在百里之外也能用特別的咒語相互溝通。

晁通躺在河邊，一等舌頭不再麻木，就念動了求救的密語。片刻之間，就有一隻翅膀寬大無比的烏鴉像一片烏雲在地上投下了巨大的陰影。藉著這暗影，術士貢布惹扎把一包解藥投到了晁通的手邊。烏鴉飛走了，晁通才搖搖晃晃地站起身來。

這時的覺如已經開口說話了。

母親問：「你叔叔怎麼了？」

覺如卻答非所問：「他到河邊清涼舌頭去了。」

「但他不在河邊。」

「他到山洞裡去了。」

晁通確實乘上幻變出的一隻兀鷲飛到術士修煉的山洞裡去了。

覺如告訴母親：「叔叔引著一股黑風向這裡來了。就讓這黑風老妖做我收服的第一個倒楣蛋吧。」

覺如的真身還端坐在母親面前，天降神子的分身已迎著黑風襲來的方向而去。那貢布惹扎剛飛過三個山口，便迎頭碰上覺如的分身長立在天地之間，並有九百個身穿銀白甲冑的神兵聽其差遣。覺如端立不動，只是眼觀六路，待他使上法來。黑風老妖早就看出覺如真身並不在此，便繞過了白甲神兵的陣勢，往下一個山口飛去。

剛繞過山口，又見覺如再次長身接天，身邊環繞著九百個金甲神兵。

如是重複，他又兩次見到覺如的分身，身邊各有嚴陣以待的九百鐵甲神兵和九百皮甲神兵。此後他才看到覺如的真身端坐在帳房門前。只見他一伸手，把面前的四顆彩色石子彈向虛空，那四九三千六百個帶甲神兵便把他圍在當間，真如鐵桶一般！貢巴惹扎揮動披風，藉一股黑煙才得以轉身逃循。這回，覺如把分身留在帳房裡安定母親，真身早已騰入空中，追蹤黑風術士來到了修行的山洞之前。貢巴惹扎這時想要後悔也來不及了。怪只怪自己經不起誘惑，聽信晁通之言，相信有朝一日，當晁通總領了嶺噶時要請他做未來的國師。

也怪自己不曾相信，說那龍女嫁到嶺噶，那是天神將要下到凡間來降妖除魔的傳言了。

「罷！罷！罷！」

貢布惹扎剛鑽進洞中，就被那孩子搬來一塊如磐巨石把洞口死死地堵住。他把幾百年修煉出來的法器都拋擲出來，才把那巨石炸出一個小小的洞口。結果，卻讓覺如從天上引來一個霹靂，鑽入洞中，把那傢伙炸了個粉身碎骨。

好一個覺如，搖身一變就化成了貢布惹扎的模樣見晁通去了。他聲言已經將覺如的神兵打得潰不成軍，那娃娃已經一命嗚呼了，因此要晁通的手杖作為謝禮。那根手杖頗有來歷，原是魔鬼獻給黑風術士的寶物。黑風術士又轉贈給晁通。拿上這根手杖，念動咒語，人就可以快步如飛，行止如意。

晁通正在忐忑不安，聽此消息不由得又驚又喜。但要他還回這根如意手杖，心中又著實不捨。覺如假扮的術士聲稱，如若得不到這根手杖，就把他謀害覺如的事稟告給老總管絨察查根和嘉察協噶。晁通心裡就是有百般不願，也只得忍痛割愛，把寶貝手杖交到了貢布惹扎——神子覺如的手上。

覺如掀動披風飛去了，身後不是吹起黑風，而是出現了彩虹的光芒。這讓早染上狐疑毛病的晁通越想越是心中不安，便又飛往術士的修行洞去了。到了那裡，才發現早已狼藉一片。一塊巨石把原本寬敞的洞口堵得死死的，他奇怪的是大石頭上怎麼會有一個新開的小洞。他從那個洞中向裡窺望，看見貢布惹扎已經身首異處，面目全非，只是已經與身體脫離的手還緊抓著那支手杖。他並沒有為朋友之死而悲傷，而是急著要拿回手杖。但那個洞的確太小，無法容下一個人的身量，他把自己變成了一隻老鼠，焦躁不安地吱吱叫著從小洞鑽進了大洞，洞裡卻只有屍體沒有手杖。他擔心是鼠眼看不周全，就想變回人身再仔細看上一看。可是不管怎麼念動咒語，自己還是一隻老鼠吱吱叫著上躥下跳。他害怕了，想要趕緊逃到洞外。這時，咒語卻發生作用了，鼠頭變成了人頭，可是咒語又沒有完全發生作用，他的身體還是鼠的身體。鼠身承受不住人頭的重量，使他一頭撞在了地上。他掙扎到洞口，才發現人頭是無論如何鑽不出那小小的洞口的。

其實是覺如的法力把他的魔法壓制住了。

覺如現身洞口，故作訝異：「哪裡來的人頭鼠身的怪東西，一定是妖魔所變，我一定要為民除害，殺掉它！」

晁通趕緊大叫：「姪兒啊，我是你中了魔法的叔叔啊！」

覺如一時間有些糊塗。後來有人說得好，「好像是電視信號被風暴颳跑，屏幕上出現了大片雪花。」電視信號被風暴颳跑，草原上的牧民會拉長天線，向著不同的方向旋轉著，尋找那些將要消失的信號。甚至他們會像短暫失憶的人拍打腦袋一樣，使勁拍打電視機的外殼。覺如也站在洞口拍打著自己的腦殼，說：「好像他是中了自己的心魔，怎麼是中了別人的魔法？」這樣自問時，他的神力已經消散了不少，晁通藉機鑽到了洞外。他見這孩子一臉迷茫，就拍拍一身的塵土，說：「小孩子家，不要跑到這麼遠的地方來玩耍。」

然後，晁通搖晃著身子大模大樣地離開了他的視線，直到轉過山口，才飛奔而去了。

回到數百里外的家中，他想到自己的毒計，都被這孩子不動聲色地輕易化解，想他可能真如傳言一般是從天界下凡的了。如此一來，他這人人稱道是足智多謀的晁通就永遠只是達絨部長官，在嶺噶永無出頭之日了。想到此，一整天，他都酒飯不進，從他早就空空如也的肚子裡，除了如雷的腸鳴，還吐出一串串深深的嘆息。

說唱人：老師

就是為了下面故事進行的方便，在神子剛剛降生人間之時，該把他複雜的家庭關係捋上一捋了。

牧羊人晉美這段時間腦子裡一團迷糊，但他還是想，該把那些關係弄弄清楚了。還好，草原上總是有說唱英雄史詩的藝人在出沒，使他得到很多相關的信息。後來當他到廣播電台去錄製他的說唱，無線電波傳來他的說唱，在草原牧人帳房的收音機裡每天準時響起時，人們就對著話匣子說：「那人本來就是要成為說唱藝人的，所以，他在那麼短短的時間裡，做了那麼多夢，遇到那麼些異人，為他夢中的空白做了種種補充。」

那天草上的露水很重，羊吃了帶露太多的草，腸胃會受到傷害。所以，晉美專門晚些動身，把羊趕上山坡時，太陽已經升得很高，叫累的畫眉鳥已經休息，蜥蜴們也已晒暖了體內的冷血，四處飛躥著尋找蟲子。這時，遠遠的大路上，從太陽傾瀉下來的耀眼光瀑後面，那個說唱人出現了。先看見的不是人，而是這個人高舉的旗幡，然後才是那個老人躬腰駝背地一點一點拱出了地平線。

彼此問候過後，老人笑笑，說：「還沒有開唱呢，我怎麼就舌燥唇乾了？」
晉美從暖壺給說唱人倒了一杯茶，說：「那就替我唱上一唱。」
「那就來上那麼一小段？」
「是我弄不清楚的那一段。」
「年輕人也想學著唱。」
「我夢中所見總是不夠完全。」
「哪一段？」
「神子降生的家族，枝枝蔓蔓，猶如一團亂蓬蓬的羊毛。」
老藝人問明情形，看羊四散到草灘上，坐下來，不是唱，而是說，他說，如此這般，也許能幫助他越過那道坎。
「那你是我的老師了。」
「那我算是你的老師吧。」

故事：前傳

說起來，神子將要降生的這個家庭血統高貴，但人世間血統高貴的家族總是枝枝蔓蔓的，像一叢老灌木那麼枝杈眾多，在外人看來，比實際情形還顯得夾纏糾結，非常複雜。

啊，因為嶺是藏地的一個組成部分，那就先說說整個藏地情形吧。

藏地最古老的是六個氏族。它們分別是直貢的居熱氏、達隆的噶司氏、薩迦之昆氏、法王朗氏、瓊布之賈氏、乃東之拉氏。可這些古老的氏族並不能保證其始終如一的生命力，時移勢遷，後來的藏地，最為有名的就是新崛起的九大氏族了。面對這九個氏族，那六個老氏族系統的成員免不了心緒紛繁。那麼，就讓這九個令人崇敬的氏族的名字，像泉水一樣湧現吧。它們分別是：嘎、卓、冬三氏，賽、穆、董三氏，以及班、達、扎三氏。這些新氏族和老氏族分布在整個青藏高原。從天界望下去，西鄰大食的阿里地方的普讓、古格和芒玉三圍，分別被雪山、岩壁和晶瑩的閃光所環繞。視線移往中間，是名為玉日、衛日、耶日和元日的衛藏四部落，然後就是朵康六崗了。那裡的群山被六座神山所總領，這些總攬其成的神山分別叫做瑪扎崗、波博崗、察瓦崗、歐達崗、麥堪崗和木雅崗。黃河、金沙江、怒江和瀾滄江四條大河縈洄其間。山崗和河流之間，是牧場與農耕地帶相互穿插，很多村莊星散其間，被一些高聳的城堡所總攬。所謂上中下嶺噶十八部落，便廣布在四水六崗的廣闊地帶。歌裡是這麼唱的：「像斷了串線的珍珠散布到每一個角落，像被風撒播的草種廣布在四野之間。」

天哪，還沒有說完，那就繼續往下說，嗡！智慧的長者有格言，要把參天大樹認，光顧樹幹怎周全？必得脫了靴子往上攀，捋遍所有分叉與枝蔓！嗡……列位看官耐煩點！

小路走通就能上大路，且讓我戴上說唱帽。嗡！先得說說這說唱帽，看看這形狀像高山，金絲銀線走其間……好，好，頭上的帽子明天再表，還是說說統領著嶺噶十八部落，高貴無比之穆族吧。天哪，現在的人越來越著急了。這位看官說什麼？你說我從貴族的世系又扯到地理上去了？好吧，你看我都急著想往下告訴你了。我來把嶺噶穆族的枝枝蔓蔓一一告訴你吧。

話說穆族傳到曲潘納布這一代，賽妃生子拉雅達噶，文妃生子赤江班杰，姜妃生子扎杰班美，自此家族分折為三支。這也就是穆氏長、仲、幼三系之由來，穆氏家族在嶺噶崛起已經百年有餘。轉眼間，幼系又過了三代到老總管絨察查根的父親曲納潘。這個男人也娶有三個妃子。絨察查根的母親是絨妃。噶妃的兒子叫玉杰，這個勇士在與北方霍爾王戰爭時，陷於霍爾人陣中。穆妃生子就是天界為神子所選的生父森倫。這時，這一輩中年紀最長的絨察查根早就娶妻生子了。老總管的妻子梅朵扎西措生有三子一女。而森倫依天界之意再娶龍女梅朵娜澤之前，已從東方伽地娶回一個漢家女子，生有一子叫做嘉察協噶。嘉察協噶還有一個通曉多種神變之術、身任幼系達絨部長官的叔叔晁通。傳說嘉察協噶生來就顯出正直勇敢的英雄相，一個月大的時候，就比草原上一歲孩子的身量還高大。啊，年輕人，前傳敘過，一部正傳已然開篇。

說唱人：機緣

「就像他弟弟一出生，身量就如三歲孩子一般大！」

「更說明他的來歷不一般！」

「請往下講！」

「前面的大山已經被搬開，不要問我為什麼，故事裡的大山想要搬開就搬開。看吧，岔路眾多的大山已經被搬開，寬闊的大路已經出現！」

但是，牧羊人晉美眼前卻什麼都沒出現。

在雪山與草原之間，有很多人都曾在各種情境中與注定要傳唱千年的古歌猝然相逢，卻又擦肩而過，之後的機緣就只是聆聽，而不是為了祈求眾生福祉，為了懷念英雄而吟唱。老藝人說：「年輕人，看看這河灣，河水拍擊石岸，發出的並不是空洞的聲音。我在此地此時與你相遇，也是一種特別的機緣。讓我幫你把英雄格薩爾偉大的世系梳理一番。」

「接下來我該怎麼做呢？」

「我不知道，只能建議你把自己與這偉大故事遭逢的所有情境都重溫一遍。」

「什麼？遭逢？我只是夢見。」

老藝人淡然一笑：「遭逢就是夢見。」他撥弄手中的琴弦，那鏗然的金屬振動聲，讓年輕的牧人感覺非常，腳下的大地在旋轉，天上的雲彩在飛散，天門要敞開，神靈要下來。但那只是片刻之間的感覺，當老人的手指離開了琴弦，琴聲戛然而止，一切又都轟然一聲回歸到原位，茫然懵懂又像一道沉重的簾子遮斷了他眼中了悟的亮光。

晉美夢囈一般說：「琴聲，琴聲怎麼消失了？」

老藝人有些後悔，也只能認為是機緣未到，才讓自己的手指離開了琴弦。他把琴裝進琴袋：

「如果眼下就是你的村莊，我會停留一晚，在村前那株枝杈長成龍爪的老柏樹下為眾人演唱。」

晉美知道在自己所居住的這個小小村莊，藝人演唱時得不到足夠的布施。他下決心要為老藝人殺一隻羊。老藝人說：「一個好牧人不會在春天裡殺掉母羊，想歌唱英雄只需來聽老夫撫琴歌唱。」

這一天，晉美面對著雪山，在杜鵑花零星開放的山坡上躺下，他望著雪山，期待著富於啟示的雪崩爆發。陽光很暖和，他很快就睡過去了，卻什麼都沒有夢見。熟悉的焦躁之感又浮上了心頭。他起身往雪峰下面的湖泊走。走著走著，就見湖邊出現了一個帳幕。那個帳幕無論是式樣還是質地都強烈地顯示其屬於遙遠的過去，是這個世界剛剛開始時的那種帳幕。然後就看見了那個孩子出現在面前。

「你是……」

「我不是！」

他想說你就是那個神子，但那孩子迅速就否認了。人家都沒有問完，就立即否認，說明他正是那神子。但是，他面孔髒污，剛出生時那通靈般閃爍著寶石光彩的眼神也黯淡了，取而代之的是一種凶巴巴的神情。這孩子對他做一個鬼臉，轉身去追逐一隻剛剛鑽出巢穴的狐狸。狐狸逃命的方式是變成很多隻狐狸。那孩子也變出同樣多的分身，每個分身去追逐一隻狐狸。晉美看見滿坡滿眼的狐狸和覺如。當每一隻狐狸都被眼露凶光的覺如踏在腳底時，滿山都是血污橫溢。每一個覺如的分身都把狐狸的屍體撕扯開來，把四肢、內臟、血肉四處揮灑。只有一個覺如把死去的狐狸踩在腳下，在山崗高處端立不動。那是覺如的真身，看著自己那些分身製造出來的血腥場景，他的神情也錯愕不已。晉美禁不住大叫：「神子！」但那孩子眼中並沒有閃現出他期待中的神采，但他好像也聽見了來自一個凡夫俗子的叫聲，因為晉美看見他帶著困惑的神情抬頭看了看天空。好像是受到了某種觸發，他低下頭再看滿山屠戮的血腥時，臉上出現了憐憫的神情。於是，那些分身都消失了，眾多死狐的分身也消失了。他拖著那隻死狐走下山崗，在他面前消失了。

晉美這時知道自己其實還在夢中。夢境有夢境的自由。神子消失了。他的視線轉移到水邊的低矮帳房。那個心事重重站在帳房門口向遠處瞭望的婦人，正是覺如的母親，龍女梅朵娜澤。丈夫森倫不在她身邊。

為什麼她不住在夫家的城堡？

為什麼她面露愁容？

晉美在夢中發出了疑問，但是，這個千年以前的婦人沒有聽見。夢中的東西總是隨意出現。一下就有了一棵樹，一隻畫眉站在樹枝上嘰嘰喳喳地叫個不停。不是鳥鳴是人話：她兒子忘了自己是神子，隨意使用天賦的神力，殺死了很多野獸與飛禽，覺如使人們厭惡了。

晉美替覺如辯解：「很多妖魔邪祟都化身成了飛禽與走獸。」

「他是這麼說，卻沒有人相信他！」

「我知道能分身的狐狸是妖魔所化，但他殺死的所有走獸與飛禽都是妖魔嗎？」

畫眉從樹枝上蹦起來：「怎麼，你要我說這可憐孩子的壞話？」

「我可憐他的母親。」

「哦……」畫眉伸出翅膀拍打胸口，「你可不像人們認為的那麼笨！」

饒舌的畫眉說：「人家又要說我多嘴多舌了，不過，還是讓我來告訴你吧……」話剛開頭，鬼東西突然驚叫一聲振翅飛走了。是覺如來了，他弄來那麼多的狐狸屍體，把血肉、腹腔裡的污物、腦漿四處拋灑。他把綠色的腸子盤結出很多花樣懸掛在樹上，甚至懸掛在自家的帳房門上。血腥之氣立即就把所有事物都淹沒了。天上的飛禽，地上的走獸，穴居於地下的無尾鼠紛紛逃竄。幾乎已經失去神性的覺如對將來要歌唱他事蹟的晉美齜牙一笑，嚇得晉美要從夢裡一路逃到夢外。

他知道自己在做夢，知道逃出噩夢的唯一辦法就是逃到夢外。他果然看見自己在倉皇奔跑，跑上一個山崗，又一個山崗，但山崗還是連綿不絕地像水波一樣撲面而來。他想呼救，但無論怎麼努力，嘴裡都發不出聲來。這時，老總管絨察查根出現在他面前。白鬚飄拂的老總管說：「不要跑了，你也不必害怕。」

他感到背後浪頭一樣緊迫而來的愁雲慘霧猝然散開，頭頂立即天清雲淡。但老總管卻愁眉緊鎖：「他把你嚇著了？」

晉美使勁點頭，疑問同時從嘴裡冒出來：「他為什麼會變成這個樣子，為什麼他不和母親一起住在城堡裡面？」

老總管盯著他看了半天，搖搖頭說：「我做了一個夢，說你能得到天界的信息，說你能告訴我這個緣故。」

「我的夢還沒有做完，我剛剛走到天界門口，天神的面孔還沒有出現。」

「我看也是，我沒有從你眼睛裡看到來自天界的靈光。」

這話說完，老總管就消失了。晉美也隨即從夢中醒來。他突然發現，眼前所見的山崗、湖水、河流，正是夢中所見的景象。

黃昏時分，把羊群趕回村子的路上，他還為自己夢中所見而困惑不解。因為他夢見的情景和別人故事裡的說法大不一樣。

在火塘邊坐下，吃過簡單的晚餐，他有些昏昏欲睡了。錚錚然的六弦琴聲讓他精神一振，想起了早晨路遇的說唱藝人。

老藝人穿上了像戲曲舞台上的那些角色一樣的錦緞長袍，圍坐於他下方的人們早就在催他開唱，老藝人卻只是埋頭撫弄琴弦。當晉美出現在火堆前，他才面露微笑，猛一下站起身來，朗聲開唱：

「魯阿拉拉穆阿拉，魯塔拉拉穆塔拉！那個有緣人已出現，牧羊的懵懂漢，你是想聽哪一段？」

晉美焦急地喊道：「那神子剛剛四歲半，天生的神性已褪完！」

聞此言，熟悉故事的眾鄉親們立即一片譁然。但那老藝人只把雙手往下按了按，猶如國王發了令，人們立即靜下來，彷彿使柴堆上火苗呼呼抖動的風都轉了彎。

寂靜中琴聲錚然作響，彷彿月光照徹地面！

這裡，不同的說唱人的版本會出現分歧。

原來，天神降臨人間，也不能天然就是眾生的領袖，也要經過必需的曲折，使眾生心折口服，最後才能登高一呼，應者雲集。

那覺如的一舉一動，都在天神視線之內，雖然沒有再派人去授予神通，但他自帶的神通與凡人相比已大不一般。連與術士與邪魔多有往來、且有著那麼多人類卑鄙經驗的晁通也不是他的對手。如果這是一部正要展開的戲劇，那麼這主角剛剛登台就如此表演，已經背離了導演的安排。或者，這大出意外本就是導演更有深意的安排。

故事：放逐

神子剛剛降生時，就生活在雅礱江與金沙江之間的阿須草原。草原中央有美麗湖泊，草原邊緣是高聳的雪山和晶瑩的冰川。或者說，阿須草原就展開在這些美麗的湖泊與雪山之間。

覺如所顯示出的神力，百姓們都已看見。他濫用天賜神力而屠戮生靈的惡作劇，人們也盡皆看見。但那些生靈中有很多是鬼怪妖魔所化，人們卻沒有看見。他降伏了這片山水間眾多無形的妖魔邪祟，人們更沒有看見。他所做的利於眾生的事情，只有叔叔晁通能夠看見，但他的心田早被惡魔占據，所以，眾人對這個傳說中的天神之子感到失望時，他也裝得痛心疾首，沉默不言。

他沉痛的語調可以令人心房發顫，他說：「難道上天也要如此戲弄我們嗎？」

只有神子自己知道，蓮花生大師在夢中告訴他，現在嶺部所占據的狹長地帶是太過窄小了。強大的王國首先要從金沙江岸向西向北，占據黃河川上那些更為寬廣的草原，直到北方那些土中泛出鹽鹼、因為乾旱駱駝奔跑時蹄下會迸發火花的地方。嶺國未來的羊群需要所有柔軟濕潤的草場，嶺國的武士需要所有駿馬宜於馳騁的地方。

這時覺如剛剛滿五週歲，身量已經二十相當，喜歡偷看嶺部落最為美麗的珠牡姑娘。姑娘老是當著他的面和部落裡另一些年齡相當的武士們追逐嬉戲，她喜歡把一種微妙的痛楚刻在男人心上。

他在夢中說出珠牡的名字，母親為此憂心忡忡，說：「好兒子，配你的姑娘或許剛來到世上。」

這個晚上，月光落在湖上很是動蕩，偷襲鳥巢的狐狸都被覺如殺死了，還是有鳥從草稞中驚飛起來，好像要直飛到月亮之上。幾片折斷的鳥羽從帳房頂上的排煙孔中落下來，端端飄落在覺如的臉上。夜涼如水，星漢流轉，覺如那出身高貴的母親禁不住淚水漣漣。她想喚醒自己的兒子，偎在他胸前哭出聲來。而進入覺如夢境的蓮花生大師往外吹了口氣，她又昏昏然在羊毛被子下蜷縮起身子，沉入了無夢的睡鄉，呼出的氣息在被子邊緣結成了白霜。走出這個低窪地，沿著河岸上行或下行，那些堅固的岩石堤岸之上，聳立的城堡裡卻燈火輝煌。神子降生以來，嶺噶就被一片和平之光籠罩了：糧食的精華釀成了酒漿，奶的精華煉成了酥酪，風中也再沒有夜行妖魔的黑色的大氅發出不祥的聲響。夜色之中，只有少數人在品味語言的韻律，只有少數工匠在琢磨手藝，至於怎麼祭火，把土變成陶，把石頭變成銅與鐵，那就更少人琢磨了。連森倫也忘記了自我放逐的兒子，忘記了自己出身龍族的妻子，像一個下等百姓一樣在河灘上忍受飢寒。他的身體正被酒和女人所燃燒。他揮動手臂，是讓下人們更大聲地歌唱。

只有嘉察協噶在思念他親愛的弟弟，他無從忍受這思念，騎上寶馬馳出城堡，去看望覺如。當他的披風剛剛被夜風吹得翻飛起來，進入覺如夢中的大師就感到了空氣的振盪。「這個夜晚可不是你們兄弟的。」他說，同時，豎起一堵無形的黑牆。嘉察協噶揮劍砍去，黑牆迎刃而開，但又隨即悄然合上。他無奈只好撥轉馬頭，走上高崗。在那裡，他遇見了老總管。老人站在高崗上，舉目遠望的正是他所牽掛的那個方向。

那個地方，大地從河灣的一側沉陷下去，甚至不曾被月光所照亮。

嘉察協噶說：「我思念弟弟。」

老總管說：「我擔心嶺噶能否如此長久安康。可你弟弟讓我看不清天意。」

覺如還在夢中，他問蓮花生大師：「你是上天派來的信使吧？」

大師想了想，覺得自己的身分很難定義，自己也有些捉摸不定，也只好點頭稱是。

「我要當國王了嗎？」

大師緩緩搖頭，說：「眼下時機未到，你還得受些煎熬。」

「那我不當國王了，我要回到天上！」

大師嘆口氣說：「說不定等你回到天上，我還在人間來去呢。」

「你不是神？」

「我是將來的神。」

「那就從我帳房裡出去！」

大師立起身來，笑了，說：「神子，是從你夢裡出去。」

覺如在夢裡並沒有跟大師說幾句話，醒來卻見天已大亮，初升的陽光已經融化了草上的白霜。他騎著從叔父那裡得來的魔杖在四周逡巡一番，覺得無聊，便對正在紡線的母親說想要回到城堡。

母親要他保證不再隨意屠戮，不再招眾人生厭。他以為妖魔已經都被消滅光了，於是就真心誠意地答應了。他回味力大無窮的兄長嘉察協噶，如何輕而易舉就把自己拉扯到馬背之上，回味老總管滿懷期許的眼光如何在自己身上久久停留。這回味使他倍感孤獨。這也是他答應母親不再殺戮的原因。母親說：「那麼，去對你的父親和老總管他們認個錯，把你答應我的話再對他們說上一遍，他們就會原諒你了。」

這時，騎在身下的手杖又嘎嘎作響了。那意思是又有妖魔出現了。他扔掉手杖，繼續往城堡方向走。他看見了兩個模糊不清的身影，從城堡上向這邊張望。他知道，這是老總管跟他的兄長嘉察協噶。他們希望他像一個乖孩子一樣規規矩矩、乾乾淨淨地出現在眾人面前。這樣眾人就可以原諒他了。他繼續往城堡走，並扔掉了感應強烈的手杖，這樣就可以假裝沒有感到妖魔出現的警報。這回是水裡有東西作怪。兩條半龍半蛇的怪物就從他面前爬上岸來。兩個怪物渾身濕乎乎的，嘴裡卻噴吐著呼呼的火焰。這一來，他就沒有辦法視而不見了。這孩子深嘆一口氣，看了一眼城堡，撿起手杖，撲向了兩個水怪。他看到的是水怪。而包括他母親在內的所有嶺國人，看到的卻是龍宮的水晶門打開，從中走出兩個美麗的姑娘。兩個水怪本領高強，水中岸上和他纏鬥不休，水怪潛身到雅礱江水匯入另一條浩蕩大河處那漩渦重重的深潭。每一個漩渦彷彿都有力量把整個世界吸乾。那急劇的旋轉讓他有種特別的快感。漩渦的底部像是沙漏的尖底，從最細處出去，翻轉一下，另一個世界就會出現在面前。兩個水怪騰挪自如，看他深陷在那能把時間吸得倒轉的漩流裡，就飛出水面到雲端裡去了。是它們自以為得計的狂笑讓覺如清醒過來。他把手杖打橫，卡住了旋轉的水流。

他都已升上了雲端，還有些沉迷於那飛速的下旋。

轉眼之間，他們又打鬥到了河流發源的冰川之上。兩個水怪最後的法術仍然是幻化出許多美麗的生靈奔湧而來，死於他杖下，叫他的殘忍讓所有嶺噶人看見。的確，人們都看見覺如揮杖擊殺那些水怪的分身時沒有絲毫的憐憫。那些屍身壅塞了河流上游清淺的溪流，血腥的氣息讓兩岸開放的花朵也閉合起來，旋轉身子，把花萼的背面朝向河灘。最後兩杖，他才擊打到水怪的真身。兩個水怪陳屍河中，只能污染小小一片水面。與此同時，分身的屍體都消失了，河水也恢復了清冽的身姿，花朵也重新開放。這其實已經告訴人們，神子剛才只是與妖魔的幻術作戰，但他們還是不肯原諒，特別是他們中間有聰明人說，幻術製造了假象，但假象之中顯現的冷酷與殘忍卻是真實的。而且，在眾人願意給他一個悔改的機會時，這孩子卻不思悔改。那時，嶺人的智識還深處於蒙昧不明的境地，有人說出這般有哲理的話語，竟然引起了大片的歡呼。連有勇且有謀的嘉察協噶聽了，一面覺得這話對自己的弟弟有所不公，卻又找不到反駁的話語。老總管也找不到反駁的話語。說這話的是覺如的叔叔晁通。

一片冰川轟然一聲崩塌下來。覺如的身影消失在白色的雪霰中間。這時，圍觀的人群真的為他的消失發出了歡呼。

正在帳房門前縫製皮袍的母親梅朵娜澤，像被人刺中心臟一樣捣住胸口彎下了腰身。

覺如有神力罩著，冰川在他頭上迸裂開去。雲霧散盡後，立時天朗氣清，他騰身而起來到眾人面前，告訴大家，妖魔不能從空中和地面來，就從水中打出通道，他已經將通過冰川下面的通道封死了。

大家將信將疑，晁通卻啐了他一口，說：「欺騙！」

於是，很多聲音此起彼伏地響起來：「欺騙！」「欺騙！」「欺騙！」「欺騙！」「欺騙！」

晁通又說：「我親愛的姪子，你不該用幻象來障大家的眼。」

從山坡到谷地，百姓們發出了更整齊的呼喊：「幻象！」「幻象！」「幻象！」「幻象！」「幻象！」

眾人整齊的呼喊中蘊含的憤怒也有一種難敵的力量。大家看到，神子英俊的面龐開始變得難看，先是顏色，然後是輪廓與五官，最後，他挺拔的身姿也矮下去了。神子覺如在大家面前顯出一副猥瑣的形象。眾人勝利了，讓一個欺世者露出了真相。於是大家又齊齊高喊：「真相！」「真相！」「真相！」「真相！」「真相！」「真相！」

這一天，正好是神子從天界下降人間的第六個年頭。

此時此刻，母親正為兒子縫製一件嶄新的皮袍。她吃驚地發現，手中的上好獸皮上絨毛無端掉落，出現一個個癩斑，那風帽的前端竟然生出兩隻醜陋的犄角。梅朵娜澤看看天空，只有空落落的藍，藍色下面是青碧的草山一座座走向遼遠。她想叫一聲天。但那聲音從腹腔裡冒上來，卡在喉頭處，不是聲音，是一團血，她刨開青草，把血塊深掩在草根下面。一個母親為了兒子的悲痛不要任何人看見，她甚至不想讓上天看見。

晁通揮舞手臂，使上了神通，讓他的聲音能讓嶺噶每一個角落的人都能聽見：「他們說這人是天降神子，可我們只看見一個殘暴殺手！」

神子來到的這些年，嶺噶再也沒有什麼妖魔能禍害眾生了，於是嶺噶的人們開始一心向善。從外面世界來了一些光頭苦行的人，說，如果一隻餓狼要把一個人吃掉，那麼就應該讓狼把自己吃掉。這種行為最終會在看起來渺無盡頭的輪迴的某一環上，得到回報。而最大的回報就是不再墮入這輪迴之中。這些人用鋒利的剃刀落光頭髮，表示對今生的一種輕蔑，也表示他們對於自己的教主發下某種誓言。經歷了幾年和平生活的嶺噶百姓開始接受這些誓言。覺如知道，自己身上的神力，就是來自這新流傳的教派安駐上天的諸佛的加持，讓他可以在嶺噶斬妖除魔，但他不明白同樣的神靈為什麼會派出另一些使者，來到人間傳布那些不能與他合力的觀念。

這些已然生出了向善之心的人們高喊：「殺手！」「殺手！」「殺手！」「殺手！」「殺手！」「殺手！」「殺手！」

「那我們拿他怎麼辦！」晁通的意思是要殺死他，但他也知道沒有人能夠殺死他，加上眾人都陷入了難堪的沉默，他才說，「念他是個孩子，我們要讓他生出悔過之心，把他放逐到蠻荒的地方！」

流放。放逐。

意思就是讓這個孩子在一片蠻荒中去自生自滅，而沒有人會因此承擔殺戮的罪名。人們如釋重負，一迭連聲喊出了那個令天幕低垂，為人性的弱點感到悲傷的字眼：「放逐！」「放逐！」「放逐！」「放逐！」「放逐！」「放逐！」「放逐！」

嘉察協噶問：「放逐？」

連最富於智慧的老總管面對眾人的呼聲也發出了疑問：「放逐？」

所有壁立的山崖都發出了回聲：「放逐！」「放逐！」「放逐！」「放逐！」「放逐！」「放逐！」「放逐！」「放逐！」「放逐！」

老總管只能集中了全嶺噶的貴族，要向天問卦。

貴族們都集中到了他的城堡，等待他占卜問天。不一刻，卦辭就已顯現：「毒蛇頭上的寶珠，雖然到了窮人手裡，或若機緣不至，那麼，窘困的人如何能夠識得？」

上天沒有表達明確的意思，而是向嶺噶人提了一個眼下大多數人都未曾考慮也不願考慮的問題。

回到母親身邊的覺如想，上天做的事怎麼會讓人難以分解？

眾人想，上天做了叫人難以分解的事，憑什麼還在卦辭中露出究問之意？

老總管因此難下決斷：「是說我們嶺噶不配得到神子？」

晁通說：「就讓他去到北方無主的黃河川上更為蠻荒的窮苦之地，看這孩子到底有什麼異能顯現！」

眾貴族齊聲稱善，老總管也只好點頭：「眼下看來只能如此了。」

嘉察協噶請求說：「我願跟著弟弟一道去流放。」

老總管生氣了：「咄，這是什麼話！身為嶺噶眾英雄之首，若有妖魔再起，若有敵國來犯，將置嶺噶與百姓於何種局面?!退下！」

嘉察協噶嘆口氣：「那待我去通知弟弟這個決定吧。」因此，大家都誇他才是個有擔當的好漢。倒是同列嶺噶英雄譜的丹瑪不忍嘉察協噶再遭生離死別的苦痛，說：「尊貴的嘉察協噶，請你安於金座，這件事情還是我去代勞吧。」

說完，驅座下馬奔覺如的住地而去。

丹瑪看見覺如正在生氣。他知道剛才這一番與妖魔爭鬥的結果，是讓母親再也不能回到父親的城堡中去了。

覺如生氣時弄出來的東西，讓丹瑪這個正直的人也生出了厭惡之感。他看到覺如住在用人皮拼鑲而成的帳房裡，九曲迴環的人腸被繃直了支撐帳房，人的屍骨砌成帳房的圍牆。圍牆外面，更多的屍骨堆積如山，這情景真令人感到毛骨悚然。但丹瑪因為自己對神子的信念，想到就是把嶺噶人全部殺光，也不會有這麼多的屍骨，那麼，這些東西一定都是覺如孩子氣地用幻術所變。

他這麼一想，這些可怕的東西竟都消失了。他摘下帽子走進帳房，裡面沒有一朵鮮花，卻有馥郁的香氣蕩漾，讓人立時感到神清氣爽。覺如並不說話，含笑請母親給來人端上新鮮的乳酪。丹瑪立即明瞭了天意，翻身跪在神子之前，發誓永遠要為王者前驅，謹奉下臣之禮。於是，丹瑪成為格薩爾王的第一個臣子，在他成為嶺國之王的好多年前。

覺如說：「蒙昧的百姓終有覺悟的一天，為了讓他們將來的覺悟更加牢靠，就要讓他們為今天對我所做的事情加倍地後悔！」他招手讓丹瑪來到自己跟前，低聲對他吩咐要如此這般。

丹瑪領命回到老總管的城堡，按覺如的吩咐說，那孩子真是活生生的羅剎，自己只是大聲傳老總管的旨，都沒有敢走到他帳房跟前。

晁通吩咐自己部落的兵馬，要用武力驅趕。

老總管說：「不用勞動兵馬，只需一百名女子每一手抓一把火塘裡的灰燼，念咒揚灰，那孩子就只好往流放地去了。」

嘉察協噶知道，這是惡毒的詛咒，上前請求：「覺如也是我族的後裔，更是龍族的外孫，還是用一百把炒麵來對他施加懲罰吧。」

覺如母子已經收拾好了，來到眾人面前。

覺如穿戴上在母親縫製過程中變得醜陋不堪的皮袍，風帽上的犄角顯得更加難看。他就那樣一副沒心沒肺的樣子騎在手杖上面。他對美麗的珠牡露出討好的笑容，珠牡一揚手，灰白的炒麵落了他滿臉。與他的醜陋相比，他母親梅朵娜澤就太漂亮了。她穿戴上來自龍宮的珠寶，與美麗的身段與臉龐相輝映，讓所有的姑娘都要汗顏。她端坐在其白如雪的馬背上，光彩逼人猶如太陽剛剛出山。

人們像是第一次發現她的美麗，不得不從心中發出了由衷的讚嘆。她的美麗還激起了人們的憐憫之心，止不住地熱淚盈眶，說：「寬廣的嶺噶容不下這對母子，看他們是多麼可憐！」

沒人想這放逐的結果中也有自己的一份，而把怨氣撒在了別人身上。

嘉察協噶回家準備了許多物品，馱上馬背，拉著弟弟的手，說：「我送送你和母親，我們上路吧。」

沒走出百步，那些不捨的嘆息聲消失了，女人們揚出了手中的炒麵和惡毒的咒語。一些天神飛來，把這些灰塵和咒語都遮斷在他們後面。送完一程又一程，直到快出嶺噶邊界的地方，弟弟讓兄長回去，兄長就回去了。

弟弟看著嶺噶那個正直之人遠去的背影哭了。

接下來好長的行程，都沒有人煙，這時覺如才真正地倍感孤單。有天神和當地的山神領命在暗中保護著他，但他都不能看見。

故事：茶葉

就這麼一路行來，來到黃河在草原上非常曲折又非常寬闊的那一段。這個地段，廣大的地方寸草不生，只有黃河灘塗上蘆葦茂盛生長，駿馬穿行其中，僅露出有力的肩胛和機警的雙耳。覺如告訴母親，這該是他們建立新家的地方。母親說這地方沒有名字，山神以隆隆的雷聲告訴了他們這個地方的名字。原來這個地方曾有很多百姓，名字叫做玉隆格拉松多。後來，妖魔放出數不清的地鼠，牠們穿行於地底，縱橫交叉的暗道猶如一張密實的漁網。牧草的根子伸下去，抓到的只是滿是黑暗的空洞，而不是飽含著水與養分的肥沃土壤。鼠們在地下錯動著牙齒忙於斬斷植物跟大地聯繫的那個秋天，殘存的草一致做了決定，明年不再生長。它們把拚命結出的一點籽實，拜託給了風，把它們生命中殘存的最後一點意志與希望帶走，落地生根，在遠方某個祥和之處去生長。

秋風應允了它們的請求，把酥油草、野蔥、苦菜、野百合的種子帶到了遠方，風還承諾，有一天，機緣合宜的時候，它會帶著這些種子再度回來。

草們遠走後，人群也跟著遷移了。

覺如和母親來到此地時，地鼠們已經建立起一個王國。兩個大王，近百大臣。覺如決定要摧毀這個鼠魔的王國。母親為此憂慮不安：「雖然此地只有我們兩個，嶺噶的人不會再怪罪你屠戮生靈，可是兒子啊，上天什麼都會看見。」

覺如看看上天，他覺得如果上天什麼都能看見，嶺噶人就不會對他如此不公，龍女梅朵娜澤就不會因為僅僅是他母親就命運悽慘。他說：「媽媽，我的嘴唇已經嘗夠了流離的苦味，我要讓此地被鼠魔放逐的人們回來！」

話音未落，他就化作一隻鷹飛上了藍天，展開寬大的翅膀凌空盤旋。這本來是個美麗的地方，土壤肥沃，谷地開闊，水量豐沛的大河在這裡盤旋出一個美麗的大灣。四周那些高聳山峰的十幾條餘脈都向這個盆地輻集而來。正像蓮花生大師所說，這裡才是嶺部落作為一個國崛起的地方。

那隻鷹一升上天空，鼠國內部便一片驚慌。

國王召來大臣和謀士們商討對策。一個謀士已經打探到，那隻鷹是被嶺噶放逐的覺如的化身。謀士說：「這個有法力的人因為殺了太多生靈才被放逐至此……」

國王不耐煩：「我不問此人來歷，只問我的鼠國怎麼躲過這場災難？」

「答案正在他的來歷中間。請國王發令，把正向四面八方推進的鼠民們都召集回來，密布地宮周圍的山頭，這數量不是成百成千，而是成千的萬，成萬的萬。這麼多鼠民任他殺戮，看這個因殺生而被放逐的人還敢也不敢！」

鷹在天上已洞知一切，斂翅落下，變成一個身量巨大的武士，輕輕一下，就搬起一座岩石的山崗，轟然一下，砸在鼠國的地宮之上，鼠王和他的文臣武將都化為了齏粉。鼠國疆土上的鼠民全部肝膽俱裂，葬身於地下。

鼠患就這樣被平復了。

風把遠走的草種吹了回來，不僅是草，風還吹來了杜鵑花的種子，高大挺拔的柏樹與樺樹的種子，花朵幽藍一直可以開到雪線之上的夢幻一般的迷迭香的種子。

只一個晚上，那些種子就在一場細雨之後萌發了。第三天頭上，為帳房擋風的圍牆還沒有砌完，恢復了生機的草原重又鮮花開遍。遠走而沒有在別處扎下根子的人們又趕上牛羊，陸陸續續從四方歸來。

他們在心中都把覺如當成自己的王。覺如卻只要他們在心裡覺得，而不准他們在嘴上稱王。他也不准任何人對他行禮，他說：「我不是王，我只是上天給你們的一個恩典。」他還說：「我還要代上天給你們更多的恩典。」

他覺得自己的口吻很像一個王。

那些可憐人仰望著他：「王啊，還會有什麼比你已經賞賜的更大的恩典？」

「玉隆格拉松多正在成為一個世界的中心，你們會看到，這個封閉的地方道路將四通八達。」

人群中的長者代大家提出了疑問：「王啊，為什麼是一個世界的中心，而不是所有世界的中心？」

他想告訴他們，黑頭藏民所居之地的確不是唯一的世界，天宇下面還有別的世界與國，而且，這些世界與國中的好些個，已經早早地跑到他們所居的世界前面去了。但他不想再帶給他們更多的驚詫與迷茫，於是就轉身離開了他們。他從自己擬定的玉隆格拉松多這個中心出發，向東，向西，向北，向南，很快，就勘察出了讓別的世界通向這裡的道路。南方的雪峰簇擁在一起，他把山神召來，讓他們挪動挪動身體。本來很擁擠的南方山神們就再擠擠身子，雪山之間就出現了寬敞的山口，商人們隨著季風吹拂絡繹上路。來自南方的溫暖季風帶來的雨水，又被東風吹著向西，於是，西邊那些乾旱的荒野煥發了生機，那些低窪的地方，蓄積起了漂亮的湖泊。無人放牧的野生牛羊成群在湖邊飲水，虎豹豺狼穿行其間，讓機警而膽小的鹿瞌睡時也要睜著一隻眼。東方，滔滔的大河上洪流奔湧，人馬不能通行，只有猿猴在藤條上隨意飄蕩，自由來往於此岸與彼岸。覺如集中了一些人到河岸上觀看。猴子從藤上盪到對岸，沒有把藤盪回來，而是拴結在堅固的磐石之上。人就這樣學會了編結藤橋。東方的商旅很快就出現在了藤橋之上。商隊是東方帝國的皇帝派出來的。他們的銅除了鑄為兵器，還鑄造成錢幣，打製成精美的容器，要來西天之國收集閃電的根子，地下礦脈的聲音，還有雪蓮花的夢境。據說這些東西拿回去，和東方大海裡一些神奇的東西混合起來，可以煉成獻給帝王的不死之藥。這些人胸前還佩掛著雕琢精細的叫做玉的東西，他們剛剛登岸，就對西邊的蠻人搖晃著胸前的玉佩說：「有沒有這樣的石頭？」

他們看見駿馬，又說：「我們買，很多很多，這樣的駿馬！」

他們需要的東西太多了。藤橋因此越造越多，越造越寬。在更寬廣的河面上，還出現了筏子和船。

玉隆格拉松多真的就日漸成為一個中心。商隊絡繹穿行。連西邊盡頭的波斯人，南邊盡頭的印度人都出現了。波斯人一到某個時辰就翻身下馬，鋪開花團錦簇的地毯向所來的方向吟唱禮拜。印度人則是沉默的，濃重的鬍鬚閃爍著油光。但是，他們都不敢去往更北的方向。那裡，差不多所有的霍爾人部落都以搶劫為樂。霍爾人精通馬術，弓法嫻熟。其箭法高超者，只需撥弄弓弦，帶起的颼颼風聲，就能叫那些因為擔憂財寶而變得膽小的商人跌於馬下。商隊們面對北方裹足不前，霍爾人卻南下了。在靠近玉隆格拉松多的山口安營紮寨，打劫波斯、印度和東方帝國的商隊。

覺如知道，打通北方通道的時機已經來到。

他單騎前往那守備森嚴的強盜營盤，一共過了九個關口，把一十八個霍爾守兵斬於刀下。

那個霍爾的強盜王出現了，就是他，只用弦上的風聲就能把人殺於馬下。覺如說：「我也要用同樣的方法讓你死於非命！」

那人大笑，因為覺如就騎在一根手杖之上，手上空空如也。更重要的是，那個強盜相貌堂堂，此時覺如的形象如果不能說是醜陋，那麼，他的形狀奇異的手杖，他很多癩斑的袍子，帽子上扭曲的犄角，都使他顯得滑稽不堪。

但是，強盜首領臉上的笑容馬上就僵住了。他看見覺如一伸手向天，雲端裡就降下了一道閃電。閃電挽到他手中，變成了一張弓，發出的霹靂讓他一頭從望樓上栽到地下，一命嗚呼了。頃刻之間，餘眾都作鳥獸散，沒命地往北方奔逃而去了。

得救的商隊都拿出種種稀奇的珍寶來答謝他。

覺如都拒絕了。

商人們用各自不同的語言請求，覺如都聽懂了：「總得讓我們為英雄做點什麼吧？」

他說：「那好，把你們閒著的牲口都馱上石頭，你們每個人也拿上一塊石頭，堆放到黃河川上沒有石頭的地方。」

「英雄啊，你的神通如此廣大，要這些石頭有什麼用處？」

「那裡將要矗立一座雄偉的城堡。」

「你的神力能搬運整座的山頭，哪裡用得著我們……」

「這是你們經行此地經商獲利的稅。」

商人們真是高興壞了，經過了世界上那麼多地方，不同的國，從沒見過搬運幾塊石頭到黃河灣上就等於上稅。商人們就到處傳說，這個世界上有這麼一個小小的國，國王卻如何年輕了得，又如何舉止奇特。外面的世界聽見，都當成是一個古怪的傳說。那些野心勃勃的國王們派出使者與商隊，不是為了尋找這樣荒唐的國，而是為了尋找黃金的國，玉石的國，盛產不死藥的國。

嶺噶的老總管絨察查根聽到這消息，想那覺如可能真是神子，這是在用他奇異的方式顯示自己的力量了。他對嘉察協噶說：「聽到這樣的消息，我真正覺得愧對於他了。」

「我弟弟真是天降神子嗎？」

「神子已經顯示出力量了。」

嘉察協噶更加思念自己親愛的弟弟了。他做夢時頻頻見到覺如。每一次，他都對弟弟說：「你的國就是嶺，嶺噶的百姓將來都是你的子民，不要因為無理的放逐而忘記了他們。」

「他們？那你呢？」

「母親想念故鄉，那時候，也許我會護送她回去看一看老家。」

轉眼到了秋風日緊、天上降下紛紛揚揚雪花的時候，看著滿眼寂寥的風景，母親說她有些想念嶺噶了。這話勾起了覺如的思鄉之情。他聽說自己來自天國，卻想不起來天國是什麼模樣。但他湧起思鄉的情緒時，嶺噶的景物就歷歷如在眼前。這天晚上，他做了一個夢，在夢中見到了焦慮不安的兄長嘉察協噶。

「尊敬的兄長，你為何坐立難安？」

「年老的母親生病了。」

「醫生們配過草藥了嗎？術士們施過法術了嗎？」

嘉察協噶緩緩搖頭，說：「母親患的是思鄉病，可她的故鄉在千座雪山、百條大河之外！」

「難道就沒藥可治嗎？」

「有，但是那藥已經用完了。」

「什麼藥？」

「梅朵娜澤媽媽知道。」

早上，覺如把夢告訴母親。梅朵娜澤點頭，回憶說，還在森倫王城堡中時，突然飛來一隻從未見過的鳥，落在了嘉察母親臥房的窗前。嘉察母親哭了。因為她從那鳥的吱吱喳喳的叫聲中聽出了來自故鄉的口音。那鳥飛走時，把一段樹枝留在了窗台上。那段青碧的樹枝上帶著好多青翠的樹葉。正在生病的漢妃命人從樹枝上摘下一片葉子煮了水喝，不到一個時辰，這個被疾病折磨得十分柔弱的病人就能夠從床上起來，站在城堡頂上遠望東方了——那是她家鄉的方向。

漢妃說，她的病叫思鄉病。

能治她思鄉病的青枝綠葉的藥也來自遙遠的故國，名字叫做茶。

覺如說慣了嶺部落語言的舌頭，很艱難地才發出了那個聲音：「茶？」

「對，茶。」

覺如笑了：「多麼奇怪的聲音啊！」

梅朵娜澤說：「要是知道這藥的功用，你就覺得這聲音美妙了。」

「哦？」

「這茶不只能治思鄉病，好些人得了奇怪的病，都用漢妃的茶水治好了。你哥哥託這個夢給你，想必是漢妃姊姊的茶葉用光了。」漢妃的藥本來是夠這一生使用的，但她把這些藥施捨給得水腫的病人，施捨給得惡瘡的病人，使他們都痊癒了，但是藥也用光了。

覺如說：「我要替漢妃媽媽弄來這茶！」於是，他喚來天上飛著的一隻隼，派牠去找嶺噶的大將嘉察協噶。那隻隼從嘉察協噶那裡把那枚已經沒有一片葉子的茶樹枝銜了回來。他把這樹枝拿給來自東方的商隊：「多給我運來這種東西！」

「茶？」

「茶？」

「茶！」

「茶！」

商隊首領說：「不等我回去，這消息就會傳到我的國家，等我上路回程時，茶葉就已經在來的路上了。不過，第一批是送你的禮物，以後嘛，你的人民就再也離不開它了。那時，你將用領地上的很多東西來交換。」

「那你需要什麼東西？」

商隊首領指指草原上奔馳的野馬群：「要是能將牠們馴化……」

「能。牧人們的座騎都是由野馬馴化的。」

商隊首領又把目光轉向那些滔滔奔流的山間溪流，溪水下的泥沙裡沉澱著寶貴的金砂。

「金子。」

商隊首領的目光又轉向草原上那些奇花異草，所有這些都是治病的良藥。覺如有些不高興了：「住嘴吧，我只問你要了一樣東西，你的目光卻顯得這麼貪婪。」

商人得意地笑了：「世界上的人都這麼罵我們，但越往後，這個世界的人們就越離不開我們了。所以，你還可以後悔不要我的東西。」

「我要。」

「你開通的道路不只是引來了我們這種貪婪的傢伙，還有那麼多流離失所的百姓也來到這裡，成為你的子民了，尊敬的王。」

「我不是王。」

「有一天你終究會成為一國之王。除非你重新封閉所有雪山間的山口，燒燬那些河上的藤橋與渡船。」覺如覺得自己真是不能夠那麼做了。這令他產生一種莫名的惆悵。打開那些通道的時候，他覺得自己能力無邊，給這荒蠻之地帶來了祥和與富足，但現在，他覺得自己是被一種更大的力量操縱了。那力量不是妖魔，不能看見，不能殺死，只能感覺無時無刻不在進逼，而且，就在身邊。

商人用玉石杯子奉上了一杯棕色的水：「喝一杯吧，這就是茶。」

覺如問：「不是一種葉子嗎？」

「是那神奇樹葉熬的水。」

覺如喝了，其味苦澀，然後是滿口的餘香，那香氣上到了腦門，剛才讓商人一席話說得有些沮喪，茶香一上腦門，他頓時覺得神清氣爽。商人送給他一袋茶，那神奇樹木乾枯的葉子。他派那隻游隼銜著茶葉飛往嶺噶去了。那時，晁通用輕便的木頭製造出了一種木鳶，他要全嶺噶都看見他的法力，每天騎著木鳶搖搖晃晃飛在天上。見游隼飛過，就大聲動問：「你這天上的猛犬，要飛往哪裡？」

游隼回答：「我領了覺如的命令，去見他的兄長嘉察協噶。」

「你口中銜著什麼東西？拿下來讓我看看。」

游隼不從：「你不是嘉察協噶。」

晁通念動密咒，要木鳶奪下這口袋，看看裡面藏著什麼寶貝。嘉察協噶看見這一切，一箭就把叔父的木鳶從雲端上射落下來，讓游隼降下落在了自己肩上。游隼叫道：「茶！茶！」然後振翅飛走了。

嘉察協噶看看，不是那青枝綠葉的茶，回到城堡也沒有聲張。但漢妃聞到了那奇妙的茶香，頭痛立即減輕多了。她說：「我修得了怎樣的福分，不用回家就聞到了茶香。」

嘉察協噶這才明白，把茶葉奉獻到母親面前。

老總管也喝到了漢妃親手烹煮的茶湯，他朗聲說道：「從此我將心明眼亮，不再被假象蒙蔽，讓心識永遠朝著正確的方向。」

人們說：「千里之外的覺如，把樹葉變成良藥，送到了殘忍放逐了他的嶺噶。」

神子的聲名，又開始在嶺噶百姓中四處流傳。

晁通的嘴角生了一個大瘡，夜不能眠。早已對覺如暗中稱臣的大將丹瑪說：「那是他嘴裡總是飛傳流言的報應。」

晁通派人從漢妃處討來一點茶，但當使女把香氣四溢的茶湯端到他面前時，他卻猶疑了：「如果這是覺如設下的計謀，他能把這樹葉變成藥，也能把這東西變成一碗迷魂湯，那樣，他就要把我的神通都偷去了。」

於是，他的使女們分飲了那碗茶。這使她們身上都放出了異香。晁通咬牙說：「我真想殺了你們！」

這天晚上，嘉察協噶做了一個夢，滿世界都是雪的白，無際無邊的雪，把世上所有東西都覆蓋了，牛羊找不到草，取暖的人找不到柴，上路的人找不到方向。醒來時，他率眾到山頂石頭堆成九重的祭壇上祈禱，為了祈禱靈驗，還殺了活牲作為祭獻。但是祭師們說，上天什麼都沒有示現。

說唱人：命運

聽眾們仰首望天。

這被人們仰望了幾千年的天空，除了閃爍的寒星，別的什麼都未曾示現。沉默。沉默。沉默裡有種責備的意味在裡面。幾千年了，總有什麼人會發出預言，向民眾們宣布奇蹟將要出現。奇蹟偶爾出現，那也只是屬於少數人的。對於大多數人來說，總是被遺忘。被遺忘的時候，他們就用這沉默作為護身的武器。唯有沉默，才能使他們假裝出從來未被那些不斷改頭換面的預言而激動過的樣子。但那只是一種假裝出來的樣子。所以，他們的沉默才帶著哀傷怨恨的味道。

老藝人也埋首很久，才從故事的情境中擺脫出來。人們沉默著走上來，把布施的東西：零碎的小錢、乾肉、麵餅、乾癟的蘋果、奶酪、鹽、鼻煙，把這些林林總總的東西放在他面前的毯子上。然後，他們走開了。月光把他們稀薄的影子拉得很長。

最後，只剩下晉美一個人還坐在下面，他沒有站起身來，影子和他的身體還團坐在一起，像是一個切實的存在，而不是像那些人，看上去不是離開，而是模糊的身影在月光下漸漸消散。

老藝人收拾好了琴，彎腰把錢撿起來，揣到身上，然後，氣喘吁吁地把毯子捲起來，打成包袱，這樣就可以很方便地帶著人們布施的東西上路了。

「怎麼，你就這麼離開了嗎？」

「我以為你會跟我走。」

「你演唱得跟我夢見的不一樣。」

老藝人眼裡迸發出灼灼亮光：「莫不是上天要修改這個故事了，然後才讓你夢見。那麼，請告訴我，年輕人你說說到底哪裡不一樣。」

「剛開始就不一樣。神子不是故意被驅逐，那些人不知道他是神子，所以就把他驅逐了！」

「在夢裡告訴你這一切的是誰？」

「我不知道。」

「那就告訴我他是什麼樣子！」

「不是有人在夢裡告訴我，我像看電影一樣看見！」

「好吧，不要著急，就請你告訴我到底有什麼不一樣吧。」

「我說了就是開頭不一樣！」

「這麼說，後來就一樣了？」

「後來……後來我還沒有夢見！你一口氣演唱得那麼多，早都跑到我前面去了！」

老人把包袱背在身上，把六弦琴抱在懷中，說：「瞧瞧，瞧瞧，這個故事又要生出新的枝蔓了。年輕人，如果我沒有在路上凍餓而死，只要我還有力氣，我會回來聽你的故事。」說完這句話，老藝人就上路了。他走進稀薄的月光中，身影將散未散之時，晉美聽見他說，「老天，為什麼故事要沒完沒了，驅使著我們這樣命運微賤的人去四處傳揚？」

然後，他的身影就消散了。

晉美還坐在原地不動，這話卻像寒氣一樣侵入了他的心頭，他心裡頭也生出了這樣的疑問，這樣的故事，為什麼偏要找自己這樣的人來作為講述者呢？冷風吹來，他像受了驚嚇一樣地顫抖起來。「講述者」，他是被腦子裡冒出來的講述者這個稱謂嚇著了。自己真的要像那個剛剛離去的老藝人一樣，艱辛備嘗，背負著一個天降英雄的古老故事四處流浪嗎？

回到家裡，他從窗戶上望著月亮，因為屋子裡的黑暗，月亮比在野地裡仰望的時候明亮多了。他又說了一次那個稱謂：「講述者。」聽出來自己的聲音比往常明亮。

晉美不敢說自己不願意再夢見那個故事，但他在心裡說，也許自己不會再在夢中看電影一樣看見那個故事的上演了。他的確畏縮了。作為一個說唱人的命運將如何展開，他一無所知，所以，他真的是害怕了。他對自己說：「我是一個笨蛋，天神只是看錯了人，現在他已經知道我有多麼愚笨，不會再叫我夢見稀奇的事情了。」

晉美看著月光不讓自己入睡。他知道自己會睡著，但是，他還是緊盯著月光，不願入睡。但月光偏偏在他眼前幻化。月光像一塊玻璃一樣破碎了，破碎成很多比月光更實在、更白的雪片一樣的東西，紛紛揚揚地從天空深處降落下來。

他還聽見一個聲音。這個聲音說：「故事，對！故事早就確定了，但細小的地方總會有些不大一樣。」

「為什麼呢？」

一陣笑聲震動得那些雪花像被狂風吹拂一樣，在天空中飛旋：「一件事情，人們總有不同的理解與說法。」

故事：大雪

神子也夢見了雪。他不是第一次夢見大雪。

他披衣來到帳房外面。沒有雪，而且是夏天，月光很稠厚，流淌在地上像牛奶一般。他想，這也許是上天意志的一種示現。因為月光通常不會濃稠到這樣的地步。他懂得這個示現：是說此地是一個未來的福地，牛奶流淌像水流一樣，這個福地將會六畜興旺。

那麼夢中飛雪是什麼意思？他問上天。上天沒有回答。那些暗中護佑他的神兵神將也怕回答這樣的問題，和月亮一起躲進了灰色的雲團。

南飛的候鳥嘎嘎叫著從南方北返，降落在黃河灣的沼澤之中。風向沒有改變。潮潤溫暖的東南風卻帶著西北風一樣的寒意。母親聽見驚惶的鳥叫也披衣起來，站在他身後。覺如有些明白了，他說：「上天要懲罰一下嶺噶了。」

母親嘆了口氣：「那會引起他們對我兒子更多的怨恨嗎？」

「不會的，媽媽。」

「是誰讓我來到人間，生下你，又要你遭受這麼多的苦難？」

「親愛的媽媽，我已經不這麼想了。」

「可我還是禁不住這麼想。」

「你知道我愛你，媽媽。」

「看來這是上天給我的唯一福分了。」

現在他清楚地看見了。他說：「媽媽，嶺下雪了。」說這話時，他的神情真的無限哀傷，「看來，我們要準備迎接因災流亡的嶺噶百姓了。」

嶺真的下雪了。丹瑪跑去告訴嘉察協噶。嘉察協噶跑去稟報老總管。老總管絨察查根說：「夏天飛雪，奇異的天象我已經看見。我知道這是驅逐神子的罪過，嶺噶人全體都犯下了這罪過。」

他們來到野外，大雪紛紛揚揚，夏日的綠草正在枯黃。傍晚時分，雪小了一些，西邊的天際也出現了隱約的霞光。人們用慶幸的口吻說：「雪要停了。」

老總管擰結在一起的濃眉沒有打開，他說：「雪要停了，就算雪已經停了吧，可是，蒙昧的人啊，想想我們的罪過吧！這是上天向我們示警了！」

「老總管啊，讓你擰結的眉毛打開吧。」晁通從他的寶馬背上翻身下來，「不然你要把治下的百姓都嚇著了。大家放心吧，明天起來，你們會發現，跟牛羊爭吃牧草的蟲子都被凍死了！要知道，這是我晁通用法術降下的大雪啊！」

老總管說：「我倒不信你能用法術行這麼大的好事，那就讓我們把這場大雪當成是上天對我們特別的眷顧吧。」

嘉察協噶說：「那麼，上天因為什麼理由要賜福於我們呢？」

老總管無從回答，背著手回城堡裡去了。

「看啊，雪已經停下了！」晁通大叫道。雪果然停了。西邊天際厚厚的雲層裂開了巨大的縫隙，這一天最後的陽光放出前所未有的光亮。晁通舉起雙手高喊：「雪停了，你們看到我的神通了吧！大雪把害蟲都凍死了！牠們再也不能跟牛羊爭奪牧草了。」牧人們發出了歡呼。他們覺得，與憂心忡忡的老總管相比，這個人才配做嶺噶的首領。

農夫們卻還有他們的憂慮：「可是我們的莊稼也跟蟲子一起凍死了！」

「明天，莊稼會復活過來。」

那天燦爛的黃昏中，嶺噶的百姓們看見晁通如此穩操勝券的樣子，他們說：「都說上天要給我們一個王，莫非他就是上天賜予我們的王？」

但是，西邊裂開的雲隙很快就閉合了。厚厚的雲層又籠罩了天空。晁通見勢不妙，趕緊騎上他能夠如飛行駛的寶馬奔回自己的部落去了。他知道，這些這麼容易就打算稱臣於他的人們，也能夠在瞬息之間背叛了他。俗諺說：「好人相信人心裡善的種子，壞人看見人心裡壞的胚芽。」盲從的人群啊，一會兒是羊，一會兒是狼。

晁通還在奔逃的路上，雪又下來了。這一下，就下了九天九夜。

然後，天空又放晴了一次。

老總管對嘉察協噶說：「我想到山頂的祭壇去虔敬地禱告，上天肯定會降下什麼旨意。但是大雪把所有的道路都掩埋了，馬踏入雪中就像跌進了深淵。」

嘉察協噶從箭袋中取出一支箭，拉了個滿弓，射出的箭貼地飛行，把厚厚的積雪推向了兩邊。他連射了三箭，雪都像巨浪一樣向兩邊翻湧，然後，一條通道出現了。老總管帶著祭師上了祭壇：「天神啊，我該獻上一個人牲，但是我的人民已經遭受了太多的苦難，如果你願意，老身願意奉上自己作為祭獻，就用你鋒利的光刃剖開我的胸膛吧。上天啊，嶺噶有人叫我王，但我知道我不是王。殺死我，然後給他們一個能夠脫離苦海的王。」

雪光的反映特別刺眼，人們無從看清山頂上的情形。

天神確實派了菩薩順著強光從天上降下來。他就是那個叫做觀世音的菩薩。菩薩說：「上天已經派給了你們一個王。他已經來到了你們中間，可是你們又背棄了他。現在，整個嶺部落都要離開故地去追隨於他！」然後，菩薩就隨著強光一道消失了。

老總管對著天空喊：「我可以把這旨意告訴他們嗎？」

「人要自己覺悟！覺悟！」

從天空傳來巨大的聲音，但是，這麼巨大的聲音又只讓老總管一人聽見，就是在他身邊的嘉察協噶也只看見了菩薩，卻沒有聽見他所說的話。而那些穿著法衣的祭師既沒有看見也沒有聽見。

嶺噶上中下三部各部落的首領都到老總管的城堡來了。晁通是得意洋洋地騎著他新製的木鳶來的。這通心木製成的木鳶身形寬大，到了城堡上空，他還駕著木鳶在天上轉了三圈，然後才降落下來。他當著眾人念動了咒語，竟然令那木鳶收起了翅膀。

他問老總管是否在祭壇上得到了上天的旨意。

老總管說：「神子覺如已經給我們開闢出新的生息之地了。」

晁通臉上現出了譏誚的神情：「是山上那些石頭告訴你的？」

「等到雪再融化一些，我們就可以上路了。大家都回各自的部落，準備好去率領自己的人眾吧。」

不要說別的部落的人眾，就是老總管自己統領的人眾，都圍在城堡四周號哭起來了。他們都是熱愛故鄉的人，沒有人願意就此離開家鄉。雪當然下得很反常，但是雪已經停了。牧草就要從雪下露出來了。雖然已經餓死了很多牛羊，但牠們並沒有死光。明年春天一到，牠們又會生殖繁衍。在此情形下，只有嘉察協噶和大將丹瑪堅決同意老總管絨察查根的計畫。其他人都沉默不語，塑像一般呆坐在城堡中間。晁通也不說話。他發現自己無須發表反對意見，那些沉默的人代他發表了意見。在嶺噶，他這個大能耐的人總是居於少數，今天卻有這麼多人和他站在相同的立場。老總管無計可施，他想，只好把觀世音菩薩示現的真相說出來了。他耳邊響起了天上的聲音：「上天可以幫忙，但眾生還得自己覺悟！」

老總管嘆息一聲，說：「大家再回去與部眾們多多商議吧。大家都知道，覺如在北方的黃河灣中已經開闢新的生息之地了。」

被放逐的覺如的消息，大家都在不斷聽說。那些消息是商隊帶來的。商隊來的時候帶來了更多的茶。嶺噶差不多所有的人都喝上茶了。他們的口腔不再莫名地潰爛，手腳不再萎弱無力，更重要的是，喝下這茶，一整天都覺得神清氣爽。商隊回程的時候，會有幾匹馬寧願不馱交換來的獸皮與藥物——比如迷迭香的藍色花和淫羊藿的根莖，他們去山邊頁岩上撬出一塊塊石板。他們說，這是返程時經過黃河灣時上給覺如王的石頭稅。商人們說，覺如王已經用商隊們上的石頭稅蓋起了一座三個顏色的城堡。

「三種顏色？」

「南方商隊運來的石頭是紅色的，西方商隊運來的石頭是銅色的，東方商隊運來的石頭是白色的。」

「北方石頭是什麼顏色？」

商人們搖頭：「北方還被霍爾人凶惡的白帳王，以及吃人無數的魔王魯贊各自占據一邊，不知覺如王什麼時候才會有征伐的打算。」

「拉倒吧，他是想用我們嶺噶的青色石頭冒充來自北方的，他要假裝征服了北方！」

「不對，大王說了，他的城堡要用這些石頭蓋頂，表示他不忘家鄉。」

以珠牡為首的姑娘們關心的卻是另外的事情：「他做的盡是英雄的事情，他自己也長得英俊雄壯了吧！」

說到這個商人們緩緩搖頭，爭辯一般說：「最大的英雄都長得不像英雄！」

姑娘們都失望地嘆息，她們當中最美麗的珠牡說：「可是，他剛生下來是多麼機警漂亮啊！」晁通得意洋洋：「後來，他不是把自己弄成一個醜八怪了嗎？」

是的，他剛降生的時候，長得相貌堂堂。到了三四歲時，他總是把自己打扮得奇形怪狀，後來，相貌也跟著那些奇怪的裝束發生了變化。覺如的名字是他母親梅朵娜澤叫出來的，他也真的把自己變成了一個名副其實的醜娃娃。

早在他們母子被放逐時，人們已經把他的大名格薩爾忘記了。但也有很多人相信，覺如的樣子是會變回來的。嘉察協噶就堅信這一點，他對那些咯咯傻笑的姑娘說：「弟弟的樣子肯定會變成一副英雄樣！」

嶺噶公認的最漂亮的十二個姑娘以珠牡為首，她們都說：「要真是這樣，我們十二個姊妹都嫁給他為妃！」

晁通抹抹自己油亮的黑鬍鬚，說：「咦，不能等，我們這些男人怎麼忍心看著這麼些漂亮姑娘白白像鮮花一樣枯萎了。乾脆，你們都來嫁給我，憑我的能耐，給你們一輩子的錦衣玉食，富貴榮華！」

姑娘們就像水中歡快的游魚瞥見了鷹的影子，驚惶地四散著跑開了。

她們聚集起來，可不是為了這個名聲不好的老晁通，而是看到英俊孔武的嘉察協噶等一干英雄在這邊。

商隊給馬馱上沉重的石板又上路了。老總管目送著他們遠去，心裡說：「神子，為什麼還不把本相趕快顯現？」

見與眾人商議的遷移之事毫無結果，老總管感到內心深處充滿了從未有過的無力之感，又一次說出了同樣的話：「神子，為什麼還不把本相趕快顯現？」

晁通都已走到他新造的木鳶跟前，讓木鳶展開了翅膀，卻又走回到老總管跟前：「大家不聽你的話，因為老總管不是真正的王。」

「我是嶺部落共同推舉的總管，不是什麼王。我們在等待王的出現。」

「把總管去掉，剩下最後那個字，你就是真正的王！」

「回你的部落去吧，我很累了。明天再帶著深思熟慮的意見回來。」

「是的，你年紀比我大，你當王，我來做你的總管，以你的仁慈和我的能耐，嶺噶定能壯大富強！」

「你何不乾脆說，你自己可以做王？」

晁通既不尷尬，也不氣惱，說：「那也好，你休息一陣，讓我試上一段時間，你說得對，嶺噶不能總是沒有王。」說完，他就騎上木鳶飛走了。他飛往不同的方向，從天上對好些走在不同道路的部落首領們喊：「明天回到城堡，不討論離不離開，而是推舉一個全嶺噶的王！」

那些艱難地跋涉在雪野中的人們，望著正忙著飛往別處的木鳶，說：「也許他才是能帶領我們走出困境的王？」

晁通再次回到了老總管的城堡，向老總管說：「也許明天，他們會讓你休息靜養，讓我暫行王權。」

總管的心情灰暗至極，揮揮手，厭倦地說：「那就聽天由命吧。」

第二天，是一個大晴天，老總管站在城堡前方的平台上。厚厚的積雪在熾烈的陽光下無聲塌陷，而在雪被下面，融化的雪水在潺潺流淌。直到日上三竿，通向各部落的大路上也沒有一個人影出現。老總管派出士兵四處察看。自己就在城堡頂上端坐不動。不喝茶，也沒動端上來好幾次的乳酪。閉眼聽雪融化，睜眼看見水氣在陽光下蒸騰起來。直到下午，大路上還是沒有出現一個人影。陽光的熱力減弱了，冰冷的西風吹來，使那些蒸騰的水氣變成了灰色的雲霧。他沉重的心境更加沉鬱了。也許自己真的是耗盡心力，不合時宜，該被眾人拋棄了。這時，第一路人馬在路上出現，是丹瑪和嘉察，昨天回程的路上，他們的眼睛都被雪上反射的強烈陽光灼傷，盲目的人無法在茫茫雪野中辨別方向。後來，派出的士兵們也陸續帶著各部落的首領們回來了。他們的眼睛都被強烈的陽光所傷，都在雪原上迷失了方向。連得意洋洋的晁通也讓木鳶撞到了一座山上。他一瘸一拐地最後出現在大家面前。他前腳剛剛走進城堡，雪又從天空深處落下來了。

所有人都餓壞了，他們吃了那麼多的東西，然後，這些頭腦不清的人又喝下了大量的茶。老總管說：「商隊來不了，我再也沒有茶來招待你們了。」

晁通故作輕鬆，說：「你是不是說誰的茶葉多誰就可以做王？」

老總管的語氣冰冷堅硬：「雪又下來了，你囤積的茶葉再多，這麼多人也最多喝個三天五天！」「那也比你多！」

老總管說：「你們看不見，但可以聽見。聽，雪又下來了，上天給的機會我們又一次錯過了。要是所有部落首領都會在雪野中迷失道路，眾生又將何去何從呢？」

雪不是從天空中落下，而是綿綿密密地壓下來，帶著一種特別的重量。這重量不是落在地上，而是落在人的心上。人們醒悟了：「老總管，請帶著我們上路吧！」

「那也得等雪稍小一些，等你們的眼睛能夠看見。」下人們上來，帶著這些因為眼睛的疼痛而流著淚水的首領們下去休息。

老總管自己跪下來，向上天虔誠祈禱。他說：「菩薩，你看看吧，他們自己覺悟了。」

雪立即停了片刻，然後又下起來了。

第四天，雪果真小了一些，整個嶺噶的人們都上路了。雪野上，那些背離了自己村莊、牧場的人，帶著些微財物，趕著尚未餓死的牛羊絡繹上路了，哭聲直上雲霄，衝激得雪都改變了降落的方向。

剛剛走出嶺噶的邊界，雪就停了下來。這時，黃河灣上正是暮春。母羊剛剛產過了小羔，路邊的野草莓開放出大片細微的白花。嶺噶人恍然記起，大雪是從夏天的尾聲下來的。他們走出雪野應該是秋天。但眼前的情景卻是春天。他們不可能在路上走了這麼長時間。他們不知怎麼走失了一個冬天。老總管回身對仍被冰雪覆蓋的家鄉跪拜，然後，他向著天上說：「嶺部落來到了新地方，我可以把這些部眾都交給你所選定的人了。」

老總管不願再往前走了，他說：「我無顏去見覺如，你們自己前去投奔他吧。」

黃河灣上這些年聚集起來的百姓，已經聽從覺如的吩咐前來迎接他們了。

故事：黃河灣

又走了三天，黃河灣上那座傳說中的三色城堡出現在大家眼前。

大家已經從商隊口中知道，這些石頭來自黃河灣之外的不同地方。現在，那座城堡已經竣工了。頂上覆蓋的正是來自嶺噶的青色石板。那些石板閃爍著金屬的光澤，以龍鱗披覆的方式在頂上鋪開。

這一天，覺如穿上了正式的禮服，看見他那煥然一新的面貌，眾百姓們都額手稱慶，他們擔心的事情沒有發生。覺如沒有因為好玩而騎在那法力高強但卻奇形怪狀的手杖之上，他沒有穿著那風帽上帶著奇怪犄角的皮袍。他乾淨的面龐上雙眼發出清澈的亮光。他吻了漢妃媽媽的額頭，然後投入了兄長嘉察協噶的懷抱。兄弟倆都禁不住淚水漣漣。他對嶺噶的十二個美麗姑娘投去豔羨而又傾慕的目光。

「啊嘖嘖！」他的目光燙著了這些姑娘，讓她們發出了嶺噶人嘴巴裡才能喊出的含義複雜的感嘆。

她們呼喊他的名字：「覺如！」

「不是覺如，是格薩爾！」

「不管他叫什麼，」晁通說，「你們要記住，他才是個八歲的娃娃！」

姑娘們七嘴八舌：「他的身量已經比你高大！」

「他的目光已經能使我們的臉腮發燙！」

「他為嶺噶人開闢了新的生息之地！」

覺如穿過人群，讓丹瑪帶他找到了躲在人群中的羞愧難當的老總管。安頓好眾人的飯食，覺如一手拉著兄長，一手拉著老總管，把嶺噶包括父親森倫在內的眾部落首領、眾英雄、祭師、術士，還有剛到嶺噶傳法的佛教僧人都迎請到自己居住的帳房。那個帳房還是從嶺噶被驅逐時帶出來的那一頂。在這帳篷裡面，嘉察協噶再一次愧疚難當，他更為弟弟擔心：「這小小帳房裡怎麼裝得下這麼多身分尊貴的人？」

老總管也發出了疑問：「你看那城堡那麼雄偉高大。」

覺如彷彿沒有聽說一般，掀開那帳房門，裡面卻別有洞天。那麼軒敞空闊，那樣的香氣瀰漫。每個人都可以安坐於一張波斯地毯。每個人面前都有一個寬大的案子。玉石的案子、檀香木的案子上擺的都是金杯銀盞，不說吃食，就是血紅瑪瑙的高腳盞裡的果品，就上了一十二遍，沒有一種不是來自遙遠的地方，不要說味道與樣子，就是它們奇異的名字也從未到過嶺噶人耳邊！

覺如端起酒：「感謝上天使我的親人和故鄉人來到此地，我到此三年來從未享受過這樣的歡喜！大家請乾了這一碗！」

眾人都一飲而盡，老總管卻離座來到覺如跟前：「我要先替嶺噶人提出一個請求，等你答應了，我才敢喝乾此碗！」

「老總管儘管吩咐！」

「因為我們的罪孽，美麗的嶺噶才遭了大災，其中一多半的罪孽，是因為我們毫無憐憫把你們母子驅趕，但是，為了嶺噶的百姓，我要請求你，讓嶺噶人在你開拓的領地上居停三年。」

覺如的頑皮勁兒上來了：「為什麼是三年，而不是三天？」

因為羞愧難當，老總管的頭深深地低下去：「我們的罪孽有多深，家鄉原野上的積雪就有多深，等那些積雪化盡，等大地重新煥發生機，要整整三年。」

看見老總管代人受過的羞愧模樣，覺如的心口感到了針刺般的痛楚，他扶著老總管回到座前，請他安坐於上位，舉起酒碗：「老總管和諸位首領請放心，覺如我開闢此地，就是為了嶺噶的事業功垂千年！」

說話之間，罩在人們頭頂的帳篷消失了。那些座位彷彿都升起來，大家都聽見了覺如洪亮的聲音：「大家請看，這美麗寬廣的黃河川，狹長彎曲如寶劍，刃口的南面是印度，劍尖所指為伽地，劍身插入唐古喇山。三色城堡建於此，這玉隆格拉松多就是將來嶺國之腹心！待到嶺國成大業，再分派子民回家鄉！」

老總管聞言，不禁喜上眉梢，端起酒連飲了三大碗。接下來，宴席擺開，一頓飽餐後，人們載歌載舞，通宵達旦。人們露營時燃起上萬堆篝火，明亮的光芒遮蔽了天上星星的光焰。

第二天早上，覺如領著眾首領登上高崗，他氣宇軒昂，指點江山：「大家看看這黃河川，英雄馳騁有大道，人民交易有集市，牛羊放牧有草灘，那座石稅築起的城堡，獻給敬愛的老總管！議事廳那麼寬敞，發號令召集我們時，老總管啊，塔高自然聲遠傳！」

老總管說：「那是你的城堡，你就是我們的王！」

下面立即一片響應的聲音：「覺如王！覺如王！」

他父親出來大叫：「他不叫覺如，他叫格薩爾！」

人們這才恍然大悟一般叫起來：「格薩爾王！格薩爾王！」

格薩爾見狀，趕緊運用神力，讓那些歡呼的人們不再能發出那麼巨大的聲音。他稍稍一用力，就把老總管扶到城堡中那鋪著虎皮，扶手上用黃金雕刻著龍頭的寶座之上：「老總管，請安坐此位！」

老總管徒然掙扎：「天意早已示現，你才是我們的王！」

連晁通也走上前來，說：「老總管說得對，你才配做我們的王。你趕緊上座，好趕緊給各部落安排新去處，老在你城堡享用美食，我們心難安！」

「我知道晁通叔叔是想早點讓農夫找到耕種的土地，牧人早一點把牛羊趕到自己的牧場！」

「真不愧是我的好姪兒，我不學老總管說客氣話，我的好姪兒啊，地勢有高低，土壤有肥瘦，我達絨部落在嶺噶總占著好河川！」

老總管聞言，嘆息連連：「不是人人心中都能生出慚愧之情，不是所有人都能改過向善！」晁通不滿了：「老總管啊，你說那麼動聽的話，因為你仍然高居於王座之上，而我要替我百姓的生計與幸福著想，沒有辦法啊，所以話就只好難聽一點。」他還把覺如拉到一邊，「嶺噶人再也不能忍受這個不公正的總管了，你給了嶺噶人這麼大的恩典，就請你來做我們的王吧！」他還拉扯著覺如的袖口，「我親愛的姪兒啊，我知道你不做王是因為心裡害怕。」

「叔叔，我不害怕。」

「孩子，你都不知道你自己真的害怕，你怕以你一個孩子的心智對付不了這些心計如海的傢伙！」

「叔叔，你不要說了。」

「孩子，你怕什麼呢？你不要害怕。」

「我不害怕，我的心很累了。」

「這就是害怕！」

「是的，正像你所說的，我親愛的叔叔，我真怕以我一個孩子的簡單心智對付不了心計如海的長輩！」

晁通其實知道姪兒的譏諷針對的是自己，但他還是不肯甘心，依然殷勤地說：「只要把那糊塗的老總管趕下寶座，我來幫你，我來做你的總管。你要玩鎮妖伏魔的遊戲就儘管去玩，麻煩的事情由我來辦！」

其實，這些話大家都聽見了。老總管大聲說：「就是覺如做了王，我仍然是總管！」

達絨部落的人站在晁通一邊，其餘部落站在老總管一邊，爭吵得不可開交！爭吵的時候，他們已經把覺如忘在一邊了。

覺如說：「你們不要吵了。」但這聲音顯得很單薄，他們的聲音卻越發興奮，越加高漲，讓覺如想起大群的候鳥剛剛降落在吃食豐富的湖上那震耳的聒噪。他走出了城堡。看到他那落寞的神情，梅朵娜澤媽媽感到心痛難忍：「他們要你的城堡嗎？」

「哦，媽媽，你為什麼離開龍宮，把我生在這些人中間？」

媽媽想說，這要問上天，但她不想說出會更令兒子傷心的話來。

那麼多人在城堡中繼續爭吵，使得城堡頂上覆蓋的沉重石板都在震顫，使得在遠處安謐河灘上覓食的水鳥都驚飛起來。只有面帶愧色的嘉察協噶和大將丹瑪跟了出來。覺如問兄長：「父親呢？」

「他在給老總管幫忙。」

「他不來看看我母親，他去幫忙？他能幫上什麼忙？」

「每個人都得讓人知道自己站在哪一邊。」

「那哥哥你呢？」

「弟弟你為什麼不稱王？」

「為什麼要稱王？」

「建立一個國，一個真正的國！現在同一個祖先繁衍出來的各部落像一盤散沙！」

丹瑪也說：「大家都知道，你就是上天給嶺噶降下的王！」

覺如看了看天：「我不知道，沒有人告訴我這樣的消息。我只知道這樣的爭吵讓人深感厭倦。」

這時裡邊又傳來消息，兩個外來的傳法僧人說，嶺國讓誰稱王尚要等待上天的指派，如果兩派相持不下，可以讓他們這樣的世外之人來代行攝政，除了上天將派來的那個王，只有他們才能公正無私地行使王權。兩個僧人還提出了進一步的理由，說天宇之下的世界已經由上天做了分派。不同的世界讓不同的宗教來教化。嶺噶已經置於佛法的照耀之下，那個將要稱王的神子，得到西方佛國那些大成就者的種種加持，所以他才會有種種的神通和清澈的心智，凡此種種，蓮花生大師和觀世音菩薩已經在嶺噶做了種種示現。

「僧人？」覺如臉上一瞬間出現了許多樣神情：從嚴肅到失望，從失望到迷茫，而那迷茫迅即變成了嬉笑，他又恢復到從嶺噶被驅逐時那副滿不在乎的小丑模樣，他又騎上了那根手杖，跑到山坡高處去了。嘉察協噶想要追去，哪裡又追趕得上？他回到城堡。人群立即安靜下來，以為他帶了覺如的話來。看著眾人期待的眼神，他知道自己也不得不捲入權力爭奪的漩渦了。第一次張開嘴，他沒有發出聲來，第二次張開嘴，他才發出了聲音。下面不耐煩了，高喊：「不要把剛剛吐出來的話又嚥回到肚子裡，大聲一點！」

他這才提高了聲音：「覺如不想稱王，覺如把誰摁坐在寶座上，誰就仍然是我們的首領！」眾人都覺得，他是在替覺如傳話，這才停止了爭吵。他還聽見了拔出的刀劍滑回皮鞘的聲音。他想，要是覺如聽到這聲音，定然會感到心寒齒冷。

人群慢慢散開，總管絨察查根長吁一口氣，癱坐於寶座上。他問嘉察協噶：「我們剛剛一起走出災難，剛剛吃了第一頓飽飯，為什麼會這樣?!」

嘉察協噶沒有回答，倒是心直口快的大將丹瑪氣沖沖地說：「這個問題，做總管的自己要回答！」

森倫喝一聲：「誰叫你如此狂言犯上，丹瑪你退下！」

嘉察協噶走到父親身邊，盡量壓低了嗓音：「這裡已經沒有什麼事了，父親應該去探望梅朵娜澤媽媽！」

這時，漢妃已經出去尋找梅朵娜澤了，但她沒有找到。森倫王出去了，他也沒有找到。這一天接下來的時光，心裡再次湧起愧意的人們四處尋找覺如，但沒有一個人看到這對母子的身影。那個距城堡不遠的帳房消失了。連圍著帳篷用來擋風的草坯壘成的圍牆也在一股風掠過之後，乾乾淨淨地消失了，好像那片草地上從來沒有任何東西存在過一樣。

這使得人們更加愧悔難當。

覺如就這樣再次從大家眼前消失了。各部落又為將在廣闊的黃河灣上如何居停而爭論不休。

兩天過後，覺如又出現在大家面前。他又穿上了整張鹿皮做成的衣服，把一對歪歪扭扭的鹿角頂在頭上。他的面孔重新變得髒污，重新跨坐在那七歪八扭的魔法手杖之上。他從城堡頂上的天窗直接降落在總管的寶座跟前。總管正驅散了吵鬧不休的人們，在閉目休息，眼睛緊閉著，嘴裡卻還在長吁短嘆。他搖晃老總管的肩膀，嘻嘻笑著：「他們把你弄得頭暈腦脹了吧？」

老總管差點從座位上跳起來：「覺如回來了！」

他再次高喊：「你們都進來，覺如回來了！」

覺如揮揮手杖，他說：「不要喊了，我不會讓他們聽見。」

「你用的是天授的神力嗎？」

「我不知道，但我不想讓他們聽見，他們就不能聽見！」

「對，你就是那個天降的神子，你就是他！」

一股風從窗外吹進來，風先吹過覺如的身子，拂動了他身披鹿皮上那些紛亂的長毛，然後才帶著他身上難聞的氣味，鑽進了老總管高貴的鼻腔，使他抬手遮住了鼻腔。覺如笑了：「這就是神子的味道嗎？」

老總管抓住了他的肩膀，使勁地搖晃：「菩薩已經從天上下來向我示現了，他要嶺噶所有的部落都來聽命於你，現在我已經把他們都帶到你跟前來了。」

「菩薩？」

「觀世音菩薩！」

覺如還生活在天上，還是那個名字叫做崔巴噶瓦的神子時，見到過這個菩薩。問題是，當他下降為人，這些記憶早就模糊不清了。有一瞬間，他腦子裡出現了一個形象，但馬上，這個形象又模糊，像被水波漾開的影子一樣消散不見了。於是他問：「什麼是菩薩？」

「這次跟我們來的人當中，有光頭的僧人你看見了吧？」

「我看見了，他們也想當王。」

「他們就是那菩薩所崇教義的信徒，他們就是來把菩薩的教法傳布給我們！」

「教法？」

「不要人彼此爭鬥，引導人一心向善的教法。」

覺如聽得有些頭大，他說：「我要走了。」

「你不能走。」

「我再不走，你要把我的腦袋弄炸了！」

「神子，你不能走。」

覺如已經騎著手杖飄到天窗那裡去了。他從懷裡拋出一張羊皮圖，說：「這黃河灣的地形我熟悉，嶺噶各部落的情形我也知道，我已經替你把他們各自的地盤分好了！」覺如飄然而去時，讓大家都看到了他從天上飛行而去的背影。大家看見他怪模怪樣地騎在手杖之上，巫師一樣在天上飛翔，然後，他在眾人的驚呼聲中化作一隻大鵬鳥，展開寬大的翅膀直飛到雪峰那邊去了。這時，老總管舉著那張羊皮圖卷出現在眾人跟前：「讓我們這些爭吵不休的人慚愧吧！半夜時分，讓我們的心臟因為羞愧而疼痛難忍吧！那個顯現了偉大形象的人，那個我們嫌他醜陋而稱他為覺如的人，替我們把一切都安排好了！」

接下來的一切就算是順理成章了。按照覺如的意思，嶺噶各部落的居停地安排如下：則拉色卡多，適合官人居住之地，為長系八兄弟的領地；最美麗的大峽谷白瑪讓夏，適合大丈夫居住的地方，劃分給了仲系六部落；黃河南面的札朵秋峽谷，劃分給覺如的父親森倫王；三色城堡所在的玉隆格拉松多，自然劃歸給了老總管絨察查根。

看見各部落一一都有了去處，晁通著急了：「我們達絨部落的新領地呢？」

黃河川下游魯古以上，有關隘如咽喉的峽口，有平壩如蓮花開放，這樣好的地方卻不清潔寧靜。叫人時，是魔女來應答，喚狗時，狐狸來應答，正是適宜強悍男子的居住之地，自然就該分配給晁通統領的達絨部落。

除了晁通因為沒有得到三色城堡，和城堡中那個老總管的黃金寶座，心有不滿，其餘部落，無論部眾與首領都為覺如再次離開大家感到愧悔難安。

故事：菩薩

覺如離開，一方面是厭倦於人們無休止的爭吵，一方面也是因為想讓嶺噶的疆域再有擴展。那個時代，除了與北方的霍爾已經短兵相接，與其他的國度——南方的印度、西方的大食、東方的漢人王朝，中間都有很寬廣的無主地帶。覺如往黃河川上游進發，來到一個名叫瑪麥玉隆松多的地方。就像任何無主的荒蠻之地，這地方也是各種妖魔邪祟橫行，覺如故技重施，數不清的分身在不同的山崗河畔追殺得妖魔無處遁形。為了讓這些地方變得清新潔淨，適於人類的居住，覺如確實屠戮太多。那些妖魔四散奔逃時，常常化身為各種走獸，為了使屠戮者手軟心慈而分出數不清的化身。如果這時的覺如是個三十歲的成年男子，那麼他真的就會手軟，就會退縮了。但他還是一個孩子，他從嶺噶被放逐的時候是五歲。八歲的時候，他又再次把自己從玉隆格拉松多放逐了。這一年剩下的時間，他帶著母親來到瑪麥玉隆松多，常常躺在帳篷裡黯然神傷。九歲這一年，他已經從莫名的悲傷中掙脫出來，遊戲一般在山坡河谷中追逐那些惡魔了。對一個孩子來說，那不過是一種好玩的遊戲。看那些妖魔與他對峙纏鬥失敗後，做出種種變化，看自己眾多的分身一一杖斃那些幻化出來的故作柔弱的驚惶生物，自有一種奇妙的感受。起初，他的魔力手杖偶爾還會誤傷一些走獸——比如當一個妖魔奔逃時幻化成一群吃力搖擺著肥胖屁股的旱獺，其中必有一兩隻是鑽出洞來在太陽下暖和身子的真的旱獺。後來，他的手杖就能分辨出真假了。真的旱獺看到杖影落下，會目瞪口呆，什麼聲音也發不出來。而那些假裝的旱獺一定要逼尖了嗓子，發出無比悲淒的聲音。

每當這孩子蕩平了一個地方的妖孽，一些流離失所的百姓就會聚集而來，當他在高處的雪峰和低處的沼澤中開出一條新的道路，商隊就出現了。商隊們早就熟悉他在玉隆格拉松多的事蹟，所以都放心地絡繹前來。他讓商隊帶來了茶。這令食肉太多而帶著濃重腥羶之氣的人，身上有了一股草木的芬芳，更給商隊造就了最大宗的交易。商隊出現在瑪麥玉隆松多，他們說：「瑪麥之王，你還會以石頭作為我們交易與過境的稅收嗎？」

「我不需要石頭的堡壘了。」

「那你需要什麼？」

「讓我想想，下次來告訴你們吧！」他騎著手杖飛遠了，飛到一個湖上。湖裡有一條惡龍，不時出來吞噬商隊的馬匹，並索要大海中的珊瑚樹，這條惡龍想把水下的巢穴裝飾成龍宮的模樣。覺如飛到湖上，喝令惡龍從此潛身水下，不要到岸上作惡，更不能向過往的商隊索要財物。

龍鑽出水面，哈哈大笑的同時，噴吐出巨大的水柱：「小子，你那手杖只能打死土洞中的狐狸與地鼠！」

「那我今天收你性命就不用手杖！」

「來吧！」惡龍騰身而起，竄起身來有一百餘丈。

覺如騎著手杖飛快地在天空中轉了三圈，然後，從掌心裡連放了三個霹靂，那惡龍立即斃命於湖水中間。

見此情景的百姓和商人都彼此詢問：「他為什麼不做我們的王？」

但覺如已經騎著手杖飛遠了。

他們跑去問他母親梅朵娜澤。梅朵娜澤集中了一些婦女，教她們紡線繡花。她說：「也許他要做的是不在王座上的王吧。」

十一歲的那一年，覺如倒拖著手杖正從山上下來，他殺死的三個惡魔分身化成的巨大蟾蜍和蜥蜴的血污，腳跟腳地從他背後的山坡上漫流下來。覺如需要不斷加快腳步，才不至於讓那血污把自己的雙腳淹沒。他奔跑得有些狼狽，但他知道，只要自己跑到山下那個湖泊對岸，三個惡魔殘存在漫流的血污中的最後一點力量，就會慢慢耗盡了。

這時，一堵光牆降落在了覺如和那些向山下漫流的血污之間。那些血污發出老鼠那樣吱吱的聲音，化成一股氣在瞬間就蒸騰著消失了。

觀世音菩薩從那光中顯現，他懸空安坐於一朵蓮花之上。覺如好像知道這個人是誰，但還是問：「你是誰？」

「我從很遠的地方來看看你。」

好像有人牽著他的手，覺如不自覺地抬起手，指了指天上。

菩薩笑笑，話鋒一轉：「你殺生太多了。」

「你不知道它們都是吃人無數、使這世界荒蠻不寧的妖魔嗎？」

「我知道，我不是說你不該殺死它們，但你不該殺得如此性起，像商人看見金子一樣喜歡！」

「你這話好生難懂⋯⋯」

「這事情說起來真有點難辦，又要為眾生盡除妖孽，又要對它們心懷憐憫。」

「那有什麼用處？」

「能使眾生向善。」

覺如大笑，說：「老總管身邊出現的僧人就說著跟你同樣的語言，他們是你的門徒嗎？」

「人人都能成為可以證悟一切的佛法之門徒。」

「那麼你走吧，你那兩個跟隨著老總管的光頭門徒，我不喜歡。」

「哦？」

「你是派他們來做嶺噶之王的嗎？」

「他們要在人心裡撒播慈悲種子，猶如種田的農夫，不能做王。」

「他們的確想做。」

菩薩從半空裡降下來，落在地上，還未走到覺如面前，他就感到香風拂面。菩薩深嘆了一口氣：「我正是為此而來。」菩薩說，「你走近前來，我有事情跟你商量。」那兩個發下誓願要在嶺噶百姓中傳播佛法的僧人，因為受到上至部落首領，下至黑頭黎民的無比尊崇，不由得生出了駕馭之心。本來，天上讓神子下降，加持他那麼多的法力，就是為了蕩滌妖孽，殺戮漸平時，再讓僧人出現，給人心中播下良善的種子。也許，那些僧人出現得太早了一點。置身於一片還相當荒蕪的土地上，期待播下的種子未見生長，他們自己心田中反倒滋生了荒草的胚芽。

菩薩說：「你還是向來往的商隊再收石頭稅吧。」

「我不要石頭的城堡了。」

「不是城堡，是廟宇。」

「廟宇？誰住在裡面？」

「佛，佛法，還有傳播佛法的僧侶。僧侶不能老混雜於凡夫俗子中間，畢竟他們也是肉身凡胎啊！」

覺如一面想，這個人憑什麼支派自己，一面卻已經點頭應允了。

菩薩又吩咐：「廟宇最好遠離塵囂，不要像王的城堡建在通衢大道之上。」

「為什麼？」

菩薩沒有回答，因為他覺得難於回答，為什麼要把人心耕作為福田的人，偏又要避開人群，隱居於深山之中？菩薩也沒有告訴覺如，他身上的神通是下界之前由上天諸佛加持於他的。

臨別的時候，菩薩說：「我的出現是能讓人了悟些什麼的。我想，你也是一樣的吧？」

覺如說：「我好像想起點以前的事情，一時間卻又想不清楚。」

「那你了悟到什麼了？」

「你是說懂得什麼吧？你……」

「叫我菩薩。」

「菩薩的意思我知道，那我將來就不是笑著，而是要流著眼淚殺死妖魔。」

「有一天你會流下眼淚的……」

覺如笑了：「他們說從前來過一個法力無邊的蓮花生大師，他為嶺噶除掉過很多妖魔，但是他又突然離開了，是不是就是因為你對他說了什麼話？」

菩薩覺得，這一天遇到了一個聰慧異常同時又冥頑不靈的對手，糾纏下去也是枉然，他回到蓮座升上了雲端，而他的話音卻仍響在覺如耳邊：「機緣未到，再說也是白費口舌；機緣到時，我們還會相見！」話音剛落，人已不見，只在湖上有一道彩虹浮現。

望著湖上的彩虹，神子真的覺得心中有什麼被那菩薩的話觸動了，他突然覺得周圍的環境有了陌生之感。他想，我來嶺噶快十二年了。他突然又想，咦？我怎麼不說自己生在嶺噶，而是說來到？

天上傳來菩薩的聲音：「你該想想這個問題了！」

說唱人：古廟

晉美的夢境也發生了奇怪的變化。

本來，在斷斷續續的夢中，晉美一直是一個旁觀者。用他的話說，就像看電影一樣。當他夢見觀音菩薩出現時，他不再是一個旁觀者，他看見自己出現在夢境裡邊。更為奇怪的是，他居然跑到覺如身邊大喊：「你不認識嗎？他就是觀音菩薩！」

覺如看著湖水發呆，絲毫也沒有理會。他是覺得菩薩很面善，卻一時想不起來在什麼地方見過。以後，他會慢慢想起些過去在天上的事情，但此時，他卻無論怎麼想都想不起來。覺如坐著不動，晉美一著急真的就飛上天空了。他居然在一片彩雲中追上了菩薩，卻被護衛的天兵把他喝止住了。

菩薩說：「叫那人上前說話吧。」

晉美嚇得五體投地，趴在鬆軟的雲團上了。他感到身體下面的雲團好像在陷落。菩薩說：「你不會掉下去的。」

那雲團真的就停止了下陷。

菩薩說：「跟了那麼遠，你為什麼不說話？」

晉美聽見了自己囁嚅的聲音：「菩薩的本相跟廟裡的塑像不一樣。」

「我聽說就是塑像也各個不同。」

「聽說？菩薩你不到廟裡去嗎？」

「廟裡？煙燻火燎的，我去幹嗎？」

他那牧羊人的倔勁上來了：「那我明明聽見你讓覺如替你修廟。」

菩薩神祕莫測地笑笑，什麼也沒說，旁邊卻有威嚴的聲音喝道：「咄！這話是你該問的嗎?!」

牧羊人嚇得從雲端裡跌落下來了。他驚叫一聲，在地上掙扎著醒了過來。四周一片寧靜，羊群在吃草，藍湖上有白色的鳥在飛翔。他慢慢清醒過來，遺憾之情充滿了心田。要是自己永遠留在那夢境，永遠在菩薩身邊就好了。但是，他就像從屋子裡扔出一個破口袋一樣，把自己從夢境裡扔出來了。

那些天裡，他人越來越迷糊，在村子裡逢人就說：「我看見了。」

「一個瞎子能看見什麼？」

「我看見菩薩了！」

「想看菩薩到廟裡去就是了。」

「是真正的菩薩！」

人們對此能說什麼呢？只能聳聳肩膀說：「這個可憐人快要瘋了。」

這個瘋子居然還說：「我還看見故事裡的少年格薩爾！」

他耳邊的確又響起了吟詠英雄故事的熟悉旋律：「我聽見了！」同時，他嘴裡就哼唱出了那人人都熟悉的開唱詞：

「魯阿拉拉穆阿拉，魯塔拉拉穆塔拉！」

眾人大笑，這並不能證明什麼。在康巴草原上，有耳朵的人都熟悉這句英雄傳奇開篇時的引子。不要說是人，就是那些用尖喙在樹幹上輕叩的啄木鳥也能弄出一串這樣的聲音來：嗒嗒——啦啦——嗒啦——嗒！

瞎子脹紅了臉爭辯：「那不一樣！」

人們轟然大笑：「聽聽，他說人跟啄木鳥是不一樣的。」

啄木鳥從老柏樹上驚飛起來，扇動著風車一樣旋轉的翅膀，飛向了遠處的山崗。那是座吉祥山崗，地面上開滿鮮花，明亮的水晶在地下生長，就像故事在一個說唱者心中蘊蓄一樣。

從這句引子開始，英雄傳奇的說唱人會仰天呼喚出神靈的名字。不知有多少次了，當那說唱的引子在耳邊迴盪，就規定了一種情景，這時抬頭望望天空，那些被高空氣流擾動的流雲會幻變出種種猛獸與神靈的形象。這些形象就在他腦海中奔突，靜止的彩虹與狂亂的霹靂同時顯現。故事！但是在他腦海中故事輪廓卻模糊不清。他在夢境中看見，而且一直都隱約地聽見，卻又不能明晰地唱出這綿長深廣的傳奇，人們當然有理由譏笑他了。甚至是在夢裡，他也能聽見人們並無多少惡意的譏笑。人們翻身上馬奔馳而去，順著雅礱江岸奔馳一段，然後，隨著河流一起轉彎，從他視線中消失，使他內心空闊惆悵。

他甚至分辨不清，那是他夢中所見，還是騎在馬上的人群消失後，自己才開始做的夢。但無論是現實，還是夢境，當時的情形都歷歷可見。人們提起長袍的下襬，翻身上馬，奔馳起來後，撲入胸懷的風讓衣服鼓脹起來，使他們的後背顯得那麼飽滿。然後，彷彿響過幾聲錚錚的撥弄琴弦的聲音，草灘上就剩下四散開去的羊群和淺沼上反射的熠熠陽光。他在草地上躺下，用那隻獨眼看天空中流雲的幻變。他心中有什麼在湧動，於是又哼唱著那流傳千年的古歌的引子：

「魯阿拉拉穆阿拉，魯塔拉拉穆塔拉！」

他只要把視力超常的右眼蒙起來，把失明的左眼朝向太陽，就能見到一串串五彩的光芒富於啟示性地奔湧而來。他睡著了。獨眼卻沒有閉上，幻變的流雲瞬息之間就五彩斑斕。

他說：「我還想見到你，菩薩。」

但菩薩沒有出現。

他想，自己也可以到廟裡去看菩薩。這個村的人上廟有兩個選擇。一個在河北岸，那個廟像個小城，大片的建築覆蓋了整座山崗。好些座大殿的黃金頂在低矮的僧舍間高高在上，閃爍光芒。其中，就有一座觀音殿，那座觀音像有一千隻手孔雀開屏一樣在身後展開，每一隻張開的掌心中都有一隻美麗的眼。但他去了河的南岸，那座廟只有一座建築。那是大多數信徒不太去的一座廟。他帶上乾糧前往這座廟。本來，出村東去兩三里地就有一個渡口，他知道人家不會為了他專門擺一次渡。他只好先西去數十里，從那裡過了公路橋，再沿河東返，那天晚上，他就在渡口邊露營。第二天，他開始爬山，中午時分，他爬到了山半腰上的一塊寬廣台地。在一片被風吹拂的麥浪中間，看見寺院赭紅色的牆壁出現在眼前。廟裡非常安靜，供養著菩薩的大殿門上了鎖，僧舍的門卻敞開著。他進去，向人問安，但沒有人回答。石頭水缸，木頭水瓢浮在水上。他飲了多半瓢清涼的冷水，坐在屋子外面的牆根下。這地方實在是太清靜了，牆縫裡都長出了青青的艾蒿。他捻斷一根，把手指沾上的清苦的青草香湊到鼻子跟前。兩隻喜鵲，站在屋檐口吱吱喳喳地交談了一陣，振翅飛走了。

這個廟不叫廟，叫殿，觀音殿。

不知道是多少年以前了，一個耕作的農夫感到犁鏵碰到了一塊石頭。挖出來的石頭天然地就是菩薩的模樣。那時，佛教還沒有統治這個地方，也差不多就是神子格薩爾降生於人世的時代吧。直到有一天，一個遊方的僧人來到此地，看見這尊被供養於眾多偶像中的自生觀世音菩薩像，當即就深深拜伏下去。那時，這片田地中央，是一個石頭堆起來的祭壇。那個傳教的僧人拜伏完畢，起身時，就用手杖把其他的偶像全部擊碎了。看到他把泥土的偶像擊碎，人們憤怒了，準備要殺死這個狂妄的人。他們馬上又看到，石頭偶像也被他的木頭手杖擊為齏粉，立即就害怕得跪倒在地上了。就是那人用祭壇的石頭建起了這座廟。當地人都傳說，那個僧人沒請人幫忙，也就十多天時間，他就讓這麼一座建築出現在了人們面前。

廟裡就只供奉著一尊自生的觀世音菩薩像。

這個僧人不像後來的僧人那麼喋喋不休。他不大說話。傳說他臉上始終掛著石像臉上那種若有若無的笑容，他的眼睛也含著與菩薩眼中一樣的神情，好像一切都洞若觀火，又好像什麼都沒有看見。後來，他離開了，他留下的話是說：「將來的廟會日趨浮華，但這個廟就讓它這樣。」

後人一直遵從那個僧人的囑咐，當得到中原皇帝賞賜的法王在河對岸大興土木，打造出一片金碧輝煌時，這裡本不十分繁盛的香火就更加稀落了。當時住持想要改變局面，便四處化緣，弄來一些金子。他重塑了一座觀世音像。那座自生菩薩像就被包裹在了新的塑像中間。他還給這個泥塑的菩薩臉上敷上了一層亮閃閃的金粉。那些金粉都是這個喇嘛親手研磨的，但香火終於還是沒有繁盛起來。

牧羊人晉美也是第一次來到這個觀世音殿。

他聞著手指上艾蒿的苦香，在暖暖的陽光下睡著了。睡著之前，他做了一個祈禱：讓我再次在夢裡見到菩薩吧。

但他沒有做夢，而是在一陣錚然作響的叮叮鈴聲中醒過來了。他睜開眼睛，發現大殿門已經打開了。他脫下靴子走進殿中，好一陣子，眼睛才適應了殿中的幽暗。一個赤腳的僧人有些吃力地推動著一只高齊屋頂的轉經筒，經筒上方懸掛的幾只鈴鐺搖晃著發出了清越的聲響。然後，他才在龕中見到了菩薩包裹在一堆絲綢中的身軀，和那已經在漫長的時光中顯得黯淡的金面。

晉美對僧人說：「我想看看原來的那個菩薩。」

那個僧人含著笑意對他雙手合十，卻不開口說話。

「我想看看那個菩薩，我想他是我夢見的那個樣子。」

僧人的笑容更動人了，但他仍不說話。

「我想他是想讓我成為一個演唱格薩爾故事的藝人。」

僧人不說話，又去推動那個沉重的轉經筒，那叮叮的鈴聲又錚錚然響起。鈴聲落在腦門上，好似一滴滴露珠落在了將要展開的花蕾之上。

他離開廟宇，走在那片清風拂面的麥田中時，一個拔草的婦人對他說：「我們的喇嘛不能說話。」

「他是啞巴？」

「他在修行期間，不會開口說話。」

「我會再來看他。」

說唱人：渡口

他在昨夜露營的地方又住了一晚，篝火熄滅後，他蜷縮在羊毛毯下，看見星星一顆顆跳上天幕，彷彿聽到山上廟裡的錚然鈴聲又響在了耳邊。他覺得會給他啟悟的菩薩將從夜空中顯現。但他很快就睡著了，中間醒來了一次，聽見河水很大聲地彷彿就在枕邊流淌。

再次醒來時已經日上三竿了。強烈的陽光晃得睜不開眼。陽光的撫摸讓身體特別舒服，他翻個身，想再躺一會兒。但很嘈雜的人聲讓他睜開了眼睛。他看到渡口上已經聚集起很多僧俗人等，有人正站在河邊朝著對岸呼喚渡船。渡口那邊，船夫父子出現了。老人扛著一對槳，年輕人頭上像頂著一口大鍋一樣頂著一隻牛皮船，兩人相跟著正走下河岸。

他翻身起來，看見昨夜熄掉的火堆又燃起來了，火邊煨著的茶壺發出咕咕的聲響。坐在火邊啜飲熱茶的肥胖喇嘛笑著向他道了早安。

慌亂中，他聽見自己嗓子裡也咕嚕出一點聲音，想必是回道了早安。

喇嘛說：「謝謝你的茶。」

他本來就慢的腦子此時正處於剛剛醒來時的迷糊之中，一時間真不知道該怎麼說話。還是喇嘛說：「洗把臉就清醒了。」

他趕快跑到河邊，捧起清涼的河水，然後把臉埋在了雙手中間。他喝下一大口水，嗚嚕嗚嚕使勁漱口，自己都覺得口中不再散發濁重的臭氣時，才回到火塘邊，他對喇嘛笑笑：「現在說話，我口裡的臭氣就不會沖犯到喇嘛了。」

喇嘛正色說：「我是活佛。」隨後他也笑了，「一個普通喇嘛哪有這麼多隨從。」

「就是……」

他眼望著河北岸那座依稀可見的金碧輝煌的大廟。

活佛點點頭：「不是最大的那一個。」

在那座龐大的寺院中，等級不同的大大小小的活佛共有三十多個。兩個人一時無話，看渡口那邊的父子倆正把牛皮船浸入水中。幾天不下水，牛皮就乾了。需要在水中浸泡一陣，再往接縫處塗抹些防滲的油脂。活佛說：「看來還得等上一陣呢，告訴我你剛才夢見了什麼？」

晉美說：「昨天，我到廟裡去了。」他又補充說，「不是你的廟，是這山上那個小廟。」

隨從見陽光強烈，拿了副眼鏡來給活佛戴上。活佛沒有說話，就從那棕色的鏡片後看著他。

「我夢見了觀世音菩薩。」

「他有怎樣的示現？」

「我先夢見了一次，這才上山去拜他。剛才又夢見了。」

「我是問你菩薩有什麼示現？」

「什麼是示現？」

活佛笑了：「就是他在做什麼，或者說了什麼？」

「他沒有對我說話。」

「他當然不會對你說話！」

「他在對格薩爾說話。」

「什麼?!」活佛身子一振，要不是他如此肥胖，說不定都從地上蹦起來了。「和格——薩——爾？觀世音——菩——薩？」

活佛這樣激烈的反應，可把晉美給嚇著了。的確，天快亮時，他又夢見了，還是曾經夢見過的場景。活佛繼續追問。晉美就告訴他，菩薩要覺如建一座寺院，把剛剛來到嶺噶的僧人與俗人區隔開來。

活佛怔住了，喃喃說：「把僧人和俗人隔開？」

晉美說：「因為剛來的僧人和晁通他們爭奪三色城堡裡的寶座。」

這時，渡船已經划過河來了。隨從們簇擁著活佛上船去了。他收拾好露營的東西，準備自己上路了，卻見活佛向他招手，於是，他忍受著隨從們厭惡的神情擠上了渡船。活佛一直靜靜地端詳著他，但是直到上了岸，才對他說：「到廟裡來看我吧，我叫阿旺。」活佛看一眼他的隨從，說，「到時候你們不要為難他。」

隨從們聽主子吩咐時，臉上露出的是一種表情，聽從吩咐完畢，臉上又換上了另一種表情。總而言之，就是典型的隨從的表情。

活佛說：「菩薩在你心裡埋下了寶藏，讓我來幫助你開掘。」

他知道這種說法，關於格薩爾的英雄故事，上天已經將其埋藏於人間，讓後世的人們總有不斷的發現，稱之為伏藏。一些伏藏寫在紙上，埋於地下，讓有緣人開掘，更有一種伏藏，直接就埋藏於某個人的心中，叫做心藏或識藏。機緣到來時，就會從某人意識中露出頭來，顯現出來，使之在世間重新流傳。

故事：廟

覺如又開始向來往商隊收石頭稅了。

嶺噶遷來的各部落人眾看到商隊的馬背上又馱上了石頭，知道覺如要建一座叫做「廟」的大房子，好讓僧人與俗人分開，都自動地加入到了送石頭的隊伍中間。其實，兩個僧人並不在所有俗人中間，他們只是跟貴族們待在一起，在他們中間傳播教法。兩個僧人一個來自東方伽地，一個來自南方印度。僧人說，他們跟已被嶺噶人當成神來尊崇的蓮花生大師，遵從的是同一教法。但嶺噶人不大相信。蓮花生大師四處降妖伏魔，卻沒人知道他神祕的行蹤。傳說他來去都是御光飛行。降妖伏魔的間隙，他都在偏僻的山洞中面壁修行，很少接受人們的布施供養。但是，這兩個人背著經卷，扶杖而行，來到嶺噶時，人已經形銷骨立，一身麻衣褪盡了當初的顏色。他們來到嶺噶，整天教人誦讀經卷。他們既然說跟蓮花生大師一樣遵從同一教法，大部分跟他們誦讀經卷的人其實就盼著他們早日傳授鎮妖伏魔的教法。

僧人卻說，更多的妖魔生於人心，他們弘傳的是調伏心魔之法。什麼是心魔呢？搜羅財寶，渴求權力，野有貧寒而錦衣美食，都是心魔所致。但是，來到嶺噶沒幾年，人們即拜伏於他們帶來的神像，口誦能夠持明淨心的六字真言。僧人便住進了部落首領的城堡，穿上了閃閃發光的綢緞，法器金包銀裹，每說一句話，人們都要俯首稱是，他們還常常為部落首領出謀畫策，甚至直接出面行使職權。

老總管絨察查根把覺如籌建廟宇的消息告訴身邊的兩個僧人，詢問他們的意見。僧人之一說：「我們是救渡眾生的人，就應該在眾生中間。」

另一僧人說：「牧羊人怎麼能夠不在羊群中間？」

老總管不大高興聽到這樣的說法，他說：「照此說來，我也是一隻羊了？」

「老總管不要動氣，人人在無上教法前都是羊，不是我們出家人的羊。」深感受到冒犯的老總管說：「無論如何，我們都借住在覺如開闢的領地上，還是聽從他的安排吧。」

兩個僧人還要辯駁，總管舉起手讓他們住口。他對嘉察協噶說：「到你弟弟那兒去一趟吧，為什麼他行事的道理，我們無論如何也不能明白？」

嘉察協噶得令非常高興，立即就跨上馬背出發了。他算過，路上起碼要走五天。途中，他遇到成群奔跑的羚羊，他想，說不定喜歡惡作劇的覺如就化身在它們中間。於是，他勒住急馳的馬，說：「我親愛的兄弟，要是你化身在它們中間，就請你站到我面前來吧。」

羚羊群看見他背在背上的弓和懸在馬鞍邊的箭袋，都驚惶地逃散了。

他還在路上遇見了成群的鹿、野牛、野馬，常常化身無數的覺如都不在牠們中間。他來到了梅朵娜澤媽媽的面前。梅朵娜澤媽媽含笑指指水流曲折寬闊的黃河灣。成群的天鵝在碧水中漫遊。嘉察協噶驅馬奔馳到河邊，一隻天鵝飛起來，直撲到他肩上，然後，他聽到水禽的鳴聲變成了覺如的歡笑。天鵝的翅膀變成了弟弟的手臂，抱住了他的肩膀：「哥哥看我來了！」

哥哥把自己的額頭緊貼住弟弟的額頭，好半晌都沒有分開。然後，他說：「帶我去看看你修的廟吧。」他說「廟」這個詞時，很陌生，很不習慣。此前嶺噶沒有這個東西，只有石頭堆砌的祭壇。

覺如笑了：「你不會說那個詞。我也有點不會。」

這時，那座用新的石頭稅建起的廟宇已經接近完工了。大殿裡將要供奉兩個僧人分別從伽地與印度帶來的佛像，漂亮的閣樓用來儲藏他們攜來的經卷。嘉察協噶告訴弟弟，僧人不大願意離開城堡。覺如說：「他們本來就是從廟裡來的。」

「你怎麼知道？」

「我不知道自己怎麼知道，但我就是知道。」覺如說，「他們會來的，廟是他們的家。」

那是嘉察協噶一生中最為快樂的幾天。兄弟倆驅馬奔下山崗，又奔下山崗，到了一個岩洞很多、寸草不生的岩石山崗，把一頭五百多歲的熊殺死在山洞跟前。這頭成精的熊已經殺死了太多的羊和它們的牧人了。嘉察協噶是凡間英雄，他殺死過很多嶺噶的敵人，這是他殺死的第一個妖魔。他說：「其實我也可以殺死妖魔！」

「只要你覺得自己可以戰勝它們！」

他們又驅馳到一片河灘地，在那裡射殺了驅使著大群屬下、能把大地全面掏空、使牧草全部死亡的地鼠之王。三天後，他們再回到這片河灘時，就看見雨後的大地恢復了生機，青青的草芽罩在地上，像一片輕煙。很快就會有流落無地的牧人來這裡紮營生根了。嘉察協噶因此知道，嶺噶新的生存之地就是弟弟覺如如此這般開闢出來的。他由衷地說：「弟弟，你真的應該做我們的王。」

覺如在地上打一個滾，又變幻出一種醜陋而又可笑的形象：「我不是誰的王。」

嘉察協噶從馬上下來，摘下頭盔，屈膝在弟弟面前：「我怎麼配做你的兄長！」

弟弟恢復真身，扶直了哥哥的身子，把額頭緊貼在哥哥的額頭上。覺如說：「我們就在這裡告別吧。」

嘉察協噶問：「真要讓僧人來嗎？」

「馬上就來。」

「可是你的廟還沒有修完……」

覺如指了指遠處的山口，說：「哥哥你到了那裡的時候，再回頭看看吧。」

嘉察協噶上了馬，向遠處驅馳而去。覺如知道有天兵天將在天上護佑著他，但他假裝沒有發現。因為凡人不能看見的，他卻能看見。他想，該讓他們現身了：「你們藏在雲後的兵馬，下降到我的面前來吧！」

那些天兵天將應聲顯形，亮閃閃的盔甲，亮閃閃的刀矛，整齊地排列在他面前。他說：「人們很勞累了，既然是天上菩薩的意思要修廟，那你們就顯示神力，讓那廟馬上完工吧。」天兵天神再次升上了天空，不一會兒，天上就烏雲密布，把正在修築寺廟的那個小山崗籠罩住了。雲層中雷鳴電閃，如箭的急雨和沉重的雹子降落下來，把眾多的石匠和木匠都驅離了山崗。

身後有著那麼大的動靜，嘉察協噶都沒有回頭。直到來到那個已經可以眺望到另一片富饒河灘的山口，他才回過身來。他跟那些木匠和石匠一起，看到雲開霧散，一彎彩虹顯現在藍天下面。那座寺院已經完工了。厚實的赭紅牆體莊重，金色塔尖直指藍天。覺如又一次讓奇蹟在兄長面前顯現，讓他更加堅定的相信，弟弟一定能做嶺噶的王，只有他才配得上做未來嶺國的王。

未來嶺國的王要讓僧人們住到廟裡去，那他就一定要讓僧人住到廟裡來。但是怎麼才能讓他們離開爭權奪利的城堡，這個戰場上勇猛卻生性善良的人心中著實犯難。這個心思弄得他一路上惴惴不安。沒想到，走到半路，卻見兩個僧人帶著幾個新收的弟子匆匆地迎面而來，帶著他們的佛像和經卷。兩個僧人已經脫去了絲綢的衣裳，幾個新弟子剃去了紛披的長髮，光潔的頭皮上細密的汗珠反射著陽光。

天兵天將幫助覺如建成寺廟的消息，閃電一樣傳遍四面八方，跑在了飛快趕路的嘉察協噶前面。

「佛法顯示了無邊的力量！」僧人對嘉察協噶說，「這不只是要讓僧人回到廟裡，更向世人昭示，寺廟將要在嶺噶星羅棋布，寺院金頂將在嶺噶所有吉祥的山崗上閃爍光芒！」

然後，他們就急匆匆地奔向他們的寺廟去了。

說唱人：病

一個高大威武的神人，眨眼之間就站在了面前。一身金甲金盔的光芒把他照亮。他認出了這個神人就是格薩爾：「是你？」

金甲神人點頭說：「是我。」

「格薩爾大王。」

晉美的反應是要翻身起來匍匐在地，大王的神力卻讓他不得動彈。大王發話了，身在近處，聲音卻來自天空深處，帶著遙遠的迴響：「我知道你想歌唱。」

「我想歌唱。」

「可是你嗓子嘶啞。」金甲神人一彈指，一粒仙丹飛入了他口中。沁涼，柔潤，一股奇香閃電一般走遍了他身體的裡面。那奇香是一種光芒，在身體裡那麼多自己未曾意識過的通道中飛躍。晉美叫一聲：「大王啊！」同時聽見自己的聲音變得宏亮，從胸腔，從腦門都發出了共鳴。大王說：

「牧羊人，從此你將把我的故事向眾生傳唱！」

「可是……」

「可是你腦子不好。但從今之時，這種情形已經改觀了。」

神人倏然消失，聲音卻近在身前。他立即就覺得天朗氣清，但見雲彩飄散，藍天洞開，重樓高閣中，眾神紛立。

他趕著羊群從草灘上回家，眼前的情景卻在時時幻化。那些羊有時變成雄獅，有時變成雪豹，有時變成難以描述形狀的妖魔，他揮動手中的鞭子時看到電光閃耀，然後，瞬息之間，不知是現實的世界還是腦海之中就布滿了千軍萬馬，或者靜止不動，凜然的氣息讓人心驚；或者像被狂風驅動的潮水，帶著雷鳴般的聲音，互相吞沒互相席捲。好在頭羊自己識路，把羊群帶回到畜欄，也把跟在羊群後面的瞎眼牧人帶回到村莊。

他在黃昏的光線中摸索著把羊欄門關上，自己就昏迷了。

牧人一倒下，溫順的羊群驚慌地叫喚，公羊們用堅硬的犄角去撞擊羊欄。

羊是沉默的動物，平時回到羊欄，口裡空空如也不斷地咀嚼，好像牠們沉默，是因為有太多的東西需要這樣咕咕嘰嘰地錯動著牙床來回味，好像牠們是一群內心豐富敏感的傢伙。但這天不一樣，所有的羊都一驚一乍。村莊裡最見多識廣的老人也沒有見過這麼多羊同時叫喚。這樣的異象出現，總是意味著什麼不尋常的事件。

人們往羊欄奔跑時還在問：「他被狼咬傷了嗎？」

「他昏過去了！」

「被公羊撞了？」

「他燙得像塊燃燒的炭！」

人們一趕到，羊群立馬就安靜下來了。

人們把抬回家的晉美放在床上，雖然身上什麼都沒蓋，身下的熊皮褥子卻使他體溫更高了。兩騎快馬衝出了村莊。一騎去幾十里外的鄉衛生院請醫生。一騎去寺院請活佛。看他高燒的樣子，怕是捱不到活佛和醫生到來。但是除了等待，人們並沒有什麼辦法。但高燒的病人自己醒了過來。

「你很熱嗎？」

他不說熱，他說：「我很悶，我要到外面去。」

「外面。」

牧羊人不說要到院子裡或者什麼地方，而是說：「我要到星光下面。」

他說星光下面！大家把病人抬起來要往院子裡去，他說：「不是院子裡，是屋頂上。」

大家恍然大悟，是啊，院子裡哪裡看得到最多的星光？他被抬上了屋頂平台。瞎子示意讓自己躺在石板上。那塊光滑的石板，本是他揉製皮革的案子。天上的星星出齊了。星宿們各自閃爍在各自的位置上。他在那石板上放平了身子，感到了石板的沁涼，他滿意地嘆了口氣：「我看見了。」

他又說：「水。」

然後又昏過去了。有人端來了熱水。但馬上有人意識到，不是熱水，而是剛從泉眼處打來的最清涼最潔淨的水。

泉水來了。他雖然昏迷著，還是大口吞嚥，真像是胸腔裡有一大團火，需要很多水去撲滅一樣，以至於要人奔跑著去泉邊取了第二趟水。這次，他沒有喝下去多少。剩下的都由人用一段柏樹枝蘸著，一點點灑在他臉上和劇烈起伏的胸膛之上。

他又說：「我看見了！」

人們以為他醒來了，但他並沒有真正清醒過來。

沒有人問他看見了什麼，而是說：「他看見了！」更沒有人說這個一隻眼的傢伙，平常就看不見什麼，更不要說在昏睡之中了。瞎子在滿天星光照耀之下，在夢中的確看見了千百年來，由一代又一代藝人演唱著的史詩故事，在他眼前一幕幕上演。他渾身灼熱，心中卻是一派清涼。看見了很多很多年前，黑頭藏民所處的這片高原，從金沙江兩岸危崖高聳的山谷，到黃河蜿蜒穿過的無垠草原，都是史詩上演的寬廣舞台。半夜了，星光如水傾瀉，從村外傳來了馬蹄聲。

廟上的活佛先到了。

昏睡中的人自己坐了起來，只見他眼中煥發出從未有過的光亮，使他那張平常黯然無光的臉都放出了奇異的光彩。而且，他開口就唱：

「魯阿拉拉穆阿拉，魯塔拉拉穆塔拉！」

這回，沒有人發出譏笑之聲，因為人們聽到他那喑啞的聲音，已經大變，從他嘴裡發出的聲音，有了一種攝人心魄的力量！

他馬上就想歌唱，但持續的高熱使他身體非常虛弱，以至於剛一張口就顯出了又要昏迷的模樣。他蒼白的臉上掛著笑意：「故事，我的胸中全是格薩爾王的故事。」

活佛說：「你心中一直有著格薩爾的故事！」

他坐起身來，爭辯道：「這次不一樣了，我的腦子已經裝滿了。」

活佛說：「我們有緣，我的渡船讓你少走了一天冤枉路。」

晉美認出眼前果然是讓他同船而渡的活佛。

「我讓你到廟裡來看我，你沒有來。」活佛的語氣裡有責備的意味，「我說過，你的心裡有寶藏，我要幫你開掘出來。」

的確，腦海中一下塞進那麼多東西，身體內部經受著神、魔、人混戰於遠古時那種種殺伐之力的衝擊。一時間，真是理不出什麼頭緒來了。

活佛問：「你需要我幫忙嗎？」

「請你給我念個讓腦子清楚的經吧。」

活佛笑了，抬手叫來一個面相端正的婦女，請她把紡錘與羊毛拿來。活佛拿過一團羊毛，說：「你腦子裡的故事，現在就這樣糾纏不清。」

情形的確如此。那團羊毛重新回到女人手上，她一手捻動毛團，一手旋轉著紡錘，立時，一根細線從羊毛團中牽引出來，拉長拉長，絞緊絞緊，一圈圈整齊有致地纏繞在了紡錘之上，很快，那團羊毛就成為一個規整的線團。晉美覺得自己腦子裡那一大團糾纏不清的東西也有了線索，有了頭尾，以一種清晰的面目在頭腦中顯現。活佛再來牽引線頭，那個線團就規整地散開了。他說：「就這樣從頭到尾，你可以講述那個故事了。」

他直起的身子又無力地躺下，「只是……我一點力氣都沒有了。」

「力量會回到你身上的。」

現在，他蓋著一張柔軟的羊毛毯子，仰望著星空，等待著身體裡的力氣重新生長。面對著那看起來慈愛有加，實則威儀逼人的活佛，他不敢說自己作為一個將來的歌者已經什麼都不需要了。

於是，他閉上了雙眼。

但是，活佛卻命令他：「睜開眼，看著我。」

他睜開眼，看見活佛一隻手掣住另一隻手腕上懸垂的寬大衣袖，另一隻手五指張開，在距他臉有兩三寸的虛空中一遍遍拂過。同時，喇嘛用濁重無比卻又字字清晰的聲音唸出了道道咒語。

他就這樣不厭其煩地施行著法術，這讓瞎子都有些不耐煩了。

活佛終於說：「好了，你試試，現在你的腦子清涼了。」

晉美確已清涼的腦袋又有些糊塗了。糊塗之處在於，他不知道怎麼來試腦袋是不是清涼。

活佛對環立於四周的眾人說：「他還不知道怎麼試呢。」這話很有幽默感，把大家都逗笑了。

月亮升起來時，鄉衛生院的年輕女醫生到了。量體溫，量血壓，一切都正常，就是心跳慢了一些。晉美開口了：「怎麼會不慢，我一點力氣都沒有了。」

醫生給他推了一大針管的葡萄糖，晉美說：「感覺到力氣在從很遠的地方很慢很慢地回來了。」

這回是醫生笑了：「那就讓力氣回來得快一點吧。」

醫生說搬回屋子裡再打吊瓶，但他堅持就在屋頂，於是，人們就在樓頂上給打起了吊針。活佛被人引領著往富裕人家的佛堂裡安歇去了。醫生守在病人身邊，看那月亮下閃著微光的明淨藥液滴滴點點，潛入了晉美的血管。

大家都以為他睡去了。他卻突然笑出聲來：「活佛手上盡是熱氣，這些藥水流在身體裡真是清涼。」

女醫生不想把話題引到活佛身上：「力氣還在很遠的地方嗎？」

「跑得快的已經回來了。」

「那我們就再等等吧。」

在這等待中，眾人都倚著牆角，縮在袍子裡睡去了。女醫生披了一條毯子，把頭縮進豎起來的大衣領子裡，也睡著了。晉美安安靜靜地躺著，那隻獨眼可以看到村子北面，綿亙於河灘之上的起伏丘崗。月亮穿行在薄薄的雲彩中間，投下的陰影在那丘崗上幻化不已。他又看見了故事當中的眾多兵馬，像波濤般席捲掩殺。

他大多數的力氣還在遠處，但總算回來一些，於是，他輕輕翕動嘴唇，開始歌唱……在他，這不只是歌唱，而是一種嶄新的生涯。明天，他還是一個牧羊人，但與昨天那個牧羊人已經截然不同了。

活佛會說：「我開啟了那個人的智門。」這句話的意思是說，故事在他胸中壅塞不堪，眾多頭緒相互夾纏，但經他一捋，那些紛亂的線索就扯出了一個頭緒，牽扯出來，那人就會像一個女人紡線時的線軸一樣，滴溜溜地轉個不停了。就這樣，一個神授的格薩爾傳奇說唱者，又在草原上誕生了。他將歌唱，是因為受了英雄的託付，在一個日益庸常的世間，英雄的故事需要傳揚。就在那個夜晚，整個故事的緣起，在他眼前歷歷浮現……

故事：前傳

遠古遠古的時候，有魔鬼三兄弟，橫行於雪山為柵的康藏高原，他們吃人肉，喝人血，吞食人骨頭，穿人皮，十分凶殘。因為作孽太多，而被天神制伏。天神允許他們轉生，並為轉生發出祈願，但他們並未真正醒悟，祈禱時說了反話。於是投生之時，他們就變為了三隻螃蟹，被鎮伏在一片危崖之下。這三隻螃蟹為著前世冤孽和今世莫名的仇恨，互相撕咬著，分解不開，纏鬥不休，已經好多好多年了。

某一世某一天，一個神人路經此地，見一片危崖之下，這三隻筋疲力竭仍然纏鬥不休的螃蟹，頓生憐憫之心，一揮手中鐵杖，粉碎了巨石，才使這三隻螃蟹得到解脫，再投生時，變成了九個頭的旱獺。在三十三界天的大梵天王看見了牠，認為是不祥之兆，揮劍砍去，旱獺九個腦袋都滾落在地。四個黑頭滾下山坡時還在祈禱：我們是妖魔中的菁英，願我們來生變為佛法的仇敵、眾生命運的主宰者。因為祈願強烈，他們果然遂了心願，先後變作北方魯贊王、霍爾白帳王、姜國薩當王、門國辛遲王，是為危害四方的四大魔王。最後那個白頭心地善良，他想，既然四個黑頭都要變成魔王繼續禍害人間，但願我能變作降伏魔王、保護百姓的世界君王。後來正像他自己祈禱的那樣，他升到天界，變作了大梵天王的神子崔巴噶瓦……

那個時節，家馬與野馬才分開不久，蒙昧之中的人們智識未開，所以，妖魔與強梁橫行，美麗山水之間的人生卻如一汪無邊的苦海。那時，財寶向少數人聚集，由此人們不再和睦相處，相親相愛。狩獵的刀槍轉用於人類之間相互的殺戮。不要說眾生掙扎於苦海中痛不欲生，甚至地下寶藏的礦脈也向外流動，想要逃離這非人的地界。

這個地域本來智蓮已開，卻因邪道盛行，現如今卻已在教化之外。發了邪願的鬼魅們在雪山環繞的廣大高原橫行無忌！但凡河流、山川、牧場、村莊，都有無數妖魔和鬼怪，有形的敵人和無形的惡魔，驅使黑頭藏民走上惡道。

而天下蒼生唯一能做的，就是向上天祈禱。

天上的神靈終於被人間眾生的悲苦所撼動，經過商議，唯有從天上眾神中降下一個發過大願，要為下界眾生解救苦難者——這就是大梵天王和天母朗曼達姆之子崔巴噶瓦。

崔巴噶瓦已經下降到人間了，未為嶺國之王的時候，他名叫覺如，稱王之後，就是人們必定要稱頌萬年的格薩爾王。

第二部　賽馬稱王

故事：天上的母親

覺如做了一個夢。

他在夢中見一個高貴的婦人從天界飄然下來，當環繞她身軀的彩雲散去，那婦人已然站在了他帳篷的門前。覺如看見母親梅朵娜澤正在沉睡。月輪高掛中天，迷茫的清輝傾灑大地，四周的光芒卻比白晝還明亮。

覺如想，這是一個真正的神仙。他躬下腰身，請女神仙走進帳房。整座帳房立即就被異香盈滿。覺如說：「女神仙請坐，我請媽媽起來給你煮一壺熱茶！」

「媽媽！」女神仙的身子很厲害地震動了一下。她背對覺如站立了好一陣子，才俯身去看熟睡中的梅朵娜澤，又是沉默半晌，才說：「讓這個可憐的女人好好安睡吧。這個夜晚，屬於你和另一個媽媽。」

覺如的心房掠過一股明晰的痛楚：「另一個媽媽？」

女神仙點頭，說：「我是你天上的母親朗曼達姆！」

「天上?!」覺如心中似有所悟，臉上卻是一派茫然。見此情景，天母朗曼達姆把覺如攬入懷中，忍住悲傷，說：「是的，你原本來自天上！上天讓你下降人間，是讓你來嶺噶斬妖除魔，來做帶他們走出蒙昧的王！」

這時，那些分列於天上的眾神都現出了真身，讓夜晚的一角天空出現了虹彩與陽光。他們奏起了啟人心智的動人仙樂，他們手中的弦索撥動之時，使人心智洞明的聲音便如陽光飛馳！

音樂喚起了覺如對於天界的朦朧記憶，想起這十多年在人間的遭際，他不禁心生幽怨，說：「如果你真是我天界的母親，怎麼忍心兒子遭此磨難！」

一句話，讓朗曼達姆差點落下淚來：「原本是你發下大願要來人間救苦救難呀！我對你的心，和你人間母親一模一樣！」朗曼達姆告訴兒子，確實是他自己發下大願，要到下界來救眾生出魔道，建立一個慈愛與正義之國，自己只是想到兒子有一天大功告成後要重返天界，才感到有些許的慰安。

地上的兒子問天上的母親：「我真的來自天上，而且還會回到天上？」

天上母親的腮上流下一串晶瑩的淚珠，語氣卻嚴厲了：「你所做的一切都能從天上看見，你真的像是有些忘記你來到人間的使命了！我親愛的孩子，你真的忘記了嗎？」

覺如說：「我真的記不起來了，但我還是殺死了那麼多的妖魔，我替是非不分的嶺噶人在黃河川上找到了新的家園。」

天母伸手，拂拭一下覺如的雙眼，他迷茫的眼中發出了澄澈的亮光，她再一次伸出慈愛之手，輕拂過他的面龐，使覺如故作怪相時那些扭歪的五官都歸復到原位：「你要以最端莊的樣子示人，你在人間代表著天庭的形象！」

覺如想叫一聲媽媽，但他看看羊毛毯子上熟睡的人間母親，這個飽受折磨的女人面容疲憊而蒼老，所以，他無法開口叫面前這個突然降臨的雍容華貴的女人一聲母親。現在，他相信自己真的來自天庭，但也是憑天母朗曼達姆的相告，自己腦海中，仍然沒有因此激發出關於天庭的記憶。

他說：「他們就喜歡我現在的樣子。」

天母曼聲說道：「我知道，我知道，但你也要知道，所有這些人都是你將來的百姓。」

「老總管，哥哥嘉察，還有大將丹瑪，他們都說，嶺部落要成為一個國，要我來做他們的國王。」覺如還想往下說，但天母把柔軟的指頭輕放在他嘴唇上：「你想說，但是你的叔叔晁通……孩子，不要抱怨，你必須勝利，天降的英雄不該做出內心委屈的模樣！你已經讓嶺噶百姓和上天都等待得太久了，今年之內，你必要稱王！」

天母告訴他，當他下界嶺噶時，一匹神馬也同時下界。如今，這匹神馬混在野馬群中，整天無所事事，在黃河川邊從一座丘崗流浪向另一座丘崗。

天母乘著彩雲升上空中了，最後的叮囑是：「趕快去找你的馬，馴服牠！」然後，那片雲彩上的天母和環侍天母的美麗侍女們都消失了。

覺如醒過來，帳房裡還異香未散。他的枕邊，果然有一個侍女故意遺落的瓔珞一串。

他走到帳外，只見一地月光，說：「可是，我不認識那馬。」

耳邊立即就響起了天母嚴厲的話：「你怎麼又猶疑不決了？是你的馬，你就會認識牠！」

他叫了一聲：「媽媽。」感到天上的星光向他蜂擁而來。

帳房裡熟睡的人間母親已經起來，把袍子披到他身上。

他看見一匹馬的剪影出現在前面的丘崗的天際線上。他對母親說，從此不再以叔叔的魔力手杖為座騎，他將乘坐一匹矯健的駿馬。

母親把額頭抵在他額頭上，說那才是她所盼望的兒子的英雄模樣。他問母親，要不要自己做王，做嶺國的王。母親正色說，如果這個王能使嶺國強大，能使百姓富足的話。

「那個人真的是我？」

「是你！你不是平白無故到人間來的。」

覺如想告訴母親剛才的夢境，但他想，或許母親會因此傷心的，便打消了這個念頭。

故事：晁通的夢

覺如做夢的同時，他的叔叔晁通也做夢了。

佛教在嶺噶傳布開去的時候，他除了繼續修習各種巫術，又把佛教密宗中法力強勁的馬頭明王奉為本尊，日夜不停修習密法。馬頭明王是什麼模樣？是一副威猛無敵的憤怒之相。正是晁通想像中有大神通者應該顯現出的令人敬畏的模樣。據說，修持者如果達到馬頭明王的法力，就能降伏羅剎、鬼神、天龍八部之一切魔障，消除無明業障、瘟疫、病苦，並能避免一切惡咒邪法。如果修成此法，晁通自己就是金剛不壞之身了。

他的修習並沒有什麼成效，或者說，指導他修習密法的僧人所說的那種效果久久未曾出現。這個疑心很重的人，開始懷疑要麼是僧人功力不到，要麼就是天地之間本就沒有這樣一個法力高深的馬頭明王。就在這樣一個時候，睡夢之中，馬頭明王出現在他面前。

他不知道，那不是真的馬頭明王。天母朗曼達姆臨行時，交代覺如趕快化身為晁通所崇奉的馬頭明王，和他約定一個時間，通過賽馬來爭奪嶺國王位。覺如服侍著母親睡下後，自己也在床上躺下了。他想，自己要不要親自去讓多疑的叔叔鑽進上天安排下的這個圈套。他就帶著這樣的疑問睡著了。想必是因為內心深處渴望著崇高王位吧，剛一睡著，他就從夢中起身了，化身成馬頭明王進入了叔叔晁通的睡夢之中，看見驚惶不安的晁通翻身拜在了自己面前。

「我不敢再懷疑本尊的有無了！」

覺如並不想多話，只借馬頭明王之口說道：「你正是那個多疑之人，但此時在你面前的，正是護法神馬頭明王！」

晁通深深拜伏在地，觳觫不已。覺如也不理會，作了一歌，一邊唱著，一邊飛離了他的夢境：

嶺部不能久不國，
達絨長官應擔當！
嶺部眾勇精騎術，
馬上英雄孚眾望。

念你久有稱王志，
念你虔敬修我法，
佑你賽馬奪冠來稱王！

晁通醒來，不見自己修持密法的本尊護法，那歌聲卻還在耳邊繚繞。他興奮得再也睡不著了。好在沒有多久，太陽就從東方參差的雪峰之間升了上來。他翻身又在馬頭明王的神像前拜了幾拜，就如此這般對前來獻茶的妻子丹薩把夢境講了：「上天旨意，叫我賽馬稱王！」

丹薩卻發出疑問：「不是人人都說你的姪兒覺如是上天降下的……」

晁通惱火地打斷了她：「我告訴你，除了嶺國的王位，賽馬的彩注，還包括嶺噶最美麗的珠牡姑娘！這麼漂亮的姑娘才配享有國王愛妃的尊榮！」

丹薩還要進言：「給你預言的，不是神明是惡鬼，上天早就……」

晁通相信這回上天真的是屬意於他了。因為嶺噶人都知道，他不但法術了得，所有勇士的駿馬奔跑驅馳的能力都不及他的玉佳馬。所以，年老色衰卻饒舌不已的丹薩讓他憤怒了：「住口！你這個賤婆娘！神靈的預言像金子做成的寶塔，你竟敢用惡言的斧子去砍！要不是看你為我生兒育女的面上，我就該割了你的舌頭，看你還會不會口吐胡言！等我賽馬得勝，把珠牡迎進達絨家門，你若閉口不言，還有口飯吃。倘還要胡言亂語，就把你趕出家門，去追隨你覺得應該稱王的小丑覺如吧！」

丹薩只好閉口不言了。轉而去找她的長子傾訴，不料兒子的口吻竟跟其父一模一樣：「作為達絨部的女人，居然不願達絨部在嶺噶稱王?!」

這時，晁通作幻術變化出許多隻烏鴉，已經離開達絨部的城堡飛往各部落去了。烏鴉是害怕弓箭的，牠們每飛到一個部落，哇哇叫上兩聲後，就把邀請眾首領前往達絨部商議大事的木牒投下。當人們撿起木牒辨識上面的文字時，烏鴉已發出幾聲得意的鳴叫，急急忙忙地飛走了。

只用了兩天時間，連最遙遠部落的首領都抵達了。晁通命家臣好吃好喝款待老總管和各部落首領和英雄，自己卻故作神祕並不露面。大家都著急了：「把我們叫來不只是為了好吃好喝款待我們吧！」

這時晁通才現身出來：「不要看我們流亡到黃河灘才幾年，我們達絨部這麼款待大家，三年都不會手短！」

老總管說：「你還是告知有什麼要事跟大家商量吧！」

晁通使個眼色，家臣便把護法神馬頭明王如何在夢中預言，要嶺部落舉行賽馬大會，得勝者將成為國王，得勝者還將得到嶺噶最美麗的姑娘森姜珠牡，以及金、銀、琉璃、硨磲、瑪瑙、珍珠和海螺等諸種珍寶。大家都立即明白了，晁通是想通過賽馬來獲得嶺噶的王權。但是，當有人聲稱，自己的主意來自神授，也就無從反駁了。內心焦躁的丹瑪看著嘉察協噶，嘉察協噶把急切的目光投到老總管身上。

老總管鎮定如常，他想，這是當初天降神子在嶺噶稱王的預言要實現了。於是，他臉上綻開微笑，點頭稱是，說：「是該有一個名正言順的英雄來代替老朽了，賽馬奪彩也是個好主意，用正大光明的方法奪得嶺噶的王位、美女與七寶，我看大家也提不出反對的理由。只是想問達絨部尊貴的首領，這冰天雪地的時候，並不是合適賽馬的時節，為何你的本尊在此時降下這個預言！」

每個人都覺得老總管說得在理，草原上的人們確有賽馬的習慣，但那都是每年春暖花開，給一座山神獻祭的時候，而不是這冰封雪裏的時節。

晁通的心情是如此急切：「老規矩為什麼就不能變化變化？我卜了一卦，五天後的正月十五日是個吉日，賽馬就在那一天吧。」

老總管緩緩開口：「既然十五那天是個吉日，這麼大的事情，就召集嶺噶所有重要的人物再商議賽馬的時間吧。」大家都點頭稱是。

嘉察協噶明白，這是老總管要留出足夠的時間，好找到弟弟覺如，讓他也來參加比賽。如果覺如不來參賽，整個嶺噶，沒有一個英雄的駿馬能賽過晁通的玉佳。他開口說：「賽馬之事我不會反對，只是請大家不要忘記了我的覺如弟弟，他和梅朵娜澤媽媽，被我們無故放逐，但他卻給我們提供了新的生存之地，如果不請他來參加，那麼，我也不屬於這個新的國家！」

晁通尖聲說道：「那是因為你的媽媽有另外的一個國家！」

「那你是說我弟弟不能參加？」

晁通笑了：「誰見過我那姪兒騎在一匹駿馬的背上？我同意！但他可不能把我送他的魔法手杖當作駿馬！」

這時到正月十五日，只有五天時間。但這五天，在晁通的感覺中竟比這輩子已經過去的所有時間都還要漫長。這個世界不可能有更大的彩注，王位、美女和七種珍寶就在面前。在他看來，這彩注完全就是為他量身設置的，只要賽馬大會開始，真如探囊取物一般。但他還是盡量壓抑住內心的急切，表面上還是鎮靜如常，以前所未有的耐心，安排一個嶺噶有史以來人數最多的宴會。這次宴會其實是晁通稱王的前奏，要盡可能豐盛，宴會場所要富麗堂皇。

正月十五到了。

所有交叉的小路都匯集到大路，大路通向達絨部城堡，嶺噶有頭有臉的人物都從那些溪流一樣匯聚的路上絡繹而來。男人們莊嚴如雪山，姑娘們沉靜如湖水，而那些躍躍欲試的年輕人像是弦上待發的箭矢，一起匯聚到達絨部為宴會搭起的大帳。宣禮官聲音清澈宏亮：

「上位的盤花織金緞，請嘉察協噶、尼奔達雅、阿奴巴森、仁欽達魯四位公子和眾英雄就座！

「中央的錦緞軟座，請老總管，達絨長官晁通、森倫、郎卡森協四位王爺上座！

「熊皮軟座，有請威名遠揚的占卜師、公證人、醫生、星相家！」

最後面一排座位，是嶺噶由森姜珠牡為首的十二個美女安座的地方。其餘眾人也各自在美饌豐盈的案前席地而坐。待大家肉飽酒酣，晁通把神靈託夢讓嶺噶賽馬選王的事情又說了一番。當然也沒有忘記在王位之上，再加上美女與珍寶當作賽馬的彩注。「既然這一切都是上天的旨意，那麼，今天請眾位來到我達絨部，就為了把賽馬的時間與路程早點確定下來！」他轉了轉眼珠，換了一種頗為遺憾的語調，「只可惜，我那親愛的姪兒覺如還沒有到來！不過，他真想參加的話，到時候就會騎著手杖出現。」

晁通兒子東郭說：「關係嶺部未來的賽馬，路程不該太短！要使這次賽馬能夠名揚世界，起點要定到最靠近印度的地方，終點是盡量靠近伽地的東方！」

這話太不著邊際，暴露了志在必得的達絨部的狂妄。森倫王用譏諷的口吻說：「真要讓賽馬會名揚世界，那麼起點應該在天空，終點應該到大海，彩注當然是日月，我嶺噶的萬千眾生觀看賽馬的座位該在星星之上！」大家聞言都轟然大笑！

晁通沒有想到自己精心準備的一場盛宴，非但未能籠絡人心，反倒落了個被譏笑的下場，便喝令兒子退下。這時，嘉察協噶起身離座：「賽馬的起點為阿玉底山，終點是古熱山，中間穿過美麗的黃河川。百姓們觀看賽馬的地點在魯底山頂，巫師與僧侶敬神祈禱的地點是與之相對的拉底山。時間是大家早就習慣的草肥水美的夏天。」

眾人齊聲稱善，晁通也就只好按下性子，和大家一起等待尚未來臨的夏天。

說唱人：帽子

走上山崗時，天還沒有大亮。

晉美回望山下朦朧光線中的村莊。村莊還沒有醒來，但他已經在離開村莊的路上。草稞上，大顆大顆的露珠被碰落下來，落在他柔軟的皮靴上。他背著簡單的行李，走在了離開村莊的路上。村子邊上，圍成羊欄的一根根粗大木樁在晨曦下泛著青灰的光。臥在圈中的羊群像一片黯淡的雲團，好像那些羊都拚命把外放的光內斂到了夢境中間。

這個寧靜的村莊要失去一個牧羊人了。到太陽升起的時候，他們只好另找一個人把羊趕到牧場。他笑了笑，轉身大步往前，每一步都碰到路邊的草棵，任沉甸甸的露珠一顆顆砸在腳面之上。

三天後，他來到一個只有一條街道的小鎮上。鎮子上有個製作六弦琴的老藝人。他走進別人指給他的那個院子時，老藝人正在試一把剛裝好的琴。他往海貝一般渾圓的琴腔裡呼了一口氣，再舉到耳邊仔細傾聽。他的臉上露出了滿意的笑容。

他說：「來，試試吧。」

他的一個徒弟上前要接過琴去，但老藝人說：「不是你，是他。」他直接把琴遞到那個剛剛闖進院子的人面前。

晉美說：「我？」

老藝人臉對著他的三個徒弟，說：「這是一把很好的琴，我製作出來的最好的琴。現在，能得到這把琴的人來了。」

「他?!」三個徒弟同時發出了聲音。他們從來沒有想到過，一把琴會落到這樣一個人手上。他那看不見東西的眼睛睜得很大，看得見東西的眼睛卻要使勁瞇縫起來。這個鎮子靠跟牧人做生意而存在，但他們的作坊除外。這個人的來歷不需要看他的裝束，不需要看他固執到呆板的表情，只看他走動時使身軀搖搖擺擺的一雙羅圈腿，只要聞聞他身上牧人特有的腥羶味道就夠了。他們就是吃了致幻的草藥也不能想像出一把琴會落到這樣一個人的手上。更不要說，這是一把老藝人終其一生製作出來的最好的琴。

所以他們同時發聲：「他?!」

「對，他。你們給琴身上油，使之光滑明亮的時候，我就知道他要來了。」

「師傅怎麼知道，師傅又不會卜卦？」

師傅不再理會三個徒弟，把臉轉向了晉美：「拿著吧，你真的就是我夢見的那個樣子。」

「你夢見他了？」

「是神靈讓我夢見的。神說，我的琴會遇到一個最配得到它的人。神說，我製琴的生涯該到盡頭了。來，年輕人，把你的琴接過去吧。」

晉美笨手笨腳地接過琴，不小心碰到琴弦，那琴便發出了一串美麗的聲音：「可是我沒有錢？」

徒弟不耐煩了：「沒錢你來幹什麼？難道你用羊來換？」

「我沒有自己的羊群，村裡人把羊合成一群，雇我來放。我沒有羊。」

「但你不是出來尋找琴的嗎？」

「我是。我來找一把琴和一頂說唱人的帽子。」

這下輪到製琴師著急了：「那你還不拿著！」

晉美還要聲辯：「可是我真的不會彈……」

惹得老藝人拿起一根棍子，趕野狗一樣把他趕出了院子。就這樣，說唱藝人得到了他的琴。三天後，他就能端著琴撥弄出演唱時所需要的節拍了。他走在路上，覺得有神人縮小身子蹲到了他耳朵深處，弄出有節奏的聲響，讓他按著那節拍在路上邁步，讓他按那節拍在大路上像個得意洋洋的傢伙一樣搖晃著身子。就這樣走在路上，他突然就悟到原來水的動蕩、山的起伏都是同樣的節拍。同樣的節拍之外，還有另外的節拍：風推動的草浪，不同的鳥在天空中以不同的節奏拍擊翅膀。他還能感到更隱祕的節拍，風在岩洞中穿行，水從樹身中上升，礦脈在地下伸展。輕而易舉地，他撥弄著琴弦，把那些節拍都模仿出來了。當他走到叔叔家那個被掛著青澀子實的果樹遮蔽著的院門前時，已經能把那些不同的節拍串聯起來了。不知什麼時候，老在他耳朵深處鼓搗的神人也消失了，是他自己從自己手中的琴弦中聽出了那首漫長古歌的節奏：戰鼓急促，馬蹄輕快，神靈降下憤怒的霹靂，女妖揮舞鞭子一樣舞動著蛇形閃電……

當他叩動叔叔院門口上的門環，那聲音讓他回到了現實世界中間，他意識到好些天都沒有吃過東西了。立即，自憐之情讓他在門戶未曾開啟時就昏倒了。

叔叔出來，立即就看到了那把琴，他對昏迷的姪兒說：「你的命運真的降臨了。」

他叫人把姪兒抬到李樹下的矮榻上，給他餵了乳酪，又上了薰香。晉美還是昏睡不醒，但他顯得痛苦的眉眼已經舒展開來。當空氣中有不同的氣味流動時，他的鼻翼敏感地掀動，嘴角呆板的線也有了生動的走向，頑石一般的耳輪上透露出隱約的亮光。他的臉正在變化！從一張呆板的臉，正在變成一張生動的臉！是的，奇蹟就這樣發生了：一個人正在變成另一個人！木訥的牧羊人變成胸藏萬千詩行的「仲肯」——神授的說唱者。

是的，神情變化使得相貌也跟著發生了變化。

叔叔也是小有名氣的格薩爾說唱藝人，但他是跟師傅學來的。要是一個神授的藝人那就大不一樣了。他們無師自通，那個時刻一到，他們嘴巴裡冒出詩行就像泉眼裡噴出泉水。一個地方，當一個神授藝人突然出現，而經人教授，胸中故事單薄有限的他這種藝人差不多就沒有什麼存在的理由了。他是想要成為一個優秀的說唱藝人的，最終卻成為手藝精湛的雕版師。躺在矮榻上昏睡的晉美臉上的變化仍然在發生。他的嘴角在微笑，眉眼之間卻暗含著慈悲的表情。叔叔說：「我不會問是誰給了你這把琴，我也不問你怎麼就會讓撥動的琴弦發出悅耳的聲音。現在，讓我送你作為一個藝人的最後兩樣東西。」

晉美說：「帽子。」

叔叔笑了：「我以為你醒過來了，是哪一位神靈讓你在夢中都在向我要帽子？」

晉美沒有答話。

叔叔告一聲罪過，收拾起刻了一半的經版，把那些刃口厚薄不一，朝向不同的雕刀裝進工具袋裡。走進屋子時，他說：「看來我得幹兩天針線活了。」他屋裡沒有供奉神像，但有一塊雕好後捨不得出手的蓮花生像的線刻版。他在雕版面前上了一炷香：「是你幫助格薩爾成為英雄的，現在我要幫姪兒晉美縫一頂仲肯帽子，要是大師高興，就讓我把這帽子縫得漂漂亮亮吧，如今縫補都是機器，我已經有好些年沒有動過針線了。」

接下來的兩天，叔叔就坐在姪兒身邊縫製那頂說唱人的帽子。他把家藏了好多年的攙著金絲的上好錦緞裁開，用最好的絲線把它們連綴起來。這頂帽子彷彿參差的雪山，中間一個大的尖頂，周圍還要簇擁三個小的尖頂。三個小尖頂還要安插鷹鷲的翎毛。那中間的尖頂象徵一座通天的塔，而那三個小的尖頂呢，很多人相信，那是機警的戰馬豎起的耳朵。帽子的大尖頂半腰，還要一面小小的鏡子，表示這個世界的一切都被上天的慈目所照見。叔叔用一天時間，就把帽子縫好了。當叔叔撣掉身上零碎的線頭，晉美醒來了。他坐起身來，面露欣喜之情，說：「我的帽子。」

「我的好姪子，聽你理所當然的口吻，神靈真的選中你了。」叔叔用鑲在帽子正中的鏡子對準了他，「你看看，姪兒你連模樣都改變了。」

晉美說：「我餓。」

叔叔固執地說：「你先看看。」

晉美把那隻未曾失明的眼湊到鏡子跟前，不禁驚叫失聲，他看見故事的主角，英雄格薩爾一身盔甲，身背箭囊騎在駿馬背上！他知道，那正是賽馬勝利，接受眾人歡呼的英雄格薩爾王！

晉美翻身而起，對著帽子就拜在了地上。

叔叔禁不住發問：「為什麼要拜你自己的帽子？」

「格薩爾大王在鏡子裡！」

叔叔也趕緊跪在地上，去看那小小的鏡子，他說：「我沒有看見。」

晉美說：「要是你能看見，那就該我來替你縫製藝人的帽子了。」

叔叔整理好帽子，讓上面一大三小的尖頂變得堅挺：「你真的願意戴上這頂帽子嗎？」

晉美沒有說話，彎下腰，把腦袋伸到叔叔跟前。

叔叔替他戴上了帽子，然後流下淚來：「從此，你就不是你自己了。」

「那我是什麼？」

「我想，就是神特別的僕人吧。為了演唱神授的故事，你將四處流浪，無處為家。」

晉美正一正頭上的帽子：「我還要去找一張畫像。」

畫像也是說唱者必需的行頭之一。那是裱在錦緞上的格薩爾像，說唱人行吟四方，那畫像旗幡一般插在背上。每到一個有緣之地，畫像插在地裡，行吟者坐在畫像下就開始撫琴演唱。

「你還是好好休養幾天再出門去吧。」叔叔說，「因為你此去就踏上一條不歸之路了。」說話間，叔叔臉上又流下淚來。

晉美這時已經帶上了說唱人的腔調：「叔叔為何如此這般？我現今的境界不就是你想要達到而未曾達到的嗎？」說完，他就手撫著琴弦出門去了。

故事：珠牡姑娘

嶺部落的人們並不知道晁通是中了覺如的騙術才主張賽馬，所以，老總管和嘉察協噶一干人才急著要讓覺如盡快知道這個消息。

他們把賽馬時間拖延到草原上百花盛開的時節，就是要讓覺如有時間準備參加賽馬。嶺部落不乏勇氣超過晁通的好漢，卻沒有一匹駿馬能勝過那名喚玉佳的追風馬。

珠牡姑娘憂從心起：「覺如的馬是那根手杖，難道手杖也能視作駿馬？」

老總管沉吟半晌：「我憂心的不是手杖能不能充作良駒，而是怎麼才能迎回覺如母子，說服他參加比賽！諸位看看，誰最有把握去迎接他們回來。」

大家都把眼光齊刷刷地投到了珠牡姑娘身上。一來，她本人就是本次賽馬重要的彩注；二來，當初驅逐覺如時，她尖利的口舌說出的厭棄話彷彿毒藥，撒在人傷口之上；三來，美賽天仙的珠牡姑娘肯定不願晁通得勝，去做他的新嫁娘。果然，珠牡開口了：「老總管在上，眾位英雄在上，自從來到這富庶的黃河川，我就為自己不知輕重的言語後悔了，如果此去能接回覺如母子，我心上的傷口也就不藥而自癒了！」當下，她就離開了老總管的議事廳，回家收拾行裝。珠牡上馬出發時，她還聽見了身後人們善意的玩笑：「新鮮事真是層出不窮，第一次看見漂亮姑娘去接將來的新郎！」她臉上不由得泛出一片紅暈，彷彿清晨太陽尚未升起時天上的一抹紅霞。

這天行至一片荒涼的曠野，晴朗的天空突然被烏雲遮掩。一騎黑人黑馬，手持黑色長矛從陰霾中顯現。這人面如黑炭，目似銅鈴，猙獰的面目嚇得珠牡嬌顏失色。黑面人開口了：「你身段曼妙如天女，頂戴的飾品如星辰，常言說，富有與美麗難兩全，你何德與何能，把這兩者聚於一身？」

珠牡定定神，身體還在顫抖，話音已經鎮定：「大樹不長在沼澤，好漢不為難女人，請你為一個心急的人把路讓開！」

「要放你過路，有三個條件任你選！第一，留下來做我的伴侶。」

「呸！」

「第二，就跟我來一次雲雨之歡，然後，把座下的馬匹和身上的珍寶留作買路錢！」

「哼！」

「第三是個下下策，把燦如雲錦的衣裳留下，姑娘你光著身子回家！」黑面人不動聲色，「我是個沒有慈悲心的人，你千萬不要哀聲乞憐。我沒有馬上生吞活剝你，是看我們似乎有前緣。」

「要珠寶可以，但馬匹不能給你，更不要說什麼做你的情人或伴侶！是好漢，就不要為難於我一個弱女子。我有大事要做，去迎接嶺噶的未來之王。」

黑面人問道：「這個幸運的人他是誰！」

「少年英雄覺如！」

「看在我也曾聽聞過覺如英名的分上，且放你一馬，等你辦完了事情，再把馬匹與珍寶送來此地！為了證明你的誠意，必須留下一件心愛的飾品。」

珠牡毫不猶豫就取下一只金指環給他。黑面人，黑面人座下的黑馬，還有籠罩曠野的愁雲慘霧，立即就消失不見了。她催動座下馬繼續往前，來到一片名叫七座沙崗的地方，見七人七馬佇立於沙崗之上。珠牡受過剛才的驚嚇，看見人跡，立即打馬上前。走到跟前，見那夥人正忙著燒水做飯。那為首之人，倚著一塊岩石的陰涼休息了。珠牡一見那個人，就像被施了定身法一般邁不開步子了。她從未見過一個男子像這般美貌，神態是如此富貴安閒！他的皮膚閃爍青銅的光芒，雙頰紅潤猶如妝後的女子剛剛點染過胭脂一般，漆黑的雙眸猶如深潭！更離奇的是，只要她珠牡一出現，都能讓男人像醉酒一般，而這個男子對她卻視而不見，對她來說，這也是一種無禮的冒犯。她撥轉馬頭準備離開。那美貌男子卻開口說話了：「我是印度王子，要去嶺噶求婚從此路過。」

嶺噶？求婚？珠牡腦海中閃現過一個個姊妹的身影，不禁心想，不知哪個姑娘有此福分？

「我就是嶺噶人，怎麼從來沒有聽說過這個消息？」

那美男子緩緩開口：「聽聞珠牡姑娘美豔無匹，莫非你就是她？」

一句話，讓珠牡失魂落魄，不知怎麼竟把頭搖得跟僧人作法的手鼓一樣。

「既然我還未下聘禮，那麼娶你回去也是一樣！」

聞聽此言，珠牡心頭不由得悲喜交加。喜之不禁的是，能使這個讓自己春心激蕩的男人同樣春心激蕩！悲的是，王子明明是聽聞了珠牡的美豔之名前來求親，在半路遇到一個美貌女子，連姓名家世都未曾動問就已改變了心意。幸好自己就是珠牡而不是另一個姑娘！但那男子實在是太不一般，所以她的心最終還是被欣喜之情所充滿，禁不住告訴他，自己正是那豔名遠播、出身高貴的珠牡姑娘。王子不像她激動得不能自持，竟問她如何能夠證明自己就是珠牡姑娘。

珠牡拿出了一瓶長壽酒。那本來是為覺如備下的。酒瓶口上的火漆封印，正好可以做她尊貴身分的證明。誰知那男子接過酒瓶，看也不看，就揭了封印，瓶中酒被他一下傾入了口中。上等的美酒讓他臉上煥發出更為動人的光彩。

「不參加嶺噶的賽馬會，你得不到做了彩注的姑娘。」

「那我就去參加賽馬會！奪得美人不稱王！」

珠牡情不自禁，不顧一個姑娘該有的矜持與嬌羞，和王子依偎在一起，說不盡的甜言蜜語。王子把一只水晶鐲子戴在她手上。珠牡把白絲帶打了九個結拴在王子腰上，約好在賽馬大會上相見，這才依依不捨地分了手。

珠牡哪裡知道，黑面人與印度王子都是覺如的變化。

當沙崗消失，一些淺丘出現在面前。那些丘崗上布滿了地鼠洞，每一個洞口，都以鼠族的姿勢蹲坐著一個覺如。這一來，竟讓本來是來迎接他的珠牡嚇得在一塊巨石後躲藏起來。這時，覺如把化身收到一起，喊道：「我已經看見你了，女鬼出來！」

珠牡趕緊現身出來：「覺如，我是珠牡！」

覺如想起她對印度王子那一番柔情蜜意，不覺心中酸楚，說：「女鬼你不必騙我！」擲一塊石頭在她面前，濺起許多小石子，崩掉了珠牡貝殼一樣的牙齒，還蹭掉了她半個腦袋上的頭髮，弄得珠牡一屁股坐在地上大哭起來。覺如見她那難看的模樣，心中有些不忍，又不便立即做個認出了珠牡的樣子，便去叫母親把她引回家來。

梅朵娜澤見昔日美麗如花的姑娘，變成了禿頭無牙的怪模樣，心裡明白又是覺如的惡作劇，卻不便明言，便安慰珠牡姑娘：「跟我來吧，求求覺如，他有神通讓你變得比過去更漂亮。」

覺如見了珠牡，哈哈一笑，說：「這麼說來，你真是心高氣傲的珠牡姑娘，我還以為是女鬼所化。此前就有女鬼變化成你的樣子，假裝愛我，讓我心傷！」

「我是領了老總管之命，接你們母子回去參加賽馬大會，我不顧路途遙遠艱辛，前來迎接你們，你倒把我變成了一副女鬼的難看模樣，讓我如何還能回去見人……」話未說完，又抽抽搭搭地哭了起來。覺如心裡又生出了嫉妒之情，想她是傷心不能以這副模樣去見那個印度王子。但一想，這個印度王子其實是自己捉弄人的變化，心情才平復了，他說：「讓你恢復美貌並不難，但你必須再幫我做一件事。」

「只要能恢復我原來的面貌，不要說是一件，就是十件百件，我也會盡力去辦！」

「你說老總管要我去賽馬，你可曾見過我有過一匹最差勁的馬？」

「我家中的馬廄裡有良駒千匹，任由你挑選。」

「其中可有一匹賽得過晁通叔叔的玉佳？」

「那怎麼辦？」

「我知道有一匹天降之馬，當我出生時，也降生到野馬群中。牠是上天賜我的曠世良駒，只有你和媽媽合力，才能捉得住牠。」

「我？去捉野馬？」像珠牡這樣出身尊貴的姑娘，家馬也不用自己去應付，做夢也沒有想過要去捉一匹野馬！

「你就放心去吧！那野馬能聽懂人話，你和媽媽一定能捉住牠。」

「既然如此，那我願意前往。」她一說完這句話，美麗的容貌立即就恢復了。珠牡心中不禁嘀咕：既然覺如知道對付這野馬的方法，為何自己不去捉牠？再說，自己又該怎樣才能從奔馳的野馬群中認出那匹良馬？心中有疑，身子自然就盤桓不前。

覺如問她為何還不出發，珠牡說：「大小河流有水源，荒地行路看山形，你為何不告訴我天馬是什麼樣的形體與毛色？」

覺如這才告訴母親和珠牡：「牠的特徵有九種：鷂子頭，狼脖子，山羊面，青蛙的眼圈，蛇的眼，兔子的喉，鹿的鼻翼，林麝的鼻孔，第九個特徵最重要，牠的雙耳上生就一小撮兀鷲的羽毛。」

珠牡還有一問：「那你何不自己去捉來這天馬？」

覺如細細端詳著她，笑而不答。

梅朵娜澤說：「田土、種子和溫度，三者齊備五穀熟；媽媽、覺如和珠牡，三人前緣天早定，我二人出力能讓覺如稱王嶺噶！也只有我二人能夠享受覺如稱王之榮耀！」

珠牡想到自己就是賽馬會上的彩注，再看覺如注視自己的眼神，恍然覺得是在什麼地方見過。她心下一驚，覺得那幽黑如潭的眼睛像極了印度王子眼中的神情。她想，要是覺如有著王子英俊的容貌，雍雅的舉止，而印度王子擁有覺如一樣的神通與變化，那她真就是這個世界上最最幸福的女人了。覺如已經察覺出了珠牡的心思，猛然一下，就變化出那王子的形象來。珠牡好像看見了，但她擦擦眼睛，想要看得再仔細一些，覺如卻又變回了本來的模樣。雖然心懷疑問，珠牡還是和梅朵娜澤上山去了。兩人剛剛爬上班乃山，就見成群的野馬奔馳，使得大地像被擂響的鼓面輕輕震顫。她們立即就認出了混跡於野馬群中、遊蕩於蠻荒的那匹天馬。從前面看，牠神態威武，從側面看，牠體型矯健。兩人剛一靠近，這馬昂首嘶鳴一聲，邁步跑開，像是颳起了一股旋風一般。幾次三番，兩人都無法靠近。她們這才想起覺如說這馬能聽懂人言。梅朵娜澤便對天馬唱了一段：

射手的長尾箭，
若不在英雄手中搭上弓弦，
長插在箭袋中，
不能制敵得勝，
雖然銳利有什麼用？
神奇寶馬啊，
如你真是天降神駒，
不助主人建功立業，
奔跑在荒草灘上有什麼用？

天馬聽了，果然就離開野馬群，緩緩地向歌唱者走來。天馬在離她們有半箭之遙的地方停下了步子。牠回頭望望奔跑到遠處的野馬群，口中也吐出了哀怨的人言：

「我是江噶佩布，當年的確是從天而降，至今已有十二載。腳力正好時在荒山之中空奔馳，天天盼主人來召喚。只聞寒風嗚咽在山間。馬壽不比人壽長，十二歲的駿馬已年邁，口唇銜不住鐵環，脊梁承不住鞍韉。如今我只是等待魂靈早升天！」

珠牡不由拜倒在地：「天馬呀！讓你在荒山中空度年華，是嶺噶人眾不知天意，如今我們已經知道罪過，就是來請你出山，輔佐你的主人成就大業！」

「野馬們不知我來歷，因為是無智識的畜生，嶺噶人不識天降的英雄，是自墮惡道，還有何言！」天馬說完，便騰空而去，直入雲霄，矯健的身影隱入了雲端。

心生絕望的珠牡當即哭倒在地。梅朵娜澤也拜倒在地上，向天呼喚，立即，神靈們簇擁著覺如在天界的兄長東瓊噶布出現在雲端。只見他長臂輕揮，手中的套索無限伸展，飛向了天外之天，再往回一收，那匹天馬站在了他的身邊。馬說：「我在人間空度一十二載……」

東瓊噶布沒有說話，只是愛憐地撫摸天馬的脖子，並把一粒仙丹餵進牠口中，說：「去吧，你和主人都剛剛成年！」說完，手裡的套索直下雲端，落在了梅朵娜澤的手上，天馬也隨即降下雲端，昂首站立在兩個女人面前，比之於上天之前更加光彩照人。驚喜萬分的珠牡撲上去抱住了馬頸，這時，天馬受驚一般，再次騰空而起。瞬息之間，就穿過了濕潤的雲團，穿過了瀑布般傾瀉的陽光，升到了高高的天上！聞聽得兩個女人的驚叫聲，天馬開言道：「不要因為害怕而閉上雙眼，請你們看看下面的大千世界。」

梅朵娜澤和珠牡姑娘睜開眼睛，俯瞰下界，看到壯闊的大地，明亮的湖泊與河流，蜿蜒的山脈旋轉著緩緩展開。看見嶺噶隨雪山的抬升雄峙在伽地、印度、波斯之間。伽地在日出的方向，波斯在日落的地方，印度在熱氣蒸騰的南方。這三個國家都有偉大的城池，城池之間的大道上人來車往。而在北方，是跟嶺噶一樣廣闊的荒原：旋風攪起巨大的沙柱，鹹水湖泊在陽光下結出亮晶晶的食鹽。大地的廣闊遠遠超過了她們的想像，伽地皇城的琉璃屋頂上月光流淌，波斯王宮的金頂剛剛被第一抹陽光照亮。

天馬再次開言：「看見了吧，嶺噶不是全部世界，甚至也算不上最好的世界！」

「讓我們下去，你不肯幫覺如，但我們要跟他在一起！」

天馬聞言笑了起來：「我不是上天閒逛，天降神子的大功未成，我也不能回到天界。把你們帶到天上，是要看看，嶺噶有好的未來，也有壞的未來，人的幸福與痛苦，在人間的大千世界早已展現，為了嶺國的將來，你們且細細看來！」

於是，天馬帶著她們衣衫飄飄，飛翔於天空，看見了比嶺噶更為廣大的世界，看見好的山和壞的山，好的水和壞的水，善的國和惡的國。因為飛越的地域是如此廣闊，所以，她們不但橫越了非凡的空間，同樣也穿越了神奇的時間，看見了各種開端與終結。惡的開端，善的終結。善的開端，惡的終結。或者渾沌無知，有開端也等於無開端，有終結也顯現不出終結之意義。天馬說：「嶺噶剛才有文字，所以聰慧明敏如你們，沒有讀過演說天下大勢的書。落地之後，我就是一匹馬，不能再說話，你們從天上讀到這些道理，覺如渾沌不明時要提醒。」

「他是天降神子，哪能聽我們凡人的道理？」

「他固然是神子，卻也是你們中間的一個凡人。所以，珠牡姑娘呀，我知道你家裡有九群駿馬，定然懂得識別良馬。我只見過少年主人騎著手杖在草灘玩耍，從未見他駕馭良馬，所以，請你在他面前把我的好處誇上一誇。」

在天空中遊歷了一番回來，珠牡滿心喜悅把套索交到了覺如的手裡：「覺如啊，天馬為你添神勇，早日統領我嶺噶！」

故事：愛情

收服了天馬江噶佩布，珠牡知道此馬定能在賽馬中幫助主人得到勝利，如此一來，覺如定然就是自己的丈夫，自己定然就是嶺國的王后，想到此，不禁滿心歡喜，不由得對覺如深情款款。偶爾想起路遇的漂亮王子，也只是心生幽怨，想這兩人怎麼不是一人，覺如有那王子的英俊，那王子也有覺如的神通與勇敢。想到此，不禁腮飛紅霞，雙手緊壓胸口，才讓心臟不像野兔一樣不住地蹦跳。但她沒有讓這種想像信馬由韁。她的使命僅僅完成了一半，於是就不斷催請覺如母子早點出發。

卜得一個吉日，三人收拾停當，牽馬上路了。路上，歡快的心情使珠牡更顯得風情萬種，看得覺如差點從馬背上摔落下來。珠牡拋下一串銀鈴般的笑聲，拍馬跑到前面去了。望著那妖嬈的背影，他突然想起珠牡與印度王子忘情繾綣的模樣，嫉妒心從天而降，把覺如的心房狠狠地攥了一把。翻過山崗，珠牡停馬對他展露嬌媚無比的笑顏。他想與她親近一番，這樣心魔引起的悸痛定會消失不見。可他伸出的手剛剛觸到那曼妙的腰肢，她手中的鞭子輕揚，打馬跑開，只把一串笑聲撒落在路上。覺如本不漂亮的臉，被一片陰霾籠罩，顯得更加難看。這天降之子神通廣大，此時卻被嫉妒之心緊攫住心房。他知道自己不該如此，因為那個英俊王子就是自己所化。但是，這個風情萬種的姑娘對自己欲迎還拒，而對那個路遇的陌生人，那個謊話滿口之人，那個生著一張漂亮臉蛋的陌生人，竟然不顧禮節去投懷送抱。

見他勒馬呆立路旁，珠牡又打馬回來：「咦，你的天馬怎麼追不上我的凡馬？」

這時的覺如決定不跟自己生氣了。

他說：「我的野馬未經調教，沒有轡頭也沒有馬鞍，要行走得快，我們還是同騎一匹馬吧。」話音未落，他就飛身而起，落在了珠牡的馬背上。他灼熱的呼吸吹拂在姑娘白淨如象牙的脖子上，珠牡頓時羞紅了臉：「讓人看見成什麼樣子，你下去。」

「我的馬沒有馬鞍。」

「送你父親寶庫裡的黃金鞍。」

「天馬難馭，得有好轡頭。」

「貪心人，難道你知道父親的寶庫裡還有好轡頭？」

「這大地上發生的事情，如果我想知道，就能夠知道。」

珠牡以為他這話是別有所指，胸中某處彷彿有地鼠的利齒在咬齧一般。而對覺如來說，只有向姑娘步步進逼，那心情才能好轉，於是，他又開口了，「好珠牡，參加賽馬會，這天馬身上還缺兩樣東西，既然老總管派你來接我，那你肯定會成全我。」

珠牡猛一下拂開他環抱在腰間的手，說：「別的東西，你找老總管！」

「不成套的行頭怎麼配得上我的千里馬？」他把珠牡更緊地抱在胸前。而當他化身為印度王子時，珠牡為了不使自身癱軟成一團泥，便把身體緊繃，覺如覺得是抱了一段木頭在懷間。於是，他跳下馬來，怒氣真的充滿了心間：「那好吧，你們賽你們的馬，我和天馬回上天去了！就讓惡毒的晁通叔叔稱王，或許還有什麼來參加賽馬的人在路上！」

珠牡一聽，覺得自己的私情已經被他察覺也未可知，趕緊說：「好吧，你想要什麼就說來聽聽吧。」

「鞍子沒有後鞦繫不牢，鞍子上面還要墊上你家四方形的九宮氈。」

珠牡想，父親最寶貝的全套上等馬具都被他要完了，要是他真是天降神子，怎麼如此貪婪？如果他真是這樣的人，那跟晁通稱王也沒有什麼兩樣。區別僅僅在於：晁通年老，他年輕，但他一副裝神弄鬼的模樣，反不及晁通儀表堂堂。再說了，還有前來求婚的印度王子在路上。如果不是受了嶺噶人重重的囑託，她真想一揮鞭子，催馬離開眼前這個剛叫她喜歡、馬上又招她討厭的傢伙。覺如看出了她的心思，一揮那根神通廣大的手杖，珠牡的座下馬飛奔起來，跑過了兩座山崗她才勒住了馬韁。

座下馬停步之處，正是她與印度王子偶遇的地方。

面對胡攪蠻纏的覺如，想到與王子的溫存繾綣，撫摸著分別時王子親手戴在腕上的水晶鐲子，珠牡不禁再次意動神搖。水晶沁涼而光滑，彷彿王子細嫩的肌膚，水晶的質地，彷彿王子那透亮而又深不可測的眼眸。想到自己被整個嶺噶押做了賽馬的彩注，將成為一國的王妃，而那細皮嫩肉的漂亮王子肯定不是晁通和覺如的對手，禁不住有些悲從中來。突然，她腕上的水晶鐲子變成了一段枯藤，自行斷裂了，一節節落在了地上。而覺如不知什麼時候已經來到了面前。他就以那天印度王子相同的姿態倚坐在同一塊岩石投下的陰涼裡。那雙望著她的眼睛，深情脈脈，幽深難測，正與王子的眼睛一模一樣！珠牡知道自己這段私情已被窺破，不由得低下高傲的腦袋，羞愧難當。

覺如仍是什麼都不知道的模樣，說：「珠牡啊，你看烈日當頂，下來休息一陣，躲過這陣最毒的日頭，我們再上路吧。」

珠牡只好下馬坐在了他的旁邊：「梅朵娜澤媽媽呢？」

「她的馬跑不快，落在了後邊。」

「你怎麼不陪伴著她？」

「咦，你的馬跑得那麼快，要是嶺噶最美麗的姑娘被人拐走了，我如何向老總管和眾英雄交代？好了，姑娘我看你口乾舌燥，還是喝點什麼吧！酸奶？青稞酒？茶？或者是印度來的無花果汁？」不等回答，面前就有當初見過的王子僕人出現，一一把他點到名字的這些飲品呈送到面前。

珠牡這下明白了，含淚問道：「覺如，你為何要這樣戲弄於我？因為當初放逐你們母子時，我也曾口吐唾沫，舌綻惡言？」

覺如對空招一招手，一隻畫眉鳥落在覺如肩頭，口銜珠牡贈予王子的九結白絲帶。而交給強盜的金指環閃閃發光地掛在一叢銀露梅的花枝之上！

珠牡更加羞愧難當：「原來所有這些都是你變化出來讓我出醜！」

覺如趁勢將她攬入懷中，她的身軀在懷中變得十分溫軟：「姑娘啊，賽馬大會後，你就將成為我的王妃，但你從來不曾好好地看我一眼！」

「我長成姑娘的時候，你才降生嶺噶，那時你面如圓月，氣度安閒，後來卻自甘醜陋，殺生無算！」

「你嫌我年幼？我的力量與智慧早已超過兄長嘉察協噶為首的三十個英雄！你的美豔同樣讓我心中雷鳴電閃。」

「可是你沒有嘉察協噶的莊重與度量。」

「你又嫌我相貌醜陋？」

「威伏四方的大丈夫就應該儀表堂堂！」

「你喜歡這樣？還是這樣？」瞬息之間，覺如就變化出多種英俊的模樣，每一種都能讓珠牡心生歡喜。

最後覺如把形象定格在將來稱王的那種形象之上，珠牡伸出雙手環抱住他的脖子：「覺如啊，一個王者就該有一副勇武之相！」但他又變回去了，他現在並不特別難看，但總是有些油滑輕佻的模樣，珠牡香藤一樣纏繞著他的雙手並沒有鬆開，但她眼中出現了憂傷的陰霾，「我知道你在從事莊重的事業，為何要故意顯出一副輕佻之相？」

覺如呵呵一笑：「是嗎？那我自己怎麼不知道？」他的語氣依然輕佻，但珠牡看見了那雙眼睛，莊重之中還有種悲憫的情調。那種無底的憂鬱把姑娘深深打動了，「你的眼睛是你的心海，覺如啊，你心海寶石一樣聖潔的光把我淹沒了。」

覺如感到這話彷彿一道電光，從頭頂直貫到心房：「美麗溫柔的姑娘，你說得對，不論我的神通多麼廣大，都像一隻鳥被你的目光之箭射中了。」

「被你那雙眼睛看著，我此刻的感覺是如此幸福，同時，又感覺到自己非常可憐。親愛的覺如啊，我是一個可憐的人嗎？」

「你是出身高貴的女子，你的美貌冠絕嶺噶，怎麼還會有這樣的感覺？」

「我想被你那雙眼睛看過的人都會這樣。從天上看人間，眼神是不是都會像你這樣？對了，我想起來了，你用石頭稅所建的廟裡，觀音菩薩的眼神就是這樣！」

「菩薩的眼神，也許是吧，我不記得了。」

「你真是從天上降下來的嗎？」

覺如抬頭看看天空：「我不太記得了，但他們說是。」

「他們？」

覺如揮揮手：「就是他們！」

那些隱身護衛著他的神兵神將就都現身了。白盔白甲的占據了一個山頭，金盔金甲的占據了另一個山頭，兵刃閃閃發光，頭盔上紅纓隨風飄揚。覺如再揮揮手，這些神兵天將又隱入到雲中去了。

「你是神！」

「我不是神！」

「你是神一樣的人！」

「我是神一樣的人。」

「我愛你！」

「你要是不愛我，也許我的神性就要消失了。」

這時，梅朵娜澤媽媽趕了上來，看到這對大雁一樣交頸依偎的年輕人，禁不住淚水盈眶：「我親愛的孩子們，讓我做第一個祝福你們的人吧！」

說唱人：賽馬大會

就一兩年的時間，晉美已經是康巴大地上一個非常有名的說唱人了。

說唱人都會給自己起一個新的名字。人們以為，一個得到神授的說唱人，就不再是當初父母所生的那個人了。他是一個領受了特殊使命的人。一個——現在人們有了一個新的比喻——喇叭。真的喇叭是政府的嘴巴，說唱人是神的喇叭。好幾個不同教派的喇嘛都願意替他起一個新的名字，但他都一聲不響地走開了。他想，自己父母走得很早，他用原來的名字，就是為了記住他們。這天，他在一個集鎮上望著電桿上的喇叭，想回憶一下父母的面容，卻發現他們的面容已經越來越模糊不清了。他坐下來，擦拭帽子中央的那面鏡子，但從中看到的景象仍然模糊一片。他笑了笑：「你這個瞎子。」

當他的說唱日臻圓熟，視力卻越發減弱了。他深一腳淺一腳走在平整的街道上，那模樣像是走在坑窪不平的路上。一個老太婆看見了，說聲可憐。姑娘們看見他，捂嘴嘻笑。幾個小孩看見了，齊聲喊道：「瞎子！」

「我看得見你們，不是真的瞎子。不過，人們都這麼叫我。」

「他是那個說唱人！」

「我是那個說唱人。」如今，他已經習慣了自己的名字先於自己到達每一個地方。人們說「那個瞎子」、「那個說唱人」就是說他。他到達每一個地方，都發現自己的名字早就先於自己到達。他出現在這個小鎮上的時候，情形也是如此。小學校響起放學的鐘聲，成群的孩子湧出校門，跟在他身後：「你就是那個瞎子嗎？給我們講一段格薩爾吧。」

「瞎子，你將給我們講哪一段故事？」

他沒有回答，他的六弦琴還裝在絲絨的袋子裡斜背在身上，他沒有打算在這個塵土飛揚的地方演唱。他也只是不在塵土飛揚的地方演唱。他眼睛不好，但是喑啞的嗓子卻變得響亮了。他想，讓塵土來傷害突然變好的嗓子肯定是一種罪過。他們又說：「你也是去賽馬大會吧？全縣的賽馬大會。」

他拍拍自己的琴袋：「賽馬大會早就舉行過了，格薩爾早就登上了王位。」

這個鎮子的鎮長出來了：「是政府辦的新的賽馬大會，紀念格薩爾稱王的賽馬大會。」鎮長還說了一句瞎子不懂的話。鎮長說的是文化搭台經濟唱戲。鎮長打開吉普車門：「瞎子上來，到賽馬大會上去演唱。」

瞎子猶豫了一下，鎮長說：「都說你演唱的故事最長最全，難道你是徒有虛名嗎？」

「要是那樣，我就還在老家放羊。」

「好幾個說唱人都到賽馬會上去了，你不是怕去跟他們比試一番吧？」

這句話一出來，晉美就只好上了鎮長的車。車開動了。在穿過草原的坑窪不平的土路上顛簸跳盪，晉美把琴抱在懷裡：「不要叫我瞎子，我叫晉美。」

鎮長大笑：「我去縣城開會，書記不叫我名字，叫我羅圈腿！」

他們是中午時分離開鎮子的，後來，晉美就在搖搖晃晃的車上睡著了。醒來時，車子正在追逐輝煌的落日。晉美有些緊張，因為落日已經傍住了一座雪山，車子眼看就要追不上了。他說：「快點，快點。」

鎮長卻說：「看，我們到了。」

車停在一個小山崗前，前面開闊的草原上，成千頂白色的帳幕形成了一個臨時的城市，西去的夕陽給這城罩上了一層鋼藍色的光，那場景有著夢幻般的質感，跟他在夢中看到的大軍紮營的情景那麼相像。吉普車離開公路，衝到兩邊插滿了五色旗幡的賽馬道上，最後猛然一下停在指揮部大帳前時，他在面前的座椅背上磕青了眼眶。他眼前金星飛濺，同時聽見人們說：「來了。那個說唱人來了。」

他不知道人家說的是自己。

他聽見他們說：「那個人到底是來了。」他想，總是有人會在草原上來來去去，那個人來了又怎麼樣呢？他一個人懷抱著他的六弦琴，繼續沿著彩旗指引出的筆直的賽馬大道往前走，一直走，一直走，在太陽收盡最後一抹餘暉之前，登上了谷地另一頭的山崗。將要登上山頭時，一個人的身影籠罩住了他。那人蹲踞在山頭上，身披著黃昏陰影的大氅，說：「都說有一個人要來，你就是那個人吧？」

「我不知道那個人是誰。」

「一個比所有人都演唱得更好的人。」

「我不知道是不是比別人說唱得更好，但我的確是一個說唱人，一個仲肯。」

那人笑了，說：「呵呵，你倒不像是個有本事的說唱人。但誰知道呢？要是神要讓你變成一個演唱者的話，那你就是了。」

這時，晉美已經走出他的陰影，在山頂上和他面對面站在了一起。說話的是一個老者，面容清瘦，一對鷹眼放射出銳利光芒，白色的鬍鬚在黃昏的風中輕輕飄揚，這倒真的符合所有人關於一個演唱者的想像。他只憑模樣就把晉美征服了，他說：「老人家，我怎麼會唱得過你呢？」

老人呵呵一笑：「你是看我的樣子像吧。可我只會在賽馬開始前，為那些駿馬與騎手做一番頌讚。」晉美知道，這相貌堂堂的老者也是一種藝人。他們不講故事，只是頌讚英雄故事中的駿馬、兵器、英雄的相貌、神山、聖湖，甚至說唱人諸多象徵的帽子，頌讚時韻律鏗鏘，辭藻華麗。晉美學唱了一些頌讚詞，加入到了自己說唱的故事中間。晉美對那老者說：「我也學了一些頌讚詞，練習我的嗓子。」

「你是神授的仲肯，是神要你演唱，你就無須練習了。」

「那你呢？」

「我是自己生了一副好嗓子，自己要演唱。所以，我才要練習，我才要自己獨自一人坐在這山頂上琢磨……」

「請問老人家你在琢磨什麼？」

「晚霞這麼輝煌，卻從來沒有一篇相配的頌讚，我在想，怎樣絢麗的辭藻才能表現這壯觀！」

「那你一定想出來了。」

老人緩緩搖頭，口氣有些悲哀：「可它們在變，須臾之間，變化萬千，沒有辭藻能把它們固定住。」

「是因為詞太少嗎？」

「我不知道，也許是詞太多了。」這時，晚霞好像用完了燃燒的力量，轉瞬之間，漫天的紅豔消失了，天空立即漆黑一片。

「你看，夜幕降臨了，去為節日裡的人們演唱吧。」

那些帳幕圍出了一個個廣場，每一個廣場上，都有篝火閃亮。晉美告別了老人，往那篝火明亮處走去。草原上的規矩就是這樣，圍著火堆飲酒進食的人們只稍稍抬抬屁股，就給新加入者挪出一塊地方。然後，酒碗和羊腿肉就遞到面前了。晉美就坐在兩個沉默的男人之間享用了晚餐。他是不大喝酒的，但是酒碗一次次轉到他面前，使他有些頭暈目眩，抬頭望望天空，看見晚霞燒成的烏雲已經散盡了，一群群星星跳上了天幕。他沒有戴上說唱人的帽子，也沒有豎起說唱人的旗幡，他只是從琴袋裡取出了琴，仰望著天上的星光撥動了琴弦，一聲聲綻出的音符，應和著天上閃爍不定的星光。

斷續的琴聲讓人們一下就安靜了。安靜到聽得見晚風吹動著火苗，發出旗幟抖動一樣呼呼的聲響。琴聲連貫了，順暢了，像奔流的山澗越來越激烈雄壯。人們悄聲發問：「是他？」

「他就是那個瞎子嗎？」

晉美都聽見了，他微微一笑，站起身來，仰望著天空，撥動著琴弦走到篝火旁邊——那是人群的中央，開始吟唱：

雪山之上的雄獅王，
綠鬃盛時要顯示！
森林中的出山虎，
漂亮的斑紋要顯示！

大海深處的金眼魚，
六鰭豐滿要顯示！
潛於人間的神降子，
機緣已到要顯示！

引子一過，說唱人稍稍沉吟一下，便聽得喝采聲四起！晉美繼續撥動琴弦，現在他聽到的不是聲音，而是晶瑩閃爍的星星一顆顆跌落下來，在琴弦上迸散。他閉上了雙眼，看見駿馬奔騰，千年前的故事活生生地在眼前浮現……

故事：賽馬稱王之一

嶺噶的賽馬大會開始了。

嶺噶各部落紮下的帳幕把黃河灘上的草原變成了一個不夜城。

達絨首領晁通，他的兒子東郭和東贊與部落的勇士們來了，他們頭顱高昂，目光向上。晁通的玉佳馬更是天下無雙。在他們看來，這不是賽馬，而是達絨部稱雄嶺噶的盛大慶典。

長系九兄弟為首的勇士們來了，他們一律身著黃色錦袍，金子的鞍韉，在金色陽光照耀下顯得氣度非凡。在他們眼中，嶺噶的王位就該氏族長房的子孫來坐，自然個個躍躍欲試，自信非凡。

仲系以八大英雄為首的人們出現時，全部白盔白甲，白袍白鞍，驅馬奔到會場時，猶如天降白雪一般。

幼系的勇士們也來了，一律藍盔藍袍，擺成方陣，彷彿一座琉璃的高台。他們把老總管絨察查根簇擁在中間。他早就知道，這次賽馬大會，就是要讓覺如登上嶺噶的王位。他不像狂妄的晁通，相信什麼馬頭明王的預言，也不像長系與仲系那樣因為王位躍躍欲試，摩拳擦掌。他們很早就勒馬在起跑線上，空耗精力，激越難安。老總管知道，王位一定會由出身於幼系的覺如奪得，幼系的另一個英雄嘉察協噶也是眾望所歸。他把嘉察協噶叫到跟前：「我看你並不像他們一樣慌忙？」

嘉察協噶說：「我是心中焦急，弟弟覺如到了此時還不現身！」

「你心裡就沒有一點稱王的意思？」

「我想肯定有人比我能給嶺噶人眾帶來更多的福祉。」

老總管長嘆一聲：「嶺噶就要成為一個國了，等覺如稱了王，若眾英雄都像你一樣想法，那嶺噶就真是得到上天眷顧，福祉無邊了！」

「可是，弟弟為什麼還不出現？」

老總管也心中焦急，但他口中還是淡淡的：「到時候，他自會出現！」

這裡話音未落，便有人喊道：「覺如來了！」

人們不禁精神大振，晁通的真正對手來了，玉佳馬真正的對手來了！珠牡姑娘也高興地置身於十二姊妹中間。她興奮地想，今天出現在大家面前的不再是那個古靈精怪的覺如，他將騎著剽悍的天馬出現，天馬身上配著她父親奉獻給未來國王的全副鞍韉。這樣名貴的鞍韉也只有江噶佩布這樣的神馬才能般配。那馬出現時，果然引得眾人一片喝采。珠牡只覺得身子輕盈得彷彿就要飛升到雲端。可是，接下來，又是眾人一片的嘆息聲。因為牽著駿馬的覺如，又換上了他被放逐前那一身臭烘烘的行頭。他不像那匹天馬的主人，而是一個令人作嘔的小丑！

幼系的勇士和百姓感到深深的失望，他們都把臉轉到了別的方向。前往阿玉底山下起跑線上的勇士們都不願跟他並肩而行。只有晁通對他顯得分外親熱，心裡更加相信自己會在比賽中穩操勝券。珠牡雖然知道這肯定是覺如故意要如此這般，心裡還是很不舒服。姊妹們都知道自己已屬意於他，而他這麼一副不堪的模樣使得自己盡失臉面。這時，覺如的真身化作一隻蜜蜂飛到她耳邊嗡嗡歌唱，生氣的珠牡伸出手，差點把那蜜蜂拍到了地上。蜜蜂討了個沒趣，耷拉著翅膀做出被拍傷的樣子，歪歪斜斜地飛走了。

此時，所有參加賽馬的騎手都在阿玉底山下一字排開了。螺號聲聲，僧人和法師在祭壇煨起了桑煙。保佑此次賽馬的護法神與山神已經下降。不是人間，是雲端上一陣鼓響，一支箭從空中射下，著地時霹靂似的一聲響，正是賽馬開始的信號。嶺噶勇士們一鬆馬韁，身後立即捲起一陣塵土的黃雲。塵土尚未散盡，馬群已經轉過巨大的山彎，消失不見了！

比賽一開始，晁通和他的玉佳馬就跑在了最前面。

嘉察協噶一邊揚鞭催馬，一邊在風馳電掣的馬隊中尋找弟弟的身影，卻見他落在馬隊的最後面，正在若無其事地張望天空中的一塊綿羊大小的烏雲。這片烏雲越來越大，馬隊跑出三箭之地，烏雲就已經布滿了天空，雲層中雷聲隆隆，閃電像巨蛇蜿蜒。眼看著一場冰雹就要降下來，使賽馬中斷。原來是那些在山上作法的僧人，只求正神護佑，而沒有對本地的妖魔有所奉獻，這一下就惹惱了阿玉底山裡的虎頭、豹頭和熊頭三妖魔。虎頭妖憤然道：「嶺噶人在我們的地盤上舉行賽馬大會，人人腿往後蹬，膝蓋拚命往前突，一心要奪彩注，弄得滿山塵土飛揚，卻不給一點貢獻！」

「對，不能任他們胡鬧！」

「給他們點顏色看看！」

於是一起作法，要用一場巨大的冰雹來驅散賽馬的人群。覺如早把這一切看在眼裡，就在滿天的冰雹將落未落之際，將神索拋向身後的山頂，把三個妖魔縛到了馬前。三妖見了覺如，知是天降神子也來參加賽馬，趕緊認錯懺悔，絕口不提貢獻的事情。倒是覺如說：「這個大喜日子，我不取你們性命，趕緊收回烏雲與雹子吧！」

三妖諾諾稱是，天空中烏雲頓消，陽光更加明亮燦爛。說話間，有山上的女山神飄然而來，送給他一把鑰匙。覺如嬉笑道：「等我賽馬奪冠，就有了王位與妃子，怎麼能拿鑰匙來開你的後門！」

女仙道：「稱王需要許多錢財，看你身無長物，才來把這打開神山珍寶庫的鑰匙奉獻！」

覺如這才正色道謝。

女仙道：「你也不可過於散漫，我看你已經落後有十箭之遙了！」

覺如並未揚鞭，只拍拍江噶佩布的脖子，這天馬就奮力奔跑，片刻之間，就置身於如雷霆滾動的馬隊之中了。他看見部落的大卦師也驅馬奔馳在爭奪王位的隊伍中間。他放慢了速度，與卦師並馬而行：「咦？莫非卦師你也替自己卜了一卦，不然怎麼如此賣力地驅馳，莫非那金座也向你發出了召喚？」

卦師非但沒有放慢速度，反而又在馬身上加了兩鞭，氣喘吁吁地回答：「替自己算卦的人會雙眼變瞎，不然，我真想替自己算上一卦。」

「莫非你以為卜卦的人也能像英雄一樣征討四方，治理國家？」

卦師笑了：「你也奔跑在這馬隊中間，莫非不是為了那誘人的金座？」

覺如提高了聲音，把當時天母授計時沒有出口的疑問說出口來：「據我所知，印度法王的寶座，伽地皇帝的龍椅，以及那許多國家的王位，都不是靠賽馬所得，而在我們這裡，馬快者為王，馬慢者為臣，你不覺得這件事有些奇怪嗎？」

「聽過伽地一句話嗎？馬上雖然未必能治天下，但從馬上可以得到天下！」

「你也想得到天下？你不能為自己卜卦，那能不能為我卜上一卦？」

「都這個時候了，你還有閒心問事?!」卦師已經很不耐煩了。

「問我能不能賽馬稱王！」

卦師大笑：「箭沒有射出的時候，你可以問我能不能中靶，可現在箭已經射出去了，再神的卦師也無從算起了！」說完，卦師打馬跑到前面去了。覺如笑笑，看他跑出去約有一箭之地，一提韁繩，江噶佩布就飛一般地超過了他。超過的時候，他扔下一句話，「你這個神算子，關鍵時候沒有說謊，要是我得了勝，就封你還做卦師吧！」

這時，他看見有名的醫生也騎在馬上向前奔馳，但他的馬眼看著就要不行了。覺如就喊一聲：「醫生啊，你的藥囊掉了！」

醫生立即勒住了馬韁，看藥囊還牢牢繫在馬鞍之上，面上便浮起了惱怒之色。覺如卻一臉笑容，說：「我是看你的馬要累倒了，還是讓牠緩口氣吧。」醫生也笑笑，緩下馬來，和覺如並轡而行。覺如說，「我看你病了。」

醫生說：「說無病的人生病，等於下了惡毒的咒語。」

「那就是我病了。」

「你雖然打扮得稀奇古怪，但我看你眼清目明，你沒有病。」

「我有病。」

醫生認真起來，好像全然忘了爭奪王位的事情，打開了話匣子：「覺如啊，人的病分風、膽、痰，病因卻是貪、瞋、痴，三者相互交織，讓人生出四百二十四種疾病，你無病因，也無病相，快快打馬，去奪你應得的寶座吧。」

「那你知道自己不能稱王，為什麼也鞭馬奔跑？」

「我也算嶺國的一個人物，不跑個名次，將來在嶺國怎麼安身？」

覺如催馬前去，扔下一句話：「要是我做了國王，你就是嶺國的御醫了！」好一個江噶佩布，只要主人一提轡繩，立即四蹄生風，快如閃電，很快就來到了老總管跟前。覺如按輩分叫一聲：

「叔叔。」

老總管是個中規中矩的人，馬上跟他理論：「從血親上講，我是你叔叔，但只能在私下裡稱呼，現在這種公事場合，你要叫我總管。」

覺如放慢了速度，說：「我也有道理要講，從賽馬一開始，嶺噶舊的秩序已經打破，要等有人爭得了金寶座，才能重新排定尊卑，所以，我就只好叫你叔叔了。」

老總管絨察查根不禁點頭微笑：「到底是天降神子，說出這樣的道理，那你還不趕快打馬前去，爭得王位，遂了天意民心！」

覺如想說自己要坐了王位，仍然要請他做自己的首席大臣。但絨察查根在他馬屁股上抽了一鞭，江噶佩布就如離弦之箭一般射出去了，使他輕而易舉就跑到了晁通的玉佳馬前。晁通這時早把嶺噶的眾英雄拋在了後面。他的玉佳馬跑起來四蹄生風，平常人坐上去只會頭暈目眩，但他運用神通，悠閒自在，彷彿坐在地上一般安穩如山。賽馬的終點古熱山，好像一頂圓圓的頭盔浮現在眼前。晁通這一路都一馬當先，此時此刻，好像看到了預先安置好的黃金座就在眼前。本來，他還把覺如當成自己有力的對手。可是，除了起跑時見他打扮得古靈精怪，然後就杳無蹤跡了。現在，自己一騎絕塵，安置於山半腰的金座就在眼前，馬頭明王的預言就要實現，絕色的珠牡將為自己所擁有，古熱山中的寶藏之門也將對自己打開……他覺得自己身子輕飄飄地飛至半空中，就像那些來去無蹤的仙人一般。他的心意飛得更遠，飛到了未來，看到自己稱王後種種威武的形狀。就在這時，他聽見背後有呼哧呼哧的喘氣聲，轉身卻見覺如氣喘吁吁地趕了上來，看那樣子，只要再奔跑幾步，他就要從馬背上栽下來了。

晁通笑了：「縱然你使出了全部力量，但金座離你還很遙遠。不過，我的好姪兒啊，你已經把那些平時不可一世的傢伙們都甩在身後了！將來上朝，我要讓你走在所有人前面！」

覺如知道，假裝出來的樣子再次作弄了野心勃勃的叔叔，於是馬上換上了一副輕鬆的神態，手中鞭子一揮，晁通就見一道光影從身旁掠過，眨眼之間，覺如和他的神馬就跑到了前面！晁通得意的心情頓時蕩然無存，絕望的他氣得差點就噴出一口血來。

他定定神，施起障礙之法，可那天馬自己化成一道強光，穿透了他瞬間布下的障眼的黑牆。反倒是他自己被那道強光晃得眼前一黑，搖晃著身子，差點一頭栽下馬來。這一來，他只好抽打著座下的玉佳馬，拚命往前。等他跑上山腰，那金座已近在眼前，只要再往前衝十幾步，只消從馬背上輕輕一躍，屁股就會安坐在那金座之上了。奇怪的是，已經跑到他前面的覺如卻不見蹤影，也許是那小子騎術不精，到了地方收拾不住座下的牲口，讓跑瘋了的馬馱到山那邊去了。

他嚥了口唾沫，雙腿一夾馬肚，要向前衝，但玉佳馬騰空起來，身子卻往後退去，晁通見本該越來越近的金座越來越遠，不禁驚叫起來。但他怎麼勒緊轡繩也無法制止玉佳馬往後倒退，於是，他滾鞍下馬，想徒步跑向金座。玉佳馬在身後哀哀鳴叫，聽得晁通十分不忍，回過頭來，說：「玉佳啊，沒有辦法了，等我奪了王位，回頭再來看顧你吧！」

玉佳馬四腿一軟，倒在地上了。

晁通四肢並用，向近在咫尺的金座爬去，但是，他稍微前進一點，那金座就後退一點，永遠觸手可及，又永遠不能抵達。正在徒然掙扎之時，他聽到了覺如的笑聲，這使他惱羞成怒：「下賤的臭叫化子，你是在取笑我嗎？」

「身分尊貴的叔叔，你是在跟我說話？」

「你為什麼在賽馬中濫施法術？」

「是叔叔對我施了障礙之法，但我沒有對你施法！」

「那我為何如此拚命奔跑卻到不了金座跟前?!」

「那是天神對你降下了懲罰！叔叔，我和江噶佩布已經圍著那金座跑了兩圈了，卻不敢坐上去！」

晁通大鬆了一口氣，他想：「這個乳臭未乾的叫化子，叫那黃金寶座給嚇住了。」他眼珠一陣錯動，嘴裡卻吐出甜蜜的話來：「姪兒你真是個聰明人啊！權力只是讓你負起擔憂萬民的責任，背在身上真是痛苦難當！」

「那麼，我還要請教叔叔，那設為彩注的姑娘又該怎麼講？」

「你看過山上的野果子，那樣紅豔誘人，甜如蜜糖，可真要吃下肚去，卻讓你命喪黃泉！」

「那麼人間珍寶呢？肯定也是讓叔叔寢食難安的東西了！」覺如得到天母授意時，賽馬的彩注只是王位，到了晁通提出倡議時，他又加了一個豔冠嶺噶的珠牡姑娘，和古熱山中的寶庫。但現在，那寶庫鑰匙已經揣在覺如懷中了。

晁通聽出了覺如話中明顯的譏諷，但他已經顧不得那麼多了：「好姪兒請讓開道路，讓我坐上王座替眾人受苦，你還是過你那無憂無慮、無拘無束的日子吧！」

覺如笑了：「那麼難坐的位子，叔叔還是讓我去坐吧。我流浪在黃河灘上整八年，什麼苦不能吃啊！叔叔，還是好生看顧一下你的玉佳寶馬吧。」覺如往上舉了舉鞭子，跌倒在地的玉佳馬騰一下就站起身來。晁通又看到了通往金座的希望，挽住韁繩就想翻上馬背。那馬前肢一軟，又趴在地上了。

「叔叔再生非分之想，只能折殺了你的寶馬！」

晁通摟著玉佳馬的脖子，嗚嗚地哭了：「好姪兒，求你讓我的玉佳馬好起來吧。」傷慟的哭聲讓覺如也有些動容：「只要你不再惦記著不該你得的王位，玉佳馬就會重新健步如飛！」

晁通心有不甘，喊道：「可馬頭明王預言過，說這金座該我達絨家來坐！」

覺如脫下頭上那滑稽的帽子，扔到一邊，擦汗一樣抹抹臉，立即就變出了馬頭明王那憤怒威猛的形象，晁通擦擦眼，想看得更清楚一些，卻見覺如又變回了原來的模樣。不！不再是原來的模樣了。更準確地說，是他的模樣正在變化！他窄小的額頭變得寬闊，鼻梁變得高聳，眉弓變得清晰有力，而臉上那些被高原太陽灼傷的焦黑紛紛脫落，新生的皮膚彷彿幼嫩的玉石一般！

晁通只有在心裡呼喊：「老天既然讓我神通廣大，計謀多端，為何又天降神子，來坐嶺國尊貴的王位啊！」

變化中的覺如來到了金座面前，並不急著坐上去，而是對它細細打量。他想，為什麼坐上了這個寶座，才有權力、財富和美女，惹得人人眼饞，但這金座僅僅就意味著這些東西嗎？他望望天，天還是藍藍的，沉默無言。他望望地，無邊的草原無際鋪展，猶如長途驅馳的人們到達目的地後那一聲愜意的長嘆。雪峰晶瑩，岩石高聳，雄鷹展翅把他的目光引向遼遠。頃刻之間，天地中的一切都停頓下來，屏息等待著這個天定的得勝者邁出最後的一步。雖然一切都是天定，但到達這一步，他也整整走了一十二年。也許，他真的能把這民心初定的草原變成嶺噶人幸福的家園。

懷著這樣的心意，覺如安坐到了寶座之上。

集中在拉底山上觀看賽馬的人們都看呆了。當他們明白過來，便發出震天動地的歡呼時，又看到了奇異的景象出現在眼前！

故事：賽馬稱王之二

覺如剛剛坐上寶座，奇異的景象就出現了！

片刻之間，天空中就布滿了祥雲。緊接著那些祥雲水浪一樣分向兩邊，那是天門開啟了！吉祥長壽天女手裡拿著箭和聚寶盆乘著虹彩出現！同一條虹彩上，天母朗曼達姆手捧著箭囊，率領著眾多的空行者出現在高天之上！

天馬江噶佩布昂首嘶鳴了三聲，覺如把山神獻給他的鑰匙拋向古熱山的岩石之上，頓時，群山發出轟響，岩石雪崩一樣剝落下來，山中深藏著七種珍寶的水晶大門隆隆打開，山神的嘍囉們把那些寶貝盡呈於王座之前。男性的神們也出現了。他們手捧雪峰一樣的白色頭盔、黑鐵鎧甲、紅藤盾牌，還有戰神魂魄所依的虎皮弓袋……總而言之，這些神靈每人都捧出一樣裝束，一個勇士所需要的東西，一一現身，在覺如身上披掛妥當：背負的弓，腰懸的劍，手持的矛，拋石索、神變繩、劈山斧，種種制敵利器披掛一身，華麗的服飾，加上他迅即之間變化的容貌，轉眼之間，這個稱王之人，從一個小丑的模樣變得儀表堂堂，威風八面！在這一過程中，四野響徹仙樂，曼舞的天女們從天空中降下了繽紛的花雨。

自從降生在嶺噶，覺如猶如被烏雲時時遮蔽的太陽，放不出持久的光輝；猶如深陷泥淖的蓮花，不能隨時散發迷人的幽香；做了許多好事，卻被部族人放逐荒野；鎮壓了那麼多妖魔鬼怪，卻被認為是生性殘忍！想來，也是上天為了讓他更能體恤民間疾苦，才盡嘗了人間的苦難。現在，他終於坐上王位了。那些前來獻寶和加持的男性神散去了，那些前來祝福的女性神也散去了，從緩緩關閉的天門返回了天界。

天上最後傳出威嚴的聲音：「天下從此有嶺國，嶺國擁有格薩爾王！」

嶺國的人們如夢初醒，歡呼著從那座觀看賽馬的神山一擁而下，來到了那坐於金座上的神子面前，向他歡呼。那個容貌煥然一新，變得儀表堂堂的人，就是他們的王，使嶺噶變成一個國的王。

格薩爾從金座上緩緩站起身來，目光掃視之處，歡呼聲停止下來，人們屏息靜氣，等他開口說話。他居高臨下，看著自己的臣民，緩緩開口講話：「參加賽馬的眾英雄，嶺噶的眾百姓，自我發願下界降妖除魔，拯救蒼生，如今已經一十二載。這一十二個寒來暑往中，我的所作所為大家有目共睹，如今登上嶺國國王的黃金座，雖說是承受了上天的旨意，但不知眾位是否心悅誠服？」

老總管大喊：「上天賜福於嶺噶，他就是我們嶺國的英雄君王！」

王！這是一個新的詞，嶺國的百姓嘴裡從未說出過它，但是，他們在心裡盼望過它。它早該來到卻遲遲不來，而今天終於伴著繽紛花雨出現在面前！於是，他們用千萬顆心，千萬張嘴，讚頌至聖之物一樣喊出了它：

「王！王！王！」

「格薩爾！王！格薩爾王！」

他們的呼喊讓這至聖的稱謂閃爍比所有珍寶更為耀眼的光芒！據說，那一天，黃河川上下千里草原，潛隱匿藏的妖魔們都在這聲浪震撼下向遠處的荒僻之地逃亡。老總管絨察查根率領各部首領獻上各部譜系和令旗，以示忠誠。格薩爾意氣風發接受了大家衷心的歡呼，揮揮手，開始封臣點將。

先封老總管做了首席大臣，以下是各襄佐大臣，並及維繫各部的萬戶長、千戶長。

再封嶺噶三十英雄中的嘉察協噶、丹瑪、尼奔達雅和念察阿旦為四大將軍，統領大軍鎮守嶺國邊疆。以下是各正將、副將及千夫長、百夫長，甚至國師、醫務官均無所遺漏，眾口莫不同聲稱善。連心中失望至極的晁通也只好收拾了自己的壞心情，走到座前，向新國王叩首致賀。他心生一計，說：「大王啊，嶺噶已然稱國，卻還沒有一個王宮來安放尊貴的金寶座。還是先請大王移駕到我達絨長官的城堡，暫作王宮吧。上中下嶺噶，沒有一個城堡有我達絨部城堡的富貴氣象！」

首席大臣絨察查根進言道：「國王就該鎮守於國土中央，達絨部偏在一方，國王寶座安置在那裡，那是偏安氣象！」

兩人各執一詞，爭得難分難解，眾人聽來，也是各有各的道理，也不知道該依從哪一方才是。

格薩爾微微一笑：「兩位大臣不必爭執不清，且去大帳中飲了我的得勝酒，再作理論罷。！」

於是，眾英雄跨上駿馬，奔下山去，一起擁入大帳。酒食剛剛排開，珠牡就率嶺噶盛妝的姑娘們獻上了清歌妙舞。珠牡曼舞著來到格薩爾面前，國王英俊的容貌，令她心醉神搖。她雙膝跪地，把一碗美酒舉過頭頂，鶯聲婉轉：「我的王，願你太陽一樣的光輝永遠籠罩我，讓我的幸福如花放！在你征服四方的事業中，我願如影子隨你身，牽韁墜鐙助君王！」

格薩爾起身，把珠牡扶到自己的座位旁邊，人們獻上祝福的哈達。

一日之內，嶺噶鬆散的部落成了秩序井然的國，一個醜陋少年成了英俊威武的國王，嶺噶最美麗的女子成了國王的新娘！就在眾人飲宴作樂之時，應天意，一座王宮像雨後的蘑菇一樣破土而出，矗立於浩蕩奔流、九折迴環的黃河川上，眾神施加的法力使它閃爍著水晶般的光亮。起先，大家都是在帳中的五彩軟座上平起平坐，歌吹之聲中，人們發現自己已經置身於一個一百二十根柏香木支撐的雄偉大殿。看見玉階漸漸升高，一級一級，把人們分出了尊卑高下。高居於寶座之上的國王，向百姓，向文臣武將，向上天，再次重複了重整山河，蕩平妖孽的宏願。他的聲音像是叩響的銅鐘聲在宮中迴盪！

從大殿門外，歌吹之聲一路響來，進來一路半神半人的工匠。或者說，他們來時是人，後來卻在嶺噶成了行業之神。

帶來冶煉之術的鐵的父親，鐵匠的神，也是後來嶺噶兵器之部的首領。

雕刻匠。

能把泥土燒成光滑琉璃的爐匠。

製琴師。

能開闢出寬闊驛道，而不觸怒山神的風水師。

能讓花朵與花朵像人一樣相親相愛，結出更飽滿籽實的種子幻術師，後來成為谷地農人供奉的豐收之神。

拿著風囊收集百花香味的香料師。後世裡，他成了愛美女人閨房中供奉的祕密神。據說，得到他應許的女人身上自然就會帶上不同花朵的香味。

格薩爾大王說：「列位，你們對王宮的建成都各有貢獻，將來我的事業還需要你們做出更多貢獻，且請坐下來飲酒作樂吧。」

這些神靈一樣突然湧現出來的人都坐下了，唯有製琴師說：「美酒雖然爽口，但音樂卻很刺耳，這些祭祀和征戰時淒厲的鼓號並不適於在這雅緻威嚴的宮殿中演奏。且待我教這些劊子手一樣的人，心平氣和演奏高雅的細樂！」

格薩爾含笑首肯。

眾人卻要看這個口出狂言的人，如何在片刻工夫讓那些擊鼓吹號的面目凶狠的壯漢們演奏他所謂的細樂。這個人端著琴走到樂隊跟前，臉上帶著迷幻般的笑容，他豎起一根手指在嘴唇上，他甚至沒有發出噓聲，樂隊就停止了鼓吹。他撥動琴弦，那聲音，不是一句歌吟的旋律，而是像晶瑩的浪花在溪流上跳躍，像陽光落在波光動蕩的湖上。從琴弦與他的手指之間滾落下來一串聲音，然後，他自己側耳傾聽，聽見那聲音遠去，又回來。這來回之間，那些鼓吹手厲神一般的表情變得平和端莊。製琴師用手拂拂鼓面，結在上面的牲血的結痂脫落了，上面現出一朵蓮花。他再撫撫琴弦，彷彿一陣清風掠過，幾把人腿骨做成的骨號，就跌落在地上粉碎了。

他說：「給你們琴。」那些人手中都有了一張琴。

他說：「跟著我彈。」

他們就跟著彈起來了。音樂輕拂了每一個人，不是像原先鼓吹的聲音，強制性灌入耳朵，而是輕拂在心尖之上。每個人因此都看見了自己的心臟，粉紅滾燙，形狀就像一朵待開的蓮花。過去那些鼓吹之人都是戰士和巫師，而在琴聲中，他們變成了真正的樂手。他們的淚水隨著旋律展開潸然而下。因此，這些人被稱為「出生了兩次的人」。

而當時，就有很多女人愛上了那個製琴師，後來，有一個消息傳開，說他在湖邊出浴時被偷窺的女人看見，原來他也是一個女人。但是，每當有重要的集會上演細樂，她們仍然止不住心醉神搖。就連王妃珠牡，如果此刻不是坐在格薩爾身旁，祈求他給自己足夠的力量，也難免要情動於衷。因為那音樂在人心中引起的情愫真的是過於美好了。

演唱者：駿馬

康巴賽馬會開始了。

第一天是預賽。那麼多馬，那麼多騎手，排在一起，如果同時出發，起跑線起碼要兩公里寬。但世界上哪裡有過這麼寬的起跑線呢？於是，一組組跑，起跑線這一頭，一人手持發令槍，扳開了扳機，準備擊發。起跑線的另一頭，站著一個手舉三角彩旗的發令員，騎手們勒馬在起跑線上。那麼多看熱鬧的人們擠在一起，需要很多警察排列起來，才能在草原上護住了一條供賽馬奔馳的通道。槍聲響起，彩旗一揮，一組馬就跑向對面的山崗下的終點。那裡，大陽傘下安置著一把高椅子，手握秒錶的裁判高坐其上。把每一匹參賽馬衝過面前白線的時間記錄下來。晉美好不容易才擠進人群，但他的注意力更多地被從未見過的那麼多人所吸引，而沒怎麼去看那些馬。這時，一個戴著很深墨鏡的人在他耳邊說：「真正的名馬不會在這時出現，高潮還沒有到來。」

他想，這個人是在對自己說話。

那個人說：「對，我是對你說話，我想請你到我的帳篷裡喝點茶，休息一下。」說完，那人就轉身擠出了人群，他也跟著擠出了人群。那人正在遠處的帳篷前向他招手。

外面陽光灼熱，帳篷裡卻很清涼。他喝了一碗茶。那人說：「你唱馬，應該懂得馬。」

晉美搖了搖頭。他只是按照神人的意志在演唱。

那人的口氣不容商量：「唱馬的人就應該懂得馬。」

他想起在黃昏山崗上出現過的那個仙風道骨的老人。他說：「我想有一個人懂得馬，他是專門演唱駿馬讚詞的人。」

那個在陰涼的帳篷裡也不摘下墨鏡的人嘆了口氣，說：「我們走。」晉美又跟著那個人穿過帳篷城，來到一座小山崗下，在河邊一片柳林中，幾個人圍著一匹顯得倦怠不堪的馬。但即使精神不振，那也是一匹漂亮無比的馬。墨鏡後的人說：「最後出場爭奪錦標的，是這樣的馬！」

「牠……好像不太高興？」

「一匹駿馬怎麼會不高興來參加賽馬大會？要是沒有賽馬大會，世界又何必生出駿馬？」

「那麼……是病了？」

「一匹駿馬會在賽馬時病了?!」墨鏡人告訴晉美，這匹馬被另一匹馬的主人請人下了咒語了。他們以為下咒語的人就是那個演唱駿馬讚詞的人。他們說他其實是個法力高強的巫師，被這匹馬真正對手的主人請去施了咒術。那個腳踩繡有彩雲紋樣軟靴的騎手輕撫著馬鬃流下了淚水。他們要求他也對那匹馬施行咒術。可是晉美哪裡懂得什麼咒術。

「你的故事裡格薩爾精通那麼多咒術，你就照樣施行吧！」他們說，這匹馬就好比格薩爾的座騎江噶佩布，而牠的對手正是玉佳馬。墨鏡人說他聽過一個藝人演唱的賽馬稱王。大賽前夜，覺如和晁通各施咒術，要傷害對方的座騎。後來，是上天為了賽馬正常進行，制止了這場惡鬥，於是，才有了流傳至今的故事，格薩爾賽馬稱了嶺國的王。可是晉美演唱的版本中沒有這樣一幕。墨鏡人憤怒了：「你的故事裡怎麼沒有這樣一幕，難道你是一個徒有虛名的騙子嗎？」

晉美苦笑：「我騙到什麼了？」他孑然一身，除了幾樣演唱者的行頭，身無長物，所以，他有些悲切地再次發問，「我騙到了什麼？」

墨鏡人還很憤然：「騙吃騙喝唄！」

「我在家牧羊的時候，不用走這麼多長路也有吃有喝！」

「那麼，」還是騎手擦乾淚水，低聲請求，「請您為我的愛馬演唱一段英雄曲吧！」他脫下自己的錦緞外套鋪在柳蔭下，請晉美坐下來演唱。晉美被這小伙子感動了。他沒有坐下，他站在馬頭前，手撫馬鬃曼聲吟唱。他看見柳蔭團團，好像也在凝神諦聽。那馬耷拉的耳朵豎立起來，黯淡的毛色隨著演唱的聲音泛出了光亮。見此情景，年輕騎手翻身就跪在了他的面前。晉美不相信這樣的奇蹟顯現是因為自己的力量。他說：「這麼漂亮的一匹駿馬，如果我的演唱就是它的靈藥，需要的時候再來找我吧。」

走出柳林，他看著河水，自己感動得哭了一場。他沒有哭出聲來。站在河邊的他仰著臉任淚水迷離，看見淚光中的天空出現了種種幻象。他就這樣坐在河邊草地上靜思默想。其實，他什麼都沒想。只是感受著周圍的世界，一簇紫菀在身旁開放，清脆的一聲聲鳥鳴，從頭頂滴瀝而下，直達心田。當黃昏的晚霞再次燒紅天空，他登上了身後的山崗。這次，是他先到達了這個山崗。然後，那個唱讚詞的人也來了。

他說：「嚯，這次是你先到了！」

「我沒有跟你比賽，沒有先到後到。」

「昨晚我去聽了你的演唱。」

「我沒有看見。」

「真正的藝人都要說說請多指教的客氣話。」

「神教我唱的，神才能指教！」

「你為什麼不演唱賽馬前夜覺如跟晁通互施咒術鬥法？」

「你是那麼喜歡施行法術嗎？」

「你的法力也不低啊！」

晉美不想與人為敵，想到自己施行咒術，把另一個施行咒術的巫師變成了敵人，就有些害怕。他是一個名聲遠揚的仲肯了，但他的心靈還是那個牧羊人的心靈。質樸，無有害人之心，而且會對凶惡的人感到害怕。他恨自己臉上出現討好的笑容，但這樣的表情還是出現在他的臉上：「有匹馬病了，他們讓我給他演唱了一段，牠的毛色就重新光滑油亮了。」

「此話當真？」

晉美沒有說話。

「你不像是說謊的人。」

「我為什麼要說謊？」

仙風道骨的人沒有回答他的話，他說：「以後，你不要再去為那匹馬演唱了。」

他緩緩搖頭。他喜歡那匹馬，喜歡那個為座下馬心疼流淚的騎手。當然他不喜歡那個墨鏡。那人說：「你還在你的故事裡嗎？以為賽馬是讓那格薩爾一樣正直的人登上王位嗎？你知道得勝的馬是什麼命運？就是賣給出價最高的商人！」

而且那個商人已經出現了！就是那個戴墨鏡的人。那個盛氣凌人、他並不喜歡的傢伙。「他出價最高？多少？」

說出來的那個數字太大了，晉美身上從未超過兩百塊錢，所以，那個數字完全超出了他關於金錢的想像。錢多到那樣一個程度，就不是錢了。這個仙風道骨的人說：「你知道我為什麼這麼做嗎？」

「你是說為什麼要施行咒術？」

「我是想把真正的駿馬留在這片草原上。這些駿馬是草原的精靈，這人把最好的馬買到城裡去，每天比賽，我聽說更多的人押賽馬的勝負賭錢。所以，你要答應我，不要再用你的演唱去撫慰那匹馬。」

晉美沒有答話。

「我的話你聽到了嗎？」那人提高了聲音，而且話裡帶上了威脅的意味，「而且，我希望下次演唱時，你能把那個有關咒術的段落加進去！」是他這後半句話讓晉美憤怒了。他相信，自己演唱的版本就是神所希望的最完美的版本。他往地上啐了一口，轉身走下了山崗。高原就是這樣，高崗上還一派明亮，而谷地卻已經被夜色淹沒了。走到這濃重的夜色中，他為剛才的舉動感到有些後怕。

但是，唾沫已經吐入草稞之間，收不回來了。於是，他決定去探望那匹馬，為它演唱。年輕騎手不同意，說這樣的話，會使牠等不到決賽那一天，精力提前爆發。他想問，當這匹馬取得了勝利，是不是就會賣掉牠，但他終於沒能開口。

他沒有等到決賽舉行的那一天。但他聽說那匹馬在賽馬大會上取得了錦標。他提前離開了。他在賽馬大會上遇到了一個人。那人胸前掛著相機，手裡還拿著一只錄音機。當他在眾人中演唱，那人把錄音機放在他跟前。他說：「你是國家的寶貝。」

中午，他正背靠賽馬場上的電線桿打瞌睡，好像聽到了自己在演唱。他醒過來，四處張望。那吟唱的聲音還在繼續。那聲音真的很像他自己的聲音，連演唱停頓處，用琴聲過渡的指法也一模一樣。他很驚奇，站起身來四處張望，沒有看見有人在演唱。如果是在夢中，那麼他能看到自己在演唱。如果不在夢中，這樣的情形又怎麼會出現？他發現很多人環立在電線桿四周，就大聲向他們發問：「我不知自己是不是在做夢？我在做夢嗎？」

人們一起大笑起來。

一個人走到他面前，他抬手指了指掛在電桿上的喇叭。演唱聲就是從喇叭裡傳出來的。

「誰？」他問。

那人笑了：「你！」

他緊緊閉上嘴，眼睛裡的表情說，你看，我沒有出聲。

那人把他拉進了一個擺滿機器的帳房。他從一個機器裡取出錄音磁帶，演唱聲停止了。他把磁帶塞進機器，演唱又開始了。他恍然大悟：「我明白了，你有聲音的照相機。」

這人是專門研究格薩爾說唱的學者，他親熱地攬住晉美的肩頭，說：「你說得對，我們一起把你的聲音的相都照下來，怎麼樣？」

他擺了一個樣子：「就在這裡嗎？」

「你跟我去城裡。」

「現在嗎？」

「你太著急了，還是等賽馬會結束吧。」

學者很興奮，拉著他去到了指揮中心的大帳裡。在那裡，學者跟好多個領導握手寒暄。他抑制不住興奮之情，把晉美介紹給這些人，說：「此行最大的收穫是，我在你們這裡發現了一個國寶。」

「國寶？」

「一個神授藝人！」

「哦，一個唱格薩爾的人。」

領導臉上的表情很淡漠，說：「前些年不准演唱時，他們都像地鼠一樣藏起來，現在剛寬鬆一點，這些人一下就從地下冒出來了！」

晉美就覺得自己不像一個人，身量真的就像一個地鼠一樣矮下去了。學者卻還在堅持，說：「我建議決賽開始之前，讓他在廣播裡演唱賽馬稱王！」

領導笑了，攬住學者的肩膀往外走，說：「你學問那麼大，我們都很尊敬你，有空你再過來玩兒，現在我們要開會了。」就這樣，領導把學者送到了帳篷外面。晉美也相跟著到了帳篷外面。學者這才決定第二天早上就離開。下午，他拿著相機跟晉美去了河邊的柳林，看他稱為國寶的藝人手撫著馬鬃為一匹駿馬演唱。

故事：愛妃

嶺國建立之後，格薩爾感覺作為一個國王其實不需要做得太多。國家上下清晰的結構遠勝於過去各自為政的部落鬆散的聯繫，對此情形，御醫打了一個很好的比方。他說，好比一個人的身體經絡血脈都打通了，鮮活的生命氣息就周而復始自動運行了。

御醫說：「你看文有首席大臣絨察查根上下打理，武有將軍們鎮守邊疆，你就放心享受當國王的滋味吧。」

「那麼當國王是什麼滋味呢？」格薩爾問道。他的意思是，做一個國王難道就每天聽著樂師們日漸雅然深致的音樂，在金杯玉盞裡喝酒，睡而復醒，在美麗女子的衣香鬢影間往還？每天上朝，奏報上來的消息都是風調雨順，邊疆安靖，國泰民安？

弄得國王都覺得該出點什麼事情了，於是，他問：「你們說的都是真的嗎？」

這樣問話，讓那些盡責盡力的大臣都深感傷害，連首席大臣絨察查根都露出委屈的神情：「我的王，舉國康泰，你該高興才是啊。」

這讓他知道了，作為一個國王他不該隨意說話。他只好在散了朝回到寢宮時，才對侍候他換下笨重朝服的珠牡說：「為什麼一下子就什麼事情都沒有了？」

珠牡露出了訝異的神情：「難道國泰民安不就是這個樣子嗎？難道上天遣我王下界，不就是讓嶺噶成一個國，有一個英明的國王讓百姓享受祥和安樂的日子嗎？」

格薩爾的笑容裡有疲憊之感：「我沒想到這就是做一個國王。」

珠牡便意態纏綿奉上身體，和身體中包含的深深愛意讓國王寬懷為樂。但他眼中仍然像天空不時飄過烏雲一樣漾起倦怠的神情。

珠牡召來御醫，讓他想一個辦法讓國王像過去一樣生龍活虎。他呈上的是一個催情藥方。這事被首席大臣知道了，說：「我王天神真體，何需你那些雕蟲小技！」

還是晁通獻上一計：「王妃雖然豔冠嶺國，也禁不住夜夜笙歌，我看，國王不是倦怠於女色，而是天天面對一個女人，感官遲鈍了。」

「你的意思是……」

「不是我的意思，你打聽一下，這個大千世界，哪一個國王身邊不是妃嬪雲從，三宮六院？」

這事不好與珠牡商量，絨察查根就率一干文臣去與貴為太后的梅朵娜澤媽媽商量。梅朵娜澤來自氣象森嚴的龍宮，自然點頭稱是，她說：「珠牡從來爭勝好強，若從別國娶來公主，恐她難於接納。我兒未稱王前，她就與嶺噶最美麗的姑娘稱為十二姊妹，彼此相親相愛，相憐相惜，我看，乾脆就將那十一個女子都納入宮中，稱為十二王妃吧。」

於是，又是浩大盛典，樂班獻藝，武人在宮前賽馬比箭。那十一姊妹自然在國王面前盡展歡顏，珠牡雖然暗自垂淚，但在公開場合，還是與姊妹們親密相處。國王與眾妃歡洽無限，看上去，心裡已經沒了曾經的憂煩。

一天散朝下來，國王還特意向首席大臣道了辛苦，溫情慰勉。絨察查根攬了胸前一部白鬚在手，朗聲答道：「我才八十多歲，希望再有八十年供我王差遣！我朝平安繁榮，是我王上承天意帶來的福祉，且請我王安坐嶺國的如磐江山！」

一班臣子們都把國王的安穩當成江山的安穩，格薩爾也遂了大家的心意，這樣安閒地過了一段時間。這一夜，輪到妃子梅薩侍寢。早上醒來，格薩爾又提起對珠牡說過的舊話：「這就是做一個國王嗎？」

梅薩說：「聽說今天有小邦前來貢獻珍寶，要不我王也去看看吧？」

格薩爾神情倦怠：「前些日子，首席大臣就奏請修建新的庫房，儲放那些貢品。那麼多貢品，該是看都看不過來了。」

眾臣們又在商議是不是又該給國王奉上新的嬪妃了。國中的絕色女子都由珠牡等十二姊妹做了代表，再要，就得上外國求親去了。臣下們都知道這事不能等國王自己開口，於是，某天上朝議事時，晁通就奏請準備隊伍與厚禮去各國求親。格薩爾想，這也許就是做一個國王該有的事吧，於是像其他事情一樣照章允准。散了朝，回到內宮，見珠牡正在紗幕後面暗自垂淚。國王不知道是要去外國求親的消息傳入宮中，才讓珠牡心酸垂淚，便去動問她為何哭泣。不想珠牡說，是有沙粒落入眼中，格薩爾也沒有深究。不想珠牡也問了他曾問過的問題：「這樣子就是做一個國王嗎？」

這一問，讓格薩爾心事又起，懨懨地倚在榻上。不覺間，就進入夢境中去了。看見祥雲圍繞在身邊，異香四處瀰漫，天母朗曼達姆立在面前，問：「我兒為何無所事事？」

「臣子們都把事情幹完了，所以我無事可做。」

「那也不該整日耽於嬉遊作樂，長此以往，你的法力大減，再有妖魔作怪，你怎麼對付得了，難不成事事都靠上天幫忙？」

格薩爾當即表示馬上阻止求親的隊伍出行，自己馬上會遠離了眾妃去到古熱神山的洞窟中閉關修行。天母說：「那就帶上妃子梅薩吧。」

「為什麼不是珠牡？」

「帶上梅薩才不會有不好的事情發生。我來都是轉達上天神靈的意思，記住，你修行必須修到三七二十一天！」

格薩爾不知道天母是因事而來。原來北方有一個名叫亞爾康的魔國，那魔王魯贊聞聽了格薩爾十二嬪妃的美貌，便駕上雲頭來嶺國巡看一番。這一看，便中了魔法一般，獨獨對於嶺國王妃梅薩不能相忘。上天見那魯贊平常安守自己的地盤，並不四處滋擾作惡，也就任其自在逍遙。此時見他茶飯不思，心思都在只見過一眼的梅薩身上，蠢蠢欲動，便讓朗曼達姆託夢，讓格薩爾帶著梅薩去山洞中修行，暫且避讓，等這魔頭瘋勁過去，再作區處。這魯贊身量巨大，氣力超人，於是上天就讓格薩爾專修大力忿怒之法。

格薩爾並不知道這番曲折，小睡醒來，滿屋的異香還未消散，珠牡不明所以，纏著要他告訴是不是香料師又有了新的發明。格薩爾沒有說天母託夢之事，只是告訴她，自己要帶著梅薩出宮，到古熱山洞去閉關修持大力忿怒法。珠牡很不高興：「十二姊妹我為首，為什麼是梅薩陪伴大王修行？」

格薩爾這才告訴她，這是天母傳達上天的意思。

珠牡便去告訴梅薩：「大王要去山裡閉關修煉，他的意思是要帶你隨行，但我想眾姊妹中你最心細，想留你下來照顧梅朵娜澤媽媽。」梅薩聽珠牡說的也是道理，便點頭應允了。

珠牡回頭再告訴國王，梅薩情願留下來照顧王太后，格薩爾也就沒有再說什麼。那梅薩對他百依百順，十二姊妹中數她最是溫婉可人，但也不敵珠牡那千嬌百媚。於是他就帶著珠牡上山修法去了。轉眼就過了第一個七天。就在這天晚上，陪伴著王太后的梅薩做了一個不祥的噩夢，醒來心中非常不安。宮廷卦師見卦象不吉，卻看不見真相。梅薩便上山來見格薩爾。她想有國王神力護持，什麼樣的禍事也不能降臨。

她剛剛走到修行洞前的山泉邊，正遇到珠牡前來取水：「珠牡姊姊，我做了不祥的噩夢，求你讓我去到大王身邊！」

珠牡卻說：「大王修行正在緊要處，任何人不得打攪，但你既然來了，我就去稟報一聲吧。」不一會兒，她又轉回來，對焦慮不安的梅薩說，「大王說夢非本真，皆由迷亂而起，婦人的夢更是如此，我看你還是下山去吧！」

梅薩只好滿腹委屈，轉身下山，並託珠牡把親手製作的甜食奉獻給國王。珠牡沒把話帶給國王，只把精美的甜食獻上。格薩爾卻道：「咦，這甜食有梅薩才能做出的味道，她上山來了？山下發生了什麼事情嗎？」

「大王這是什麼話？我珠牡就做不出這等滋味嗎？」

格薩爾只說，只要山下沒事就好。他修行之時，再也不能如前一個七天那麼專心致志了。他隱約覺得珠牡有什麼事瞞住了他，但他不想去深究。他知道，都是些女人間的事情，深究也不會有什麼結果，只是給自己增加麻煩。他對珠牡說過：「你們那麼相親相愛，為什麼又要明爭暗鬥，就因為你們是女人就一定要這樣嗎？」

珠牡說：「要是大王你只要珠牡一個人，我們這些好姊妹就不會這樣彼此要弄心眼了。」

「這麼說來倒是我的錯了？」

珠牡俯首，神情有些悲切，說：「不是大王的錯，是規矩的錯。」那神情，真的讓格薩爾心裡也隱隱作痛，在十二王妃中，他總是給珠牡更多的憐愛。

修行到緊要時候，他都忘了過了多長時間。他告訴過珠牡，除非是時間到了，否則就不必進洞打擾。但這天，洞口一亮，珠牡進洞來了，他問：「是時間到了嗎？」

珠牡垂首不答。格薩爾心知不妙，問她出什麼事了。她說，前些日子梅薩被北方魔王魯贊擄走了。

格薩爾這才明白天母託夢讓他帶梅薩修行的深意了。他不知道該怪自己，還是怪珠牡。他更不知道，晁通又在背後做了手腳。魯贊有意於梅薩，晁通早就知道。更重要的是，格薩爾賽馬稱王，奪去了作為彩注的珠牡不算，還把嶺噶最為美麗的十一個女子都納為王妃，真把他恨得牙根癢癢。這次，見格薩爾前去閉關修行，便遣一隻烏鴉做信使，把這個消息告訴了魔王魯贊。那魯贊便化成一團黑雲，把心儀已久的梅薩王妃席捲而去了。格薩爾說：「我說要帶梅薩修行，你偏不要我帶她！」

「你帶她，那被魔王擄去的就是我了！」

格薩爾回不出話來，便下山，準備出發去救梅薩。他的兄長嘉察協噶聽說消息，點兵奔來，要隨他北去征討。格薩爾說：「他魯贊是一個人前來掠去我的愛妃，並未帶有一兵一卒，我去營救梅薩，也不會帶一兵一卒。兄長請帶兵回營，我不在國內之時，請傾力協助首席大臣管理好國家！」

他吩咐人們去找放牧在山上的江噶佩布。這時，珠牡備了送行酒，請大王入席。格薩爾只當是壯行酒，便把那酒連飲了九碗。殊不知，這珠牡捨不得與大王分別，便在酒中下了健忘藥。所以，當江噶佩布從山上回來，在宮殿前讓人備上了出征的鞍韉，久久不見主人的身影，便在殿前嘶鳴。這聲音讓格薩爾醒轉過來，心想自己好像正有什麼事情要去辦。他說：「我好像是要出趟遠門？」

珠牡說：「大王請寬心安睡吧，你自己做了個夢，把自己迷住了。」

格薩爾困倦難支，又倒頭睡去。這時，天母再次入夢，神情嚴峻：「原來你發下大願斬妖除魔是假，來人間沉湎酒色是真！」格薩爾大驚醒來，依然想不起什麼，便心事重重地出了王宮。卻見江噶佩布已經披掛停當，知道是在等自己，便翻身上馬，提著韁繩卻想不起來該往何方而去。珠牡又從宮中追出來，要格薩爾臨行前再喝一杯壯行酒。格薩爾把那杯酒倒在了地上，地上的草花飲了那酒，就忘了該隨著太陽的移動而旋轉。

這讓珠牡愧悔難當，再不敢阻擋大王去營救梅薩。格薩爾想是自己不聽天母之言，才讓梅薩被北方的魔王魯贊給搶去了，當即拍馬出發。轉眼之間，已經出了嶺國邊境，到了魔王魯贊的領地上。看看天將傍晚，來到一座心臟形的山前。一座四方城建在山頂，城的四面布滿了屍體做成的幡幢，格薩爾想，魔地也無非就是這般氣象，自己且在這城中過上一夜吧。他來到城門跟前，下馬時，成群的小妖向他聚集而來，他笑了一笑，舉手叩擊那銅鑄的大門。聲音那麼響亮，使得那些小妖射出的箭紛紛落地，噴出的毒汁變成難聞的氣味，眾小妖吱吱叫著，魄散形銷。大門開了，不慌不忙走出一個光彩照人的姑娘，比起嶺國宮中的十二王妃別有一種粗獷野性的風味。她說：「看你樣子，像個將軍，身後卻沒有一兵一卒，看你模樣如此英俊，且寄你一命！」說完，就伸手撫摸格薩爾寬闊的肩膀。

格薩爾尋思道，都說魯贊力大無窮，不想卻施展出這般變化，髣手一下，將這女子推倒在地，一步跨上，手中的水晶寶刀已然抵在了那女人胸口：「你到底是人是妖？」

那女子並不驚懼，說：「英俊的男子，請告訴我你的名字，讓我往生之後也不忘記你的容顏。」

他說出了自己的名字。

「我叫阿達娜姆，是魔王魯贊的妹妹，在此鎮守邊疆！」說完，曼聲說道，「身在嶺魔交界處，久聞大王名聲好，美麗的孔雀愛真龍，我愛大王如珍寶！大王啊，你刀子還未刺進我胸膛，就已將我的心奪去了！」

「我可饒你性命，但你得幫助我消滅魔王魯贊！」

「盡聽大王吩咐！」

「我要消滅的是你哥哥！」

阿達娜姆把格薩爾迎進宮中，召來手下一班嘍囉在階下排列。這才開言：「大王，我是轉生時走錯地方才投胎此地，看這魔國上上下下，都生得奇形怪狀，我哥哥偏偏還要把我許配給一個蛙頭大將，因此我正日夜悲傷。大王啊，我願終身與你相伴，現在就請你做了此城的主人！口渴，我有好茶酒。身躁，我有白羅帳。心焦，我來為你解憂傷！」

格薩爾早已被阿達娜姆的美貌所動，這時更感於她的真心誠意，當夜就與阿達娜姆行雲播雨，做了夫妻。把這魔女與嶺國十二妃相比，溫婉柔順之中常有野性勃發，讓格薩爾大感快意，那感覺真如戰場上拚命廝殺後得勝回營一般！白天還能與她並轡驅馳，呼風喚雨，把命令山神驅逐出來的猛獸殺於山前。

但嬉遊之餘，格薩爾眉宇間常有心事浮現。阿達娜姆本想，這樣陪伴著他，有一天他會放過兄長，再讓哥哥還了梅薩，和他一起回轉嶺國。但格薩爾常皺的眉頭，讓她知道，想要拯救哥哥已無可能了。這天，阿達娜姆命人擺下了前所未有的豐盛宴席。格薩爾見了，問有什麼大事需要如此鋪排。

「為我夫君餞行。」

「餞行?你不是說要隨我同回嶺國嗎?」

「大王啊，我知道魯贊不除，救不出梅薩，你絕不會回轉嶺國，既如此，大王明日就請上路。我就在這裡等大王得勝歸來!」

格薩爾一時間竟然百感交集，沒想到這魔女竟比珠牡更明白事理。宴席完畢，在那白羅帳中，阿達娜姆取下手上的戒指交與格薩爾，把路上如何通行等等事宜如此這般說了一番。她說:「我的大王，我不能帶人去殺我兄長，只能把你引到魯贊宮前，至於怎麼對付那魔頭，我卻不忍心告訴你了。」

阿達娜姆這番直陳，讓格薩爾在心中更把她珍愛了幾分。要是阿達娜姆求情，他可能都要放過這個魔王了。江噶佩布這匹神馬，途中一日，足夠凡馬走上半年。這一天剛走了半日，正如阿達娜姆所說，一道如白象橫臥的山嶺出現在眼前。山前河上，臥著一座如黑蛇匍匐的橋。過了橋，是一片水白如奶的海子。格薩爾和江噶佩布都飲了此水。再往前，就遇到了一座形相猙獰，猶如野豬豎著鐵鬃的石山。山前，是一個漆黑如夜的海子。馬的蹄聲剛傳到湖邊，湖中就竄出一條熊一般身量的黑狗。這一切都跟阿達娜姆預先告訴的一樣。格薩爾因此知道這條狗名叫古古然乍。他取出阿達娜姆的戒指，狗見了熟悉的東西，就返身潛回湖水裡去了。

再走，就是魔王擺下的迷陣。每次，他們面前都會出現兩條路，走上白路是活，走上黑路是死，變成魔鬼的口中食。白路行到盡頭，又是一座城。一座紅色的三角形的城。城中房屋都用骷髏裝飾房檐。三個腦袋的妖魔，六隻眼睛齊向行人放出死光。格薩爾並不躲避，自己眼中也放出精光，迎頭而上。妖魔欲想再施法術，卻見來人拿出了阿達娜姆的戒指，便請格薩爾入城，卻被格薩爾一刀將三個腦袋一起砍去了，然後頭也不回地打馬而去。阿達娜姆吩咐過，如果回頭，那三頭妖就會不斷復活。

再次遇到的妖魔就是五個頭了。那五頭妖正在山坡上放牧黑白兩色的羊群。這時，格薩爾才意識到，進到魔國以後，眼裡就只看到兩種顏色，黑和白，山水草木，無一例外，難怪阿達娜姆會厭棄這個國。長話短說，格薩爾按阿達娜姆預先的吩咐，把那個五頭妖魔征服了。五頭妖原先是絨國一個安分守己的農夫，名叫秦恩，和很多鄉親一起被魯贊擄來做了他的臣民。因自己有些神通，被魔王看中，長出五個頭顱，在此鎮守一道關口。他表示，如果格薩爾施神通讓其恢復人形，他願意到嶺國做一個規矩的農夫。格薩爾說：「你得先去探看一番，看看那魔王何在，我的王妃梅薩在幹什麼？」

秦恩遵命去往魯贊那有著九個高聳尖頂的王宮。魯贊從他身上嗅到了異常的氣味：「你是見過什麼生人吧？」

「哦，是一頭白羊得病，我把它殺了，可能是羊血濺到身上，大王聞到了腥羶味道吧？」

魯贊將信將疑：「我讓王妃梅薩招呼你吃飯，我還是出去巡視一遍。」

說完，就駕雲出宮去了。這正好給了秦恩與梅薩單獨相處的機會。秦恩趕緊說，「大王鼻子真靈，昨天我見了一個印度商人，他說是經過嶺國到我們魔國來的。」

梅薩本來不想跟魯贊手下這個五頭妖怪說話，但他提到了嶺國，這就提起了她的興致，眼睛裡頓時放出了亮光：「他說沒說嶺國的事情？」

自從魯贊擄回這個王妃，自是對她萬千寵愛，但錦衣玉食，歌舞宴樂都不曾使她的柳眉舒展，魔國上下都知道她對嶺國不能忘懷。秦恩也知道這個情形，便說：「我沒有問他，要不，回頭我把他帶來，王妃你自己問一問他。」

「你明天就徑直把這人帶到後宮裡來，你肯定知道不能讓大王看見。」

第二天，秦恩把裝扮成印度商人的格薩爾帶到了梅薩跟前。梅薩望著那張面孔，感覺似曾相識，但又不敢把這張面孔和那個日思夜想的名字聯繫起來。格薩爾也掩飾不住內心的激動，目不轉睛地盯著梅薩。她那繁雜富麗的頭飾掩不住面容中的悲傷，華麗衣衫下曾經豐滿的身軀已日漸憔悴。她用顫抖的聲音問道：「你真是從嶺國來嗎？你可曾去宮中朝見過格薩爾大王？」

格薩爾知道，梅薩雖然被迫做了魔王的妃子，內心卻未忘懷於他，便一言不發脫去了印度商人的衣服，露出了裡面的戰神鎧甲。梅薩也脫去了魔國王妃的服飾，現出在嶺國侍奉格薩爾時那身潔白的長裙，禁不住潸然淚下。格薩爾心頭一熱，把心愛的女人攬入了懷中。

「大王，快帶我回到嶺國去吧！」

「那也要等我滅了這有奪妻之恨的魔王！」

「快走吧，這魔王身形巨大，力量無窮，我怕你打不過他。」

梅薩帶著格薩爾去看魯贊吃飯的碗，魯贊睡覺的床，魯贊當作武器的鐵彈與鐵箭。格薩爾躺在那床上，顯得自己像個嬰兒，想端那飯碗，怎麼也端不起來。那鐵彈與鐵箭就更加沉重了。想起天母授意自己修煉大力忿怒之法，原來是對此早有預見。但修法的後幾天，他五心不定，終於未能功德圓滿。梅薩催他快走，要不魔王巡視回來就麻煩了。格薩爾說：「我想還有別的辦法可以對付他，不殺此魔，我誓不還家！」

梅薩不禁再次流下淚來，一來是為自己屈從於魔王而羞愧，二來也是感念於格薩爾對自己的深情厚誼。她說：「我聽說吃了魔王的黃牛，就能身量巨大。」他們就殺了黃牛，格薩爾一頓猛吃，身體當即變得又高又大。梅薩還告訴格薩爾，那魔王的寄魂海是藏在密庫裡的一碗血；他的寄魂樹，要用金斧頭才能砍斷；他的寄魂牛，要用純金的箭頭射才會死。

格薩爾當即出宮弄乾寄魂血，砍斷了寄魂樹，射死了寄魂牛，再回到宮前向已經魂魄失所的魔王挑戰。幾個回合下來，魔王魯贊已經心智大亂，被格薩爾一箭射在額頭中央，一命嗚呼了。得勝後格薩爾想，如果自己聽從天母授意，梅薩不會遭此劫難，自己與魔王魯贊就不會有此一戰。於是便設下壇城，作法超度他往清靜國土投生為善，再封秦恩做了管理嶺國這片新闢疆土的大臣。他一共在魔國住了兩年又三月，直到魔國的山水不再是黑白兩色，水清山綠，繽紛的百花開遍四野，連牛馬和林子中的鳥羽，都變得五彩斑斕，這才帶著梅薩和新妃子阿達娜姆回嶺國去了。

秦恩送新主子回嶺國，一直送到波平如鏡的海子邊，見格薩爾已經走遠，才大喊：「我的大王，你忘了取掉我的妖頭了。」

格薩爾沒有回頭，但他的聲音就在耳邊：「你自己到海水裡看看。」

他在水裡沒有看到那個五頭妖怪，而是當初那個絨國農夫的頭臉，還照見那個農夫的頭上戴著嶺國大臣的羽冠。

三人一路行來，不覺間就來到了阿達娜姆當初鎮守的邊境城堡。阿達娜姆早叫人準備好了，要在這裡大宴三天。格薩爾問她為什麼要大宴三天？阿達娜姆說，到了嶺國，人們只會說國王又多一個妃子，所以，她要自己為自己舉行盛大的婚宴。可是這次婚宴舉行了不止三天，而是整整三年。城堡中日夜歌舞不止，肉香飄出十里，酒香飄到三四十里之外。原來，阿達娜姆厭棄魔國，最不喜歡國土竟然只有黑色兩色，現在，這裡早已被五彩的鮮花開遍，見這情形，就有些不願離開了。梅薩也不願早回嶺國。格薩爾對她被擄一事心懷愧疚，正是萬千寵愛，待回到嶺國，他最愛的是珠牡王妃。除此之外，還有那麼多等待恩寵的姊妹，此地卻只有一個心直口快的阿達娜姆與她分享。兩個女人都沒有明言，但都心照不宣，於是便在這城堡中停留下來。而且，一停就是整整三年。

說唱人：戀愛

晉美被學者帶到了省裡的藏語廣播電台。

晉美在廣播電台的日子過得很幸福。

幸福，這是他自己真實的感受。坐在廣播電台播音間裡，光線調暗了。主持節目的人突然換上了另外一種聲音。晉美突然想，王妃珠牡說話肯定就是這樣的吧：魅惑而又莊嚴。這是廣播電台的說唱節目部。播音間燈光一暗下來，一切都模糊不清了。這個出了播音間就不正眼看他的青年女子，態度一下變得十分親切，那聲音就更加親切動人了：「今天演唱開始之前，我想問我們的晉美老師兩個問題。」

晉美像被電流貫穿一樣的身體一下就繃緊了，直挺在椅子上。

「晉美老師，你是第一個通過電波演唱史詩的藝人，對此，你有什麼特別的感受嗎？」

他聽見自己也變了聲音，響亮的嗓子變得喑啞：「我很幸福。」

主持人笑了：「我想晉美老師想說的是，他對此感到很榮幸。」

「我很幸福。」

「好吧，你很幸福。請告訴你的聽眾們，你在城裡，在我們廣播電台過得怎樣？」

他該死的聲音還是那樣喑啞：「我很幸福。」

主持人不耐煩了：「晉美老師的意思是說他過得很愉快！現在，請聽他的演唱。」

主持人出去了，隔著玻璃可以看到她和節目組的錄音師啦，還有別的一大堆人調笑聊天。他開始演唱。演唱的時候，他又是晉美了。身前的玻璃牆消失了，身左身右和身後的牆壁都消失了。雪山和草原的廣闊空間裡，天上地下，那些神通廣大的神、人、魔來來往往，用計，祈禱，交戰。那些美麗女子真是奇怪，她們也像村婦一樣哭泣，爭寵，使些小小計謀，糾纏於有神通的人魔之間，成為故事中重要的角色。這天，他用了很多篇幅來演唱珠牡和梅薩。演唱告一段落，主持人進來與觀眾說那幾句例行的話。她說：「各位聽眾，現在是晚上十點，請記住，明天晚上九點，英雄史詩格薩爾說唱，不見不散。」然後，她站在他身後，俯身下來，晉美的感覺是一隻大鳥從天而降，預先就把地上可憐的生物用陰影籠罩住了。他的身子在顫抖。這位姑娘帶著馨香的氣息。她站在他身後，俯下身來，嘴唇幾乎觸到了他的脖子，說：「今天的演唱真棒，你好像不是這麼懂得女人啊？」

他幾乎暈眩了。

清醒過來時，播音間裡只有他一個人了。出來的時候，在迷宮一樣的走廊中走錯了路，闖到更為複雜龐大的漢語播音部去了。他逢人就說，我找阿桑姑娘。這裡是另一個世界，沒有人認識阿桑姑娘。後來，他都不知道自己是怎麼走出了那幢大樓，來到了燦爛耀眼的陽光底下。回到招待所，躺在床上，他的身子忽冷忽熱。半夢半醒之間，他夢見了阿桑姑娘穿著珠牡的盛裝，在一座青碧的山頂徘徊，憂心忡忡地眺望北方。他叫她快跑，有危險來了，但他叫不出聲音。下午，學者從研究所來看望他。看食堂送的飯一點沒動，說：「你病了。」

他想，我病了嗎？再想的時候，自己被自己嚇了一跳。他腦子裡一直想著當主持人的姑娘！他因此感到了害怕，他說：「我要回家。」

學者的表情嚴肅了：「一個真正的說唱藝人，一個真正的仲肯都是四海為家！」

「我要回到草原上去。」

學者說：「在這裡演唱也是一次比賽，除了你，還有別的藝人也要來演唱！演唱最好的，國家給你們錢，給你蓋房子，把你們養起來！」

他想反駁：家和房子是一回事情。一個仲肯注定要四處流浪，他要座房子有什麼用？但他是晉美，他不會反駁。他只是說：「我害怕。」

學者笑了：「也許有這樣的敏感，你才像個藝術家，民間藝術家。」

第二天，一個新的說唱者來了。這是個中年婦女。她說在放牛的時候，被雷電擊中過，醒來之後，她就無師自通，會演唱格薩爾了。這是一個說話粗聲大嗓的女人。當天下午，他們在招待所走廊上見面。晉美端著一個搪瓷大碗從食堂打飯回來。這個女人攔住了他，問他是不是晉美，他點頭。「他們說你演唱得很好。」他還是點頭，粗獷的婦人露出了羞澀的神情：「我叫央金卓瑪。」

他笑了，卓瑪是仙女的意思，這個女人，粗聲大嗓，眼神凶巴巴的，一點也不像個卓瑪。

央金卓瑪說：「我看看他們都叫你吃些什麼？嘖嘖，湯。嘖嘖，饅頭。上一次我來，他們就盡叫我吃這種東西。我吃厭了，不幹了！」

「可是你又來了。」

央金卓瑪拉住他的手：「你來。」

兩人就進了她的房間：「他們同意我自己做飯。只是這裡不能燒柴，燒電。」果然，央金卓瑪住的是一裡一外兩間房。裡面睡覺，外間屋做飯喝茶。電爐放在屋子中間。卓瑪按著他肩膀在座墊上坐下：「讓我來好好給你煮一壺茶。」

電爐上的茶壺很快就開了，央金卓瑪往裡面攙上了奶粉，就是一壺噴香的奶茶了。她給他倒上茶，擺上乾酪，把那碗浮著幾片青菜的湯倒掉，露出了孩子氣的笑容說：「來吧，可以吃你的饅頭了。」那頓飯，他吃得很香。他把可以吃三頓的乾酪一頓就吃光了。央金卓瑪臉上現出誇張而又滿足的表情，說：「天老爺，這個人把一壺茶全喝光了。」

第二天，他去演唱時，央金卓瑪塞給他一個暖瓶，說：「茶。唱渴了就喝。」

「演唱的時候不能喝水。」

「屁，他們怎麼能喝？」

「他們在外面喝。」

「那你也去外面喝。」

「她不讓。」

「誰？」

「阿桑姑娘。」

央金卓瑪很銳利地看了他一眼：「演唱的錢是國家付的，你不用什麼都聽她的。」

那天的茶沒有喝成，不是喝不喝的問題，而是阿桑姑娘說：「我們剛剛把你身上的牧場氣味搞乾淨，怎麼又帶上這氣味了？」他就把暖壺放到播音間外面去了。阿桑說：「好了，我們開始吧。」

他拿著滿滿的暖壺回家，央金卓瑪看了，說：「呸！」

長話短說吧，反正後來就傳開了，說那個鄉巴佬白日做夢，竟然愛上時尚的女主持人了。阿桑再來主持節目，就虎著臉一言不發。好多次，他都想對阿桑姑娘說：「那些傳言都是假的，憑自己的身分，哪裡敢想去愛她。」但是，播音間的燈光一調暗，那些機器上的燈光開始閃爍不定，她一換上那種親切可人的聲音說話，一切都恍惚迷離了：她的聲音帶著磁性，她的身體散發著馨香。終於有一天，阿桑說：「你要想再演唱，就去對那些造謠的人說，你沒有那樣想過。」

「什麼沒有那樣想過？」

阿桑哭起來了：「你這個又髒又醜的東西，說你沒有愛上我！」

他垂下頭來，深感罪過不輕，但還是說了老實話：「我晚上老是夢見你！」

阿桑尖叫一聲，哭著衝出了播音間。錄音中止了，外面的人都衝了進來：「說！你幹什麼了！」他的確什麼都沒幹，難道自己的話裡像懂巫術的人一樣埋著毒針嗎？但他說不出話來，那些凶巴巴的人把他嚇傻了。連央金卓瑪也擺出深受傷害的樣子，見了他的影子，就說：「呸！」

本來在廣播電台進進出出的時候，人們都開玩笑，說這兩個說唱人合起來就是天造地設的一雙。央金卓瑪聽了，臉上總是露出甜蜜的微笑。但現在，她見了晉美的影子就說：「呸！」

前些天，她還跟晉美討論，說：「格薩爾久居嶺國不歸，責任也不全在阿達娜姆和梅薩身上。要是他不見一個就愛上一個，只愛珠牡一個，世上哪還有這麼多波折！」

晉美的意見是：「神授的故事，我們怎能妄加評判？」

央金卓瑪說：「故事是男神授的，女神來授肯定就不是這樣。」

晉美被這樣的言辭嚇著了，展開繡著神像的旗幡，連連跪拜，央金卓瑪也害怕了，和他一起跪在神像前，懇請原諒。但現在，晉美羞愧得無地自容。這回，他真的病了。吱呀一聲，央金卓瑪推門進來了。他聲音虛弱：「你為什麼還來？」

「現在，你知道誰真正對你好了，知道誰和你身分相配了。」

她俯下身來親吻了他的額頭，他的手，弄得他皮膚上滿是滾燙的淚水。但這些淚水的熱度卻無法滲入他的內心。他說：「你回去休息吧。我明天過來喝茶。」

央金卓瑪再次親吻了他，並叫他是「我的可憐人，我的苦命人」。

她關上房門後，晉美擦掉她蹭在臉上的淚水，心裡浮起的依然是播音間裡那個魅惑的形象。於是，他不辭而別，從廣播電台，從這個城市裡消失了。沒有人知道他去了什麼地方。

故事：兵器部落

嘉察協噶心裡有件大事，內心裡謀畫許久，想等國王征服魔國回來，便呈請他批准。

但是，格薩爾一去就是三年，聽說他與王妃梅薩和新妃子阿達娜姆日夜在北方魔地飲酒作樂，不思歸來。有些人開始懷疑，這人雖然神通廣大，但任性使氣，是不是真的配做嶺噶的國王。

梅朵娜澤媽媽說，上天派他下界就是來做國王的。他不配，誰配？

首席大臣絨察查根也持同樣的觀點。

嘉察協噶卻憂心忡忡，對首席大臣進言：「我母親說，在伽地，要是皇帝耽於宴樂，不理朝政，老百姓就不擁戴他了。」

首席大臣正言厲色說：「我們的國王是天降神子！」

嘉察協噶說：「母親說，伽地的皇帝也叫天子，意思也是上天的兒子。」

絨察查根說：「住嘴，你是格薩爾的兄長，國王的愛將，腔調怎能和那陰險自私的晁通一樣？你知不知道，我們新訂了律法，這樣妄議朝政，是怎樣的罪名？」

「我只是請你發令，派人催請國王早日回宮。」

首席大臣嘆息一聲，說：「珠牡也找過我，提過同樣的要求，但是國王臨行，只叫我按部就班，收稅息訟，就像讓你鎮守邊疆一般。」

「正是為了更好地鎮守邊疆，我才有事向國王稟報，無奈這一等，居然就是整整三年！」

首席大臣當然知道嘉察協噶忠心耿耿，便下座撫慰他：「你還是暫回邊地去吧，如今嶺噶已經立國，國王的威權不可動搖，我們更不應該懷疑國王，你還是回到營中依令行事吧。」

嘉察協噶只好向母親辭行，嘴裡也吐露了對國王的抱怨。母親說：「嶺噶雖成了一個國，但還是一個初生的國，很多地方還不是一個真正的國，如果依令而行能讓它更像一個國，那你就依令而行吧。」他稟報母親，晁通叔叔親自來請他前去飲宴，不知如何應對。母親打了一個寒戰，說：「兒啊，騎上你的駿馬，連夜出發。」

這個沒有月亮的夜晚，他就打馬往邊地軍營去了。

藉著星光，他依稀看見一個矚望的身影，很像是珠牡，她立在樓頂，痴痴地向北方張望。嘉察協噶不像嶺國許多人，有著種種奇怪的神通，他的本領都是苦練所得，所以不能隔著這麼遠距離看個真切。但珠牡也是有點神通的，早就看見他了，便遣一隻夜梟落在他肩上。夜梟張口卻是珠牡的聲音：「我聽說你回來，以為明天你要入宮探望。」

嘉察協噶下馬，恭敬地朝著王宮方向作答：「王妃在上，我回來本有事向國王稟報，但他遠征魔國未歸，我只好再回邊疆。首席大臣循規蹈矩，不敢派人去催請國王，國一日無主，臣民們心中一日不安，還是王妃出面請國王早日歸位吧。」

珠牡卻只是嘆息連連。魔國故事這段曲折本因珠牡私心而起，這時她也是有苦難言，但嘉察協噶哪裡知道這些深宮款曲，只見她的態度也曖昧不明，便翻身上馬準備離去了。珠牡突然開言，說：「這些日子我心緒不寧，彷彿真要發生什麼禍事一般！」

「王妃端坐深宮，只要耐心等待國王歸來便是，會有什麼禍事降臨？」

「星相師夜觀天象，說有邪氣犯我命星，到時候……」

「如若王妃真的有難，我嘉察定當前來護駕，萬死不辭！」說完，就打馬消失於夜色之中了。那夜梟從他肩頭振翅飛去，但他耳邊老是聽到珠牡深長的嘆息。這嘆息讓他心中充滿了不祥的預感。為了永保嶺國平安，心中謀畫的事情，等不到國王回來首肯了。因為他不知道國王什麼時候回來，有時甚至懷疑國王還會不會回來。他按照母親送他的兵書訓練士兵，按書上所說排兵布陣。嶺國還不是國的時候，部落間的戰爭，主要是靠將領們的個人功夫。嶺國的三十英雄，差不多每個人都有各自的神通。而且，那時候打仗，還常常有神人和妖魔來摻和，所以普通士兵起不到什麼作用。他聽說，天上的神下來幫助地上的人建立起一個個的國之後，就都會回到天上。嶺國周圍的很多地方，早就沒有神的影蹤了，因為他們早早地建立了國。除非再有妖魔出來混世，神靈是不會輕易下界，來摻和人與人之間的事情了。而且，國一像國，人都慢慢沒有神通了。國一建立，人就走出了野蠻時代，就是靠規矩管人，靠技藝生存，而不是靠什麼神通了。所以，他要訓練自己的部下成為一支不靠神通的軍隊，每個士兵都懂得陣式變化，都對爭戰之術有某種專長。這種把所有人的力量、信心與技藝集合起來的方法，是一種更大的神通。為此，他把整整一個部落的人眾從黃河灘的草原上南移進深山。當然，那時已經不叫部落了，叫萬戶。萬戶長問他如何才能尋找到安身立命之地。嘉察協噶告訴他，往南，往南，直到過去嶺人被大雪驅逐出來的家鄉。在那裡，遇到故鄉的江水，跟著江水的流向再一直往南。在那些深山幽谷裡，在那些陡峭江岸上，遇到可以煉出銅和鐵的地方，就可以停頓下來了。萬戶長說，三天內我們就可以出發，只是我害怕聽到人們離鄉背井時的哭聲。嘉察協噶說，那就叫人編一首歌，代替哭泣的歌。那個部落出發的時候，真的是唱著歌上路的。嘉察協噶帶著他的士兵走在最前面。遇見密不透風的森林，他對士兵說，這是你們練習刀術和臂力的時候，士兵們就在森林裡揮刀砍出了敞亮的大道。遇到攔路的巨石，手下的將領對士兵們說，來吧，這是練習和巨人摔跤的好時候，於是，他們把那些攔路的巨石都推下了山澗。遇到了虎狼，士兵們踴躍向前，說，這是我們練習箭法的好時候，於是，箭法最好的士兵披上了斑紋燦爛的虎皮。最後，他們抵達的地方，是在浩蕩奔流的金沙江畔，谷地彷彿一朵朵向天空開放的蓮花，四周的山峰猶如挎劍直立的猛士。草原上還是飄散飛雪的嚴冬三月，這些向著東南方敞開的谷地就暖風習習，一樹樹野刺梨、野桃花把山谷開遍。一夜春雨，早起的老人發現，前些天抵達時隨手插在地上的柳樹枴棍都萌發了新芽！

這個地方還有一個好處，就是不必忙著蓋房子，人們都暫時住在山洞裡。當一部分人開墾的田地裡長了翠綠新苗的時候，一部分人已經從山裡開出了礦石。那些石頭好像自己就懂得變化之法，堆積在煉爐前的空地上，經風沐雨，有些變成了紅色，有些卻變成了綠色。於是，有了銅；於是，有了鐵。嶺國人自己煉出來的銅和鐵。於是，這個部落被後人稱為兵器部落。這個部落出了很多匠人。採石匠人，修築煉爐的匠人，熔煉礦石時掌握火候的匠人，用銅和鐵鍛造各種兵器的匠人。刀、劍、矛、箭、馬具、蒺藜、盔甲，從此嘉察協噶的大軍一旦布陣擺開，太陽照射上去，所有鐵器反射出青幽的光芒，一派森嚴氣象。嘉察協噶相信，這樣的大軍排開衝擊，什麼樣的強敵也不能阻擋。秋天，有更南方的部落想來搶奪豐收的糧食，嘉察協噶接報，不准士兵前去接戰，他只在收割後的田野裡演練兵陣，蠻人部落在山林裡偷窺了三天後，自動出來俯首稱臣。嘉察協噶派人把他們送往王宮，首席大臣說，他從來沒有聽說過這些地方。他俯下身子，向北方拜伏：「格薩爾大王，老臣向你慶賀，懾於你的威名，有南方未開化的部落帶著他們的廣闊土地前來歸順了！」

故事：國王忘歸

在嶺國的東北方向，沙漠、草原和鹹水湖泊之間，是占地廣闊的霍爾國。國君只兒赫突自稱天帝，分封三個兒子為王。因三個兒子所居幕廬顏色不同，分別稱為黑帳王、白帳王和黃帳王。其中數白帳王武藝最為高強，他屬下的大將辛巴麥汝澤更是凶猛憨直，勇不可當。

這裡說的正是嘉察協噶等不到大王歸來，自行遷移民眾到金沙江邊煉鐵布兵的那一年。

很不祥地，有四隻鳥正從霍爾國向著嶺國飛翔。

霍爾國白帳王萬般寵愛的漢妃去世了，白帳王認為只有異族女子才能填補漢妃去世留在他心頭的憂傷，便命鸚鵡、鴿子、孔雀和烏鴉上路出去尋找異族美女。

這四隻鳥已經飛去了很多地方，還沒有發現能使白帳王滿意的女子。此時正來到了嶺國和霍爾的邊界，鸚鵡說：「我們四隻鳥，就像被白帳王射出的箭，出來容易回身難。他要的美女實在難找，再說，就是找到了，他會興兵去搶，不知又會有多少生靈塗炭，依我說，我們還是各自逃命去吧。」

「那我們逃去哪裡呢？」

「鴿子是跟漢妃來的，你就回伽地。孔雀回你的印度，我回南方的門域，烏鴉就更容易了，滿世界都有烏鴉，你想去什麼地方就去什麼地方。」

那三隻鳥振翅飛入雲端，烏鴉停在樹枝上不禁又驚又喜。這一路，牠都在想，找到了美女算誰的功勞？因為自己長得難看，論功行賞時，那喜歡漂亮東西的白帳王甚至不會用眼角掃牠一下。這下好了，找到美女沒有人搶功了。就是這樣的想法使牠忍飢挨餓，在嶺國上空飛來飛去，飛了七七四十九天，也還沒有看到能中白帳王之意的美女出現。不是嶺國沒有美麗女子，因為護佑嶺國平安的格薩爾大王久去不歸，白帳王正在四處尋找美女的消息早就傳遍四面八方，美麗女子們都很少出來拋頭露面。烏鴉四處飛行時，整個嶺國都非常不安。只有王妃珠牡每到天朗氣清之時，都會登上高處極目遠望。只是那烏鴉幾次經過都因為害怕武士們的箭，繞過了王宮，因此沒有看見。

格薩爾稱王後，晁通心裡時時煩悶。這天起來，他也一樣心裡煩悶，便使神通化成一隻游隼飛上了天空。游隼腦子小，不會像人腦那麼思慮萬千。這時，烏鴉出現了。牠就猛然撲了上去，眼看就要一爪撕裂牠的翅膀，那烏鴉大叫：「饒命，我是白帳王的手下。」

「白帳王的手下，是他派出來尋找美女的嗎？」

「正是在下。」

游隼想起點什麼事情，但腦子小轉不過來，就轉過山頭落在樹後，變回人身轉動了腦子，重又飛上天空，見烏鴉正在慌忙逃跑，就說：「你不要害怕，最美的嶺國姑娘就在王宮頂上！」

烏鴉果然就在王宮頂上發現了珠牡，那種種美豔自不必細說，單單那輕皺蛾眉，淡淡哀愁的神情真像極了去世的漢妃。烏鴉一見，從空中直撲下去，把珠牡頭上一串綠松石壓髮叼走了。烏鴉在天上得意地振動翅膀：「等著吧，我霍爾國英勇的白帳王就要來迎娶你了！」

烏鴉興奮不已，忍著飢渴飛回到白帳王身邊。牠先把那三隻鳥背叛霍爾國的罪行歷數一番。白帳王忍耐不住：「那三個畜生的事待後再說，我只問你有沒有找到合我心意的美麗姑娘！」烏鴉洋洋得意，飛到座前，把珠牡的松耳石壓髮呈上：「格薩爾征服魔國得勝，被新王妃纏在魔國溫柔鄉中，樂不思歸，那珠牡正在偌大的宮中獨守空房！」

「那我馬上發兵前去迎娶！」

得令出征的大將辛巴麥汝澤進言：「大王，嶺國雖小，但珠牡貴為國君之妃，怎能聽憑我等隨意迎娶，兩國之間必起刀兵，使生靈塗炭！」

白帳王哪裡聽得進大臣的勸告，為了讓辛巴麥汝澤不再口出怨言，便請吉尊益喜公主前來問卦。

這吉尊益喜本是霍爾親王之女，相貌在霍爾女子中也是一等的美豔。漢妃死後，朝中有議，要讓白帳王娶了這女子，白帳王卻百般推辭。原來，這女子天資聰慧，又得了異人傳授，打卦問卜，百般靈驗。為王之道，就是心思詭祕，旁人難以猜度，坐於王座之上，自是百般威嚴。白帳王想，要是自己稍一有心思就被她看穿，自己哪裡還來威風八面。所以，他才強忍對她美貌的垂涎，到異族中去另尋妻室。

吉尊益喜說：「卦象凶險，請大王不要無故起兵！」

白帳王冷笑：「我看你是不願我娶回嶺國的美女吧？如不是垂憐你年輕貌美，我定叫人將你推出斬首，屍首餵給那些夜夜在山上叫得人不能安眠的餓狼！」

吉尊益喜並不驚慌，慘然一笑，退下不提。

辛巴麥汝澤見大王固執如此，便點起兵馬，隨白帳王一起出征。

東北方已經大軍壓境，而在嶺國，所有人除了等待國王歸來，什麼都沒幹。只有晁通知道將有霍爾大軍來犯，但他並不聲張。他聽說了嘉察協噶在南方的動作，便駕木鳶飛去，果然見到兵馬齊整，田野宛然。他說：「姪兒啊，嶺國已經三年無主，首席大臣無所作為，還是你出頭來攝政代行王權吧。」

嘉察協噶趕快阻止：「叔叔若不想害我，就請千萬不要再把這話向第二個人說起！」

「你鑄造兵器，演練兵馬，人們早已議論紛紛了！」

「我之所以如此，是一心只盼嶺國真正強大，」這一類風言風語，嘉察協噶也有所耳聞，「只等國王回來，我就交出兵符，陪母親去伽地慰她思鄉之苦。」並當即修書一封，把同樣意思致送首席大臣。信使派出，心裡還是覺得不安，便帶上兩個隨從，親自來見。

首席大臣說：「這些事固然都是好事，但該等到國王回來再辦。」

「要是此時有外敵入侵呢？」

「賢姪啊，想我王稟承天命，神通廣大，什麼人如此張狂，敢來自取滅亡！再說我王智慧如海，遍知一切，他怎麼會聽憑邊境升起狼煙！」首席大臣話鋒一轉，「我聽說你用熔化的鐵汁鑄造城堡的牆基，可有此事？」

「邊境上的城堡就應該堅不可摧。」

「臣下的居所怎能超過王宮？細究起來，可知這就是僭越之罪啊！」

「你好像不是原來那個老總管了。」

「賢姪啊，大家不是都想要一個國嗎？這就是國，我也是身不由己啊，我看你暫不要回邊地，就在宮中值守，讓我心安吧！」

嘉察協噶就再也未回邊地，心中因此鬱悶不堪。珠牡見狀卻甚為高興，她不便明說白帳王求親之事，只說：「最近我夜夜噩夢，嶺噶恐怕要生事端，有你護衛王宮，我寬心多了。」

此時，白帳王已經陳大軍於嶺國邊境，派出信使，指名要迎娶珠牡。珠牡見厄運果然降臨，禁不住珠淚漣漣。嘉察協噶請求讓自己親自去魔國催請國王，但大家並不同意。一來，他嘉察協噶沒有神通，此一去山高水長，不知要跋涉多少時日；二來，此時國中無人，臨戰不可缺了他這樣英勇的大將。

大家商議的結果是，派嶺國的寄魂鳥白仙鶴飛去北方，請格薩爾速回救援。白仙鶴飛到了格薩爾跟前，但他日夜與兩個王妃飲酒作樂，已經心智不明了。他說：「這鳥兒我好像曾經見過。」

仙鶴見他糊塗如此：「我是嶺國的寄魂鳥，身為嶺國之王，你當然見過！嶺國多年無主無君，霍爾國舉大兵來犯，要強娶珠牡王妃，嶺國人盼大王速速回返！」這消息把格薩爾驚出一身冷汗，立即叫人速速準備，明日一早就要起營回還。但到第二天旭日初起，飲過了兩妃的壯行酒，他又昏昏沉沉，把這事忘得一乾二淨了。他問梅薩這麼多人鋪排開來是為了哪般。這梅薩想，就是因為珠牡嫉妒才讓自己身陷魔地，就說正在排演一部場面浩大的戲劇，而這齣場景宏大的戲劇正是國王自己一直期望的。國王對此也有恍惚的記憶。這一踟躕，又是整整一年。

後來，危急中的嶺國又派出一隻喜鵲前去報信。那隻鳥停在城門上，焦躁地吱吱喳喳。行前，珠牡告訴它，國王神通廣大，能夠聽懂牠的話。但國王正沉醉於酒色之中，他問兩個妃子：「那鳥那麼著急，好像有什麼事情吧？」

梅薩知道這鳥是珠牡派來的，便說：「大王正在高興，這鳥卻聒噪不已，大王久不習弓箭，乾脆正好一箭射死了牠！」

格薩爾一箭就將報信的喜鵲射死在城門之下。

於是，時間又過了一年。

珠牡請求首席大臣派人催請國王，但絨察查根說：「兩次派出信使，國王肯定知道消息了，如果他不回來，那就是有他不回來的道理啊！」

已經有人埋怨如今的首席大臣不是當年英明洞見的老總管了。首席大臣說：「你們可以不滿意我，但你們不能懷疑國王的英明啊！」

話到此處，人們只好噤口不言。

珠牡只好請狐狸前去送信。狐狸不會講話，她就脫下手上的戒指，相信國王見了，就一定會想起她。狐狸躲開兩個妃子，把珠牡的戒指吐在格薩爾面前。這使他若有所思，他登上城頭，向天仰望，想有什麼要事，天母肯定要來知會於他。但天上風吹流雲，一片平和如海的湛藍。他想起身上還有一面水晶寶鏡，取出來一看，不免大吃一驚。從鏡中看見嶺國邊界上霍爾國的兵馬整齊肅然，隨時準備大舉掩殺。再看，嶺國的宮中，珠牡已經憔悴不堪。當下，他發出命令，月亮升起之前，整隊出發。但他上馬之後，又飲了兩碗壯行酒，再次失去記憶，再次下馬。原來，這魔國的酒都是健忘酒。原來魔國沒有居民，那魔王魯贊四處擄來百姓，安置在魔國各地，飲了此酒，就全然忘了故鄉。

故事：嘉察捐軀

卻說鎮守北方邊境的正是大將丹瑪，他領著親兵登上高崗，見那霍爾國兵馬強壯，陣形嚴密。黃帳王坐鎮中軍，左邊展開是雄鷹翅膀一樣的黑帳王兵馬，右邊鷹翅一樣強勁展開的是白帳王的兵馬，那三陣後面都有綿密後應，而三陣之前，正是辛巴麥汝澤親率的箭鏃一般的前鋒部隊，更是氣象威嚴。

這時的嶺國妖氛蕩清，一派歌舞昇平，那丹瑪巡邊，身邊也只有幾十騎人馬。他接到的命令也只是偵察，不能輕舉妄動。丹瑪想自己早在格薩爾尚未登上王位之前，就已經效忠於他。這時國有危難，不在此刻效命，怕是沒有更好的機會了。於是，他遣了那幾十騎人馬馳報軍情，自己下定決心獨自大戰霍爾國的兵馬。座下馬突然開口說話：「霍爾兵馬多如牛毛，憑我一人一馬，密如飛蝗的箭矢就能讓我們到不了陣前。不如我們如此這般，或許有取勝的可能。」

丹瑪聽戰馬說得有理，就下了馬，裝成一個跛子，一個人往霍爾前鋒營盤而去，而那馬也裝成瘸子，拐著腿不緊不慢地跟在後面。這樣直到霍爾軍陣前，丹瑪這才翻身上馬，一路殺入中軍，掀翻了若干座大帳。他趁著黃昏的光線一路斬殺，最後，殺出前鋒大營，趁亂把霍爾騎兵放牧在山谷裡的戰馬都趕回到嶺國這一邊。

辛巴麥汝澤本來不大願意出兵，正好趁機向白帳王進言：「嶺國一個跛人一匹瘸馬，尚且如此厲害，如果格薩爾領大軍襲來，就更難抵擋了。」

心意已定的白帳王說：「陣前動搖軍心，該當何罪！如不念你過去的戰功，定然賞你一頓皮鞭！」

辛巴麥汝澤本是一員憨直的猛將，受不得輕視，當下怒火中燒，帶領自己麾下的兩萬先鋒向嶺國掩殺而去。路上正遇到嘉察協噶援救丹瑪的兵馬，兩軍合兵一處，直殺得天昏地暗，血流成河。霍爾兵力拚不支，退過邊界去了。嶺軍也是損傷慘重，再也無力追擊。如果對方馬上發動更大規模的攻擊，這邊根本無力抵擋。好在對方也不知嶺國情形，不敢貿然進攻。雙方就在邊境上互探虛實，假裝談判，這自是首席大臣絨察查根的拿手好戲。他衣著光鮮，舉止雍容，這一來二去，虛虛實實，拖延了一年時光。大家見他又煥發出當年總管整個嶺噶時的風采，也稍覺心安。晁通見此情景卻心中焦躁，他指望著那白帳王早日指揮大軍掩殺過來，奪去曾經是賽馬彩注的美女珠牡，方解他心中潛隱的仇恨。但白帳王卻讓首席大臣的疑兵之計迷惑住了。

這天，絨察查根又致白帳王一封書信，提議在嚴冬到來之際，各自退兵將息，來年再定是打是談。白帳王躑躅再三，不甘心就此罷休，便決定無論如何，集中兵馬，向嶺國發動一次大規模的攻擊，如果不能成功，再與之商量退兵不遲。想不到攻擊發起後，三十里內沒有抵擋的兵馬，再進三十里，才遇到像樣的抵抗。接連廝殺幾天，嶺國兵馬漸漸力不能支，眼看就大敗在即了，這時，首席大臣才允准嘉察協噶去搬南方訓練有素的兵馬，可是已經來不及了。

對此情景，珠牡更是自責萬千。她知道自己就是這場戰事的直接起因，格薩爾遠在魔國，數年不返，都是因她而起。那麼，解鈴還需繫鈴人，為保嶺國平安，就該她吞下這個苦果。既然國王得信不肯歸來，想來也是對她生出了厭棄之心，罷了，就從了白帳王。她怕自己改變主意，立即就給白帳王捎去書信，請他罷兵息武，表示自己願意追隨大駕。

白帳王派辛巴麥汝澤前來迎接，珠牡說：「且等我三天。」

「為什麼是三天。」

「我要為了自己是非不明，貴為王妃卻如村婦一般心生嫉妒痛悔三天。」

三天完了，辛巴麥汝澤來催請出發，珠牡說：「我還要為失去神子之愛痛哭三天。」

三天又過去了，辛巴麥汝澤再來催請動身：「大王性情急躁，珠牡再不動身，他就要發兵攻打了！」

「且請白帳王再有寬限，我還要三天時間。」她想，自己經過這種事故，已經學會怎麼做一個賢淑雍容的王妃了，但格薩爾卻還沒有學會做一個智慧如海、洞察一切的萬民之王，她要為此惋惜三天。這三天裡珠牡真是心痛欲裂。她把一枚紅寶石擺在面前，心痛最甚時，那堅固的紅寶石迸然開裂，成了碎片。她對侍女說：「看吧，天都知道我痛悔之心，大王卻不知道，等他回來時告訴他，我身子走了，心卻破碎在嶺地了。」

侍女在珠牡面前長跪不起，說：「請王妃想想，我是怎麼做您侍女的？」

這侍女本是一個牧羊姑娘，被人發現眉眼身姿都與珠牡有幾分相像，便獻進宮來做了她的貼身侍女。珠牡說：「因為你跟我長得相像。」

「我哪有王妃一樣的雍容富態，但那白帳王並沒有見過王妃，我請求冒充為您，去到白帳王府中！」

珠牡垂淚：「那就委屈你了！等到大王回心轉意，我一定請他發兵救你回來！」

第三個三天，珠牡躲藏在宮中，人們把侍女按王妃的裝束打扮停當，只等辛巴麥汝澤前來催請，才裊裊婷婷出宮來了。侍女在馬上只是哭泣不止。辛巴麥汝澤心生疑慮，這女子眉眼身姿都似珠牡的模樣，舉止卻全無王妃的高貴與雍容。起碼事到如今，珠牡不會作小女子狀，這麼哭哭啼啼。但他對白帳王因一個女子無故興兵，本來心有不滿，也就覺得沒有必要再去折騰一番，究求真相。白帳王見嶺國王妃自動獻身前來，那傳說中神變無限、英勇蓋世的格薩爾王並未出現，當即大擺宴席，慶賀一番後，便罷兵息武，海水落潮一般把大軍退去了，日日只在宮中與新王妃飲酒作樂。這白帳王也有不滿意的地方，雖說新王妃像故去的漢妃一般柔順，也只是順從而已，並沒有漢妃一樣熱情如火的勁頭。但他只要稍顯不滿，新妃子就漣漣地垂下淚來，她想起珠牡那破碎的寶石，就說：「我的心已經為一個男人破碎過了，大王難道沒有耐心給我癒合的時間？」

白帳王倒因此受了感動，想一個女子專情如此，世間難覓，更把假珠牡視如珍寶一般。

嶺國這邊，見霍爾國大軍退去，正向邊境馳援的兵馬便又依令回到了各自的營盤。珠牡見計謀成功，從此深居簡出，心想不管大王何時回來，也算對他有個交代了。

嘉察協噶再請首席大臣讓他回南方帶來所部兵馬保衛王城，絨察查根又不允准了，他用狐疑的眼光看著嘉察協噶：「國王不在，你領重兵來王城，別人會以為你想做國王。」嘉察協噶無端被疑，滿懷心事回他鎮守的南方邊境去了。

見霍爾大軍退去，晁通心裡一百個不甘，他期待嶺國與霍爾大戰一場。格薩爾不在，嶺國眾英雄恐怕都不是霍爾三王和辛巴麥汝澤的對手，他正希望借敵國之力翦除擁戴格薩爾的力量，這樣，自己也許還有機會登上嶺國的王位。他決定把侍女冒充王妃的消息通報給白帳王，但又沒有膽量深入霍爾國，便使神通變作一隻游隼在邊境遊蕩。他想一定會遇到霍爾國喜歡窺探祕密的烏鴉。那隻發現了珠牡的烏鴉得到了白帳王重賞，被封為眾鳥之王，而鴿子、鸚鵡和孔雀都被盡行誅殺。於是，烏鴉們受到特別的鼓勵，聒噪著飛行在與各國相鄰的邊境上，打探鄰國的各種祕密，好到白帳王處請賞。最初，烏鴉們見到游隼這樣的猛禽出現，都紛紛逃避，但這隻游隼大不一樣，對著牠們唱好聽的歌，還討好地搖晃著尾巴和翅膀。等到烏鴉們終於敢聚集過來時，他說：「我想求見你們的百鳥之王。」

百鳥之王聽到有隻游隼來自嶺國，想起把珠牡王妃指給牠的就是同一種禽鳥，馬上就上路了。但牠飛得比過去慢多了。作為百鳥之王，牠脖子上戴著寶石串，爪子上戴著金指套，這些東西都太過沉重了。終於，牠被眾多烏鴉簇擁著，出現在邊境線上：「哦，我們是老朋友了，是你要見我嗎？」

「我……可是……」

「我知道了，部下太多讓你害怕！你們都退後，再退後，直到我看不見你們！好了，有什麼話你就告訴我吧。」

「白帳王娶到的不是真珠牡，一個像珠牡的侍女把他騙了！」

「你告訴我這些消息，想要什麼好處呢？」

「就請大王快快發兵吧！」他還把格薩爾遠征魔國，久不歸來的消息告訴了烏鴉。

白帳王得到消息，半信半疑，這隻游隼肯定是嶺國的奸人所變，就叫烏鴉再探。好在那游隼盼望著霍爾大軍壓境，還在邊境上翹首以待。烏鴉說：「我家大王說了，不知你身分，就無法確定消息的真假。我們大王還說，不想得到好處，那你又何必背叛！」

晁通咬咬牙，一不做二不休，開口道：「如果不是格薩爾，賽馬大會就是達絨部落的長官稱了嶺國的王，那個被他奪去王位的人就是晁通我！請轉告你家大王，只要讓我做了嶺國的王，每年都把美女來獻上！」

消息傳到霍爾國宮中，不等白帳王發作，假扮珠牡的侍女當即揮刀自刎在殿上。震怒不已的白帳王當下發大兵洪水一樣漫過了嶺國的邊界。不幾天，嶺國王宮那光耀四方的金頂已經遙遙在望。首席大臣派出信使四處求援，可是已經來不及了，霍爾國的大軍把王宮團團圍住如鐵桶一般。

白帳王當下就要發兵攻城，卻被辛巴麥汝澤勸住了：「大王啊，如果娶了珠牡為王妃，這嶺國就是你的岳丈，萬不可貿然用兵，前次是大王看中的美女，豔光四射，我不敢仔細端詳，今天，就讓我再走一遭吧！」

白帳王聽了，哈哈大笑：「是啊，要是我毀了這王宮，以後怎麼來走親戚！准你前去！」

辛巴麥汝澤進宮見到珠牡，說：「我前次就看穿了你的計謀，卻沒有聲張，這次無論如何也躲不過了，還是從了我大王吧！」

「如果你再催促，我就自刎於此！」

辛巴麥汝澤冷笑道：「你不死，嶺國沒有一個人死，你一人死，嶺國千萬人也將受到我大軍馬蹄的踐踏！再說了，不要說作為一國之王，就是作為一個男人，格薩爾不出來死，嶺國的勇士們不出來死，你一個弱女子死有何用？」

當下，珠牡眼眶裡流出的不是淚水，而是兩滴鮮豔的血，她說：「罷！罷！要是你們保證不殺我百姓，保全我王宮，我且隨你們去吧！」當下收了眼淚，梳妝上馬，由辛巴麥汝澤陪著投霍爾國軍帳中去了。後來，人們一直爭論說，珠牡離開王宮時有沒有回頭。首席大臣說，王妃珠牡數度回頭，但更多的百姓說，王妃珠牡沒有回頭。

等到邊地馳援的兵馬趕到，王宮所在早已人去城空。

而在保衛王城的戰鬥中，嶺國三十英雄中的好幾位都奮勇捐軀了。人們悲憤難抑，長嘆說：「那些明亮的星星墜落，嶺國的天空也因此黯淡了！」

嘉察協噶悲憤難忍，立即帶兵追趕。開始追趕時，還有數千之眾，很快，那些徒步的步兵就落在了後面，嘉察協噶心中焦躁而憤怒，頻頻揮鞭催促座下駿馬，很快，騎兵也落在後面了。等到趕上布滿了幾個草原丘崗的霍爾大軍時，只剩下了自己一人一馬！他沒有片刻猶豫，就舉大刀殺入了霍爾人隊列之中。左衝右突，手起刀落，無數霍爾士兵做了刀下之鬼，但霍爾兵實在是太多了。就是個個引頸俯首讓他砍殺，也要殺個七七四十九天。最終，他駐馬在一個山頭，高叫白帳王出來接戰。這時天已黃昏，一輪明月還未升起，但那光華已經從地平線下投射到人間。那光華也把嘉察協噶的身影勾勒得高大威嚴。

這時霍爾三王的八個王子應聲出來迎戰。從月出之時直戰到月上中天，八個王子中的七個已分別被他用刀、槍和箭取去了性命。單剩下最年輕的王子站在月光之下，臉色卻比月光還要蒼白。嘉察協噶早注意到他並不像那幾位命赴黃泉的王子一樣拚死血戰，便大喝道：「你是一個膽小鬼嗎？為什麼不敢舉起刀劍！」

不想那小王子卻答道：「我是不忍你我兄弟相殘！」

嘉察協噶哈哈大笑：「你我會是兄弟?!我不殺束手之人，快快拿刀來戰！」

小王子淒然說道：「你的漢妃媽媽沒有對你說過她的妹妹？我是霍爾王的漢妃之子，我的母親卻常常告訴我，她有一個分離多年的姊姊，姊姊的兒子就是嶺國的大英雄嘉察協噶！」

嘉察協噶高揚起寶劍的手臂垂下了：「那麼，我真有一個兄弟？」

「我就是你的兄弟！」

嘉察協噶看到霍爾小王子眼裡的淚光。

「可是我母親並未提起一言半語！」

「那你可以回去問問你母親！」

「回去問問我母親？讓你逃命，讓你父親擄走格薩爾珍愛的王妃？」嘉察協噶喊：「那麼，你肯讓你父王罷兵三天，你肯跟我回到王城與我母親相見嗎？」

這時，王子身後正有更多的兵馬乘夜色而來，馬蹄叩擊大地，彷彿催促戰鬥的鼓點！這聲音讓嘉察協噶血脈賁張：「一句話，你小子是戰就拿起刀來，是降就藏在我身後，看我如何殺盡霍爾兵馬！」

「兄長！你還是趕快回去吧！你的勇武所有人都已看見，你殺死我七個兄弟，父王是絕對不會放過你的！」

「我看你是怕死，才假稱是我兄弟吧？」

小王子在月光下慘白的臉孔慢慢變黑了，他啞聲說道：「即便我戰你不過，即便你是我兄長，也不能這般侮辱於我！」小王子提起長槍，躍上馬背，說，「嘉察協噶聽著，我知道戰你不過，但我的馬首之後還是我的國家，我在臨死之前要發下一個誓言，如果我真是你兄弟，我流出來的鮮血是白色的，如果我不是你的兄弟，那我死後流出的鮮血就是黑色的！來吧！」說完，小王子便拍馬上前，挺槍向他面門刺來，嘉察協噶連躲三槍，才騰身出來，反手一劍，便將小王子刺於馬下。他看到小王子笑了一下，說：「我的兄長果然英雄了得。」

然後，血從口中噴湧而出，那血果然是牛奶一般的白色。

那麼，霍爾國已逝的漢妃果然是自己母親的妹妹，而這個小王子果然是自己的兄弟！但是，他親手將自己心懷仁慈的年輕兄弟斬於馬下了！淒楚的月光照在地上，而霍爾的兵馬仍然四合而來。嘉察協噶站起身來，仰天長嘯，然後，四合而來的兵馬看到他脫去了護身的甲冑，他對躺在月光下的兄弟說，「看來，我是回不去了，那麼，你的靈魂等等我，在陰間，我們好好做兄弟吧！」

說完，他就拍馬向霍爾陣中殺去。

這時，辛巴麥汝澤躍馬而出，卻不敢靠前，在離他有一箭之遙的地方勒住了馬。

「讓開，叫白帳王出來！」

辛巴麥汝澤說：「今天正是月圓之日，每個月份的這一天，我家大王都用白綢裹住手，不打不殺修善緣。我久聞你大英雄的美名，今天，我們倆且比試比試武藝，明天，你再真刀真槍與我家大王你死我活做個了斷！」

「閒話少說，叫白帳王出來！」

「我辛巴也不是等閒之輩，難道不配與英雄比試一番？」

「如你輸了，就叫白帳王馬上來見！」

「如我輸了，馬上就去稟報。」

「那你說，先比刀還是先比箭？」

「你的刀法，我霍爾國上千士兵的人頭就是證明，還是先比箭吧。」

嘉察協噶當即挽弓如攬月：「我射你盔上紅纓，看箭！」

辛巴麥汝澤來不及躲閃，頭頂上已有一股疾風掠過，回頭時，那箭帶著射去的紅纓，深深插在了身後的柏樹之上。霍爾大軍剛才還被殺得屁滾尿流，這時卻齊聲叫好！辛巴麥汝澤趕緊張弓搭箭，也不發話，一鬆弓弦，那箭竟直奔嘉察協噶面門而去。那箭正中額心，毫無防備的嘉察，大叫一聲跌於馬下！嶺國的棟梁，正直勇敢的嘉察協噶就這樣被暗算了！

辛巴麥汝澤本也算個正直之人，懾於嘉察協噶的武藝與威風，做下這大丈夫不為之事，也暗稱慚愧，催著白帳王連夜拔營。那霍爾大軍帶著新王妃珠牡，吹著得勝號，打著得勝鼓，晝夜不停回霍爾國去了。等嶺國大軍趕到，霍爾軍已經去得不見蹤影，而嘉察協噶正直的心臟已不再跳動，嶺國的軍陣中再也沒有他偉岸的身軀活躍在馬上！

嶺國最皎潔的月亮殞落了！

首席大臣心如刀絞，悔不聽嘉察協噶之言，讓他早率大軍來拱衛王宮。等大家抬著嘉察協噶的軀體下了山崗，他才跪在地上，向著北方魔國的方向泣血喊道：「大王啊！為了對你忠誠，我才以自己的多疑害了嘉察協噶！大王啊，你還記得嶺國嗎？你還需要我們對你的忠誠嗎？」

在他悲憤的呼喊中，升上空中的一輪滿月從溫潤的淡黃變成了冰一樣的慘白。

故事：國王歸來

那一聲悲憤至極的呼喊力量巨大，傳到魔國上空時，把幾顆星星都震落在了阿達娜姆的城堡之前。

格薩爾問：「是天上的星星落下來了嗎？」

兩個王妃欲要掩飾，但大臣秦恩已經回答：「是星星落下來了。」

格薩爾迷離的眼睛聚集起了亮光：「難怪我胸口一陣悸痛，是嶺國有難了？收拾起來，我們應該回家了。」

「大王啊，貴為國王，你該在旭日初升時上路！半夜出發，倒像個偷偷摸摸的魔鬼了。」

格薩爾笑笑：「此話有理，但是明天……要是我忘了，你們可要記得提醒我啊！」

兩個妃子連連稱是。

格薩爾又問：「我來魔國已經快一年了吧。」

大家面面相覷，沒人回答。又有人上酒，他拒絕了：「我當初來救梅薩，珠牡就給我喝酒，讓我忘記出發。我不喝酒了。」

阿達娜姆和梅薩都說：「那麼大王就請喝茶吧。」

格薩爾知道茶和酒相反，是能讓人清醒的東西，但他第二天早上卻忘了晚上說過的話，也沒有人來催他出發。都說，魔國有一眼忘泉，格薩爾就是喝了忘泉之水，才忘了星星墜落這樣明顯的上天的警示。但也有人說，上天為什麼要含蓄如此，派天母直接告訴他不就完了。反正他又飲了忘泉，不再記起自己身為國王所要肩負的重任了。這一忘記，又是整整三年。第三年頭上，珠牡已與白帳王生下了一個健壯的兒子，這三年，嶺國這個初生之國已是國將不國了。嘉察協噶這樣的大英雄死掉後，人心渙散。首席大臣不能保國安民，再也不能假格薩爾之名號令四方。晁通趁亂自號嶺國之王。這個陰險惡毒之人，還請自己的兄弟，嘉察協噶和格薩爾的父親森倫，做了自己那日益輝煌的城堡總管。世事也是奇怪，那大英雄嘉察協噶和格薩爾的父親真就做了他忍氣吞聲的奴才！每年，他還恭恭敬敬地把晁通從全國收集起來的貢品送到霍爾國的邊界。

這一切的轉化還靠了天馬江噶佩布。起初，牠也飲了魔國的忘泉之水，身體綿軟，神思倦怠。格薩爾在鐵城之中遊戲二妃時，就如當年在野馬群中一樣，牠的身邊總是簇擁著最漂亮的年輕母馬。但牠有時會感到奇怪：當年在野馬群中優游自在時，心裡總有失落之感時時襲來，現在為何卻如此心安理得呢？因此牠常常從谷地奔上山頭，眼望遠方，苦思冥想，卻一直沒有想出任何結果。牠又跑過兩座山頭，三座山頭，還是想不出什麼結果。牠想，到底是一匹馬的腦子，而不像國王是人的腦子。有時，國王會來看牠，若有所思地撫摸牠的腦袋，拍打牠的腰肢。顯然，他也好像使勁在想著什麼，最終還是什麼都想不起來。

如此一來，江噶佩布也不再冥思苦想了，所有的精力都用於征服馬群中那些最漂亮的母馬。牠風流過人的名聲在馬群中傳得很遠很遠。最令牠驕傲的是，聲名的傳播早就突破了家馬與野馬的界限。

只有在霍爾國，那個暗算了嶺國大英雄的辛巴麥汝澤卻心中不安。他之所以暗算嘉察協噶，是真的戰他不過，只好出此下策。不要說是嶺國之人對他滿懷仇恨，就在自己國中，那美麗的吉尊益喜也常常當面羞辱於他：「不是號稱霍爾國的頭號勇士嗎，最大的本事就是對人施以暗箭！」

「知道嗎？以卑鄙的手段殺掉正直的對手，這樣的人是會下到地獄裡去的！」

他也辯解：「珠牡王妃用計，我一眼就識破了那是她侍女，但我都沒有聲張！」

這個女人冷豔的臉上，鄙屑的神情畢現：「你自命為一個了不起的勇士，其實就是白帳王的一條猛犬！」

每一次，吉尊益喜公主的話都讓他痛徹肺腑，終於他開口了：「公主啊，如何才能讓我洗心革面！」

公主說：「你幫助搶來的王妃已經給你產下新主子了，還不跟侍女們一起去洗尿布？」

就這樣，這個女人摧毀了他全部的尊嚴，他喊道：「你這個舌頭上毒汁四濺的女人，你說我要怎樣才能洗脫罪名，洗心革面！」

吉尊益喜笑了：「讓那年輕的格薩爾醒於忘泉！」

「我怎麼敢去？」

「不需你親自出馬，只需把鹽泉邊的野馬群驅趕到魔國！」

這辛巴麥汝澤不明所以，立即遵命照辦，帶領一隊士兵把王宮北方沙漠中的一群野馬趕離了鹽泉。他們一直趕了九天九夜，才來到魔國之地。他打開臨行之時吉尊益喜公主賜給的錦囊，讓他把那馬群再往魔國腹地驅趕三天三夜。於是，他又依命行事，之後才返回了霍爾國。公主只說：「如此一來，你不義的罪孽已洗去一半！」

「那麼，另一半呢？」他盼著早日洗去，使得夜裡不再噩夢連連。

公主沒有回答。

那野馬群中，有幾匹非常美麗的母馬，到魔國沒幾天，就吸引住了江噶佩布的目光。不幾天，牠們就混得如膠似漆了，惹得魔國那些母馬都怪江噶佩布見異思遷。霍爾馬在魔地待不了幾天，就思念故地的鹽泉，便裹挾著江噶佩布往遠離魔國腹心的邊境而去。江噶佩布感到奇怪的是，這些馬只在朝陽未出之前，啜食青草上的露珠，從不飲取魔國土地上四處湧現的清泉。問那些母馬，牠們只作嬌媚之語，對水的問題閉口不言。到了邊境沙地之上，地下再無湧泉顯現，江噶佩布便漸漸清醒過來，猛省如此一來，就離自己的主子越來越遠，便要急著回轉。

「為什麼要回你主子身邊？」

「助主人除妖殺敵！」

「這裡有清風吹著，請你想想，你的主子，不再往你身上備齊鞍韉，縱橫驅馳，已經多少年頭了？」

這時，一陣清風從沙海深處吹來，牠的腦子清醒了，不禁失聲叫道：「離開嶺國已經整整六年！」話到此處，那野馬群便與牠道了再見，說此地不能久留，鹽泉的味道使牠們不能忘記故鄉，要在此別過了。

江噶佩布反而依依不捨：「可是我們的情意呢？」

野馬群走遠了，最豔光照眼的那匹母馬回身道：「你該回嶺國看看了！」

牠回到嶺國，看到的一切令牠心傷，更為自己和主人格薩爾感到悲傷，如果嶺國就是這樣，那牠和主子從天界下凡，就沒有任何意義了。

牠再回魔國，也學那霍爾的野馬，只飲花草上的露水，而對那些聲音清越、乾淨清涼的泉水視而不見。牠從來不在主子面前開口說話，現在，每走一步，想要傾訴一番的渴望都在增加。問下界何為？問忘泉的力量為何會如此巨大？問主子明明習得抵禦一切毒蠱的咒語，卻偏偏要讓自己被魔國的忘泉所傷？問大王上天是不是未有警示顯現？

而在天馬行過，淚水落地之處，都有泉水湧現。這些泉水湧現時，魔國原先的忘泉就乾涸了。因此，不等江噶佩布來到鐵城，格薩爾已經清醒過來了。看到愁雲慘霧重新籠罩了嶺國，看到晁通得意洋洋，作威作福，人們恭謹順從，自己在人間的父親正在忙著替他收取貢品。更看到白帳王宮中，久不展眉的珠牡對著新生的孩子展露了笑顏。

江噶佩布滿腹幽怨，見到主子，還未開口，就見主子已然流下熱淚，自己也淚珠滾滾，什麼也說不出來了。阿達娜姆和梅薩又出現了。格薩爾問道：「難道你們還要阻攔我嗎？」

兩個妃子趕緊上前，把他扶到了馬上。

阿達娜姆不像梅薩膽小，說：「大王上承天命，真心要走，還有誰人攔得下你？」

這一去，他沒有先回嶺國，而是直奔霍爾國而去，並得吉尊益喜與辛巴麥汝澤暗中相助，殺了白帳王，並他兩個兄弟黃帳王與黑帳王。吉尊益喜被格薩爾收為王妃，辛巴麥汝澤則做了嶺國總領霍爾舊部的大臣。最後，格薩爾一刀將白帳王與珠牡所生的小孩也結果了。珠牡被格薩爾搶上馬背，還叫了一聲：「大王，那無辜的孩子雖然是白帳王的骨血，那也是我的心頭肉啊！」

格薩爾心裡此時卻沒有絲毫憐憫之情，急著歸國去收拾那黑心的晁通。

一上路，他就明白，如果他快意恩仇，一刀奪了晁通性命，必將激起達絨部深深的敵意，連父親森倫也來勸他：「你千萬要饒過晁通，倘若不然，達絨部起而反叛，嶺國不等敵國征討，自己的陣腳先倒大亂了。」那晁通也知道自己的斤兩，跪地求饒時還說：「大王如不殺我，我達絨部的精兵猛將還會聽你驅遣。」

格薩爾心中的怒火被厭惡之情所代替，將他奪了達絨部長官之職，流放到邊地做了牧馬之人。他心中知道，此時不殺了此人，一兩年後，還得讓他官復原職。前面說過，在嶺噶穆氏長仲幼三系中，這晁通還偏偏屬於自己所在的幼系這一支。

貶斥令剛下，可能晁通還沒有走到流放之地，同屬幼系的父親森倫又來替他求情了：「長系和仲系都在旁邊看著呢，看幼系自己起了爭端，那時就要禍起蕭牆！」

未從天界下來時，那天神之子對人間之事想得過於簡單：那就是掃妖除魔，拓土開疆。想不到做了國王，面臨的事情卻如此煩瑣，先是妃子爭寵讓他進退失據，而現在，又因為血緣的親疏以致賞罰不能分明。格薩爾就等首席大臣有什麼表示。絨察查根、森倫和晁通是幼系的三個長老，但他還是希望首席大臣不要點頭稱是。但是，首席大臣偏偏點頭附和。

年輕的國王於是冷笑：「你們是說，如果沒有我，嶺國幼系向來團結一心？」

「我們不敢這麼說。」

「我來嶺國是為平定天下，你們卻弄出來這麼多煩心的事情，我看自己還是早回天界吧！」

兩個老人一下在他面前跪下來：「大王！」

說唱人：在路上

說唱人離開廣播電台後，一路上都在自言自語：「丟人現眼哪，丟人現眼。」

他不認為自己真的愛上了那個在播音間裡的女人。兩個不是一路的人怎麼會彼此相愛呢？讓他意亂神迷的是她曖昧的聲音，是她身上放肆的異香。這讓他就像中了迷藥一樣。

走著漫漫長路，他又想起央金卓瑪也愛上了自己。想起她用比自己還粗糲的手，拉著他去房間喝茶。他一個人走在路上，學著她的口氣，溫柔地說：「來。」又學著她幽怨的口氣說：「呸！」後來，走得累了，就躺在溪邊的草地上發呆。中午時分，兩輛吉普車在溪邊停下，他們把車子直接開到溪流裡，舀起一桶桶水沖洗車上的塵土，晶瑩的水珠四處迸散。車洗乾淨了，幾個穿著整齊的男女開始彼此潑灑。歡快的打鬧聲，讓死人一樣躺在附近的晉美感到自己被隔絕在世界之外。那群彼此弄得濕淋淋的男女終於累了，安靜了，他們坐下來把衣服晾乾。他們應該看得見他，但就像沒有看見一樣。他想站起身來走掉，最終還是躺在地上一動不動。這時，他聽見有人叫司機把車上的錄音機打開，司機問想聽什麼磁帶，有人說：「格薩爾。」

他清楚地聽見他們說：「就是晉美在廣播裡唱的格薩爾。我剛剛錄下來的新唱段，姜國北上奪鹽海。」

錄音機裡真的就唱起來了。這一段唱的是，格薩爾和姜國魔王薩丹對陣，兩個人在陣前勒住馬，你問我答，用猜謎語的形式誇讚遠遠近近的山，形容這些山，美飾這些山，為這些山細說根由。晉美自己也聽得入迷了，聽自己用不同的聲音變換著角色，上一句是刁難人的提問者，下兩句又變成了得意洋洋的答問者。

「嗡——
最近處的那座山，
猶如沙彌持香在案前，
此山叫做什麼山？」
「嗡——
小沙彌持香是印度的檀香山！」
「嗡——
平展的岩層豎向天，
好像旗幟迎風展，
此山叫做什麼山？」
「旗幟疊舞是娃依威格拉瑪山！」
「嗡——
仙女頭戴杏黃帽，

彩霞為帔立雲間，
此山叫做什麼山？」
「嗡——
仙女戴帽是高與天齊的珠穆朗瑪山！」
「嗡——
險山後面是緩坡，
猶如國王剛登基，
層層梯級盤旋上，
此山名叫什麼山？」
「嗡——
那是界劃東西的念青唐古喇山！」
「嗡——
山山之間多平川，
險峰聳出雲天上，
猶如大象在平原，
此山叫做什麼山？」
「嗡——

如同川原走大象，那是伽地峨嵋山！」

晉美笑了，這兩個人不像臨陣對決的大軍首領，而像兩個炫耀學問的喇嘛。他想，一個人能把這一切維妙維肖學說出來，那是個多麼了不起的人哪！他因為這個想法而沉醉了，他眼前甚至出現了自己的形象，自由自在地穿行在電影一樣的往昔故事的場景中間。這時，吉普車重新上路，那說唱聲慢慢變小，寬廣無邊的寂靜重新籠罩下來。當說唱聲飄逝，眼前的幻景便戛然而止，他穿行其中，想讓那些生動的畫面繼續演進，但是畫面靜止了，一動不動，慢慢失去了顏色與輪廓。他聽見了自己驚恐的聲音，他說：「不。不。」

但是，連靜止的畫面也從眼前消失了，頭腦裡渾沌一片。他想起家鄉那個要對他開示的活佛的話。他說：「眼睛不要看著外面，看著你自己的裡面，有一個地方是故事出來的地方，想像它像一個泉眼，泉水持續不斷地汩汩湧現。」

他用眼睛看著裡面，這很容易做到，他把意識集中到腦子，匯聚起一束亮光，往幽暗的裡面探照。但亮光所到之外，還是渾沌一片。就像大霧天氣中一個穿行的人，看見的除了迷茫，還是迷茫。

在路上，他麻木的頭腦一直在想，黑姜奪鹽海，黑姜奪鹽海，但也僅只這幾個字而已。他發現，自己竟然把講過的故事想不起來了。

在路上，他遇到了一個和顏悅色的長者，他的水晶眼鏡片模糊了，就坐在那裡耐心地細細研磨。長者問他：「看來你正苦惱不堪。」

「我不行了。」

長者從泉眼邊起身說：「不行了，不會不行了。」

他把晉美帶到了大路旁的一堵石崖邊：「我沒戴眼鏡看不清楚，你的眼睛好使，看看這像什麼？」那是一個手臂粗的圓柱體在堅硬的山崖上開出的一個溝槽。

那印跡很像一個男性生殖器的形狀。但他沒有直接說出來，他只說：「這話說出來太粗魯了。」

長者大笑，說：「粗魯，神天天聽文雅的話，就想聽點粗魯的。看，這是一個大雞巴留下來！一根非凡的大雞巴！」

長者給他講了一個故事，當年格薩爾在魔國滯留多年，回到嶺國的路上，他想自己那麼多年日日弦歌，夜夜酒色，可能那話兒已經失去威猛了。當下掏出東西試試，就在岩石上留下了這鮮明的印痕。長者拉過他的手，把那維妙維肖的痕跡細細撫摸，那地方，被人撫摸了千遍萬遍，圓潤而又光滑。然後，長者說：「現在回家去，你會像頭種馬一樣威猛無比。」說完，就頭也不回到泉水邊研磨他的眼鏡去了。晉美苦笑，他不是下面不行，而是上面不行了。晉美又回到長者身邊：「老人家，我想去鹽海。」

「販鹽人總是成隊結夥，你卻這麼形隻影單，到鹽海去幹什麼？再說，鹽海那麼多，你要去的是哪一個鹽海？」

他聽到自己的聲音變低了：「姜國魔王薩丹想要從嶺國手中搶奪的那一個。」

眼睛不好的長者聽力很好，這麼低的聲音他都聽見了。他告訴晉美，這裡是當年嘉察協噶的鎮守之地，那些產鹽的鹹水湖離這裡很遠，在嶺噶的最北方。那裡鹹水的湖泊星羅棋布，沒有人確切地知道姜國魔王想要搶奪的到底是哪一個。長者嘆息一聲，說：「要是嘉察協噶不死，那姜國國王怎麼敢去搶奪嶺國的鹽海？」

「老人家知道這麼多格薩爾的故事，你是一個『仲肯』嗎？」

長者沒有回答，起身走在前面。他就那樣走在前面，來到了一座小山崗上，金沙江的一條支流在峽谷裡奔流。一個城堡的遺址，幾堵搖搖欲墜的夯土牆，這就是當年嘉察協噶在嶺國南部邊界的城堡的遺址。地上很多赭紅色的固化物，沉甸甸的像是石頭，但又不完全是石頭。長者告訴他，這是城堡的基礎。這是煉過的鐵礦石。建築城堡的時候，精通煉鐵之術的兵器部落把熔煉出的鐵汁和半熔的礦石一起倒進挖好的牆基中，冷凝之後的牆基便堅固無比。從他們所在的這個小山崗，木質堅硬的灌木叢中，一道長牆蜿蜒著下到一個窪地，然後，爬上了對面更高的山崗，那山崗頂上，是一座更為高聳的城堡的廢墟。山崗上，風勢強勁，兩座山崗之間一大片窪地，一條古代的大路曾經從中穿過。現在，那裡已是一片種植了很長時間的莊稼地了。老者說，這座山崗，和那座山崗上的建築遺跡，是嘉察協噶城堡的兩翼。中間窪地裡，才是城堡的主體，但那裡已經沒有一石一木的遺存了。老者坐下來，說他的眼鏡片用水研磨過後，還要用風來研磨。他說：「我知道你是一個『仲肯』，所以帶你來看看這些真實的東西。年輕人，說說你有什麼感想。」

「故事裡的嶺國大得像全部世界，現在發現嶺國並沒有那麼大。」從格薩爾出生的阿須草原，到馬尼干戈，翻越雪山，到德格，再到這個地方，他且行且停，也就走了十來天時間。

長者正色說：「那是嶺國初創之時，後來就很廣大了。從這裡出發，沿著金沙江兩岸一直下去，嶺國的大軍征服了南方魔王薩丹統領的姜國，南方的邊界就很遠很遠了。那裡冬天的草原上也開滿了鮮花。」

「那時嘉察協噶已經犧牲了。」

長者臉上出現憤憤不平的神色：「是啊，他可是嶺國最為計謀周全，最為忠心耿耿的大將了。」

「那麼，出征姜國的時候，是誰掛帥？」

長者很銳利地看了他一眼：「你不是那個在收音機裡演唱的『仲肯』嗎？你唱得多麼好啊！」

「可是，我的腦子不清楚了。」

長者戴上研磨得晶瑩透亮的眼鏡：「哦，你真的是神情恍惚，難道神要離開你了？你做了什麼讓他不滿意的事情嗎？」

「我不知道。」

「你問我什麼？出征姜國是誰掛帥？告訴你吧，姜國人怕我們的大英雄嘉察協噶，要是嘉察協噶在，他們怎麼敢來搶嶺國的鹽海？」

晉美又提出了同樣的問題：「鹽海在哪裡？」

鹽海當然在更北方的草原上，但要去到鹽海，姜國的兵馬就必須從這裡經過。長者的興趣不在地理，而是誰對嶺國更為忠誠上。姜國一敗在鹽海邊，年輕的王子被霍爾國的降將辛巴麥汝澤生俘，然後，嶺國大兵南下討伐姜國，長者說：「嘉察之外，最忠誠的大將就是丹瑪了。遠征姜國就數他功勞最大！」

「是他殺死了姜國最後一員大將才瑪克杰。因為聽從了他的建議，嶺國的鐵騎不走江邊容易被封鎖的峽谷。」長者指了指峽谷兩岸的高山。從下面望去，那些峰頂尖削，插入藍天如利劍一般，但熟悉此方地理的人都知道，上面往往是平曠的高山草甸，正可縱馬奔馳。而到了需要的時候，對河谷中那些需要攻擊的目標，大軍猶如洪水傾瀉而下。

長者帶他來到山谷裡一個村莊。那裡每一座房子都還是城堡的模樣。老者的家也在這個村莊。金沙江就在窗外的山崖下奔流，房子四周的莊稼地裡，馬鈴薯與蠶豆正在開花。這是個被江聲與花香包圍的村莊。長者一家正在休息。三個小孩面孔髒污而眼睛明亮，一個沉穩的中年男子，一個略顯憔悴的中年婦女，他們臉上都露出了平靜的笑容。晉美想，這是和睦的一家三代。長者看看他，猜出了他的心思，說：「我的弟弟，我們共同的妻子，我們共同的孩子，大兒子出家當了喇嘛。」長者說：「哦，你又不是外族人，為什麼對此感到如此驚奇？」

晉美不好意思了，在自己出生的村莊，也有這種兄弟共有一個妻子的家庭，但他還是露出了驚奇的神情。好在長者沒有繼續這個話題，他打開一扇門，一個鐵器作坊展現在眼前：煉鐵爐、羊皮鼓風袋、厚重的木頭案子、夾具、錘子、銼刀。屋子裡充溢著成形的鐵器淬火時，水氣蒸騰的味道，用砂輪打磨刀劍的刃口時，四處飛濺的火星的味道。未成形的鐵、半成品的鐵散落在整個房間，而在面向窗口的木架上，成形的刀劍從大到小，依次排列，閃爍著寒光。長者沒等他說話就看出了他的心思，說：「是的，我們一代一代人都還幹著這個營生，從格薩爾時代就開始了，不是我們一家，是整個村子所有的人家，不是我們一個村子，是沿著江岸所有的村莊。」長者眼中有了某種失落的神情，「但是，現在我們不造箭了，刀也不用在戰場了。偉大的兵器部落變成了農民和牧民的鐵匠。我們也是給旅遊局打造定製產品的鐵匠。」長者送了他一把短刀，略微彎曲的刀把，比一個人中指略長的刀身，說這保留了格薩爾水晶刀的模樣。

晉美說：「我以為他真的是用水晶做刀的。」

長者指著剛用水和風研磨得十分明亮的眼鏡，笑了：「我喜歡你這個『仲肯』，你也對所講的故事懷有疑問，你不假裝什麼都懂。」

「你也不像是一個鐵匠。」

這個夜晚，他就住在鐵匠家裡。這個夜晚，聽著窗戶外面傳來的浩蕩江聲，他又做夢了。他想夢見一下嘉察協噶，但他夢見的還是格薩爾王。霍爾國的降將辛巴麥汝澤在北方的鹽海邊擊敗了前來侵犯的姜國大軍，俘獲了姜國英勇的王子玉拉托琚。鹽海邊，湖水一波一波湧來，把亮晶晶的鹽粒一下一下推到了湖邊。已經被綁縛起來的玉拉托琚看見這情形，嘆息道：「在我們姜國那麼珍貴的東西，怎麼在這裡多得如泥沙一般？」在那個崇尚蠻力的時代，鹽是能讓人增長力量的東西。

辛巴麥汝澤說：「鹽不但讓嶺國人有無窮的力量，還增長了無窮的智慧。王子你還是降了，讓姜國也成為嶺國吧。那時，不用發動戰爭，姜國的百姓也能得到鹽了。」

王子問：「這也是格薩爾大王的意思嗎？」

格薩爾立即就出現了：「是我的意思。」

王子就投降了。

但是他的父王不降。

於是嶺國大軍就雲集到南方邊境，在嘉察協噶的城堡四周集結出發。士兵們在這裡換上了鐵製的兵器，僧侶們在山頂念誦請求沿途威猛山神助戰的經文。嶺國的兵士在河谷中拉出長長的隊列。英雄丹瑪帶著前鋒出發後三天，格薩爾帶領中軍出發，當他走到中午停止下來時，後隊還在原地沒有邁開步伐。格薩爾停下來，和前來送行的首席大臣告別，和王妃們告別。這時，除了珠牡和梅薩等嶺國初立時的十二王妃，還有魔國美女阿達娜姆和霍爾國公主吉尊益喜。珠牡端著玉碗率眾王妃來給他獻壯行酒，這卻讓格薩爾想起自己耽於酒色滯留魔國而失去了兄長，他疑心酒中又有讓人忘卻大事的東西，不由怒從心起，將那酒碗擲向了旁邊的岩壁。

早上晉美把昨夜的夢境告訴了長者。長者臉上顯出詫異的神情，說：「看來真是神靈要讓你演唱那個古老的故事啊！」

長者送他走了一段，說：「這該是我們分手的地方了。分手之前，也許你還能接續上你的夢境。這也是當年格薩爾與送行的王妃們道別之地。」這個地方，是金沙江一條支流穿越的峽谷，一條公路蜿蜒在河水和岩壁之間。也就是說，這地方並不寬闊，不像是能給大軍送行的地方。但是，長者指給他路邊岩壁上的一個坑，那個坑真的很像一只碗的形狀。長者說，在當地人的傳說中，那個坑就是格薩爾當年摔掉酒碗時留下的。

重新回到大江邊，面對歧路，晉美猶豫了。大路，一頭通向北方的霍爾，一頭通向南方的姜國。他停下來，看著江水上生起又消失的一個個巨大的漩渦，腦子裡的故事場景，生起又消失，消失又呈現。是的，失去的故事又復活了，他大叫一聲：「我想起來了！」回身看時，長者已經不辭而別了。

大路上，強烈的陽光照射著，許多細碎的石英砂粒亮晶晶的，彷彿故事中被波浪推上湖岸的鹽粒在閃光。

故事：孤獨

降伏了姜國之後，嶺國的疆域、人民、寶藏已經是過去的好多倍了。周圍鄰國懾於嶺國的強盛和格薩爾王的聲威，彼此相安無事，互通貿易，嶺國因此更加富足強盛，百姓們前所未有地在沒有戰爭、沒有妖魔邪祟禍害的環境中生活了整整十年！格薩爾的王宮被來自世界各地的奇珍異寶裝飾得富麗堂皇。圍繞著王宮，寺廟、民居、手工作坊、商鋪如夏天雨後草原上的蘑菇一樣成群湧現，嶺國的都城被人喚做達孜城，遠近聞名。女孩們跟隨母親學習紡織與刺繡，少年們穿上紫紅袈裟，手持一塊用於書寫的石板在寺院裡跟隨導師學習書寫和誦讀。寺院裡甚至發生了有趣的爭執，是書寫重要還是誦讀重要，但誦讀與書寫的技藝都進步了。有些人已經不是誦讀，而像是曼聲歌唱，沉醉於書寫的人則為相同的字母創造出了多種寫法。更重要的是，誦讀相同經卷的僧侶們，從中讀出的卻是不同的意義，因此分出了不同的流派。還有很多僧侶拒絕誦讀，獨自在山洞裡冥思苦想，或者用盡方法讓自己什麼也不想。因此，沉思者也分出了不同的門派。

會書寫與誦讀的人們也有共識，把這樣的局面稱之為：繁榮。

格薩爾在宮中享受與眾王妃們的愛情，有時也獨自出去巡遊四方。但他看到的也是學者們創造出來的形容什麼事都不會有的那個詞：穩定。

當然，他不能讓狼不吃羊，不能讓人不生惡疾，也不會像佛祖那樣路遇生老病死而做出世之想，再說他本來就來自世外，怎麼還能讓他做出世之想呢？僧人們深入到宮中來傳播他們的教法，甚至也用他們的教法來勸諭身居一國之尊的王。明知國王不用勸諭也來勸諭，其實顯露出了僧侶們一種入世的野心。但治理這一類事情，並不在上天派遣神子下界的計畫之內。王妃們在宮中跟隨僧侶修習時，格薩爾就帶著江噶佩布出宮巡遊。有時他會想，也許該是上天接他回去的時候了。他又想，自己生出這樣的想法是因為無所事事，回到天上不是更加的無所事事嗎？

無論如何，上天遣他下界的任務好像是完成了。

這樣的想法當然馬上就讓上天知道了。大神說，人的麻煩就在這裡，解決了一個問題，他們又生出另一個問題來，沒完沒了，沒完沒了啊！這個崔巴噶瓦好像也染上人的毛病了。

有人出班奏道：「那就讓他回來吧。」

大神說：「我看還是再鍛鍊鍛鍊，他要嫌平安無事，我看，就給他再找點事做吧。就請朗曼達姆再下界一趟吧。」

當夜，格薩爾王與諸妃宴樂入睡之後，天母朗曼達姆就來到了他夢中，給他布置了新的任務。

在原先姜國的西方，現在嶺國的西南方向，有一個國叫門域，國王也是一個魔，叫辛赤，這年五十四歲，和已經被消滅的魯贊、白帳王和姜國的國王薩丹並稱四魔。他有一匹魔馬米森瑪布這年七歲，這魔王和他的魔馬正修煉不止，等到了明年，他們大功修成，凡間人物就很難征服他了。

格薩爾問天上的母親：「這辛赤王對嶺國犯有什麼罪過嗎？」

「在你尚未降生人世之時，那時，你的兄長嘉察協噶也還年幼，門國兵馬深入嶺噶搶掠了達絨部落，殺死許多百姓，搶走了數不勝數的馬匹和牛羊。等到明年，辛赤王修煉成功，那時他就變得難以戰勝了，現在正好先下手為強！」天母說完，轉身就要返回天界。但是格薩爾使法力讓她回歸天界的彩虹消失不見了。天母有些驚慌：「難道是大神不想讓我回去？」

格薩爾笑了，說：「母親要是不這麼來去匆忙，你的虹橋自然就會顯現。」

「原來是你搞鬼。」天母放鬆下來，「神子啊，看你臉色沉重，有什麼不稱心的事情嗎？」

格薩爾答道：「我來替他們掃平妖魔，可是……」

「他們並不如你所想的全都對你感恩戴德是嗎？」

格薩爾沒有說話，等於承認了對嶺國人的某種失望。但他沒有繼續這個話題，他說：「我已經把嶺國的妖魔掃平除淨了，但怎麼又出現了一個我從來沒有聽說過的魔王呢？」

「你不是在宮裡悶得慌，覺得自己無所事事嗎？廟裡的僧侶難道沒對你講過，魔是從人心裡生出來的嗎？」他還想再說什麼，但天母說：「神子啊，我已經講得太多了，再說我也該回去了，你就讓我的虹橋顯現吧。」

神子就讓虹橋顯現，任天母回到天界去了。

格薩爾醒來時，那夢境還歷歷可見。他想，我真的能讓彩虹顯現嗎？一道彩虹就出現了。但是，嶺國的人都在沉睡，沒有人看見。在人間，沒有人見過彩虹在黎明時顯現。在人間，彩虹只與白天相關。他看看沉睡於身旁的王妃，漂亮的女人熟睡之後，臉上顯出某種愚蠢的樣子。這個黎明，格薩爾感到了比被流放在黃河灘上時更要加倍的孤獨之感。雖然王宮在暗夜裡如一顆巨大的寶石在閃閃發光，雖然身旁沉睡的王妃身體放出異香。

他再沒有入睡，就披衣起來在王宮頂上仰望星空。那時，月亮已經落下去了。明亮的金星升起在地平線上。妃子們也陸續醒來，相繼來到他的身旁。格薩爾對她們說：「天上的大神又要讓我興兵了。」

珠牡不會再阻擋他了，她說：「等大王出了兵，我要天天去廟裡為你誦經祈禱。」

梅薩憂心忡忡：「不打仗的好日子要結束了嗎？」

阿達娜姆英氣勃發：「我可為大王充任先鋒！」

他問王妃們有誰聽說過南方門域的魔王辛赤，沒有一個王妃聽說過他。吉尊益喜說：「聽大王講起來，門域與嶺國結仇，都是上一輩人的事情了，既然此事與達絨部有關，那還是問問晁通叔叔吧。」

故事：少年扎拉

這天上的是小朝。

只有首席大臣帶著宮中一班處理日常事務的官員來到王座跟前。重要的大臣與將領們都各在一方，只在有大事發生時，才通知這些大員回宮議事，稱之為大朝。

在首席大臣建議下，大朝一月一次。有事無事，分置各處的將軍和大臣，都按期到達孜城來，上一月一次的大朝。那時，嶺國以月亮的盈虧計算時間，早朝那天，是月亮圓滿的前一天。首席大臣說：「大王英明，因國內久無大事，要是不讓他們定期來朝，有人就該忘記自己上面還有一個國王了。」

這天早朝，國王只吩咐了一件事，三天後上一次大朝。

首席大臣說：「嶺國有幸，大王勇武英明，國內平安無事，還是再等十八天後的大朝之期吧。」

格薩爾說：「再等十八天的意思是這件事上我表現得不夠英明？」

首席大臣連連稱罪，並立即派出信使，往四面八方去了。

大朝這天，格薩爾只點已經恢復了達絨部長官職位的晁通出班問話：「達絨部可與門域國有過糾葛？」

晁通出班奏道：「那門域是一個大國，國王辛赤頗多魔力神變，當年不但屠殺我百姓，還搶走標誌我幼系在嶺國長仲幼三系中首領地位的雲錦寶衣！」

「這麼多年我怎麼從沒聽你們提起？」

首席大臣絨察查根奏道：「自從大王降臨嶺國，威伏四方，那魔王辛赤再也不敢輕興刀兵，所以不曾提起。再說，那雲錦寶衣在時，並不能凝聚人心，反倒讓長仲幼三系內訌不已，如今上天開眼，讓大王帶領我們開疆闢地，那寶衣也沒有什麼用處了。」

晁通眼珠一轉：「那辛赤王不但不敢興兵，前些年，還遣使前來要將公主梅朵卓瑪嫁到達絨部和親，我也未敢上奏，聽說梅朵卓瑪今年已經二十五歲，但美貌仍然不減當年！」

大家見晁通說起美女時那口涎欲滴的樣子，不禁哄然大笑。大將丹瑪說：「聽你這意思，還嫌人家公主二十五歲，你不想想，自己都六十二歲了！」

晁通聽了不服，信口說出一大串諺語：「口中沒牙不要緊，會像羊羔吃奶一樣接吻就成；臉上皺紋密布不要緊，姑娘的手臂樹枝一樣纏著脖子就成。」格薩爾見他那忘乎所以的樣子，心想也許這麼快就讓他官復原職是一個錯誤，加上自己也不大願意出征，就說：「我本以為這次嶺國對門域興兵伐罪，達絨部為了報仇雪恨，會爭當先鋒。」

「如果大王下令，我願為嶺國大軍擔任前鋒！」晁通不得已答道。

這些日子裡，格薩爾想過既然辛赤王精於妖術，正該讓同樣具有種種幻變神通的晁通率達絨部的兵馬充任先鋒。但是，見到兄長嘉察協噶的兒子扎拉後，他就改變了主意。這孩子剛剛一十六歲，卻長得神清目明，俊朗勇武，大朝前一天，從邊境飛馬趕到了王城。當天夜裡，扎拉就由大將丹瑪帶著來見國王。格薩爾見到姪子，像是見到久逝的兄長站在了面前，幾次三番，胸口一熱，眼中就要掉下淚來。自稱王之後，就有了珠牡和梅薩等美貌如花的嬪妃，後來，又有了魔國的阿達娜姆和霍爾公主吉尊益喜，卻一直沒有半個子息。妃子們想要懷上他的骨血，是想確立在王宮中不可撼動的地位；父親森倫和首席大臣希望他有一個親生兒子，是想讓嶺國王位後繼有人。但他卻猶豫不決，作為一個下界救世的國王，他不知道該不該留下一個親生兒子來做嶺國之王。天上的大神和他的天母天父都未曾向他透露過半點信息。他想，也許與這些妃子同床共枕十多年未有子息，也就是上天的意思。想想也是，一個地上之國，無論如何也沒有福分一直受到上天的庇佑。

上天只是幫助軟弱的人們打下一個基礎。這個基礎就是這個初生的國度。

上天只是為容易迷失方向的人們指出一個方向。這個方向就是按照國家的制度凝聚情感與意志。

原來他想過，自己完成使命後，就把王位傳給忠心耿耿的兄長嘉察協噶，但他卻早早結束了塵世間的生命，往生到佛國淨土去了。現在，這個眉眼間帶著兄長英武之氣的姪子站在自己面前，神情坦坦蕩蕩。

這在格薩爾心中激起了溫柔而又憐憫的情愫，他說：「我看到你，就想起了兄長。」

見國王說起父親，扎拉眼中也泛起了晶亮的淚光。

格薩爾說：「我像父親一樣愛你，我要把你當做自己的兒子一樣。」

這個少年只是顯示了片刻的軟弱，很快，他的眼睛裡就射出了堅定的光芒。他跪在國王面前：

「我此行前來，就是請求國王允許我擔任征討門國的先鋒。」

國王不禁心中一動，也許，這個少年就是嶺國將來的國王。因此他收住了淚光，像一個國王一樣不動聲色，只從喉嚨深處發出了帶著疑慮的聲音：「哦？」

王子在大將丹瑪鼓勵的目光下緩緩開口了。他說，嶺國雖有千軍萬馬，打起仗來，還是草莽時代那種靠著將領的神通單打獨鬥的戰法。而那些強大的國家，比如印度軍中的上千頭大象也都能排列成陣，而在伽地的不同姓氏的王朝，身罩鐵甲的駿馬拉著戰車在早已布好圖形的陣地上飛馳；而車上的武士，上萬人同時舉起青鋒劍，在鼓聲中共同進退，彷彿風推著雪，浪推著沙，兵鋒所向，無不迎風披靡。而先父在嶺國建立後的一切努力，就是建立一支這樣的軍隊，成千上萬的英勇兵士共同進退，千把刀是一把刀，萬支箭是一支箭。少年扎拉對國王說：「我時時按著先父方法，每日每時都在不停操演，這次出征，願意一試新的戰法！」

格薩爾沒有立即表示態度：「退下吧，你的建議讓我仔細想想。」

臨別之時，大將丹瑪也跪在了國王面前：「尊敬的國王，丹瑪以對您的全部忠誠起誓，我一定會盡心幫助扎拉，大軍到處，定會所向無敵！」

兩人退下後，格薩爾在宮中徘徊良久，想鹽海之戰中收服的姜國王子玉拉托琚也是個心性端直的少年英雄，看來也該委以大任，這次征服門國之戰，何不就讓這些後輩英才們施展一番？第二天上朝，便發下命令，讓扎拉率嘉察協噶訓練出的大軍充任先鋒。同時，達孜城王宮中派出信使，讓鎮守著姜國故地的玉拉托琚先率軍到門國邊界一面探清虛實，一面等待嶺國的征討大軍。丹瑪輔助扎拉率先鋒軍從南部邊境先行出發。

幾日後，格薩爾率領大軍從王城向南方開拔。一路行來，相繼與辛巴麥汝澤率領的霍爾軍、阿達娜姆率領的魔國軍會合起來。門國與嶺噶的邊界山高谷深，但扎拉的先鋒軍早已修好寬闊的棧道和浮橋，大軍行進真的如履平地一般。一天，嶺國軍隊進入了從未見過的遮天蔽日的森林，其間大霧瀰漫，許多人馬走在霧中昏昏沉沉，相繼熟睡一般倒在路邊。格薩爾駕神駒江噶佩布飛到空中，四處察看，發現那些高聳入雲的雪山皆把巨大鏡面一樣的冰川朝著南面的大海方向，黝黑的岩石峰體把射入峽谷的陽光全部遮斷。格薩爾騎在天馬背上，命眾山神都出來相見。南方這些山峰，嵯峨雄奇，山神們自然也很驕傲。他們懶洋洋前來的時候，嶺國大軍卻有越來越多的兵馬昏睡到參天的古木之下。他們熟睡一般軟綿綿地躺倒在軟綿綿的苔蘚上，臉和身子漸漸變綠，然後，他們迅速腐敗的身子上就撐開了菌傘。見這些化外之地的山神一副滿不在乎的模樣，格薩爾耐住性子，問他們怎麼能讓陽光照進這些幽深潮濕的山谷。山神們的回答是，陽光從來就不曾照進這些山谷。格薩爾說：「那麼，現在規矩要改一改了，我要你們讓太陽照進這些山谷，把有毒的大霧驅散，把泥濘的道路晒乾！」

山神們仍然不改那滿不在乎的神情，攤攤手，聳聳肩：「讓陽光照進山谷？陽光為什麼要照進山谷？」

格薩爾笑了，說：「此地的山神也要學著做外國人一樣的姿勢與表情嗎？」與此同時，他手裡連發兩個霹靂，把並肩聳立的雪峰中的兩座攔腰劈斷，那兩個山神也被震得耳鼻流血。

就從兩個新開的豁口中間，陽光照亮了一部分幽暗的山谷。身陷迷霧中的大軍發出了震天的歡呼。

格薩爾對那群目瞪口呆的山神說：「你們這些世間之神都要聽我差遣！我要你們讓陽光照進山谷！」

大多數山神就矮下身子，那些高與天齊的山峰就消失了。也有少數的山神不願失去了自己的驕傲，不肯矮下身子，他們只是把身子轉了半圈，把朝向南面的冰川轉向了東北，用冰雪巨大的鏡面把陽光反射進了山谷。

那些幽暗了萬年的山谷被照亮了。濃霧徐徐散開，陰濕處糾纏的藤蔓解散，泥濘的道路變得堅實乾燥，那些躺倒的士兵又立起身來，大軍又重新上路了。那些山峰轉向後，融雪水流進北方的山谷，格薩爾就讓氾濫的洪水在前方開出了比扎拉先鋒軍所開更為寬闊的大道，直到大軍出了群峰的包圍，直到開路的洪水匯入一條從西北奔向東南的大江。大江兩岸的高地平坦如砥，扎拉的先鋒軍已經渡到南岸與門國大軍對陣相持。格薩爾領軍到達，扎拉已經劃定好大軍各營駐紮的營盤。

辛巴麥汝澤率霍爾軍前出南岸為扎拉先鋒軍的支撐。森倫和晁通護住中軍。長系和仲系大軍猶如鷹隼展開的強勁雙翅。阿達娜姆率魔國軍殿後。玉拉托琚報告說，扎拉如此布陣，是因為門國境內很多山妖水魅都會聽從魔王辛赤指揮，很可能從背後發起偷襲。如此布陣，正好用魔國大軍之所長。這一路，阿達娜姆都躍躍欲試，幾次請為前鋒，格薩爾都叫她靜聽將令。結果她非但未能充任前鋒，反而落在所有隊伍後面，心裡非常不快。不想，當夜色掩映而來，其他營盤中都月白風清，嶺國大軍所經路上那些隱匿起來的妖魔，都向她的大營偷襲而來。阿達娜姆率魔國軍苦戰一夜，待到紅日初升，光輝蕩盡妖氛，才能安心埋鍋造飯，安歇下來。阿達娜姆身不解甲，小睡片刻，便去中軍帳中聽令。格薩爾笑道：「女將軍看起來困倦不堪，是一夜未得安寧吧。」

阿達娜姆面有得意之色：「是有些妖孽作怪，都被我軍消滅殆盡了！」

格薩爾招呼愛妃在身邊坐下：「我大軍此來，不只是征服一個國，更重要的就是掃除妖孽，為天下百姓創造一個安寧的生存之境，以此觀之，你功勞不小！」

「都是大王擺下的好陣法，對付那些妖魅，正是我魔國大軍之所長！」

「這好陣法可不是我的擺布！」正逢扎拉和玉拉托琚兩個少年英雄走進中軍帳中，格薩爾便把手指著扎拉說，「此戰我也聽他調遣！」

玉拉托琚報告這門國地方十分廣大，有一十三條大河谷，數百萬人口。拜上天恩典，氣候多雨濕潤，冬短夏長，土地肥沃，花果滿山。這麼一個富庶的好地方，老百姓生活卻並不幸福。國王為魔鬼的化身，首席大臣古拉妥杰也是魔鬼化身，整日裡並不思如何治理國家，吃人肉，喝人血，時常騷擾鄰邦，搶掠人口。沉溺於祕練功法無暇出去禍鄰國時，自己的子民就成了他們的刀下之鬼。因此本國百姓總是提心吊膽，不知哪一天就成了他們的盤中之餐。

格薩爾說：「這辛赤王，跟魔國魯贊王、霍爾國白帳王、姜國薩丹王一起並稱四大魔王，禍害天下，那三個魔王早被嶺國所滅，一來因這門國相距遙遠，二來這魔王好多年也未見出來興風作浪，才生存到今天！」

玉拉托琚稟道：「這辛赤魔王，正過修法的最後一道坎，所以嚴束部下，謹小慎微，只要平安度過今年，大功告成，就要為所欲為稱霸天下了！以至於我大軍深入其國境，他都沒有前來迎戰。如今再過兩條大河，就是他的王宮了，這才在對岸擺開陣勢，要和我大軍大戰一番！」

格薩爾招呼扎拉上前，撫著這少年英雄的肩膀說：「明天，所有的軍隊都歸你調遣！把我兄長的陣法好好演示一番！」

第二天，扎拉威嚴雄壯的兵陣排開，門國大營卻吊橋高懸，悄無聲息，直到正午，才見一騎馬獨自走出大營，來到扎拉跟前。來人是魔臣古拉妥杰，他冒險出來，想要一探嶺軍虛實：「不知馬上的少年統帥是誰？我是門國首席大臣名叫古拉妥杰。」

他說，這大河之畔的美麗原野，是國王嬉遊之地，是王妃們採集野花飽覽美景的地方，是大臣們比試法力與馬術的廣場，鮮花盛開，布穀鳥歌唱，是一切自然之音奏出祥和合唱的福地，怎麼能讓這麼多異國兵馬列陣在此，殺氣瀰漫？

扎拉笑笑：「我嶺國大軍兵鋒所指，正是要把所有妖魔橫行之地變成你所說的那種真正的吉祥之地！識相者快快下馬受降！」

古拉妥杰並不驚慌：「我古拉妥杰，對親朋溫柔順滑如伽地的絲綢，同時又是制伏敵人的利箭與霹靂！現在，我只警告你明天日出之前，所有大軍消失在大河兩岸！」說完，勒轉馬頭從容地離開了。

古拉妥杰離開的背影縱然從容，轉過一片樹林後便縱馬狂奔往王宮去了。到達王宮，他渾身早已被汗水濕透了。國王要練成舉世無敵的功法，還要幾個月時間，這也是當初嶺國大軍越過邊境時門國大軍未予抵抗的原因。現在，大軍已經抵近國家的中央地帶，看來一場惡戰已經難免。他上殿奏道：「那嶺國目前已無比強大，我看還是宜用緩兵之計，加倍賠償當年從達絨部掠取的人口與牛羊，奉還他們的雲錦寶衣，等到國王功法練成，那時再出兵蕩平嶺國，付出的代價，讓他們百倍償還！」

辛赤王不動聲色，說：「難道那格薩爾會跟你談判？或者說，你已經跟他談定了退兵的價錢？」

古拉妥杰連忙聲辯：「微臣不敢，只是探過嶺國兵陣後，來提醒大王。何況那格薩爾志在必得，怎麼會跟我談判？」

「那還有何話說！」

「當年，我與那達絨部長官晁通打過交道，他也知道我們的厲害，如今，他貴為嶺國國王的叔父，如果給他許以好處，或許……」

「聽說那老東西還垂涎我門國漂亮的公主，難道你也答應許配於他？」

古拉妥杰連忙跪下，說：「我這就回去排兵布陣，明天與嶺國兵馬大戰一場！」

辛赤王這才展露笑顏，離座把古拉妥杰攙扶起來：「談判也要在給了敵人一記重擊之後，才能得到想要的結果。就讓我們先大戰一場吧！我要殺得他們血流成河，那時就免了你的口舌之勞了。」

國王辛赤也連夜到了前線，穩坐於中軍帳中。

故事：門嶺大戰

第二天清晨，古拉妥杰陪國王馳上山崗，瞭望嶺國大軍的陣勢，不禁面露譏笑之色。

辛赤王故意問他是不是心中有了決勝的把握。

「大王，你看嶺國軍隊陣勢就知道他們必敗無疑！」

辛赤王問他依據是什麼。古拉妥杰說：「都說嶺國有多少英雄，看來都是那些膽小鬼傳說著自己嚇自己的。當年，我們掠殺達絨部時，他們並沒有多少還手之力，而今，你看那陣勢，無非就是數都數不過來的人擠擠挨挨擁在一起，什麼東西需要擠在一起彼此壯膽，那是羊！要是勇猛的虎豹，單獨一個走向山崗，就威風凜凜，四野肅然了！」

辛赤王卻有些不祥之感：「看他們排列整齊，進退行止千萬人如一人，倒也需要提防著點。」

這時，扎拉大營中升起了令旗，牛角號嗚嗚吹響。步兵排著方陣，騎兵排出長蛇陣與鷹擊陣，離開橋頭堡，向兩軍之間的開闊地步步進逼！兩個少年英雄扎拉和玉拉托琚，一個持矛，一個持箭，一馬當先。先鋒官扎拉身後還紮著許多面顏色不同的令旗。揮動綠旗時，頭盔上一律綠纓的方陣手持盾牌與長矛，迅速搶占了兩軍開闊地間的那座山崗。當他們全體張弓搭箭，做好掩護時，扎拉又揮動了黃旗與白旗，兩翼頭盔上頂著黃纓與白纓的騎兵，就像強勁的鷹翅一樣展開，向前猛撲一程，在綠纓軍兩側稍後的地方停止下來。扎拉揮動紅旗的同時，自己躍馬前行，居中的紅纓軍移動了。千萬雙戰靴同時起落，千萬匹戰馬的蹄鐵同時叩擊大地。那一天，未曾開戰，門國的大地就被前所未有的力量同時震動了！中軍在扎拉率領下啟動的同時，綠纓軍又整齊地向前推動。隊伍前面，是刀槍逼人的寒光。當紅纓的中軍推進到開闊地上那座高崗時，綠纓軍已然推進到門國軍營盤的柵門之前了。

這些排成嚴整陣形的大軍，行進時，大地在震顫，靜止時，山河與人群都屏住呼吸，感到了一種前所未有的威懾。

辛赤王說：「看樣子，他們不是羊。」

古拉妥杰喝令放箭，成群的箭射出去了，綠纓軍齊齊舉起盾牌，箭雨過後，陣中人放下盾牌，舉起刀槍，一個個毫髮無傷。古拉妥杰怒從心起，開弓放箭，那箭頭上帶著閃電，箭尾上響著霹靂，向綠纓軍陣中奔去。他這一箭，使十三面盾牌破碎，十三個嶺國士兵瞬間殞命。這一箭，像犁鏵翻耕土地，在綠纓軍陣中拉開了一道血腥的口子。要是在平時，這一箭出去，那些猶如烏合之眾的兵丁膽魄都會失掉大半，都躲到大將們的馬屁股後面去了。但是，大陣裡面只起了一陣小小的騷動，然後，陣形前護著盾牌，盾牌間露出鋒刃，那方陣又沉穩地向前推動了。隨著陣形的前進，那道被利箭撕開的口子也迅速合攏了。古拉妥杰大喝一聲突到陣前，運用神力才在那陣中突出一個小小的缺口，後面的兵丁要跟進時，又被合攏的盾牌擋在了陣外。這時，只見扎拉又抽出背上的令旗輪番揮動，步兵整齊地從一座山崗向前推進，兩翼的騎兵撲上來，猶如浪濤拍岸！在此戰陣中，過去只會放箭吶喊，只習得單打獨鬥的兵丁，就如沖決堤岸的洪水一樣奔湧而來，門國那些大將都被這股洪流所裹挾，個人的蓋世武功竟無從施展。

第一陣就這樣莫名其妙地敗了下來，大營就這樣被衝破了。

這天，嶺國軍大顯神威，門國軍死傷無數，且戰且退了三四十里，直到黃昏時分，才靠著平整曠野間突起的一列山丘才穩住了陣腳。嶺國軍也停止下來，埋鍋造飯。

第二天仍是如此戰法，辛赤王親自出馬，運用神通，往嶺軍陣中連降霹靂，數百名嶺軍士兵一命嗚呼，使得陣形開始混亂。辛赤王站在高崗之上，對他的將領們說：「都說格薩爾神通廣大，但他卻躲在螞蟻一樣眾多的士兵身後！他打的是士兵的戰爭！本來，聽說他愛惜眾生，我是崇敬他的，但是，你們看到了，原來他征服那麼多國家，不是他自己的力量與神通，而是用士兵的血把那些國家淹沒了。只等我再降下幾個霹靂，這些螻蟻一般的士兵就要自相踐踏，就像從山上崩潰的雪，自己把自己淹沒了。那時，我的英雄們，你們就只管盡情衝殺吧！」

說完，他念動咒語，招來了烏雲，並騰身而起到了雲頭之上。但是這次，他沒有能再次放出霹靂，因為格薩爾騎在神馬江噶佩布身上，已經在雲端上面等著他了。他召來了烏雲，但烏雲中的閃電已經被格薩爾抽走了。他揮舞閃電像揮舞馬鞭。格薩爾笑吟吟地說：「風把你譏諷的話，都送到我耳朵裡了。」

「你感到羞恥了嗎？」

格薩爾使勁一揮那閃電的鞭子，一串霹靂降到了門國大營中，使營中飄飛的大旗變成了一簇熊熊的火苗。就這麼一下子，嶺軍有些混亂的陣形馬上恢復了嚴整。格薩爾說：「你還有什麼神通就使出來看看吧。」

辛赤王彎弓搭箭，就要射往嶺軍陣中，格薩爾止住了他：「士兵們讓他們自己了斷，我們兩個比試箭法，就以遠方那紅色的岩石山峰為目標吧。」格薩爾早就看出來，那紅石山上的洞窟正是魔王辛赤修煉魔法之地，他要趁著比試箭法，先摧毀了他這修行之地。

辛赤王並不答話，鬆開弓弦時平地有旋風颳起，那箭挾雷帶電直奔嶺軍陣中而去。

一直護衛在扎拉身邊的大將丹瑪躍馬出陣，運用神力，迎著辛赤王的箭連發三箭，與那挾雷帶電的箭碰到一起，最終使那箭從半空中跌落下來。嶺軍陣中一片歡呼，英雄卻從馬背上重重地跌落下來，丹瑪當即吐出了一口鮮血。他被眾軍士護進帳中，暗自念誦格薩爾臨陣教給的護心金咒，這才護住了心神，慢慢緩過氣來。

雲端之上，格薩爾哈哈大笑：「你不是嘲笑我軍中大將盡是貪生怕死之輩嗎？」

辛赤王的笑容已經沒有那麼自然了，卻仍然帶著明顯的譏刺：「那你還讓那麼多凡人軟弱的肉身來抵擋鋒利的刀槍？」

格薩爾說：「那是人要自己救自己。」

「他們沒有一點神通，他們救不了自己。」

「他們就是有人想到了要自己救自己！」

辛赤王哈哈大笑：「我真不明白，他們拿什麼拯救自己！」

格薩爾沒有答話，這時，在雲層的下面，調整好陣形的嶺國大軍在扎拉令旗的指揮下又向前推進了。他們中的每一個都無法單獨與魔軍的士兵和將軍相抗衡，但這些軟弱的軀體同進共退，構成了一個堅硬如鐵的整體，向前推進時，任何力量都難以阻擋。他們就像洪水漫上了門國軍守衛的山崗。

格薩爾說：「你看到了，他們像水，但水也不能從低處流到高處！這就是他們的力量！」說話間，他早已盤弓在手，一鬆弓弦，三支箭同時射出，直奔遠處那魔王修法的密窟而去，將那山峰齊齊地腰斬了。立即，辛赤王的神光被褪掉一半。格薩爾哈哈一笑：「你且回去好好休息一陣，我們來日再戰，且看你所說那些軟弱的人如何戰鬥吧！」

這天扎拉指揮大軍依事先安排好的戰陣之法又向前推進了好長距離。

就這樣天黑埋鍋造飯，天亮列陣進攻，連續多天，大軍已經推進到門國腹地中很遠的地方了。開始，越過的河流都是由西向東，後來，河流與山脈都轉折了方向，改成由北向南，一路滔滔流淌。山的形象也變得複雜起來。原來，所有的山都像雄獅，或蹲踞雄視四方，或昂首迅猛奔跑，現在，山的形象變了，在這氣候濕熱之地都變成了大象的模樣。

士兵們開始害怕，不是害怕大象，而是害怕已經離開家鄉太遠太遠了。他們擔心戰死之後靈魂找不到家鄉。因為山水都完全掉轉了方向，更重要的是，越深入門國，平曠之地越少，千萬人如一人，同進共退左右迴旋之地也越來越少。門國軍趁夜發動反攻，竟小小勝了一陣，嶺軍退了十多里地，在開闊之地才重新穩住了陣腳。嶺軍方面那些早就憋壞了的英雄們趁機出來紛紛請戰。格薩爾便將扎拉指揮的大軍從先鋒變為後衛，接下來，就要親自率眾英雄上陣亮相了。

故事：門嶺大戰之二

第二天清晨，太陽剛剛給高聳入雲的雪峰鍍上一片耀眼的金輝，格薩爾就把諸位將領召入自己的大帳之中，他指著雪山說：「就像太陽還沒有升上來，就讓我們從高聳的雪峰上預見了光芒，進軍門國以來，扎拉和玉拉托琚用嶺國最忠誠的英雄嘉察協噶排練的陣法，率領先鋒軍取得了一次又一次的勝利，這是嶺國未來強盛，如雪山般屹立的吉兆。」

眾將領就想：「這麼說來，格薩爾和自己十多個妃子沒有半個子息，這個少年英雄應該就是將來嶺國的國王了。」

辛巴麥汝澤便上前奏道：「恭喜我王，嶺國大業後繼有人了！」

見此情景，晁通卻心中十分不快：「雖然占了些地盤，也斬殺了些嘍囉，但是，門國的王城尚未攻下，那些本領高強的魔將也未傷毫毛！我不要一兵一卒，今天就去會會他們，拿兩個魔將的腦袋來獻給大王！」

格薩爾耐住性子，說：「黑色妖霧未曾消散，那是幫助善業的太陽沒有出來，我們沒有最後蕩平門國，那也只是時機未到。今天，我召大家來，就是請大家不要輕舉妄動，當太陽晒乾了草上的露水，門國人就會前來挑戰，那時，我們再來從容對付。這些天，我一邊觀戰，一邊從這炎熱之國的流水中提煉出克服熱毒與濕毒的聖水，並從天母處請到了護身的繩符。大家再上戰場，就能所向無敵了！」

聖水與護身繩符剛剛發放完畢，外面就傳來了挑戰之聲。

大將丹瑪喝下聖水，頓時覺得神志清明，力量倍增，便上馬奔出了營盤，見是魔國大臣古拉妥杰一人一馬前來挑戰。

這古拉妥杰外表上也是個威風凜凜、儀表堂堂的男子漢，身上頭盔與軟甲都用黃金鍛造。身後的箭袋裡，是鐵弓一把與數十支毒箭，手中揮舞一把吸血寶劍。格薩爾見丹瑪策馬而去，怕他戰不過古拉妥杰，便命四員偏將緊隨而去，囑他們保護丹瑪。

丹瑪向古拉妥杰喊道：「都說門國兵多將廣，怎麼就你一個人單槍匹馬，你不覺得孤單嗎？」

古拉妥杰反唇相稽：「本領不夠的人，不聚成一群才會感到害怕！」

「今天我們改變戰法，就來單打獨鬥吧！」丹瑪手中一支鷹翎箭已搭上弓弦，「此時你腳下的土地叫『亡命平原』，你面對的五個人是『地獄閻王』！」話音剛落，那離弦之箭已到了古拉妥杰的面門跟前。古拉妥杰並不慌張，念動咒語使來箭變慢，然後，他稍稍一低頭，箭在他金盔上射出一聲脆響，當他直起腰來時人卻毫髮無傷。

同時，他反手射出一箭，一下射去了丹瑪頭盔上的紅纓，那箭力大無窮，帶著丹瑪的盔纓繼續飛行，在他們身後，把幾株合抱的老樹攔腰斬斷後，還燃起了一團熊熊烈焰。

丹瑪雖然未被毒箭直接射傷，卻被毒氣薰心，在馬上坐立不穩，就要跌下馬來。

古拉妥杰見狀，得意地大笑：「原來你們只會堆人肉的戰法，所謂英雄都是徒有虛名，我再射一箭，定然取你性命！」

不容古拉妥杰再次開弓，丹瑪身邊四英雄四支箭齊刷刷直奔古拉妥杰面門而去，幾個人趁這時機，護著丹瑪回到了格薩爾大帳之中。格薩爾給被毒氣薰得頭昏腦脹的丹瑪服下一粒神丹。丹瑪立即精神大振，返身又要去戰古拉妥杰，卻讓格薩爾勸止住了。

營中又有幾員大將出戰，但好幾天雙方都僵持在一起，未分勝負。

晁通見狀，找到扎拉：「從輩分上說，你都是我孫子輩的人了，我進一言，不知你聽也不聽。」他想，這小子勝了，他對這未來國王有情分，更盼這小子敗了，斷了格薩爾要他做嶺國王儲的念想。

扎拉對長輩十分恭敬：「常言說，長輩的智慧比大海還深廣，達絨部神通廣大的長官肯屈尊賜教，是我的榮幸。」

「那幾天，你率領的隊伍節節推進時，好多將領都往大王耳朵裡灌不服氣的話，所以，大王才把你這先鋒調換成了後衛。現在，那些傢伙一個個輪番出戰，結果如何你都看到了。所以，我說現在正是你這少年英雄建立功名的好時機，你要趕緊到大王處再次請戰！」

「我的士兵已經非常疲憊了，再說父親在世時剛剛演練完平坦草原戰法，等到他準備演練山地攻掠陣法時，已經身陷於霍爾軍中了。」說到父親之死，扎拉眼中對面前這個人現出了厭惡之色。他說，「我聽候國王命令，父親在世時，就叮囑我要相信當今國王的英明。」

晁通跌足嘆道：「你和你父親一樣死心眼，要是你再勝上兩陣，打到門國城下，那將意味著什麼，你知道嗎？」

扎拉搖搖頭，說：「我不知道。」

「那你就是嶺國當然的王位繼承人了！」

扎拉站起身來，吩咐手下：「送晁通大人回他的營盤。」

晁通回到帳中，自己氣了半晌，內心不得安生的他全身披掛整齊了，向格薩爾請求出戰：「近日來嶺國眾英雄輪番出戰，卻勝不過一個古拉妥杰，看來只有我這個愛惜嶺國榮譽的老傢伙給他點顏色看看！」

丹瑪聞言，怒從心起，上前要與晁通理論一番，只是氣血上攻，收攝而尚未散去的毒氣又在身體裡瀰漫開來，只覺得頭暈目眩，站立不穩，幸得辛巴麥汝澤上前扶住，才沒有倒在地上。這下，又費去了格薩爾一粒安神還魂丹。

倒是格薩爾不動聲色，問：「哪位願與晁通同去迎戰？」

眾人全都沉默不語，都想要他的好看，倒是丹瑪想看他是個什麼戰法，就遠遠跟在了他的身後。這晁通得意洋洋地出到陣前，也不言語，便揮寒光劍直劈向古拉妥杰。兩人戰了剛剛三個回合。那古拉妥杰一劍劈來，有大山傾覆般的力量，震飛了晁通手中的寶劍，並把護身鎧甲劈去好大一塊。晁通感覺到劍鋒所向，一股寒意浸透了骨髓，心中驚慌，勒轉馬頭，往營中沒命奔逃。古拉妥杰待要追趕，卻被丹瑪連發兩箭擋在了半路。

晁通回到帳中，迎接他的是眾英雄一陣狂笑。

惱羞成怒的他，閉上了雙眼，不是為了躲避眾人譏諷的目光，而是默念咒語施起了法術。但是燃起的大火被古拉妥杰轉移到沒有軍隊駐紮的山林，他從天空中降下的猛烈雹子，也被古拉妥杰轉移到了嶺國軍營之上。

「好了，眾位英雄不要彼此鬥氣，這些天之所以有此周折，那是消滅門國的時機未到。我已經知道，降魔的日子就要來到！」格薩爾如此說，因為他又一次從夢中得到天母的授意。

轉眼之間，降魔的最後日子到來了。

這一天，格薩爾到了南方玉山之麓，谷尼平原的上首。正如天母在夢中所示那樣，他見到了一座駿馬樣的巨石上，有一個天降之鐵石是犛牛的模樣，有人在上面裝飾了猙獰的骷髏，上面還纏繞著新鮮的人腸。格薩爾來到這天降之鐵上輕叩一遍，終於有一扇通向密室的小門應聲而開。那密室比所有漆黑的夜色都更加黑暗，格薩爾凝神定睛，這才看清，右邊是一隻九頭毒蠍，那是辛赤王的寄魂物，左邊一隻九頭怪，是古拉妥杰的寄魂物。格薩爾射死了毒蠍，砍掉了怪物的九個腦袋，回身便走，按天母夢中所言，一直沒有回頭。天母說，殺死牠們的人一旦回頭，毒蠍和九頭怪就會再生，那時就再也難以制伏了。

前些日子，格薩爾的神箭毀掉了紅色石山上的修行密窟，使得辛赤王元氣大傷，好多天都在深宮中調理，只有古拉妥杰獨自迎戰。現在，兩個統治門國的妖魔的寄魂物被除掉，門國土地上立即出現了種種異象。河谷裡，懸崖上，那些人面花朵消失了。那些花朵都是被妖魔吃掉或者作為邪神犧牲的青年女子魂靈所化，她們不得超生。白天，她們開放在懸崖上，晚上，她們的魂靈還要供妖魔作踐。現在，魔力減輕，大家都得到解脫了：開厭了的花朵長嘆一聲，垂下頭迅速地枯萎，花朵中寄居的靈魂飄飄蕩蕩上踏上了輪迴的旅程。更多不得超生的靈魂都得到解脫了，於是，那個時刻那麼空闊的天空中竟然出現了靈魂擁堵的現象。直到黎明時分，輪迴之路才恢復了通暢。

要知道，那些不得超生的靈魂的能量就是兩個魔王的力量。整整一夜，辛赤和古拉妥杰都在做夢，夢見力量正在離開自己的身體。辛赤夢見自己是一隻被蟲子咬出一個小洞的鼓風袋，無論怎麼用力鼓動，都聚不起足夠的風力，把生命之火吹旺。古拉妥杰夢見的也是一個口袋，一只盛滿糧食的口袋，從一個怎麼都無法堵上的小縫裡，下雨一樣窸窸窣窣漏了一夜，讓他心裡充滿了絕望。早上起來，門國大地上開始顯現出種種不祥的景象。貓頭鷹在白天哈哈大笑。山林無故燃起大火。灶上的銅釜分裂成碎片。神廟的中心柱被巨蟒纏繞。深深的神湖凝成一個巨大冰塊。

那個僅僅憑傳說中的美豔就讓晁通垂涎不已的公主梅朵卓瑪也做了一個夢。她夢見南方的天空中出現了四個太陽，所有雪山都像酥酪般融化，婦女們被鐵甲大軍帶往北方，而在門國中心的平曠地帶，野草們發出噓聲，就像人們對於比武失敗的武士所發出的一樣。然後，野草們像動物一般動身離開。這些肯定都是不祥的徵兆，她正在不安之時，一隻烏鴉在她頭頂盤旋了三圈，投下一封密蠟封裹的書信。這是一封求愛的書信，求婚人正是嶺國達絨部長官晁通。梅朵卓瑪持這封信來見父王：「如果女兒前去和親，能夠救門國於危難，我願意……」

辛赤王前些天被格薩爾毀了修煉密窟，靜養了一段時間剛恢復元氣，寄魂的毒蠍又被殺死，只覺得身體虛弱不堪，但在女兒面前也只好強打精神：「國家大事不用你操心，我絕不會讓你嫁到嶺國！」

梅朵卓瑪看看父親，再不如平常一樣氣宇軒昂，知道門國氣數已盡，但也難違父命，只好獨自黯然神傷。

就在此時，嶺國大軍已來到門國都城之下，準備發起最後的攻擊。

辛赤王問古拉妥杰：「你看他們將用士兵的戰法還是將軍的戰法？」

古拉妥杰強打精神：「不管他們是什麼戰法，我就一種戰法！」

辛赤王說：「這幾日辛苦你了，該是我顯示力量的時候了。」

他用幻變之術在晴朗的天空下布下了濃重的黑霧，讓前進中的嶺國大軍失去了方向。當格薩爾運用神力驅散了黑霧，在嶺國大軍面前，卻出現了門國的軍陣。這軍陣就是前些日子扎拉推演的軍陣的翻版，數量卻是嶺國大軍的好多倍。那些排列整齊的甲冑之士把目力可及的平地與山丘，甚至是河面都全部布滿了。每一個人從這個陣勢中看到了整個門國所有地面沉重呼吸一樣的起伏，所有山峰的奔跑，所有湖泊的聚集都展現眼前。但地面上除了披堅執銳的軍陣，又一無所見。沒有村落，沒有牛群，沒有礦場，沒有修行地，沒有雪峰，也沒有雨。灰色的天空中蛇一樣蜿蜒著閃電。這個陣形用整個門國把嶺國數十萬大軍困在中間。

突入陣中的人馬都消失不見了。

格薩爾告訴大家，這無非是魔王的幻變之術，不必驚慌。他喚來風，橫吹過去，那些戰陣，就像畫布一樣飄蕩起來。軍中就齊聲喊：「風！更大的風！」

但是，風沒有再吹。他說：「可憐這辛赤王，要把氣力耗盡了。」

果然，這迷茫之陣存在了不到一炷香工夫，就在初升太陽的照耀下，慢慢稀薄，最後變成一片霧氣消散了。突入陣中的嶺國將士毫髮無傷，又重新出現在原野之上。

嶺國大軍洪水一般掩殺過去，卻沒有意識到那個高聳的王城已經消失不見了。當大軍浩浩蕩蕩向南方追殺而去，那王城又重新在他們背後升起。

辛赤王得意地對古拉妥杰說：「這下，是你率領勇士們抄他們後路的時候了。」

辛赤王沒有想到，格薩爾早就防著他這一招，當各位嶺國英雄率領部眾掩殺而去，便把扎拉叫到跟前：「你不是抱怨前鋒充當了後衛嗎？現在後衛又變成前鋒了。」並讓玉拉托琚和老英雄丹瑪與辛巴麥汝澤為他助陣。

古拉妥杰率人馬一陣衝鋒，正好陷入了扎拉陣中。那陣形看起來就不像是一個陣形，好多隊士兵排成彎彎曲曲的長蛇狀的隊伍在原野上奔跑。當古拉妥杰率兵出擊時，這些長長的隊列看起來更像是奔逃。只是奔逃得越來越慢，很輕易地就讓門國軍隊插入到了各個長隊的縫隙之間。就在這時，他們突然就回過身來，挺起了長槍，豎起了盾牌。一支支長長的縱隊開始擺動、彎曲，互相纏繞，然後旋轉，門國的軍隊陷入陣中，彷彿落入了一個巨大的旋風之眼。一片刀光劍影過後，陣中就只剩下古拉妥杰和幾個親隨還騎在馬上。

辛巴麥汝澤拍馬出來，對古拉妥杰說：「傳大王話，他看你也是威風凜凜的英雄，更愛你一身武藝，只要你願意歸順……」

「呸！」古拉妥杰罵道，「你自己背信棄主，還有臉叫我也步你後塵，看箭！」

一箭射出，卻已沒有了當初的力道，辛巴麥汝澤被他說得惱恨不已，手上的力氣更加了幾分，回敬一箭，將他護心鏡射得粉碎。古拉妥杰見這兵陣像幾條巨蛇纏身，越裹越緊，仰天長嘆一聲，喊一聲：「罷！」就要舉劍自刎，卻被那些圍上來的盾牌兵用長槍把座下馬刺翻，掉在了地上。

辛巴麥汝澤再叫道：「你降也不降！」

他用盡最後的氣力大叫：「不降！」

話音未落，十數支長槍齊齊向他扎來，他沒有再行抵抗，任那些冰冷的長槍齊齊扎進了胸膛。

辛赤王從王宮中看見古拉妥杰和殘剩的兵馬全部陷入嶺國陣中，那陣勢漩渦一樣把所有人馬都吸進去了。當那陣猛烈的旋轉平靜下來，一切都消失了。他明白自己是徹底失敗了。但與早於他失敗的前三個魔王相比，他還是感到安慰，他的重臣沒有背叛。他看到古拉妥杰的魂魄向他奔來。他把這小小的一股氣息收入一只貼身的口袋。他說：「我們一起修煉了那麼多年，一切又都灰飛煙滅。我要帶你去到另一個世界，重新修煉，那時候，我還要和你重新回來！」

話音剛落，整個王宮就被一片藍色的火焰包圍了。火海之中，豎起了一道越長越高的梯子。魔王就在梯子的頂端。如果這把火能把他在這個世界的痕跡燒得一乾二淨，當梯子升到一定的高度，他就可以成功飛越到另外的世界去了。然後，在很多很多年後，帶著仇恨與野心重新歸來。

格薩爾把臨近的一個湖全部傾倒在王宮上，那火焰也沒有熄滅。

辛赤王哈哈大笑：「我看你也沒有什麼特別的能耐，只是上天那些閒得無事的傢伙，想要一個中他們意的國，就來幫你罷了。」

天空中馬上就雷聲隆隆，好像就是在說：「我們就是幫他來了！」

但是，天上降下的不是雨，而是一種紅色的火，這紅色的火把那藍色火給滅掉了。

辛赤王見狀，趕緊向著梯子的頂端攀爬。這時，格薩爾抽出日月神箭，一箭把那梯子射去一段，三箭過後，辛赤王重新降到了王宮頂上。格薩爾又抽出一箭，那辛赤王大叫：「我是不會死在你箭下的！」

他飛身而起，不是向上，而是向下，他收斂了所有的功力，像一個凡人在堅硬的石板地上把自己摔成了一個肉餅。

說唱人：鹽湖

說唱人晉美在路上。

原先他在路上的時候，是等待故事到來，是尋找故事。後來，故事就跑到他前面去了。他去的地方，都是故事已經發生的地方。離開廣播電台的時候，他已經唱到姜國如何北上爭奪嶺國的鹽海。他還是一個懵懂牧人的時候，就聽人說起過那些鹹水湖。那些湖水能自然生出鹽的結晶。當他回到高原，當看到牛羊出現在起伏的草間時，就下車步行了。他開始重新演唱故事，一切從頭開始。當他離開金沙江邊那些聲稱是嶺國兵器部落的後裔時，故事又往前進展了。他已經演唱完了姜嶺大戰。那時，他還沒有見到過任何一個鹽水的湖泊。在他的故鄉，在他所到過的地方，所有雪山下湖泊的水都是可以飲用的，那時，他甚至不相信湖水會像眼淚般苦鹹。但當他演唱到那個故事的時候，就相信世界上必然會有這樣的湖泊了。

他一路上一邊演唱姜嶺大戰，一邊向北方出發。他來到的第一個鹽湖已經乾涸了。牧人們說，十多年了，這個湖一點點萎縮，終於在今年的夏天完全消失了，最後一點水分都被太陽吸乾了。他下到湖底，摳起一塊灰白色的結痂，送到舌尖，確實嘗到了澀澀的苦鹹味——是鹽的味道，也不完全是鹽的味道。

他問住在曾經的湖岸上的人，種植青稞和油菜的人，放牧牛羊的人，這個湖是姜國曾經要來搶奪的那個鹽海嗎？

他們說是。

他們指給他看湖中曾經是一個半島的岩石岬角，說那上面就有嶺國英雄的馬蹄印，還有被鋒利的長刀整齊劈開的巨石。他們建議他去看看那些遺跡，這樣就能證明他們所言不虛。晉美就往湖中去了。但他沒有走到那個岬角，汗水和鹽鹼一起，很快就讓他的靴子底爛掉了。他又堅持走了一段，結果是腳底也被鹽鹼咬傷，他從最近的地方上了曾經的湖岸。

這裡正好是湖水未曾乾涸時採鹽人的村子。

村中一戶人家送了他一雙新靴子。人家還給他腳底塗抹用動物油脂調和的藥膏，立即，燒灼感強烈的腳底立即就清涼了。

他說：「我還想問問，你們當中有沒有姜國人的後代？」

村裡人都齊齊搖頭。

「應該有姜國人後代的，王子玉拉托琚不是投降了嗎？」

他聽別的村莊的人說，這個村子的人全是姜國降卒的後代。格薩爾寬宏大量，姜國人不是為了鹽來到這裡的嗎？姜國人不是在老國王戰死後，在王子的帶領下歸順了嗎？格薩爾對投降後又對故姜國心懷愧疚的玉拉托琚說：「就讓這些兵士留在此地採鹽，所採的鹽都運往姜國吧，這樣，你的人民吃上了鹽，就會感激你了。因為用武力無法從我手裡搶到一粒鹽。」

玉拉托琚的腦袋沉重地下垂，心緒煩亂，沉默無言。

格薩爾繼續溫言撫慰：「你的人民會感謝你的，他們從此不再擔心吃不到鹽。」

玉拉托琚沒讓飽含鹽分的淚水流出眼眶，終於抬起頭來說：「謝謝大王恩典。」

這個村莊，正是那些留在湖邊採鹽的降卒的後人。他們不像湖南岸和東岸的人，有耕種的土地，也不像湖北岸和西岸的人，有寬闊的牧場。他們世世代代在湖西南這一角上採鹽，把鹽運往南方。他們祖祖輩輩在水中勞作，另外村子的人都傳說他們的手指與腳趾間長有野鴨一樣的蹼。他們還說，那些採鹽人眼珠不是黑色的，他們日積月累的悲傷使他們的眼珠變成了蒙蒙的灰色。這個村莊其實沒有一個人的手指間有蹼。他們的眼珠確實是灰色的。那灰色天然就是悲傷的顏色。

現在，湖四周的土地與草原都嚴重沙化，湖泊也乾涸了。

圍湖生息的人們都有怪罪這個採鹽村莊的意思。他們把這湖中的鹽淘盡的同時，也把這個湖泊的元氣消耗乾淨了。他們說，格薩爾是深愛嶺國的，要是他那時就知道會有今天的結果，肯定不會為了安撫姜國王子玉拉托琚而讓姜國人在這裡採鹽。可他並不知道這個結果，他甚至不知道他創立的嶺國也會被別人征服。在嶺國消失了上千年之後，這個湖也消失了。那些曾經妖魔橫行的草原在格薩爾時代變成了人類的草原，但是現在，人們得準備離開，去尋找新的生息之地了。風吹過，揚起大片的沙塵，風穿過村莊，吹得嗚嗚作響。

採鹽村落的人們灰色的眼中流出了淚水，他們說：「我們能去哪裡呢？」

說唱人說：「回到原來姜國的地方。」

「你能回到一個一千多年前的地方嗎？」

說唱人知道這是個無法回答的問題，並為自己提出這麼一個愚蠢的問題而羞愧難當。

還有一個年輕人很憤怒，追在他後面喊：「你見過誰能回到一千多年前的故鄉?!」

他的確不敢回頭面對這個問題。他離開了這個村莊，離開了這個乾涸的湖泊。

越往北，迎面吹來的風中嗆人的塵土味越來越強烈。草消失了。再後來，連草根和草根抓住的一點點土都消失了。大風吹來，滿地的石頭像被激流沖刷一樣滿灘亂滾。就是在這樣的地方，他遇到了第二個湖。

那天，他藏身在一塊巨石後面躲避風暴。尖嘯的風捲著沙塵消失後，他眼前出現了一片湖水的光芒。他聽到自己心裡的聲音：「格薩爾啊，我是看到你施行的幻術了嗎？」

但那是真實的湖泊，某種不太自然的綠色，在眼前動蕩。在這個湖上，他看到體量巨大的鐵船，用裝得下一頭牛那麼大的鐵斗在湖中央從水中抓鹽。他就坐在岸邊撲滿鹽屑的灰撲撲的蒿草叢邊，坐在兩道深陷的車轍中間，終於等到那船靠岸。他很失望，鹽灰蒙蒙的，堆在鏽跡斑斑的鐵甲板上。鹽散發出來的也不是鹽的味道，而是某種正在腐敗的水中生物的腥臭味。那些從船上跳下來的人不容他問話，不容他問在古代是不是有兩個國爭奪過這個湖中的鹽，他們揮手讓他趕緊走開。

他把來裝鹽的大卡車的地方占住了。

「可是……」

人家的回答很乾脆：「快滾吧！」

他就滾蛋了，滾到很遠的地方，回看那湖，發現那湖上還有很多船，更有很多車，湖邊草木不生，湖中的鹽還那麼多，他想，那是因為那時這個湖上還沒有人吧。那麼草呢，他自己很快得出一個結論，草都被大風拔光了。格薩爾肯定沒有來過這裡，不然，風就不會這麼猖狂了。

他轉往西南方向，他要去的是格薩爾曾經到過的地方，更準確地說是有人相信格薩爾曾經到過的地方。他轉向西南，因為那個方向上出現了雪山隱約的閃光。這閃光讓他感到了久違的濕潤與清涼。這些日子，荒涼的原野上沒有什麼人，他也沒有演唱。他想，再走一程，也許，他又追趕上故事了。

靴子底再次破爛時，他重新走到了雪山之下，踏上了雪山上奔騰下來的溪流滋養的草原。他沒有看到大的村落，只是偶爾在一個山谷見到兩戶孤獨的牧人。借宿的時候，他們給他喝很多的奶，給他吃整腿的羊肉。他們問他：「你像個流浪藝人，你會唱格薩爾嗎？」

他往嘴裡填滿羊肉，讓嘴巴無法說話。現在故事已經藏在胸中，他不像過去那樣著急了。他覺得自己有了一生中從未有過的從容風度。對此，他感到非常滿意。現在，他把握著故事，而不像過去那樣被講故事的衝動弄得不能安生了。他要自己把握進程，不要讓故事跑到前面太遠的地方。他害怕這樣一來，故事會消失在遠方，再怎麼努力都攆不上了。他隱隱有種感覺，要是他一口氣把故事講完，那麼，這些故事就要離開他了。因為，他發現，故事是第一次講的時候最為生動鮮活，第二次，第三次講，眼前那些活生生的場景的色彩就開始黯淡了。

所以，他知道自己最好沉默不言，這樣經過了幾戶孤獨的游牧人家後，他的身上又充滿了力量。

他重新走上了草原。草低矮而稀疏，但他還是感到心安了。至少當視線延展到遠處的時候，這些草連續成一片薄霧般的綠色。有一天，他感到眼前的綠色加深了。他想，自己終於和一片真正稱得上草原的草原相逢了。但走到跟前，他才發現，那是一個很大的湖。

快走到湖邊的時候，稀疏的草消失了，只有平展展鋪開的沙石。

這是一個東西窄南北長的湖。晚上他看到了火光，還聽到了南岸傳來隱隱的笛聲。於是，他動身去往湖的南岸。

這是一個有些奇怪的湖。這個湖的奇怪之處在於，風總是從北往南吹，水波自然也跟風保持了一致的方向。所以，湖的北岸只有累累的磧石，而在湖的南岸，水變得那麼藍。那麼藍的水，一波一波把亮晶晶的鹽推到岸邊。他繞行兩天，到了湖的南岸，遇到了一群採鹽的人。他問這些人：「你們的故鄉是姜國嗎？」

那些人望著他，沒有聽懂他的問題。

「什麼國？」

「姜國。南方的國。」

「南方的國？南方是印度，是尼泊爾。除此之外南方沒有國。」

後來，從採鹽人中走出來一個老者。他說：「也許，他的問題我聽得懂。」

晉美把那個問題又問了一遍。

老者笑了：「不，我們不是。」他說，他們不是姜國人，也不知道在古代是不是嶺國人，他說，「我們這些牧人，來來去去，誰知道一千多年前我們的祖先是在什麼地方。」

「那麼，那個時候這裡是嶺國的地方嗎？」

老人笑了，說：「我們只知道這裡有鹽。」

這群人是湖泊更南方的牧民，每年這個季節都到這湖上來採鹽。老者反問：「你也是來採鹽的嗎？」

他搖搖頭：「我吃不了這麼多鹽。」

「那你來這裡幹什麼？」

「我在找姜國想從嶺國手裡搶到的鹽海。」

「我們也聽到過那些傳說，但不知道是不是這一個。」

「我想應該就是這一個。我在對岸聽到笛聲，就想來聽。」

他們叫來了一個靦腆的少年，說他就是吹笛人，但笛子不能吹給他聽。那音樂是採鹽的前夜，獻給湖神的。神一高興，對採鹽人就非常慷慨了。他們說話的時候，湖波把鹽推到岸邊的沙沙聲，像是風吹拂原野時草的絮語。晉美跟他們採了三天鹽，把鹽從水中瀝出、晾乾，裝進一只牛毛線編織的口袋。讓他感到奇怪的是，馱鹽的牲畜，不是馬，不是犛牛，而是一百多隻羊。採鹽的時候，大家都起得很晚。晚上，採鹽人要講很色情的笑話。據說湖神有些好色，這種故事能讓他高興。他一高興，就把湖心深處最好的鹽晶推到岸上。可是晉美不愛聽這樣的故事。這讓他想起廣播電台的事情，那不是愉快的回憶。他總是換不同的人問，這個湖是不是引起姜嶺大戰的那個湖。還是那個老者告訴他，凡是有黑頭藏人在，凡是聽過格薩爾故事的，都會告訴你這是跟格薩爾故事有關的一個地方。但是，這個湖四周方圓幾百里沒有人煙，所以，這個問題可能沒有人回答。

當這些人採夠了鹽，將要出發的那個晚上，那個少年吹奏了笛子，向湖神道謝。大家還聽晉美講了一次姜嶺大戰。嶺國南方的姜國，氣候溫潤，物產豐盛，偏偏缺少讓人吃了長力氣、變得聰明勇敢的鹽。姜國國王於是發兵向北，要從嶺國星羅棋布的鹽海中搶奪一個。要是嶺國沒有天上下來的格薩爾王，姜國國王肯定就成功了。但是，這時天上已經降下了大梵天王之子來幫助嶺國了。上天顯示了意志，要讓嶺國成為一個強大的國。一個強大的國，標誌就是不能讓自己東西任別人來搶，哪怕人家要搶的是最最多餘的東西。姜國國王不願意相信得到上天支持的國就不能戰勝。於是，他派出自己的兒子率領大軍攻到了鹽海。玉拉托琚的大軍到了湖邊，看到了很多很多的鹽。在路上，軍中的術士就告訴過，那裡的鹽很多。那裡的水自動就生成了鹽，就像他們進軍的路上，夜露化成霜，那些湖裡的水就這樣時時刻刻就像露化成霜一樣化為鹽。玉拉托琚王子本來不管這些事。王子要緊的是有好的馬上功夫，好的箭術與刀法。他苦練這些功夫，卻從來沒有操心過人要吃什麼，鹽為什麼生在別的地方這樣的事情。但在領大軍北上的這些日子裡，他開始想這些事情了。晚上，他睡不著，就披衣起來，在一個不產鹽的湖岸邊行走。開始的時候，草稞上輝映著星光的閃閃露珠打濕了他的靴子，他坐在湖岸上，也不明白這個湖跟姜國那些同樣的湖裡為什麼就沒有鹽。天空中星星像露珠一樣閃爍，隨意而散亂，不像要給出答案。他在湖岸上坐了很久，回去的時候，草稞上那些露水已經凝結為霜。他採下一棵草，帶回帳中，在獸油燈下，看著水凝結而成的漂亮結晶，那麼透亮，那麼鋒利，那種閃光像是某種絮語一樣。他想叫來隨軍的術士，看看能不能解讀這神祕的語言。可是霜花在燈光下融化了，變成了盈盈的一滴水，從細長的葉子上滑落在地，消失不見了。

大軍占領了鹽湖的那一天，那麼多士兵撲向鹽湖，把鹽直接就填進了嘴裡，以至於第二天跟嶺國大軍交戰時，整個軍隊都發不出像樣的吶喊了。

玉拉托琚王子一直披甲坐在湖邊，看湖上起風，波浪把那些結晶的鹽推到岸上。看那些鹽在太陽下是一種顏色，晚霞下是一種顏色，在月亮下面又變成另一種顏色。半夜，風停了，水也安靜了，他滿耳朵都是鹽結晶的聲音。

天亮了，他才下到湖岸，用手去摸那湖水，他在初升的太陽底下，看到湖水從指縫間漏掉，而在這麼短暫的過程中，也有一些水結成了鹽晶，留在了他手心之上。

伸出舌頭，王子嘗到了鹹味，同時嘗到了其中苦澀的味道。這種苦澀的味道出乎他的意料。他把這感受告訴了術士。術士是父王派給他的軍師。

術士說：「你這麼說，我感覺不好。」

「無論如何，我要讓姜國的百姓得到這鹽。」

術士的表情更加憂慮了：「王子，你該說讓你的父王得到鹽。」

「那不是一樣嗎？」

「不一樣，你父王有了鹽，全姜國的百姓都可以隨意驅使。」

王子還是說：「我就是想讓百姓吃上鹽。」

術士說：「敬愛的王子，我很憂慮，在殘酷的戰爭中你太善良了。」

「對於敵人，我不會心慈手軟。」

果然，在次日的戰鬥中，他幾次差點把大將辛巴麥汝澤打下馬來。應該說，每次他都能取他性命，但是，每一次都有神靈出來幫助那個老將。這讓玉拉托琚心裡犯起了嘀咕：這麼說來，姜國真的不該發兵來搶奪鹽海嗎？他想拿這問題來問父王，但父王不在跟前。於是，他只好去問軍師：「除了戰爭，還有什麼方式可以得到這些鹽？」

「貿易。」軍師說著就激動起來，「可是這不公平！你看，鹽在這裡一錢不值，卻要我們用很多寶貴的東西來換。深山裡稀有的寶石，女人們辛勤紡織的布匹，大象十幾年才能長成的牙齒！我們就拿這些東西來換這些水像沙子一樣推到岸上來的東西。鹽是天地自己生成的東西，他們嶺國人不用費一點工夫，卻要我們拿那麼多好東西來換！」說到這裡，軍師更加激動了，他高舉雙手，對著天空喊道：「老天，你不公平！」

這話說出來，讓王子感到害怕。他感到天空好像震動了一下，但是，細看上去卻又沒有什麼變化。

術士笑起來，說：「王子你害怕了。」

王子說：「你不是老說上天的旨意都是有道理的嗎？現在卻發出了抗議之聲。」

「我說過嗎？」

「你總說這是天理，那也是天理。」

「天認為什麼都有道理，但地上的人就不一樣了。不然，他就不會給這個國很多鹽湖，而另一個國卻一個也不給。」

「這不像是你的話。」

「是我們偉大國王薩丹，你父親的話。」

「你該勸勸父親，不要說這樣的話。」

「我不勸他，因為他說得有道理。」

「上天聽到要不高興的。」

「那就讓上天也知道有人不高興他的安排。」術士其實比王子更知道不能得罪上天，可當他看到鹽湖裡堆積著那麼多看起來對當地人毫無用處的鹽，而姜國的人卻沒有辦法得到，心裡也就不高興了。他轉過身來，面對看上去沒有意志、也沒有什麼刻意安排的上天再次喊道：「你不公平啊，上天！」

他的喊聲還在湖面上迴盪，無雲的天空中便降下一個霹靂，把這狂妄的傢伙震死在湖邊。他倒下去的時候，啃了滿嘴的鹽。一波波推上湖岸的浪嘩嘩作響，彷彿得意的笑聲。那具燒焦的屍體發出難聞的焦煳味。儘管那屍體就躺在鹽堆中間，還是發出了難聞的味道。

王子真的害怕了，他想，上天看來真的會幫一些人的忙，而不幫另一些人的忙。他不敢繼續想這個問題，因為害怕無所不能的上天能窺破他的想法。但這個想法還是不斷從腦海深處冒出來。腦子像一個幽暗的沼澤地，這裡冒出的氣泡剛剛迸裂，另一個地方又有氣泡咕嚕一聲冒了出來。整個無眠的夜晚，王子都在跟這些總想露頭的想法搏鬥。第二天，披掛妥當了，這些想法依然盤踞在他的腦海中揮之不去。於是，都臨陣交手了，他還下意識地看了看天上。前來挑戰的辛巴麥汝澤說：「不要看上天，神靈不會幫你，神靈站在嶺國一邊。」

這句話說得王子怒從心起，揮刀拍馬直向辛巴麥汝澤殺去。但是，老英雄勒馬避開了他。

老英雄說：「我奉格薩爾大王命令前來和你說話。」

「格薩爾本不是你的大王！」

「現在是了！」

「你這個叛徒！天不容你！」說話間，王子又拍馬殺了出去！

這次，辛巴麥汝澤沒有躲避：「不識時務的傢伙，看天幫你還是幫我！」

兩個凡人在馬上交戰不到十個回合，神靈就已飄然而至。他們看辛巴麥汝澤戰不過玉拉托琚王子，於是，積石山神把積石山搬來，沒有壓住玉拉王子。惹喬山神也來了，也未能把王子鎮壓。最後，又來了遠遠近近的三個山神，五座大山的重量才把玉拉王子鎮壓得無法動彈了。辛巴麥汝澤說聲慚愧，用手臂那麼粗、羊腸那麼長的繩子，左纏右繞把他綑紮結實了，說：「好個少年英雄，我不會傷害你！我帶你去見格薩爾大王。你放心，像你這樣的少年英雄，他也不會加害於你。」

王子仰天喊道：「盤旋的雄鷹啊，請你飛到南方，告訴我父王，兒子玉拉沒有為姜國子民奪得鹽海，就要死在嶺國人手上了！」

一路上辛巴麥汝澤都帶著愧疚在安慰王子：「不會的，我們英明的國王不會殺掉你的。」果然，格薩爾一見到玉拉托琚，知道這是一個正直的人，就心生喜歡。但他還要試一試，看他是不是足夠勇敢。他說：「你貴為王子，不待在自己的國家，卻跑來搶奪我鹽海，我要拿你告祭天神！」

「正因為我身為王子，這身體性命就非我所有，為了姜國百姓，我死而無憾！」

格薩爾一聽這話，當即眉開眼笑：「有如此英勇的王子，是姜國人的福氣。我格薩爾降妖除魔，為民除害，喜歡的就是你這樣的勇敢正直之人！我可以預言，有你這樣的王子，姜國百姓將得到更多的福祉！」

說完，下座來親手解開綁縛在王子身上的繩索。

王子問道：「你真的會給姜國百姓鹽？」

「你率軍北上開闢的道路就是將來的鹽之路。」格薩爾說，「不只如此，我還要讓英勇正直的王子做他們的統領。」

王子說：「那我的父親呢？」

「他要退位以謝天下。」

說唱人：鹽之路

在鹽湖邊的最後一夜，說唱人晉美講述了姜國北犯鹽海的故事。故事還沒有講完，夜已經很深了。剛才還在半空中的一些星座，已經往天際線上下沉，靠近波光粼粼的湖面了。

年輕人還不想睡，他們說：「那個薩丹國王投降了嗎？」

晉美躺在了火堆旁，把毯子一直拉到下頷底下，這就是無論如何都不會再講什麼的表示了。老者說：「睡吧，明天就要上路了。」

年輕人都睡下了，還是發出了疑問：「他們搶奪的就是這個鹽海嗎？」

篝火熄滅了，壓在火堆上的伏地柏枝散發出幽幽的清香。一些星座沉沒在地平線下，一些新的星座又從大地的另一邊升起來，到了天頂之上。

天亮時，採鹽人上路了。

這條路，這些採鹽人已經走了很多年。年輕人跟著老年人走。老年人年輕的時候，跟著已經故去的老年人走。但今天走在路上有些不同，大家都有些新鮮的感覺，因為晉美演唱的故事而感到新鮮。哪一個黑頭藏人沒有聽過格薩爾王的故事呢？但他們很少有人在鹽湖邊聽一個真正的「仲肯」演唱，而且演唱的就是鹽湖的故事。說來奇怪，連想都沒想，這個「仲肯」就出現了。他一個人穿越了那麼廣闊的無人區，就像從天而降一樣突然出現在了湖岸之上，帶著孩子一樣天真的表情從水裡捧起了鹽。他欣喜地看著鹹水漏過指縫，把正在結晶的鹽留在了手掌心上。說唱人自己也感到新鮮。他從來沒有想像過故事裡所講的東西就這樣真真切切地呈現在眼前。在他的故鄉，人們已經不到鹽湖裡採鹽了。他們也不再去遠處運鹽。國家把鹽運來，國家不讓別人染指鹽的生意。國家的鹽真好，沒有湖鹽的苦澀味。國家的鹽是從地底下取出來的，白得像雪，不像湖鹽，不只是味道，就那灰暗的顏色，都讓人氣短。

採鹽人和「仲肯」重新上路了。他們都帶著新奇的感覺，這是那條故事裡的鹽之路嗎？在廣闊的荒原上，這路真是漫長，長得簡直可以穿過不同的天氣。穿過大片的陽光，接著是一陣雷霆挾持著的暴烈的雨腳，然後，熾烈的陽光再次出現，再然後，是旋風裹挾著雹子從高空降落下來。這些不同的天氣，從大路的一端都可以看見。當他們走到被霹靂轟擊過的地方時，那裡已經雲開霧散，又有疾風吹著雨意濃重的雲團在新的地方聚集。馱著鹽的羊群在蔓延著淺草的原野上拉長成一條蜿蜒曲折的線，兩只裝滿鹽的口袋掛在身子兩邊。口袋雖然不大，但這些羊還是顯出不勝重負的樣子，讓人不由得心生憐憫。

晉美說：「這些羊太可憐了。」但是沒有人理會他。

三天後，一個四處朝拜神山聖湖的喇嘛加入了他們的行列。

晉美又說：「你看，這些羊太可憐了。」

「哦，你把牠們的重負都放在心上了。」喇嘛說，「你也只能把這些重負都放在心上，你不能把這些都背負在自己身上。」

喇嘛們總是能說出這種說了等於沒說，聽起來還有些高深道理的話。他想喇嘛的意思是讓他不再感到心痛，但他看著那些蹣跚而行的背馱著湖鹽的羊，仍然心痛不已。

喇嘛看出了這一點，就跟他說話，讓他把注意力轉移開來。

「他們說你是一個仲肯。」

「以前不是，後來就是了。」

喇嘛笑了：「我以前也不是喇嘛。」

「是不是有活佛給你開示過後，你就是了？」這個身體瘦長的喇嘛又笑了：「看來是有活佛給你開示了。」

晉美也笑了：「我發燒發得一塌糊塗的時候，活佛叫了個女人在我面前把一團羊毛抻成了線團。」

喇嘛說：「如今，這樣有意思的活佛不多。」

晉美也想說有意思的喇嘛也不多，但怕冒犯了他。晉美知道自己是一個謹慎的人，謹慎到有些膽怯的人。他轉換了話題向喇嘛請教：「你是有學問的人，這條路從來就是一條運鹽的路嗎？」

喇嘛把這個問題讓給這隊人都很尊敬的老者來回答。

老者嘆了口氣：「也許這是最後一次了。」

「那麼，這是從嶺國到姜國的運鹽之路嗎？」

老者說，他們是南邊地勢稍低的草原上的牧人。他們祖祖輩輩，每年來取一些鹽，販運到更南的農耕區。在那裡，用鹽換回來牧區缺少的糧食和陶器。但是，在那些地方，國家用飛機、用汽車從更遠的地方運來了更好的鹽，白得像雪、細得像麵粉的鹽。他們越來越不需要牧人們用羊馱去的湖鹽了。老者說：「故事裡的姜國應該在我們到過的農區更南的地方。那些農耕之區的盡頭，是一列列高聳入雲的雪山，姜國該是在那些雪山的後面吧。」

「我聽人說，門國也在那些雪山的後面。」

老者憂心忡忡：「我不知道，我只知道以後我們的人再也不會到湖邊取鹽，我們這些人是最後一次踏上運鹽之路了。上天給了我們這些鹽，但現在我們不需要了。那時要靠打仗來搶奪的東西，我們現在不需要了。」

「這件事情不好嗎？」

「也許上天以後不願意給我們東西了。」

喇嘛微微皺起眉頭：「你們不能這樣子妄自猜測上天的意志。」

老者有點害怕了，趕緊雙手合十舉到胸前，念誦了一聲佛號：「我就是擔心上天會把湖中的鹽收回去，等我們想要的時候就什麼都沒有了。」

喇嘛做出痛心疾首的樣子：「哦，你們這麼愚蠢的人，懷疑自己不算，竟還敢懷疑上天的意志！」

受到譴責的老者腳步慢下去，掉到後面了。喇嘛精神抖擻地走在前面，晉美說：「他們就是捨不得那些鹽。」

「你是在替他們辯解嗎？」

「一個採鹽人怎麼能懂得上天的意志呢？」

「那麼，」喇嘛停下腳步，轉過身來，「你的意思是你懂得？」

「我沒有……」

「你也不懂得！」喇嘛無端地憤怒了，「你以為會演唱格薩爾就是懂得天意了嗎？我告訴你，你不懂得！你連那些故事也不能懂得，上天只是讓你演唱！連那些故事的意思都不讓你懂得。要是上天願意，一隻鸚鵡都能演唱！」喇嘛生氣的時候，腳步邁得更快了。長長的馱鹽隊伍被落在了後面。喇嘛坐下來，放緩了口氣，「一個『仲肯』，應該到人群密集的地方去。」

晉美這個講故事為生的人這才知道，故事，也就是「仲」，在佛法還未在這片土地上利益眾生前就有了。上天為什麼要降下新的「仲」，讓人們來傾聽呢？喇嘛說，你肯定沒有聽說過一本叫

《杜間史》的書，你當然沒有聽過。《杜間史》說，「為領悟教義而作『仲』」，因為那時佛家的教法還沒有傳入這雪域之地，還沒有調伏赭面的食肉之族。

這話把晉美說糊塗了。他問是自己不該講格薩爾故事嗎？

喇嘛舉手向天，一臉痛心疾首的神情，他說：「天哪，我怎麼是這個意思？我的意思是說，你只需要講述這個故事，上天也只要你講這個故事，而不需要你去追究其中的意義。」

「我只是到處看看，想看看這故事是不是真的發生過，是不是真有一個鹽湖，是不是真有一條鹽之路。」

「天哪，你要故事是事實？你要故事是真的東西？」

「我錯了？」

「再這麼下去，神靈會讓你變成一個啞巴。上天不需要你這樣的說唱人。」

晉美還想再討論下去，但喇嘛要離開隊伍，他要去朝拜前方赭紅色的岩石山峰上的一處聖蹟。他說他要在山上待上幾天時間。晉美說：「那我不能向喇嘛討教了。」

「你是說我趕不上你們嗎？」喇嘛其實是暗示了自己具有某種神通，他說，「我要是想趕上來就會趕上。」

沒過多久，喇嘛果然又趕上來了。喇嘛說，他大概在聖僧曾經面壁靜修的洞窟裡待了五天。晉美失聲叫道：「可是，我們才在路上走了三天！」

道路向下延伸，進入了深切的山谷，谷地中出現了農田與村莊。但馱鹽隊沒有走進村莊，天就黑下來了。他們露宿在望得見村莊燈火的半山腰上。

吹笛少年要晉美講完那個故事。

晉美問為什麼是這個晚上。

吹笛少年說，明天一進村，鹽就被這個村子的人換完了，那他們就要轉身回到草原上去了。有那個喇嘛在面前，晉美覺得自己都無法開口了。其實，吹笛少年也不是真想聽他吟唱那個故事。他只是想知道故事的結果：「王子投降後，薩丹國王也投降了？」

「他和魯贊王、霍爾白帳王、門國王同為四大魔王，格薩爾下降人世就是來消滅他們的。格薩爾不會讓他投降，他自己也不會投降。」

「那玉拉托琚王子不會替他的父親報仇嗎？」

喇嘛說：「那這個世界就沒有顯示出正義的力量了。」

「那個薩丹王是怎麼死去的呢？」

晉美從琴袋裡取出了琴，對著圍著火堆的採鹽人吟唱起來：

話說姜國薩丹王，
這混世魔王有神變，
張嘴一吼如雷霆，
身軀高大頂齊天。

頭頂穴位冒毒火，
髮辮是毒蛇一盤盤。
千軍萬馬降不住，
格薩爾披掛親上前。
神馬化作檀香樹，
三百支雕翎箭，
化為十萬矮灌叢，
甲胄寶弓變樹葉，
變作森林蔽山谷，
拒敵薩丹見美景，
如飛駿馬放湖邊，
放下武器去沐浴。
格薩爾化作金眼魚，
鑽進魔王五臟宮，
化為一只千輻輪，
運用神力轉如風，
只可憐那薩丹王，

心肝腸肺如爛粥！

吟唱完畢，大家都沉默不語，但這沉默不是說唱人期望出現的那種在回味什麼的沉默。但這沉默當中包含的意味是失望。果然吹笛少年開口了：「薩丹王就這麼死了？」

「對，死了。」

「格薩爾為什麼不跟薩丹王大戰一場？」

晉美有些生氣了：「從來沒有人問一個『仲肯』這種問題。」

吹笛少年自言自語：「我以為他們會上天入地，十八般兵器，大戰一場。」

晉美收起琴袋時也是自言自語：「從來沒有人問我這樣的問題。」

「可是你不也是在追問不該追問的問題嗎？」因為虔心修行而身體瘦削的喇嘛說，「你就不該追問這是不是從嶺國到姜國的鹽之路。你這樣幹，上天會怪罪你的。」

晉美被說得有些害怕了，但嘴並不軟：「怎麼怪罪？」

「怎麼怪罪？把故事收回去。你原來是幹什麼的？」

「放羊。」

「那你就等著回去放羊吧。」

「我就想我講的故事該是真的。」

「這麼說，你懷疑這故事是假的？」

晉美不敢回答。他甚至沒有這麼想過。他只是好奇。先是想看到鹽湖，看到鹽湖後又想看到鹽之路。走到路上，他又想找叫做姜和門的古老王國。現在，他有些害怕了。這天晚上臨睡前，他甚至想，或許神靈會在夢中來警告他了。但是，這一晚上，他沒有和夢相遇。

起初，他擔心自己的行程落在了故事的後面，現在，他又擔心因為自己過分的好奇心，上天的神靈把故事收回去了。他打算好好向喇嘛請教一番。但是，早上起來，喇嘛已經不辭而別了，只在他身旁的草地上留下了一個模糊的人形，那是喇嘛睡覺時留下的。到了吃早餐的時候，那些被壓伏的草伸直了身子，他留下的印跡也就消失了。

晉美跟隨採鹽人的隊伍進入了山下的村莊。在村口碰到的第一個人說：「你們今年來晚了五天。」

「那麼你打算換點什麼呢？」

「如今沒有一個村莊缺鹽，不過，我有一口多餘的鐵鍋，就用這個換一點吧。」

吹笛少年說：「我們買得到鐵鍋，我們想換糧食。」

農夫很有幽默感，他說：「你說得對，家門口的商店裡也有很好的鹽。我們都以沒用的東西換沒用的東西。」

這個村莊的農人們都對這些千里運鹽的草原牧人深懷歉意，因此都拿出一樣兩樣沒用的東西來換取他們已經不需要的不純淨的湖鹽。幾升豆子、一只陶罐、麥子、乾菜、油燈（因為村裡有了水電站）、麻線……其實，這些東西如今在草原上都能輕易得到。要麼走幾十里到鄉裡，到縣城，都能從商店裡買到。如果不想到鎮子上去看看稀奇，那些開商店的人三天兩頭雇一輛小卡車把貨物直接送到每一頂游牧的帳篷跟前。

但他們還是繼續往南，一天裡經過了三個村莊。他們用農夫們已經不再需要的鹽，換來了他們如今也能從家門口得到的東西：核桃、蘋果乾、麵粉、茴香籽、家釀的青稞酒和工廠生產的啤酒。他們打算把這些酒全部喝掉。

所有人都邀請這些互相交換了幾輩子東西的牧人們到家裡吃一頓飯，或者住上一夜。他們說：「明年你們多半不會來了。」

「本來今年就不該來了，」老者把吹笛少年推到大家面前，「就是讓年輕人認認路，記住了。萬一將來又需要了，捎個信，他們馬上就能運著鹽來。」

晚上他們還是露宿在村子外面。村裡送來很多吃的東西，以至於後來幾天，他們得到的東西遠遠超過鹽的價值。再說他們也無法運走這麼多東西。清晨離開的時候，他們就把那些東西整整齊齊地碼放在村口的核桃樹下。這時，村莊還被籠罩在薄霧中間，沒有醒來。就這樣一路向南，地勢越來越低，谷地越來越開闊，村莊越來越密集。晉美閉口不言已經好多天了，後來終於還是忍不住把前來換鹽的農夫扯住，拉到一邊，問道：「這裡是從前的姜國嗎？」

農夫有點害怕他那過於認真的表情，轉而問販鹽的老者：「他為什麼問我這個？」

老者說：「他問你這裡是不是一直靠北方輸送湖鹽。」

「以前是，現在不是了。」

羊群馱來的鹽會在這天全部換完，所以晉美忍不住憋在心裡的問題。他問老者：「以前你們總是只到這裡嗎？」

老者告訴他，以前他們會去到很遠的地方，直到平曠下陷的谷地消失，地勢重新抬升，地平線上重新升起參差的雪峰，才會回轉。但這次是告別之旅，所以，沒有帶以往那麼多鹽。

「你肯定到過曾經是姜國的地方。」

「我這麼大年紀了，聽過很多『仲肯』演唱，可是沒有人問過我們這些聽故事的人這樣的問題，故事就是故事，從來沒有人想這是故事裡的什麼地方。我們就要從這裡返回草原，是我們分手的時候了。」

那些採鹽販鹽的牧人在他的視線裡越走越遠的時候，他心裡突然湧起一股淒楚的感覺。這種感覺咬齧著他的心房，甚至咬齧他身上每一塊肌肉。他還想繼續往南，循著還有跡可循的鹽之路。

他想加快些步伐，因為故事確實跑到他前面去了。

說唱人：責難

晉美一個人穿過高原上寬闊的谷地，進入了南方的雪山。這些雪山叢中，想必就是過去姜國或門國的地盤。和那些北方的牧人分手後，他把他們送的一小袋鹽懸掛在腰間。

他沒有想到自己會受到責難——神的責難。

他只是有些困倦了。走路累了，他就在有泉眼的地方痛飲一番，然後抬頭去看在地平線上越升越高的雪山。它們比北方的雪峰更加陡峭，更加高峻，也更加晶瑩。看那些山時，他會從口袋裡掏出點鹽放在舌尖。口裡有了略帶苦澀的味道，他就覺得自己彷彿在思考，在追索故事背後的真相。這讓他覺得自己有點像那個把他帶到廣播電台去的學者。昨天，在一株大樹上睡覺時，他還夢到了那個學者。這一路上，在這些農耕村莊中，農夫們把割下的青草儲存在樹上，作為來年春天播種時節耕牛的飼料，他爬上樹，把身子埋進乾草堆裡過夜。這是進山前的最後一個夜晚。他夢見了那個學者，但連一句話都沒有講，更沒有來得及問問他是不是進到這些雪山就進到了姜國或門國。未及問話他就醒過來了。他想，自己離開廣播電台後，那個學者會不會滿世界找他，四處打聽他的消息。他用了很長時間想這個問題，直到望見金星從地平線上升起來，才重新睡著。醒來後，他想學者可能沒有尋找他，因為在這片高原上打聽一個四處說唱格薩爾事蹟的藝人並不那麼困難。他知道這不是說自己真的想念那個人，而是對自己能否找到真正的姜國感到懷疑，並對這樣的奔走感到有些厭倦了，他想回到有密集人群的地方。

但是第二天，他還是進山了。

一條湍急的溪流從山裡奔突而出，帶著翻騰的白浪，就在昨夜睡覺的那棵巨大雲杉前面不遠的地方匯入了一條也不喧鬧的大江。走到這條溪流的源頭花去了他兩天時間。之後，他只用半天時間就越過了一條這個山口，更多參差的山峰出現在面前，他自己還置身在雪線之上，但雪線下的峽谷間盈滿了森林的綠色。

他是在一個山洞裡過的夜。

他就在山洞裡受到神的責難。

他在半夜裡醒來，為了填補一下心裡空落落的感覺，他又放了一點鹽在舌尖上面。他這才看出，自己其實置身在一個冰窟裡面。月光從上方的縫隙中穿透進來，那些結晶的冰雪閃爍著幽幽的光芒。在那片光芒中，神出現了，軀體挺拔，儀表堂堂，甲胄與佩劍光滑沁涼。他想翻身起來，但神雙目中射出的光芒壓在身上，讓他動彈不得。他說：「你真的是他？」

神沒有說話。

「你就是他！」

神說：「一個『仲肯』該在人群裡，在他的聽眾中間。」

「我的聽眾他們也想知道姜王侵犯的鹽海到底在哪裡，姜國和門國的王城到底在什麼地方。我要是找到這些地方，他們就更相信我的故事了。」

「他們全都相信。」

「你是說這個故事全是真的？」

那個居高臨下的口吻有點不耐煩了：「他們願意相信的時候，不問真假，你為什麼偏偏要問這個？」

「可是我已經走了這麼遠的路。」

「可是你並不需要走這麼遠的路。」神說，「你被選中就是因為你對世事懵懂不明，你是想把自己變成一個什麼都知道的人嗎？」

「神啊，你的意思是說，願意我是個傻瓜？」

神冷冷一笑：「你真的想要冒犯神威嗎？」

這句話，讓他害怕了，他知道自己顫抖得很厲害，腰間那點鹽正簌簌地流到地上。神的聽覺很敏銳：「什麼聲音？」

他想告訴神，是鹽，不是失禁的小便，但不等他開口，神就通身發光，拉開弓，把他拎起來，搭在箭上射了出去。一路上，他繃直的身體撞碎了四壁的冰晶，撕開了如絮的雲團，當他在很接近星星的藍空裡嗖嗖飛行時，就昏過去了。昏過去之前，他聽到神充斥了所有空間的聲音。他醒過來，聲音還在迴盪：「那些故事和那些詩句張口就來，不需要你動太多腦子！」

他閉著眼說：「我不想了，不要怪我。我真的不想了。」他連著說了好多遍，神沒有回應。一隻蒼蠅爬到臉上，翅膀振動發出嗡嗡的聲音。他睜開眼，發現自己身在一個畜欄中間，幾頭豬在臭烘烘的糞水中踱步。他都走出那個畜欄很遠了，還沒能把身上的臭蟲搞乾淨，風也還沒有把身上的臭味和心中的怒氣吹拂乾淨。他仰臉對天空喊道：「你不該這樣對待我！」

天上空空盪盪的，只有一些被風撕碎的雲絮飛掠而過。

他腳步匆匆地往前走，直到在路上遇到兩個雲遊的苦行僧。一老一少兩個僧人正在一個小湖邊休息。他們問他要去往何方，他說：「我是要去一個地方，但我忘記了。」

年輕的僧人說：「大叔你很會開玩笑。」

他很嚴肅地說：「我從來不開玩笑。我是要找一個地方，但我忘記了。」他一本正經地指指天上，「他不高興，他讓我忘記了。」

「會開玩笑的人都說自己不開玩笑，會開玩笑的人都是讓別人笑，自己不笑。」

年老的嚴肅僧人也露出了微笑：「你不知道去往哪裡，那麼請問你來自何方？」

他俯身到那個僧人耳邊：「我本來記得，昨天晚上我就睡在那裡，可是現在想不起來了。」這時，他才意識到什麼，臉上浮現出驚恐的神情，「天哪，我真的什麼都想不起來了！」

老僧哈哈大笑：「你真是個幽默的人，像阿古頓巴一樣！」

阿古頓巴！晉美聽無數人提過這個名字了，這個人是一個高手，無數民間故事中的幽默機智的主角。但從那些故事來看，他的出身、他的模樣都不該有那樣的機智與幽默。不機智的人不可能優越，不優越的人又怎麼幽默？這個阿古頓巴偏偏最不優越——沒有地位，沒有財產，也沒有學問——就是這麼個人卻成了無數故事中機智幽默的主角。他一把拉住老僧：「你認識他，帶我去見他！」

老僧站起來，拂開他的手：「沒有誰認識阿古頓巴。」

天上的雲就在天空中嗖嗖流動，泉眼裡的水也汩汩有聲，一切都好像是要發生什麼事情一樣。但是什麼事情也沒有發生。年輕的僧人動作麻利，很快就把燒茶的鍋、喝茶的碗都收拾進背囊。

晉美說：「我想認識阿古頓巴。」

年輕僧人把背囊背上了肩：「你再說就不但沒有幽默感，而且是胡言亂語了。算了，師傅已經走了，再跟你囉唆，我也趕不上他的步子了。」

那老僧腳步飄忽，身影很快就從道路轉彎處一叢花楸下消失了。年輕僧人的身影也很快飄然而去，那叢花楸很快把人影與道路都掩去了。

晉美這時才明白過來，阿古頓巴是不可能見到的，他只是活在故事裡的凡人，不是他自己所講述的那個故事裡的神。阿古頓巴不會要求別人來講述他的故事。他是一個老百姓，不是神也不是曾經的國王，他沒有資格。但是，差不多每一個老百姓都願意講他的故事。晉美走到湖邊，他看見了水中的自己。還是做牧羊人時，他從雪峰下的湖水中不曾太仔細地端詳過自己。他恍然記得那時的自己臉頰豐滿黝黑，神情平和，水裡這張臉卻瘦削嚴肅，下巴上掛著稀疏的鬍鬚。他覺得自己是個性情溫和的人，現在卻驚異於臉上那種憤世嫉俗的神情。水中人不像自己理解的自己，自己以為的自己。很長時間他都坐在這個小小的湖邊，聽湖水從出口漫過水草瀉入溝渠。後來終於看到憂鬱的眼裡有了淺淺的笑意。對此，他感到滿意。太陽下山了，四起的寒意逼他起身，雖然想不出昨天從哪裡來，明天又該往哪裡去，他還是上路了。

那天晚上，他在一戶人家借宿，他們倒是一下就看出他是個說唱藝人，要求他唱上一段。這個要求無法推辭，但不用看那些人失望的神情也知道，他演唱得相當糟糕。他知道這是因為神不高興了。有些藝人突然之間就不能演唱了，因為神把故事收回去了。但他還能演唱，水平卻嚴重下降。神給他留下了故事，但把那些豐沛的辭藻、動人的韻致拿走了，只留下一個故事的架子。主人家因此對他有些輕慢，這從吃食和床鋪的安排就可以看出來。他心中歉然，主動提出要為他們講阿古頓巴的故事。主人說：「你累了，早些休息吧，阿古頓巴的故事人人會講，不像格薩爾的故事，要專門的人演唱。」

他快快起身，跟隨女主人去找自己的床鋪。這時，主人家的小兒子突然說：「咦，這個人倒是長得有點像阿古頓巴。」

「咄！那麼多故事沒有一個講過阿古頓巴是什麼樣子。」

「可我覺得就是他那種樣子。」

他睡在床上想，難道阿古頓巴就是瘦削落魄、下巴上飄零著稀疏的鬍鬚的這副樣子？他在睡著前聽見自己發出了自嘲的笑聲。

故事：阿古頓巴

當與門國的戰爭取得了勝利，格薩爾在嶺國的內部與外部的聲望都達到了頂點。

他安然享受所有的尊榮，飲宴歌舞，巡行狩獵，在整個嶺國的疆域內，他巡行的馬隊掀起的塵土剛剛升起在天邊，這邊已經烹牛宰羊，張羅盛宴。首席大臣怕國王天天在馬上驅馳過於辛苦，便命匠人們製成一具肩輿，一隊壯漢輪流抬行，旁邊有英俊的侍從張開碩大的寶傘。當這個華麗的隊伍經過什麼地方，人們都跪在地上，他們不敢抬頭直視國王，都拚命去親吻寶傘投在地面的陰影。本來他們是要親吻肩輿和上面王的影子，但是寶傘把這些影子都遮住了。他們只好去親吻那個更為巨大的影子。

格薩爾感到疑惑，問：「他們為什麼不看看我，看看他們的王？要是我就會看。」

「他們害怕自己下賤的目光冒犯了尊貴的大王。」

他不知道是臣下們為百姓定下了這樣的規矩，所以他們才強抑著自己的好奇心不敢抬頭看他。他說：「要是我是老百姓，一定要看看自己的王是什麼樣子。」

「所有人都知道你英俊神武的樣子！」

「他們怎麼知道？」

「畫裡有畫，歌裡也有唱，故事裡也在講。」

「真的是這樣嗎？」

「大王啊，請你想想，你建立了偉大的嶺國，你討平了四大魔王，人民從此幸福安康，難道還不值得人人頌揚？」

格薩爾想想，自己下界來的所作所為不可謂不偉大，真的還是值得大加頌揚。於是，他起了好奇心，說：「那麼，找個會講故事的人來，今天晚上不要歌舞，我想聽聽人們怎麼講我的故事。」

「再會講的人到你面前也都沒有故事了。」

事情果然如此，那天晚上，下面領了不下十個人到王的面前，但他們趺趺撞撞地進來，一下就趴在地上，用額頭碰觸他的靴子。他盡量和顏悅色，說：「我想聽聽你們是怎麼講述我所做的那些事情的。」

沒有一個人敢於講述他那些四處流傳的故事。他的身世，他的愛情，他的寶馬，他的弓箭，他的英明，他的勇敢……當然，還有他曾經的迷失。

王子扎拉進言：「大王啊，你就不要讓你的百姓為難了。既然是上天的大神派你下界，那麼他也會讓人講述你的故事的。」

下面的大臣其實分為兩派，一派以首席大臣為首，他不但不主張讓國王聽到凡人傳說他的事蹟，他根本就不滿意老百姓私底下講述國王的傳奇。「任何一個凡人的嘴巴，都可能把國王偉大的形跡歪曲玷污了。」另一派以老將軍辛巴麥汝澤為首，不幸晁通也持同樣的觀點：「難道百姓不該知道英明的大王為他們做了什麼嗎？你們不讓百姓知道國王的事蹟是什麼居心？」後來，辛巴麥汝澤也確實聽見民間傳說中把國王的事蹟說走了樣，就放棄了自己的主張。

格薩爾心中對此頗有疑惑，便把心事告訴王子扎拉：「他們應該愛我，而不是怕我。」

王子沒有正面回答，他說：「大王啊，你就不要讓你的百姓為難了。既然是上天的大神派你下界，那麼他也會讓人講述你的故事的。」

「這麼說來，他們怕我是因為我不是凡人，而來自天上？」

王子扎拉知道不是這樣，但他還是說：「可能……就是這樣的吧。」

格薩爾說：「那麼，你去聽，聽來了故事就告訴給我。」

王子扎拉去了。過幾日回來，國王就問：「我交代你的事情呢？」

王子扎拉說：「我倒是沒聽人說你的故事，我聽到了別的故事。」

「難道別人也有故事？」

「一個叫阿古頓巴的，到處都有人講他的故事。」王子扎拉講了阿古頓巴的故事。說的是一個有錢有勢的貴族，倉庫裡有嶺噶最多的青稞種子，他放出消息後，嶺噶好多流離失所的百姓都來歸附他，不只嶺國的百姓，甚至因為戰爭而流離失所的姜國與門國的百姓都來歸順於他，因為可以向他借貸種子。秋天一到，貴族就派人時時催還，而且要以十倍數量歸還。阿古頓巴無奈也向他借貸了種子。那些年新開的荒地收成不好，按十倍歸還後，一年的收成便所剩無幾了。憤怒又無奈的阿古頓巴也是這些百姓中的一個，就把這些青稞都炒熟了還到貴族府上。第二年春天，這些青稞又被當種子借貸出去。結果可想而知，炒熟的種子當然長不出莊稼，於是，阿古頓巴帶著那些百姓都離開了，去投靠別的有些慈悲之心的貴族了。

國王笑了：「真是一個聰明人！」

扎拉以為，國王會追問這是哪一個貴族幹的事，但是國王只是為這個故事開懷大笑，為這個會捉弄貴族的百姓的聰明機智開懷大笑，並沒有追問他希望他追問的事情。這個故事裡的那個貴族正是晁通，而這麼幹的，在疆域空前廣大的嶺國，並不止晁通一個。國王笑的時候，王子扎拉沒有笑，那些大臣更是一臉嚴肅，沒有一個露出些微的笑容。國王說：「我想見見這個人。」

晁通馬上勸阻：「你見一個低賤的百姓幹什麼呢？一個國王有那麼多大事需要操心。」

「我就是沒什麼事情可幹。」

後來，還是國王到北方巡行時，在辛巴麥汝澤的領地上見到了阿古頓巴。那個瘦削的人走起路來，像風中的小樹一樣搖晃不已。國王很吃驚：「你怎麼這麼瘦？」

「我在練習不吃飯，不喝奶。」

「為什麼？」

「那樣百姓就像神仙不必為肚子操心，以為自己生活在幸福的國家。」

國王本以為自己會遇到一個輕鬆幽默的人，但他一眼就看穿了這其實是個憤世嫉俗的傢伙。他拿不準自己是不是喜歡這種稟賦的人，所以，他說：「路上累了，也許哪天我們再談談。」

阿古頓巴臉上掛著無可無不可的神情，他躬一躬腰，退下去了。

辛巴麥汝澤要阿古頓巴待在宮裡，隨時等待國王召見：「你這麼機智幽默，國王會喜歡你。」

阿古頓巴說：「我回家去，我把帽子留在這裡，如果國王召見，你只要告訴帽子一聲，我就知道了。」

辛巴麥汝澤送他到宮門那裡，說：「原來你也是一個有神通的人哪！」

阿古頓巴說：「也算是一個有神通的人吧。」他其實沒有什麼神通，只是知道國王不願意費腦筋跟自己說話，不會再召見他了。果然，國王離開了，那頂掛在門廊上的帽子慢慢落滿了塵土。有一天，那頂帽子不見了，被黃鼠狼偷運到地板底下做窩了。這座房子的主人才想起來，好久沒有見過阿古頓巴了。國王得到他消失的消息，立即下令，召他進宮做諷喻大臣。但他變成了只存在於故事裡的人物，沒有人能夠找得見他。但他又確實存在，因為他還在不斷創造新的故事，繼續在故事裡面活著。

晁通之流的人物就給國王上奏，要把這個與有權力有財富有學問的人作對的傢伙緝拿歸案，打入死牢。國王說：「他已經是個不死的人了。一個只活在故事裡的人是無法緝拿的。」

晁通不同意國王的說法，使神通駕木鳶四處搜尋了一番，沒有找到阿古頓巴，卻聽到最新版的故事開始流傳。他說：「他媽的這個傢伙真的是藏到故事裡了。」他就獨自一人坐在山崗上，不要人來打擾他。他宣稱自己會想出一個把故事裡的人緝拿歸案的辦法。

國王說：「我不同意你用緝拿歸案這個說法，不過，你想有個辦法把人從故事裡找出來，這倒是個新鮮的主意，那你就到山崗上慢慢去想吧。」

晁通找了一個山崗，又找了一個山崗，都不對。腦子裡剛剛冒出一點想法，就被呼呼颳著的風吹走了。他又進宮來要求國王使神通給他創造一個思考的環境，給他一座沒有風的山崗。國王已經厭倦於這個遊戲了，他也想明白了：「故事在每一個人的口中，腦子裡，那麼那個人也就活在每個講故事人的口中和腦子裡，這樣的人是無從捕捉的。」國王還多說了一句話。這句話是，「你就省省力氣吧。」國王是用這句話來表示他對這個人的厭煩。

晁通本來以為，可以通過緝捕阿古頓巴這個對財主、對貴族、對僧侶大不敬的傢伙，能和國王走近一些，可這個狡猾的阿古頓巴竟然找到了故事這樣一個宜於藏身的地方，不用自己動動雙腿就滿世界遊走，任誰也拿他沒什麼辦法。他就只好放棄努力回自己領地去了。在路上，他們遇到了前來嶺國從事貿易的大食商人。他們帶著良馬、夜明之珠、安息香，以及打開山中寶藏的鑰匙與密咒。這夥人在路上走了很長時間，他們用兩顆夜明之珠照亮，在夜晚造飯飲酒，並向著所來的方向做了他們的晚禱。然後，疲憊的身體把他們拖入了深深的睡眠。他們連夜明之珠都沒有收起來，晁通帶著人馬就在這寶貝光芒的照耀下痛快地砍殺。當兩個首領被綑得結結實實，他們還沒有徹底清醒過來。

在搖搖晃晃的馬背上，這兩個大食人又睡著了，直到天亮才真正醒來。這時他們才知道自己失去了財寶、部屬和自由。他們抱怨不該來這遙遠的嶺國。「來這嶺國的路真他媽太長了。」這個下巴上的鬍子修剪成半月形的人的意思是說，是這條路長得讓人被單調與疲憊折磨得失去了戒備之心。

晁通正用各種辦法要使大食商人說出打開山中寶藏的密咒，要暗發一支精兵向西去開掘大食的寶藏。不想格薩爾已經接到報告，說西部邊境上出現了大批軍隊，他們宣稱是為保護貿易商隊而來。征服四大魔王後，和平降臨嶺國已經好些年了。要不是好長時間無事可幹，不然阿古頓巴這麼一個逃匿到故事中去的人，不會讓他念念不忘。聽到大兵來犯的消息，格薩爾一下子精神煥發，親自發布一道道命令，調集各部兵馬準備迎戰。

王子扎拉進言，這次戰禍完全是晁通貪財引起的，乾脆就把他綁到大食軍前，再用達絨部的財寶以十倍的數目賠償大食商人。

「這樣有什麼好處呢？」大王明知故問。

首席大臣趨前奏道：「王子此計甚好，一來除了這個奸臣，二來罷兵息武，我國君臣百姓可以安享太平！」

格薩爾卻道：「想我嶺國，東邊與伽地接壤，高山大川中早已有邊界。北方與南方邊界，正是戰勝了四大魔國後才得以明晰，偏偏這西方的山川地理，在我心頭也一派渾沌。正好趁此次大軍出征，釐定邊界，嶺國之疆土才告完全。閒話少說，大家就等著號令帶兵出發吧。」

這一出征，不說幾次大戰，就是大軍在路上往返，就用去了一年時間。格薩爾連勝幾陣，一路向西揮師追殺，最後是更高大的雪山橫亙在大軍面前，那些殘存的大食軍隊越過山口，消失在幽深的山谷中。

格薩爾在眾將領的簇擁下勒馬山口，看萬千山峰波濤一樣向西奔湧。有人說，那是眾山神也懾於嶺國大軍的聲威在向西奔逃。

格薩爾從背上拔下一支神箭，深深插進腳下的岩石之中。那些奔逃的山峰就定住了，慢慢地挺直了奔逃中西傾的身姿。大食兵馬黑色的影子就在群峰之間的縫隙間遊走。晁通請令要繼續追擊，說他掌握了密咒的寶藏就在群峰中的某一處地方。

格薩爾說：「到此為止！無論東西南北，嶺國都以高聳的雪峰與四周為界。」

為此，有隨行者用新創製不久的文字寫了一首詩，其中出現了將嶺國四周的雪山比喻為柵欄的說法。格薩爾沉吟半晌：「柵欄？當然像柵欄，可是嶺國人從此不要被這柵欄關在裡面才好。」

王子扎拉不太明白。

晁通要繼續揮兵追擊，國王制止了，但他似乎又在擔心嶺國人越不過這些「柵欄」。

他說：「為什麼把雄獅一樣偉岸的雪山形容成柵欄？這麼一來，我們自己先就被關在裡面了。」

王子扎拉說：「我們不會被關住的，要是願意，我們的駿馬隨時可以風暴一樣掠過這些山口。」

「現在必定是這樣的，將來呢？」

王子扎拉笑了：「嶺國大軍攻無不克，國王不必為未來憂心忡忡。」

「也許等你做了國王，就會跟我一樣了吧。」

王子扎拉說：「小臣不敢這麼想，您是我們永遠的國王。」

「沒有一個國王是永遠的。」

「但是您可以。」

「為什麼？」

「您是神，神是與天地共在的。」

格薩爾說：「神不會永遠居住在人間的。」

「那麼，國王您什麼時候……」

國王看了他一眼，目光鋒利冷峻，讓他好多天都後悔自己問出這麼一句話來。國王也奇怪自己眼裡射出了什麼樣的光芒，讓故去兄長嘉察協噶的兒子，嶺國王位的繼承人如此忐忑不安，難道自己也像人間的國王對尊貴的王位戀戀不捨？他想，要是人們知道了，也會編造一個故事，讓阿古頓巴來譏諷自己吧？好在這個國王是個有幽默感的傢伙，他用這麼個想法嘲諷了自己，他還用譏嘲的口吻說：「這個問題你可以去問問阿古頓巴。」

「那個故事裡的人？」

「我只見過他一次，之後他就躲起來了，可能我有什麼地方讓他討厭吧，你是個可愛的年輕人，我想他不會躲著你。」國王還說，「要是你出現在他的故事裡，又沒有被他諷刺與戲弄，那你就是一個好的國王。所以你不必擔心我，而應該害怕他。」

「你也會在故事裡嗎？」

「會有很多人講我的故事，但不是和阿古頓巴的故事在一起。很多人會講我的故事。我的故事他們也許會講幾千年，你相信我說的嗎？」

「我相信，國王是神，神能預知未來。」

「不是所有講故事的人都是我挑選的，但我會自己挑選一些。我想我會挑選那種模樣長得像阿古頓巴的傢伙。」講到這裡，國王自己笑了，因為他眼前浮現出一個高高瘦瘦的人形，「這個傢伙，一定要長成好像這個世界欠他點什麼的樣子，受了一點委屈，卻又不曉得什麼地方受到委屈的樣子。」

國王讓自己這麼個想法弄得高興起來了。他說：「你下去吧，我要睡了，我覺得說不定會在夢裡會一會他。」

「誰？阿古頓巴。」

「不，是那個一千年後的人，那個長得像阿古頓巴的人。」

故事：夢見

格薩爾真的做夢了。

他在夢中看見了一千多年後的嶺國草原。

草原地形是他所熟悉的：山脈的位置，河流的游動。但是草原上也出現了新的樹木，結果與不結果的樹木。結果的樹木團團聚集在果園裡，不結果的樹木夾峙著新開的道路，士兵一樣排列向前。道路上力氣不可思議的卡車，在晴朗的天空下拉出一道長長的塵土的煙幕。房子也變了，房子裡頭裝了很多新的東西。但是草原上的居民從房子裡鑽出來，看看天空，嘴裡念念有詞時，那神情還是和一千年前一模一樣。那些開卡車的司機停了車，到溪邊取水時，先掬一捧在手裡，喝一大口噴向天空，強烈的陽光下會短暫出現一道小小的彩虹，這個遊戲也同一千年前那些戰士從馬背上下來，在水邊玩的把戲一模一樣。

更重要的是，在草原上四處漫遊的說唱人晉美跟他想像的一模一樣，這人長得就像消失在故事裡的那個阿古頓巴。這個人形閃爍不定，隨時都會消散，他趕緊說：「那個人，你進來吧。」

那人說：「沒有房子，沒有帳幕，沒有門，我怎麼進來？」

「我是說到我的夢裡來。」

「我的夢，你隨便來來去去，可我從來沒想要到你的夢裡去。我不敢。」

格薩爾聲辯道：「我以後可能常常會來，但以前從沒來過。我也剛剛想起這個主意。」隨即他笑起來了，「哦，那肯定是我回到天上後幹的事情。那麼，那個我到你夢裡幹了些什麼？」

「他把你在嶺國的故事裝到我的肚子裡。」

「怎麼裝的？」

晉美就把那個金甲神人如何把自己開膛剖肚，把寫了故事的書一本本塞進去講了一番，格薩爾就笑了：「天哪，就跟廟裡喇嘛給菩薩裝藏一樣，可你是一個活生生的人啊！」

「可是一點不痛，醒來就會講嶺國雄獅王格薩爾的故事了！」

「害怕嗎？」

「不害怕，他又不是第一次這麼幹，他又要找一個人講他的故事了。」

「我問你現在害怕嗎？」

「害怕什麼？」

「你現在已經在我夢裡了，你不怕我不放你出去嗎？」

晉美不是一個膽大的人，但這回他居然並不害怕，他笑了：「我知道我把你得罪了，我想知道是不是真有故事裡的姜國和門國，四處去尋找，他就不高興了。一箭就把我射得遠遠的，不讓我尋找。」晉美摸摸腰間，真就摸到了那支鐵箭從腰帶間穿過去，順著脊梁一直挑到領口背面。他轉了身，讓夢的主人看自己這支箭。同時他想，夢在這個人的腦子裡，他怎麼看得見夢裡的東西呢？但這個人有神通，在自己夢中也能進出自如。他摸了摸那支箭，說：「哦，真是我的箭，不過，到目前為止，我還沒有做過你說的這些事。」

「那你在做什麼？」

「我剛剛遠征了大食軍，給嶺國劃定了西部邊界。不打仗了，沒事可幹，我就想，該有一個人把這些事情記下來，我照一個人的樣子來找這個人。」

「我像他嗎？」

「像。很像。」

「我像誰？」

「阿古頓巴。」

「他！那時候他就在了?!」

「這個人現在還在？」

「在！」

「你見過他？」

「沒有人見過他，他在故事裡。」

聽聞此言，夢中的國王有些失望，但他很快就調整了自己的情緒，說：「活在故事裡，對，看來我找人講自己故事的想法是對的。」

「我已經在講了，連你現在還沒做的事情都已經講了，一直要講到你從嶺國返歸天界。」

格薩爾拉住晉美的胳膊：「告訴我，歸天之前我還做了什麼了不起的事情？是不是王子扎拉做了新的國王？」

「天機不可洩漏，我不能講。」

「我要你講！」

「我不會的。」

「你就不怕我不放你出去？」

晉美聳拉下眼皮，放鬆了身子坐著，說：「那就不出去吧，再也不用風霜雨雪，東跑西顛了。」

「那你還是出去吧。」

晉美邁了一條腿到夢外邊去，外面的世界發出很大的聲音，連雲在天上飄動，都有著強勁的呼呼聲，他回身道：「你不會改變主意吧？」

格薩爾不高興了：「不要總是你你你的，我是國王！首席大臣在，會讓人掌你的嘴！」

「你是嶺國的王，不是我的王！」

「你不是嶺國土地上的子民嗎？」

「土地還在，但沒有什麼嶺國了。」

「怎麼，沒有嶺國了？」

「沒有了。」見國王臉上的神情失望之極，說唱人想，所有國王都相信自己創下的基業會千秋萬世呢。他也不想再告訴他，研究格薩爾故事的學者們甚至在爭論，在這片名叫康巴的高原大地上是不是真的建立過一個叫做「嶺」的國家。這也等於是說，歷史上不一定真的有過一個叫做格薩爾的英明的半人半神的國王。想到這裡，晉美心裡不禁湧起一點那種叫做同情的心緒，正由於這心緒的支配，晉美才沒把這些他不知道的事情說出來。他只躬了躬身，就從他夢裡退了出來，最後聽見國王在夢中說：「難怪你到我夢裡來，連帽子也不脫。」

整個人都從夢裡出來後，迅速疾馳的世界就靜止在他四周了。四野空空盪盪，一些鳥停在樹上，一些鳥在風中斜著身子展開翅膀。晉美脫下帽子，扣在胸前，說：「對不起，我忘了我還戴著帽子。」

說完這句話，他又上路了。

想到自己知道連國王自己都還不知道的故事，他有些自得，但不是驕傲。想到所有故事自己都已知道，接下來就只是四處去演唱，接受施捨，或者說好聽一點是接受聽眾的供養，他真的感到了惆悵。格薩爾也要離開自己的夢境了，最後，他聽見這個已經在一千多年後說唱他故事的人說：「對不起，我忘了我還戴著帽子。」

然後，他就脫離了這個離奇的夢境。因為不是隨便誰都能在夢中到一千多年後去，並在那裡見到演唱自己故事的傢伙。這個傢伙竟然長得跟自己所希望的那麼相像，帶著滿不在乎，更準確地說是有點無所適從的表情。想到很久遠的未來真有人講述自己的故事，他帶著滿意的表情睡著了。早上醒來，他的心情卻變壞了。

他想起那個說故事的人說，很久以後沒有嶺國了。

上朝的時候，大臣們又來報告好消息：新的部落來歸附；嶺國之外的小國王派了使節帶著貢物前來交好；學者新寫了著作，論述嶺國偉大的必然；一個離經叛道的喇嘛，靈魂被收服了，發誓要做嶺國忠誠的護法，等等，等等。一句話，風調雨順，國泰民安，國王英明，威伏四方。國王卻悵然若失，他聲音低沉，精神不振，他說：「這一切能維持多久？」

下面的回應整齊之極：「千秋萬世！」

國王沒有宣布散朝就離開了黃金寶座，獨自一人走到宮外去了。人們遠遠地尾隨著他，隨他一起走出城堡，登上了更高的山崗。他想，下次再到那樣的夢裡去時，該來看看這座王宮成了什麼模樣，看看這裡的江水是不是還在向著西南方流淌，匯入另一條大江後再與更多的水一起折向東南，把那些大山劈開，在自己劈出的深深峽谷中發出轟響。人們聽見他喃喃自語：「如果一切都要消失，那現在又有什麼意義呢？」

這樣的問話就像江水在山谷中的轟鳴一樣沒有什麼意義，當然，有些過於聰明的人總以為這樣的轟響有什麼特別意義。他們這麼想只是讓自己不得安寧，僅此而已，讓自己不得安寧。

國王在山頂上發夠了呆，從山上下來，穿過迎候他的人群，他的大臣，他的將軍，他的愛妃，他的侍衛，他的使女，他的講經師時，目光從他們身上一一掠過，但他們實在的身軀好像對他的目光毫無阻礙。他穿過密集的人群，就像穿過無人的曠野。國王這樣的舉止令舉國不安。但是，也有人不這麼想，他們是一些僧侶。他們說，國王覺悟了，他一下就把世俗人看得實實在在的東西都看成了「空」。這是佛法的勝利。當然這樣的看法大多數人是不同意的。

好在國王並沒有在這樣的情境中沉溺太長時間，對於一個國王來說，不會經常性地陷入各種玄想。接下來馬上就有事情發生了。格薩爾領兵征服了東西南北四方，但在嶺國那些崇山峻嶺分隔的土地內部，還有一些小的邦國。這些小國對嶺國年年貢奉，禮敬有加，格薩爾也就不想勞師征討。只是這些小國之間，卻時時有戰事發生，戰雲四起時，也就破壞了嶺國的祥和氣氛，這是格薩爾所不能允許的。

話說這一天，格薩爾便見崇山峻嶺密布的東南方向上有殺氣升空，便從自己那些玄妙的思緒中擺脫出來，暗暗囑咐王子扎拉整頓兵馬，準備出征。果然，不幾日，就有一個名叫古傑的小國派求救的使者來到。他們正受到另一名叫祝古的小國的攻擊。格薩爾說：「祝古征伐你們古傑卻是為何？想娶你們美麗的公主？或者你們有什麼稀奇的珍寶？」

使者跪下：「要是有美麗公主，肯定早就獻到了嶺國；要是有稀奇的珍寶，我等小國怎配領受，早就獻到大王座前了！」

格薩爾點頭稱是：「這麼說來，是祝古無故興兵，回去告訴你們國王，我嶺國一定會出面主持公道！」

說唱人：櫻桃節

晉美心中有了兩個格薩爾王。

一個是自己所演唱的英雄故事的主人公。

另外一個，是自己曾進入其夢境的那個還做著嶺國國王的格薩爾，那個下在凡間完成人間事業的格薩爾。那夢境不夠真實，在記憶中連顏色都沒有，只是一種灰蒙蒙的顫抖不已的模糊影像。他好像更愛這個夢中的格薩爾。

分手不久，他就在盼望著還能再次進入到他夢中。那天，他從夢中醒來後，首先想起的不是他們談過的那些話，而是自己的背上真有一支箭。是那個神人把他從尋找之路上射回來的那支箭。但他脫光了衣服，上上下下仔細摸索了一遍，卻沒有那支箭的蹤影。

他想，要是自己有機會重返那個夢境，一定要讓他幫忙取下來，留在手邊做一個紀念。但他並不相信自己還能再次進入到那個夢境中去。好在晉美不是一定要強求什麼結果的人，他在心裡說，那麼，好吧，就讓那箭留在背上成為脊梁的一部分吧。他甚至因為這個想法而高興起來。

他就帶著這個想法在一個鎮子上演唱。

這個鎮子在鎮政府的組織下過一個新的節，以當地盛產的水果命名的節——櫻桃節。原來這個鎮不生產櫻桃，有果樹專家看中這裡獨特的氣候，特別是這裡特別的土壤，建議當地政府組織農民在對小麥來說過於貧瘠的河谷坡地上栽種櫻桃，而且真的就種出了品質上乘的櫻桃。鎮政府搞這個櫻桃節就是為了把櫻桃賣到山外去。

晉美被請到這個鎮子上去演唱。小小的鎮子上真來了不少人。買櫻桃的商人，記者，還有比鎮上的官員更高級的官員，即便是這樣，人家還是在旅館裡給了他一個單獨的房間。旅館房間放置的宣傳材料上，還有他演唱時穿著說唱藝人全套行頭的彩色照片，這讓他感到滿意。白天，在廣場上的開幕式後的文藝表演中，他只唱了小小的一段，連嗓子都沒有打開，就被一陣掌聲歡送下台了。他還沒有走下台，一群把自己打扮成一顆顆紅豔豔的櫻桃的姑娘就在歡快的音樂中湧了上來。他把身體緊貼在舞台邊上，等那群圓滾滾的櫻桃姑娘湧上去才走下了舞台。晚上，他又被請到搭在河邊果園裡宴客的大帳篷中去演唱。鎮長說：「這回，你可以多唱一點。對了，你今天唱什麼？」

「唱格薩爾幫助古傑戰勝祝古。」

鎮長眉開眼笑：「好啊，這一戰，格薩爾打開祝古國山中的藏寶庫，得勝還朝啊。我們櫻桃節要的也是這個結果，大家乾杯！」

好在除了鎮長，除了遠道而來的水果商，更多的人要聽的還是故事，而不是這段故事的這麼個結果。

櫻桃節還沒有結束，他就離開了這個鎮子。路上，遇到人們問他從哪裡來，到哪裡去。他說，從櫻桃節來，但不知道會到哪裡去。人們就笑了，說，櫻桃節過完了，可以到杏子節去，李子節去，他聽得出這些人話裡有些許譏諷的意味。但他不知道他們是譏諷新的節日太多了，還是譏諷他不該在這樣的節慶上演唱。但他已經不是剛出道時那個容易跟人生氣的人了，他沒有停下腳步，說：「要是你們不想聽我演唱，那就讓我到下一個蘋果節去吧！」

他們說：「你會什麼新段落嗎？」

這個古老的故事沒有什麼新的段落，只不過有的「仲肯」演唱的段落多一些，有的「仲肯」演唱的段落少一些，而他相信自己能夠演唱所有的段落。每個時代都只有一兩個有能力演唱全部段落的人，他進一步相信自己是這個時代唯一的那一個。要是他是個一般的「仲肯」，就不會為了讓自己講述的故事更加堅實而去尋找鹽湖，然後又去尋找姜國和門國的故地。現在這些站在他行經的大路邊的人說什麼有了新的段落，這讓他不得不停下腳步，用鄭重的口吻告訴他們，只有能夠演唱更多段落的藝人，但從來就沒有什麼新的段落。

這些人說，過去他們也是這麼認為的。要是在過去，他們早就請他停下來演唱了。他們知道他的大名，知道他是演唱段落最多的藝人，因為他是格薩爾親自選中的講述人。但是，現在的確有一個能寫出新段落的人出現了。

他注意到他們說的是「寫」而不是唱。

真的是出了一個「寫」而不是演唱的人，這個人是一個名叫昆塔的喇嘛。周圍這幾個與昆塔喇嘛所在寺院有著供施關係的村莊與牧場，都因此感到自豪。所以，他們很驕傲地不邀請當前最有名氣的「仲肯」晉美在此地演唱。

晉美說：「原本我只是經過，現在我想去看看這個人。」

因為他們的喇嘛在「寫」格薩爾故事，供奉寺院這幾個村莊的人說話也變得字斟句酌了。他們說：「不該說看看，應該說去拜會。」

更有甚者說：「不是拜會，是請教。」

「那我就去拜會一下這個人吧。」

他又被糾正了：「不是『這個人』，是昆塔喇嘛，是上師。」

「哦，是喇嘛。他叫什麼？對，昆塔喇嘛。」

他故意給這些字斟句酌的人留下了一個破綻，讓他們來認真糾正，讓他們說不是「叫」什麼，而是「法號」什麼。但這些人說話看來是剛剛考究不久，文辭到底有限，竟然不能發現這個破綻。他像個大人物一樣發話：「好吧，找個人帶我去吧。」

他們真就派了一個人，帶著他出了村子，走上一個開闊的牧場。在那裡喝了酸奶，吃了烤麵餅當做午餐，然後下到河谷裡另一個村莊。一條大河穿過森林覆蓋的峽谷浩蕩奔流。峽谷這一段很寬闊平坦，河的中心沒有大的波浪湧起，卻有很多漩渦出現又消失，消失又出現。好多穿著破衣爛衫的草人在麥地中迎風搖晃。

晉美下到河邊去看了看，這條平靜的河流，時不時地拍到岸邊來一個凶惡的波浪。波浪濺濕了他的靴子。他就坐在村頭，脫掉靴子，把裡面浸濕的墊腳草掏出來，跟村民討一把乾草墊進靴子。河上有一座吊橋。帶路的人告訴他，寺院就在吊橋那一頭的山坡上。他抬頭望去，看不見什麼寺院，滿眼都是聳立在斜陽裡的柏樹和雲杉。過了橋，爬上一段很陡峭的山路，精緻小巧的寺院突然在道路拐彎處，從柏樹和杉樹中間顯現出來。在寺院前的空地上，色彩豔麗的野蜂正離開牛蒡上盛開的花朵準備返巢，寺院卻安靜得如沒人一般。每扇窗戶後面都靜靜地懸著黃色的絲綢窗簾。這時，一個七八歲的僧童從門縫間擠出來，赤腳站在他們面前。還沒等他們開口呢，小傢伙就把手指豎在了嘴前。他把他們帶到離僧舍和大殿不遠處的樹下，一個同樣不說話的老僧來上了茶，僧童小聲說：「十天後你們再來吧。昆塔喇嘛閉關了。十天後他的閉關期滿。」

「閉關？」

「他在寫新的格薩爾大王的故事。」

「真的是寫？」

「他很久不寫了。這次他從自己的空行母那裡得到啟示了，新的故事不斷在腦子中湧現。」

「空行母？」

僧童很老成地笑笑，指了指僧舍中的一扇窗戶。那扇窗戶的簾子打開著，一個寬臉的婦人從那裡向他們張望。

「是她？」

僧童點點頭，說：「是她。」

晉美轉頭再看時，寬臉婦人從窗戶後面消失了。

說唱人：掘藏

他只好退下山來借宿在河邊的村莊。

那條平靜的大河，晚上發出很大的聲響。

早上起來晉美對讓他借宿的主人抱怨，河裡的水太響了。火塘對面的暗影裡坐著一個人，說：「不是河水太響，是這村子太安靜了。」

早上的太陽光從窗口進來，斜射在他身上，火塘那邊的人自然就在暗影裡了。那個人看得見自己，自己看不見那個人。這讓晉美覺得很不自在。陌生人的目光落在身上，像螞蟻在輕輕叮咬。對面那個人也覺察了，笑著說：「你就當是在燈光下演唱，人們都看著你，而你卻看不到他們。」

「我也只能這麼覺得了。」晉美漫不經心地回答了，突然又說，「咦，你這個人的話好像有什麼意思？」

但對面卻沒有聲音了。這個人消失了。晉美一向總遇到奇怪的事情，也就見怪不怪了。他問主人剛才跟自己說話的是什麼人。主人告訴他，也是一個等著要見昆塔喇嘛的人。

「很多人想見昆塔喇嘛嗎？」

「不是很多，但也不少，村子裡好幾家裡都住進了遠處來的客人。不是連你這麼有名的『仲肯』都來了嗎？」

「你怎麼知道我是『仲肯』？」

「你人還沒到，大家就都知道了，說是最有名的『仲肯』要到村子裡來了。他們說，你是等著取昆塔喇嘛新寫出的故事好去演唱。」

聽了這無稽的話，晉美拉長了臉說：「我不是來等待故事的。我只演唱神讓我演唱的。」原來這個村莊的人也都聽聞過他遠揚的聲名。這是一個安靜的村子。有人家在修補畜欄，有戶人家在整修被風颳歪的太陽能電池板。村口磨坊裡石磨嗡嗡作響。這個村子的平靜是鳥巢中那些鳥蛋將要破殼時那種平靜。樹葉對風發出噓聲，說：「輕，輕，輕。」風懸停在空中，對樹葉說：「聽，聽，聽。」

這村莊的平靜是那種煞有介事的平靜，禁不住要告訴你什麼卻又欲言又止的平靜。

這叫晉美對人說話時語含譏諷。

他對那個在屋頂修整太陽能電池板的男人說：「你是怕電視漏掉了什麼重要消息嗎？」

對那個在磨坊前給石磨開發新齒的老人說：「嘿，輕一點，這麼響的聲音，要把快出殼的小鳥給嚇回去了。」

人家都笑笑，並不與他搭話。他們知道他是誰，卻不請他演唱，也不與他說話，這讓他覺得受到了冒犯。於是，他走到一段豎立的木樁前，說：「也許這個村子會說話的人不說話，可能你這個不會說話的東西倒要開口說話。」木樁沒有開口，但好像有一隻巨手猛推了一把一樣，搖晃一下慢慢倒下了，嚇得他跑回借宿的人家不出來了。晚上臨睡之前，他對格薩爾做了一番祈禱，希望蒙恩准能在夢中相見。但他睡得又黑又沉，連夢境那種灰色而隱約的光亮都沒有看見。用早餐的時候，依然是從窗口斜射進來的陽光把他和屋子的一半照亮，而火塘對面，屋子的另一半掩藏在黑暗中間。剛剛坐下，從那遮掩住視線的光簾後面伸出來一隻手，說：「我們認識一下吧。」

他猶疑一下，抬起來的手又縮了回來，他說：「我看不見你，怎麼認識你？」

那光幕後面響起了笑聲，不是一個人，是三個人的笑聲，兩個男人和一個年輕姑娘。

那人走到明亮的這一邊來坐在他旁邊：「是我，不認識了？」

天哪，是那個把他帶到廣播電台的學者！

「來吧，握下手，我們有多少年不見了。」

晉美說：「我想找你的時候找不到了，我不知道你住在哪裡。」

「我倒是常常聽到你的消息，現在你的名聲很大了。」

學者把他的兩個學生介紹給他。姑娘是碩士，男人是博士。他們走在村子裡的時候，碩士拿著錄音機，博士像電視台的記者一樣扛著一架攝像機。他們也是奔這個寫格薩爾故事的喇嘛來的。女碩士打開錄音機，問晉美對這件事情的看法。他有些生氣：「這些故事是格薩爾大王在很早以前做出來的，不是一個喇嘛寫出來的。」

學者笑了，說：「你這麼理解不對。」

博士說：「不是『寫』，是開掘出來，是『掘藏』。」

晉美知道掘藏是什麼意思，就是把過去時代大師所伏藏——也就是埋藏在地下的經典開掘出來，讓它們重見天日，在世間流傳。博士告訴他，喇嘛這種寫，也是掘藏的一種。不是從地底下去開掘，而是從自己內心，從自己腦子裡，挖掘的是「心藏」，是「意藏」。

晉美問學者：「那你寫書也不是寫，而是掘的心藏？」

「我是寫書。」

「那這個昆塔喇嘛怎麼不是？」

「他認為自己是掘藏師，大家認為他是掘藏，不是寫書。」

「那就是說……過去的人從來沒有把格薩爾大王的故事講完，所以他又在一個人腦子裡裝進了沒講過的故事。」

博士看看老師，沉吟著說：「按照喇嘛自己的說法，可以這麼理解。」

學者不回答，看著晉美，意思是要他說話。晉美想說這不是真的。因為格薩爾故事講了上千年，人們早就熟悉他的每一個部分了。他的話說出口來卻是這樣：「那麼這個新的故事是什麼？在他討平的國家上又生出了新的國家？」

學者沉吟：「也許真是如此呢？」

「你們以為一個國家生出來像草地上長出一只蘑菇那麼容易嗎？在我的故事裡那些跟嶺國作對的國家都被消滅光了！」

晉美提高了聲音喊道。

三個學者都笑了起來。這種是非不分的態度讓他生氣。他一生氣就邁開長腿離開了這個村莊。他一口氣連續翻越了兩座山崗。這一天他走了兩天的路程。在第二座山峰的半山腰上，一座正在大興土木的寺院出現在他面前。在這裡，他才知道那個昆塔喇嘛本是這裡的住持之一，跟另外的喇嘛各自住持著一個修行院。他還注意到，在這座寺院裡，昆塔喇嘛不像在那幾個村莊裡那樣受到尊敬。這裡的僧侶們提起他時用一種有些隨便的口吻。

「哦，昆塔喇嘛是個有點奇怪的人。」

「昆塔喇嘛，他自己道行應該很深吧，可跟著他的人得不到好處，在這個地方說不上話。」說這話的喇嘛戴一副近視眼鏡，像是用心讀經的年輕人。他臉上帶著靦腆的笑容說，「後來我就轉從了現在的上師。」

他現在的上師名氣很大，信眾遍及國內國外，出去一次就募回很多錢。即將修建完工的這座修行院，就花去了上千萬元。而之前，另一個住持喇嘛已經用募來的錢新修了自己住持的修行院。

「那麼昆塔喇嘛……」

「他很為難，他只管潛心修行，不到外面作法禳災，沒有多少人知道他，募不來那麼多錢。後來，他嫌這裡太吵，就離開了，自己在外面建了座小小的修行廟。」

「他就沒有回來了？」

「他一直說要把鑰匙送回來，但還沒有回來。」

「修行院的鑰匙嗎？」

「他的修行院沒有鎖，是放著鎮寺之寶的房間的鑰匙。」

這座寺院的鎮寺之寶是一副古代的鎧甲，說是格薩爾遺留在人世的。晉美請求看看這鎮寺之寶。結果，他們只是從房門的小窗戶上看到房間裡鎧甲隱約的樣子。門上掛著好幾把鎖。幾個住持修行院的喇嘛各持一把，只有等大家都到齊了，這門才能打開。但住持們好幾年沒有聚齊過了。看到這副傳說的格薩爾鎧甲，晉美並不激動。離開曲巷盡頭的昏暗房間，他對著虛空祈求，他說：「神啊，如果這鎧甲是你穿用過的，在你征戰的時候曾經在你身上閃閃發光，就請讓我知道。」

很快晚霞燒紅了天空，之後，星星一顆顆跳上天幕，但是任何神蹟都沒有顯現。晚上他也沒有夢見什麼。

當新一天的太陽升起時，晉美信步走到寺院對面的山坡，看工匠們給那座接近落成的修行院裝飾龐大而耀眼的金頂。其實他並沒有認真去看那金頂是如何漂亮。他在心裡想著昆塔喇嘛，從自己的腦子裡開掘格薩爾故事寶藏的昆塔喇嘛。就這麼看看想想，他突然就甩開長腿，就從來的路上返回了。他告訴自己不一定要得到他所寫下的新故事，但他一定要看看這個在這越來越金碧輝煌的寺院裡多少有些失意的喇嘛。

就在他回到那個村子時，昆塔喇嘛的閉關已經結束了。晉美讓人領著去見昆塔喇嘛。喇嘛住在一座小樓上。樓下三個房間，其中一間還被樓梯占去了三分之一的面積，樓上只有一個房間。他站在樓下，聽到有人往樓上的小房間裡傳話：「那個離開的『仲肯』回來了。」

上面說：「請吧。」

他把靴子脫在樓梯前一大堆靴子和鞋中間，進到樓上的房間。房間很低矮，人一進去不由自主就躬起了身子。已經有好些人擠坐在裡面了。他看到了學者和他的學生。學者自己打開了筆記本，碩士拿著錄音機，博士架好了攝像機。晉美還看到好多個此前沒見過的幹部模樣的人。學者挪挪身子，給他騰出一點地方。這時，晉美聽到了一個聲音：「請他到前面來吧。」大家起身讓他擠到前面。這時他才看見了昆塔喇嘛。

這個房間只有頂上的一個小小天窗，高原上強烈的日光從天窗直射下來，落在他和昆塔喇嘛身上，落在他和喇嘛之間的小方桌上。昆塔喇嘛的臉瘦削蒼白，盤腿坐在小桌後面的禪床之上。他對晉美笑了一下，但那笑容一閃即逝，然後，他開口問道：「外面該是春天了吧？」他的聲音虛弱而且有些沙啞。

晉美說：「夏天都快過去了，牛蒡花都快開過了。」

喇嘛說：「哦，有這麼久了。我閉關的時候冬天剛到，那天晚上我聽到了河上冰面開裂的聲音。我以為剛剛到春天，夏天真的要過完了？」

「夏天就要過完了。」

「哦……」他長長地嘆一口氣，閉上眼睛，陷入了沉默，好像是累了，也好像是沉湎到自己內心某種情境中去了。人們都屏住了呼吸，屋子裡只有攝像機轉動的聲音。

等他再次睜開眼睛，晉美說：「我去了你的寺院，新的修行院快完工了，我想進那個房間，撫摸一下戰神格薩爾的鎧甲，可是缺一把鑰匙，你真的有一把那房間的鑰匙嗎？」

昆塔像是沒有聽見他說的話。他伸出小指，用長長的指甲從供佛的燈裡蘸了點油塗在乾裂的嘴唇上，然後說：「菩薩通過空行母開示，我心中的識藏已經打開了。昨天晚上，我做了一個夢，說是有緣人會把這部從心中打開的寶藏傳布到四面八方，我想，那個有緣人就是你吧。」

晉美想要說話，想告訴他自己不能在神授的演唱回目中擅作增加，那人把手指豎在嘴上，不讓他開口。他轉身在神龕裡燃了一炷香，然後從神龕下面把一個黃綾包袱取出來，放在桌上。黃綾層層展開，一部貝葉經狀的書稿呈現在大家眼前。一陣燈光閃過，好幾部照相機的快門聲嚓嚓響起。

晉美問：「那麼這是個什麼樣的故事呢？」

「格薩爾又征服了一個新的國家，打開魔鬼鎮守的寶庫，給嶺國增加了新的財寶與福氣。」昆塔喇嘛把那疊稿子最上面的一頁揭起來，交到晉美手上：「我夢見了你，我想那是菩薩要我把掘出的寶藏交給你傳播四方。」

晉美只用指尖碰了碰那頁紙，又飛快地縮了回來。

昆塔喇嘛呆住了。

還是學者哈哈一笑，打破了這尷尬：「喇嘛啊，他一字不識，怎麼讀得懂你寫下的故事呢？還是讓我看看吧。」

喇嘛的手飛快地縮了回去，學者伸出的手懸在了空中，這次輪到他尷尬了。喇嘛說：「得罪了，如果這位『仲肯』不是有緣人，那我還是等菩薩的開示吧。」這個一點都不具備幽默感的昆塔喇嘛甚至開了一個玩笑，說：「如果菩薩要我親自去演唱，那我就去演唱，」說這話的時候，他故意把本就沙啞的嗓音弄得更加沙啞，「那時，如果你們聽見什麼地方出現了一個喇嘛『仲肯』在說唱新的故事，那就是我。」

沒有一個人因此發笑。

喇嘛臉上倒是出現了一點笑容：「真的，如果菩薩要我自己去演唱，我就去演唱。」

屋子暗黑的角落裡傳來了一個婦人低低的啜泣聲。出現在大家視線裡的，是個臉膛黑紅的中年婦人。

子。

喇嘛說：「我的妻子。」

晉美還聽見學者在對女學生低聲解釋，說，昆塔喇嘛屬於寧瑪派，這個派別的僧侶可以娶妻生子。

博士把對準婦人的攝像機轉向了喇嘛：「她就是你的空行母？」

喇嘛做出了肯定的回答：「在我要進入故事的時候，在天上的菩薩要給我指引的時候，她就是我的空行母。她害怕我真的像一個『仲肯』四處流浪，所以她哭了。我告訴她，我不是『仲肯』，我是一個掘藏喇嘛，但她怎麼也不肯相信。」他說得這麼鄭重其事，反倒惹得大家發出了低低的笑聲。

嚴肅的氣氛鬆動了。

晉美跪下來，用額頭去觸碰那些寫下了新的格薩爾故事的紙卷。喇嘛沙啞著嗓子問：「你想演唱這些故事嗎？」

「可是我不識字。」

人們都壓低聲音，笑了。

喇嘛也笑了，說：「可是我不知道你是不是跟這個故事有緣，關於這個，我還需要得到神的開示。你從那麼遠的地方來，也許真是跟這個故事有緣，可是神還沒有開示，我不能教給你。」

晉美說：「我的故事是神傳授的，不是誰教的。」

喇嘛卻沒有不高興，側著腦袋做出細細諦聽的樣子，說：「等等，不要動，我想你身上有什麼奇異的東西。」

「什麼東西？」

「我不知道，讓我好好感覺一下，也許你真是一個不一般的人哪！」喇嘛把閉上的雙眼朝向陽光直瀉而下的天窗，過了好半天，也沒有動靜。學者，學者的學生，還有縣裡來的幹部都覺得喇嘛是過於故弄玄虛了，就伸開盤坐太久的腿，開始低聲交頭接耳說話，低聲咳嗽，把喉頭的痰用力清出來，吐向牆角。喇嘛睜開眼，說：「你們不相信，那我就沒有辦法了。」

人們都笑了，說：「我們相信。」但那笑聲分明就是不太相信的意思。

學者和他的學生，當地有關方面的官員開始跟喇嘛交談，晉美一個人走出房間，來到外面的山坡上。他躺在草地上，身邊搖晃著很多花。一些正在凋零，另一些卻正在盛開。他一直口誦佛號，但腦海裡仍然想像著喇嘛如何通過空行母的身體得到神祕啟示的場景。他看不到啟示的降臨，只看到男人和女人交合的畫面。這想像弄得自己心煩意亂。這讓他生了自己的氣，就站起身來，離開了這個產生了一個新的格薩爾故事的地方。

他走在路上，心裡懷著委屈對著天空說：「神啊，你真的還有故事沒有告訴我嗎？」

這時，喇嘛從禪床上坐直了身子，正了色對著開著的攝影機說：「我跟那個『仲肯』還會相見。」

學者說：「我想他馬上還會回來。」

「不，他已經走了。」

第三部　雄獅歸天

故事：困惑

格薩爾在嶺國又有好長時間無事可幹了。

閒了太長時間的國王問眾妃：「作為一國之君，我還該幹點什麼？」

眾妃子都看著珠牡，等她發話。

珠牡說：「國王應該關愛臣下，首席大臣好多天不來稟事，想是生病了，請國王前去探望他。」

國王便去探望首席大臣，不僅帶去了好多珍寶作為賞賜，還帶去了御醫替他看病。首席大臣接受了賞賜，卻拒絕御醫給自己診脈，也不接受御醫呈上的收集體液的瓶子。他說：「我沒有病，我只是老得一天比一天虛弱了。」

「接下去呢？」國王問。

「尊敬的國王，雖然我願意永遠輔佐你，成就你輝煌的事業，但我會死去，有一天我會睡在這張床上再不醒來。」

首席大臣伸出手來：「我的手像樹根一樣乾枯了。」

首席大臣張開眼：「我的眼睛不再有清泉般的亮光了。」

這話說得國王悲從中來：「為什麼要這樣？」

「我們是凡人，不是神。人都要死去。我們的國家天天都有人死去，國王不是沒有看見。」

國王說：「你是英雄！我以為英雄跟常人不同，英雄只會像嘉察協噶那樣戰死疆場！」

「戰死疆場是英雄最好的下場，可不是每個人都有這樣的機緣。你珍愛的妃子們也是一樣，她們會一點點老去，沒有死去就將失去美麗的容顏。」

聽了這話，珠牡的淚水也淅瀝而下，傷心的她捂著臉退出去了。

首席大臣說：「你們都退下，我不曉得以後還有沒有力氣，我有話給國王講。」侍從們都退下了。首席大臣坐直了身子，「國王從天上降臨，是嶺國人無比的福分，但是，你不會忍心這麼多英雄都死在你面前，你也不忍眾愛妃在你面前人老珠黃，而且，嶺國雄固的基業已經打下，有一天你也會回到天上。」

「也許我真的無事可幹了。」

「還有一件事情，老臣不知該不該講。」

「講！」

「在你上天之前，一定要殺了晁通，如此可保證嶺國萬世基業，此人不除，在你身後嶺國必起內亂！」

「我看他已然改邪歸正了。」

「國王神正心慈，以己度人，想像不出他內心的邪惡，那你要答應我，無論如何要等他死後，你再回天堂。不過，那樣你就會經歷很多痛失英雄與美女的哀傷。」

「你先前的意思是讓我早回天界，現在又變成遲些才能回去了。」

「不是我敢拂逆天意，只是因為除了大王，沒有人能抑制晁通！」

「我尚不知道晁通會幹些什麼，但你已經令我非常哀傷，令我痛感人生無常。」

格薩爾騎馬踏上回程的時候，心靈就被這種哀傷，而且無所措手的情緒給控制住了。他讓打著寶傘的人，端著茶壺杯盞的人，拿著增減衣服的人，遠遠跟在身後。珠牡一直都在哭泣，為了首席大臣說破了她也會死去，在死去之前美貌會凋零。她悲切地說：「也許大王真的應該考慮回到天庭去了。不然，等英雄們一一老去，等女人們失去美貌，你會感到痛苦的。」

一句話說得格薩爾悲從中來，但他說出的話卻故作冷酷：「如果這一切都是聽從天意，那我為什麼要為之悲傷不已？」

珠牡說：「你的智慧和力量是神的，既然你來到了人世，你的心就該是人的，所以，也會為了人間的生老病死而感到痛苦。」

珠牡這句話像是咒語，格薩爾立即感到了心，感到了它在胸腔裡撲通撲通跳躍不已，感到他因為珠牡的話而陣陣痙攣，清晰無助的痛苦立即控制住了他。他低聲說：「珠牡，我的心真的很痛啊！」

珠牡和格薩爾把這種悲傷的心情帶回到宮中，那天晚上，國王和眾妃子都十分憂鬱，也因這憂鬱更感到彼此之間情深意長。眾妃子們低迴婉轉的姿態，更讓格薩爾感到她們青春將逝，便一個人鬱鬱地爬上了寬大的眠床。他想起很久沒有在夢中見過天母了。此刻，他想念天上的母親了，他聽見自己說：「朗曼達姆，我的媽媽。」

其實此時他已經在夢境中了，他在夢中看到寢宮上是透明的水晶頂，天母朗曼達姆在那些寶石一樣閃爍不定的星光中應聲出現了。音樂，無所謂悲傷與歡欣的美妙音樂，像她飄飛而下時周身彩帶在飄舞。然後，天母沁涼的手指輕撫他的額頭。格薩爾想問問從天而降的神靈一點人間的生死。但是，那沁涼的手指又滑到了他的唇上。他知道這意思是叫他不要開口。天母自己開口了：「不要妄問生死，那是人的問題，你是做了人間國王的神，你只該問嶺國的禍福。」

「我想問該在什麼時候回去天上？」

「等到你把嶺國建成了一個天堂一樣的國家。」

「但我並不記得天堂是什麼模樣，我怎麼能夠建成它？」

母親問：「我兒今天是怎麼了？你生病了？」

「我回到天上時不得不把他們都扔下嗎？」

「他們？」

「首席大臣，人間的父親母親，還有珠牡與眾妃。」

「哦，孩子，怎麼你的腦子被這些想法塞滿了？你的母親管不了這些。母親只是受大神差遣來告訴你嶺國的吉凶禍福，又有戰事要發生了！你要小心！」

「我所向無敵，不用那麼小心！」

天母的時間到了，不能無限制在他夢中停留，她還想說幾句話，但衣裾已經飄起，她輕盈的身子被托起來，飄到了天上。飄到天上的天母把最後一句話送到他耳邊：「有人要通敵叛變！」

誰要入侵？誰會通敵？誰要叛變？還在夢中，這些現實的考慮就把那些生命死亡和美貌凋謝這種感傷給驅逐乾淨了。帶著這樣的問題，格薩爾再次去看望病中的首席大臣。幾個僧人正為病弱的人祈禱作法。見到國王到來，他們都退下去了。格薩爾有些興奮，告訴首席大臣，看來馬上又要有戰事發生了。

「你這麼高興，是因為又有事可幹了。」

格薩爾當然聽出了首席大臣語中的譏諷，人希望平安，而下界的神卻想建功立業。他說：「讓我把仗打完，把敵國都消滅乾淨，以後，嶺國的人就可以安享太平了。」

「是嗎？」首席大臣依然語含譏諷，「大王啊，我知道您是好心，但您說的情形是不可能出現的。」因為身上的病痛，首席大臣變得多愁善感了。格薩爾這麼想著的同時，就已經原諒了他的不敬。

首席大臣卻說：「大王，您可以不原諒我，但不可以認為我是因為病痛而變得婆婆媽媽了。您是神，所以您不能真正懂得人間疾苦。」

格薩爾說：「我下界，是幫助你們消滅魔鬼和魔鬼之國的。」

幾個僧人從重重懸垂的簾子後走出來，對著國王低首垂目說：「大王所說是一種魔鬼，還有一種魔鬼是從人心裡自然滋長，那又如何區處呢？」

這個問題真把國王給難住了。於是他反問：「那麼你們有什麼辦法？」

「佛家傳授的，就是人自己戰勝心魔的無上勝法。」

格薩爾笑了：「我已經把人心之外的魔鬼消滅了許多，而且會在回歸天界之前全部消滅乾淨，你們何時會把人心裡的魔鬼消滅乾淨呢？」

「人是生生不滅的。」

「天哪，這麼說來，人心裡的魔鬼是要沒完沒了啊。」

「我們不會這麼向人們宣講。我們還是要讓人懷有希望。」

格薩爾認出來，這幾個僧人中有一個就是最初來到嶺國的僧人之一，但他不想再繼續這個話題了，他把臉轉向了首席大臣：「看來需要把各部的兵馬集中起來，準備戰鬥了。」

首席大臣馬上直起身來：「是哪個國家敢於進攻我們？」

「我還不知道，但我知道他們馬上就要進攻了，而且還會得到我們內部叛徒的幫助。」

首席大臣張開口，差點就把那個叛徒的名字說了出來，但是，格薩爾舉起手，讓他把那個名字又嚥回到了肚子裡，格薩爾說：「我想那個通敵叛變者就是內心生出魔鬼的人，幾位高僧應該能夠認出他來。」

「要是他露頭的話……」

「也就是說，這人沒有通敵前還是看不出來。」

僧人抗議了：「就是國王也不能要求傳播無上佛法的僧人去幹這種事情！再說人在此生的一切並不重要！」

格薩爾的臉色雪崩一樣，從上到下變換了表情。從譏諷的表情變成了嚴厲的表情。抗議的僧人立即就住嘴了。

國王揮揮手，對首席大臣說：「還是早些來宮裡商議退敵之事吧。來之前，查查一個國王名叫赤丹的國在什麼地方？」

首席大臣的精神頭立即就來了，命人在城堡頂上升起一面紅色的旗子。他那些分布四處的探子們立即就回來了。他們都異口同聲地稟報：「卡契國王赤丹要向嶺國發動進攻了！」

「卡契？我知道，早年間不過是一個小小的西部邦國。」

下面告訴他，這個名叫赤丹的國王當政後，情況已經大不相同了。這個赤丹，是羅剎轉世，繼位不久就征服了尼婆羅國，剛滿十八歲又降伏了威卡國，繼而又戰勝了穆卡國，此後東征西討，周圍的土邦小國都歸入了他的麾下。如今，這國王正當盛年，野心隨著人民與財寶的增加而與日俱增。此人常常聲稱，地位比他高的唯有日月，勢力比他大的只有閻王，他已經把自己看成天下無二的君王。所以，自從他聽說世上還有一個聲名遠播的格薩爾王，便揚言要發兵討平嶺國，使自己成為真正的天下第一君王。

聽完報告，老英雄大叫一聲：「好啊，嶺國的眾英雄久居不動，身上的關節都要給鏽住了！來人！換衣服，我馬上去向國王報告！」

披上紅裡黑面的大氅，首席大臣蒼白的臉上閃爍著紅光，精神抖擻地往王宮裡去了，留下僧人在那裡面面相覷。他們都知道並不是他們的祈禱發生了作用，但在後來流傳開去的，關於首席大臣大病豁然而癒的傳說中，還是說僧人的作法起了神奇的作用。

重要的是，老英雄絨察查根本人也沒有出來否認這種說法。

故事：嘉察協噶顯靈

這些日子，格薩爾老是做夢。因為夜裡的夢境，早上起來便困倦不堪。妃子們大多以為自己已經喚不起他的興致了。珠牡說：「我們的夫君是對塵世的生活厭倦了。」她還補充說，「對無所事事的生活。」

眾妃們都大惑不解，她們羅列出人世間很多可做的事情。

「打獵。」

「修無上瑜伽。」

「認識草藥。」

「探望貧病的老人。」

「發現地下的珍寶和礦脈。」

「學習繪畫。」

「向王子扎拉傳授神變之功。」

「給燒陶人新的紋樣。」

「讓兵器部落煉出更堅硬的鐵。」

這時從深垂的簾幕後面傳來了國王的笑聲，他已經傾聽多時了。他說：「我做夢已經很累了，你們還想給我這麼多活幹。」

「那麼，大王可以學習詳夢。」

大王說：「你們看，就這麼稍稍的午寐一會兒，又做夢了。猜猜我夢見了什麼？哦，你們肯定猜不出來，我真的夢見了好多鐵，好多很鋒利的鐵，比我們兵器部落煉出來的鐵更鋒利。」正說著話，報告消息的首席大臣走了進來，國王沒有對他如此精神矍鑠感到吃驚。國王說：「坐下說話，我正在對眾妃說，我怎麼會夢見那麼多鐵。」

「那不是夢，是國王英明洞見。」

「說說那意味著什麼？」

「探子們已經打聽清楚了。」

他告訴國王在嶺國西部真有個國王叫赤丹，所領之國叫卡契。國王問為什麼以前沒有聽說過這樣一個國。答說，因與嶺國隔開的有座黑鐵之山，然後又是一座紅鐵之山，上去不到半日路程，馬蹄便全部磨壞。雷電霹靂降到此山，威力放大十倍百倍，多少人馬進去也難以生還。國王發出疑問，既是如此，那赤丹又怎敢領兵過山來犯？答說，卡契國正是用此山之鐵打造了馬掌，在那山上才不得磨損，加之赤丹王羅剎轉世，神通了得，使法術能讓霹靂雷電降於別處，卡契國兵馬因此能穿行無礙。

格薩爾笑笑：「原來我夢中之鐵竟有如此來歷，待我征服了卡契小國，那鐵山與煉鐵匠人都為我所有，嶺國更是所向無敵了。」當即就傳下令去，召集各部兵馬。不幾日，各部兵馬一起來到。

眾英雄都前來請戰，要踏平赤丹國，打開其冰川下的寶庫，取來水晶之寶，打開其湖泊中的寶庫，取來珊瑚之寶。晁通說大家都說得不對，卡契國不像別國有什麼寶庫，因為使卡契國強盛無比的正是那鐵山之寶。格薩爾道：「此次召引眾英雄及各部兵馬到來，並非真要勞師遠征，而是如今的嶺國領土廣闊，山遙水長，著實想念各位，才藉這赤丹作亂，請大家前來相見！」

英雄們見國王任眷戀之情如此溢於言表，以為他在嶺國的日子已經不太多了。辛巴麥汝澤等一干人不禁潸然淚下。扎拉為首的一干青年英雄卻只是嗷嗷請戰。格薩爾運用神通，眾英雄座前酒碗不斟自滿。他告訴大家，只管寬懷飲酒，君臣共樂。雖說那卡契國狂妄的大軍已經向嶺國開拔，他已請天上眾神幫忙，降下大雪，把那卡契人馬困於山中，過些日子再作區處。

於是君臣盡歡。

珠牡在一個精通音韻的喇嘛指點下研習了音律，經她調教的青年女子們獻上的歌舞比之於往常更加精妙。她們的舞姿不再是對戰爭、對愛情、對勞作的模仿，而是協於風的吹拂，協於水的流淌，是每一個人都感受過的暖流在身體裡面，從頭頂順著背脊往腹腔灌注，更不要說還有珠牡親自歌唱。在她歌唱的時候，有人說看見雪山躬下了腰身，有人說感到了河水回淌。流逝的時間在每個人身上都留下了痕跡，連天降神子格薩爾也不例外。但她還保持著剛剛成為嶺國王妃時那曼妙的風姿，好像她沒有與嶺國一起經歷波瀾起伏的歷史。她的神情天真而又多情，好像她在成為王妃前沒對格薩爾假扮的印度王子動心，也沒有被擄到霍爾國與白帳王養育子息。她永不凋零的青春與魅人的歌唱能使每一個人都心旌搖蕩。一個女人天生麗質到這個地步，已經很難讓人分清她到底是個仙女，還是一個妖精。她能使純潔者更為純潔，也能使卑劣者更加卑劣。當年，晁通做國王夢時，除了國王的黃金寶座，在其夢想中出入最多的就是她的身影。對於晁通來說，萬眾拜伏的尊榮至少在自己所領牧的達絨部完全能夠享受。他安撫自己蠢蠢欲動的野心時，就讓自己相信達絨部就是一個國，被一個叫做嶺的更大的國所統轄，就像格薩爾也要被天上更高的神所統轄。這也是他一直心懷不滿，但還能與大家相安無事的一個最重要的原因。可是，當她看見王妃珠牡如此風情萬種的時候，就知道，只有真正的國王才能得到她，擁有她。這個世界可以有很多國王的黃金座，但這個世界卻只有一個珠牡。他心中從未熄滅的野心的火苗燃燒得他焦躁難安。

回到自家帳中，他便設壇祈禱：卡契國王施展無敵的神通，讓你的大軍快點到來吧。他還說，如果你真的神通廣大，就該感受到我的心願了。在嶺國，除了格薩爾之外，晁通算是上天允許具有神通的最後一個人了。上天在除掉人間妖魔的同時，也不再讓胎生的凡人具有神通。妖魔驅盡後，神就不再直接給人幫忙，以後的時代就是人自己對付自己了。晁通的祈禱真摯、持久而又強烈。正被因大雪困於黑鐵山上的赤丹王在夢中感受到了。他告訴隨軍的巫師，一個山羊鬍鬚翹翹的老頭跑到自己夢裡來了。巫師說，你該不是夢見了一個術士吧？赤丹王說，他的穿戴舉止像個國王。你看到他的眼睛了嗎？他的眼睛機智又狡猾。恭喜我王，此行必將旗開得勝。如果不是那格薩爾從天而降，這個人就是嶺國之王。

晁通在夢境中告訴赤丹，大雪只會下半月之期，因為天上沒有那麼多的水分凝而為雪。當兩軍對陣時，他還會獻上取勝之計。

果然大雪下到十五天上，天真的就放晴了。卡契大軍衝下山來，洪水一樣漫布到嶺國寬廣的草原之上。嶺國大軍早已背靠淺山布好了陣勢。前面自有王子扎拉和晁通之子東贊與東郭一干青年英雄，和辛巴麥汝澤與丹瑪等一班老將在陣前接住廝殺。你來我往，大戰三天，也未分勝負。格薩爾穩坐帳中與首席大臣擲骰子玩耍。赤丹王卻免不得焦躁起來，想夢中出現過的晁通為何還不來獻計於他。

晁通並沒有閒著，他閉了大帳，用了很大法力加持他的隱身木。這天，他覺得該試試加持的效果了。就走到達絨部陣中，看見他兩個兒子東贊與東郭聯手與對方一員大將交鋒，你來我往許多回合，均分不出勝負。晁通生怕兩兄弟有個閃失，急忙念動咒語，把那展開後像一隻鳥的隱身木拋入空中，立即，他的兩個兒子，連帶在後面鼓譟不已的兵陣俱已不見蹤影。那大將把手中大刀舞成一個耀眼的光圈，掉頭殺入別部的軍陣中去了。兩個千戶長接連被那大將斬於馬下。還是老將丹瑪接住廝殺，才穩住了陣腳。

晁通心中大喜，翻身上了玉佳馬，直奔中軍大帳。

格薩爾笑道：「你是怕眾英雄在前面抵擋不住，要用幻變之術把我也藏起來嗎？」

「我是前來請求用隱身之術潛入敵營，殺了赤丹王，卡契大軍群龍無首，自然會退出嶺國。」

「卡契國王狂妄無知，興兵作亂，我正要滅他，哪能讓他全師而退！」

晁通一得意，便忘乎所以：「這些天眾英雄輪番苦戰也不能取勝，國王若想取勝還朝，更要靠我走這一趟了！」

首席大臣示意國王不可答應他的請求，但格薩爾卻說：「那就勞煩你走一趟吧。」晁通便興匆匆地乘上他的木鳶往敵營飛去了。

首席大臣跌足嘆道：「大王真相信他是去刺殺赤丹嗎？」

格薩爾道：「他是投降赤丹去了。而我正好將計就計。」

「你該殺了他。」

「我下界是為除魔而來，沒有領命誅殺胎生而壽命有限之人。」

「那我們對這種人就沒有辦法了？」

「也許有辦法，也許沒有辦法，但那是你們凡人的事情。」首席大臣很吃驚地看到，這個天降神子談論此事時，一改平常的親切和悅，面容變得冷漠而堅硬了。

「你是說妖魔可以除掉，但人類卻一定要與這種敗類為伍？」

格薩爾搖了搖頭：「你不該讓我來回答這樣的問題。你的身體剛好起來，現在，臉上又浮現出病容了，你就不要再考慮這樣的問題了吧。」

絨察查根喃喃自語：「要是世事真是這樣，那我身體好不好又有什麼意思？這麼說來，活得長倒是一件受罪的事情了。」於是，首席大臣又病倒了。他對國王說：「要是我把這話告訴給英雄們，也許他們都沒有一致對敵的心思了。」

「所以我只告訴你一個人。」冷峻的格薩爾又變得親切了，「還是馬上商量怎麼將計就計設下伏兵吧，要不是晁通，取勝的機會不會這麼快就出現在眼前！」首席大臣強打精神與國王商量一番，當夜，就將大軍轉移到新的戰場去了。明天，這裡的戰陣是格薩爾用幻術布下的。

晁通的木鳶剛剛降落，赤丹王就迎上前來，說：「我是第一次和一個夢見過的人相見。」

「要是你得勝後讓我做嶺噶之王，那我是獻計之人，如果你不願意，那就請殺了我。」

「自從那天在夢裡見過你，我就打聽到你並不是一個勇敢的人，你卻能冒死前來，說明你為了做國王什麼事都肯幹，好吧，我答應你。」

「那我要請尊貴的國王對天發誓。」

「我就是天，我怎麼向自己發誓？晁通，事已至此，還是把你的計謀說出來吧。

「明天大王你在陣前只留些兵馬障眼。我把精兵強將用隱身術隱住了，領你們另闢道路直取嶺國王宮。

「隱身術？但千軍萬馬過處，埋鍋造飯，大小便溺，怎麼也會留下蹤跡，這隱身術能隱多久？」

「大王放心，這隱身術能有兩天效果，過了這兩天，就已經在我達絨部的地盤上了，那時無論弄出什麼動靜，都不會有人亂發一言！」

「我又怎麼相信你的幻術不是嶺國精心設下的陷阱？」

「你必須相信這不是陷阱，因為除此之外，你斷無取勝的可能，而你就像我渴望做嶺國之王一樣渴望著勝利。」

第二天，雙方都不出戰。卡契的精兵強將在晁通隱身術的掩護下，悄然出發。留下的軍隊偃旗息鼓，紮住陣腳，並不出戰。嶺國大營這邊也是旌旗招展，兵馬的幻影在自己營中來回穿梭。中午時分，陽光和水氣猛烈蒸騰，那些幻影也跟著顫動著向上升騰。卡契兵將見了，不由得一片驚慌，以為格薩爾的兵馬都是天兵天將，能夠升空作戰。只有留守的巫師看出了門道，大叫不好，對面沒有一個真正的兵馬！大王中計了！於是撤了營帳，把兵馬分成數路去四處追尋，但草原茫茫，大軍被晁通的隱身術掩藏得嚴嚴實實，無跡可尋。幾支分散開的小股兵馬，有的陷入沼澤受了滅頂之災，有的陷入野牛群中，有去無回。巫師帶著自己那支人馬還在苦苦追尋赤丹王的隊伍。直到第五天晚上，他才看到東方天空中紅黑色的戰雲像根柱子一樣直沖雲霄，便催著疲憊的隊伍繼續前進，去向大王報警。格薩爾早已預知了這一切，他說：「那就再來一點幻變之術吧。」於是，那一夜，赤丹巫師率領的報信兵馬，遇到一個浩淼大湖無法涉渡，繞行了多半夜後，那湖就在月光下眼睜睜地消失了。啟明星升起的時候，他們又遇到了一個餓鬼盤據的懸崖，兵士們都坐在地上不肯走了。巫師無法破解這幻術，欲碰崖自盡，但想到死後無人再給大王報警，便坐在地上大哭起：我的大王，你過分的狂妄將卡契國葬送了呀！領兵的將領聽他攻擊國王，手起刀落，將他斬於岩下。就在這時，懸崖從黎明的曙光中傾倒下來，岩石的幻影未曾砸傷一人，這支兵馬卻被嚇死了大半，剩下的人向著卡契的方向落荒而逃。只剩下那個將軍，等太陽升起時，看到四周除了風拂動的草，和與清脆的鳥鳴一起滴落在靴面上的露珠，在絕望之中，高叫著國王的尊號揮劍自刎。

此時，卡契大軍已經不再隱身，在初升的太陽下拔營出發。從早上起來，卡契國王就覺得心中不安，他問晁通，是不是王宮所在的達孜王城已經近了。晁通說，此處是我達絨部領地，大王且請寬心前行，還有兩日馬程，才能望見王宮的金頂。卡契國王已經嗅到了兵火的氣息，叫一聲，把這人綁了！幾根套索同時飛出，將晁通從馬背上拉了下來，綑了個結結實實。卡契王說，若你計策是真，我還讓你做嶺國之王，如若有詐，第一支暗箭襲來時，第一個死的就是你這歹人！行進了不到一個時辰，迎面一座淺山，滿山都是野獸般的岩石蹲踞於荒草之中。卡契的隊伍自西向東而行。從山頂上斜射下來的陽光讓他們看不真切山上的情形，一排箭射去，岩石的迸裂之聲後，周圍又安靜下來，只有風掠過草梢窸窣有聲。國王揮揮手，大軍迎著箭鏃般蜂擁而來的陽光動身翻越這山。剛到半山腰，迎面響起如風暴襲來一樣的聲響，原來是飛蝗般密集的箭矢蜂擁而來。卡契國兵將立即在慘叫聲中倒下一片。卡契國王也中了兩箭，一箭將護心鏡射得粉碎，一箭射中他的脖子，那箭翎還帶著蜂鳴般的嗡嗡聲在耳邊搖晃。卡契王大叫一聲，拔出箭桿，一股血流從頸項上噴射而出。他大叫：中計了，給我殺了晁通！但那晁通也算是命大之人，正好被中箭倒地的馬壓在了身下。卡契王正在四處尋找晁通，又一群密集的箭矢呼嘯而至。卡契兵馬只好退到山下。如是幾次，當四周嶺國的旌旗豎起，卡契國中了埋伏的兵馬已死傷大半。嶺國大軍從山上洪水席捲一樣掩殺下山。晁通的兩個兒子東贊與東郭這些天忍著屈辱聽夠了父親降敵的傳言，正要藉此一雪恥辱，令旗一動，便拍馬衝在了前面。衝到半路，東贊聽到了父親的叫聲，下馬把父親從馬身下解救出來。晁通高叫：「你要是解開繩索，我就沒命了，你就這樣把我帶去見格薩爾吧！」東贊只好在亂兵之中護住父親，看弟弟東郭揮劍衝下了山坡，撲向了那勇猛威武的赤丹王。可憐東郭年少氣盛，雪恥心切，只顧揮劍猛進，連砍三劍，劍劍落空，那赤丹拔出腰間短刀，東郭已近到身前無從避讓，大叫一聲被刺倒在地上。老將丹瑪和王子扎拉上來接著廝殺，才沒讓赤丹手中的矛尖扎入他胸膛。老將辛巴麥汝澤、王妃阿達娜姆、前姜國王子玉拉等英雄各自與對方大將拚殺。先是阿達娜姆這魔國之女用格薩爾所賜之幻影套索拋向對方。那套索出手時，一個真身帶著九道幻影，對方大將的利刀次次刺在幻影之上，連刺九次，都已刺空，便拍馬暫且迴避了。

這次臨出征時，辛巴麥汝澤卜得一個凶卦，知道自己此次出征凶多吉少，格薩爾也捎來書信，讓他此次不必隨軍出征，但他不聽勸告。自己在霍爾為將時，讓嶺國痛失大英雄嘉察協噶，為贖此罪，他覺得自己正該為嶺國的大業戰死疆場。卡契國王兄魯亞也是一員猛將，此時正好接住辛巴麥汝澤廝殺。也許是心中有事分神，老辛巴的招式漸漸地露出破綻，且戰且退時，心中還在念叨：「英雄嘉察，我要是贖清了罪過，願在上天與你結為兄弟！」

話音剛落，彷彿時間凝止，寬廣的大地卻在四方飛旋，彩虹出現在晴朗的天空，不是戰神威爾瑪，而是戰死多年的嘉察協噶出現在虹彩之上。見此情景，辛巴麥汝澤顧不得與卡契王兄魯亞繼續交戰，立即滾鞍下馬，對著雲端上的嘉察叩首便拜。嘉察協噶抬臂從掌心中降下一個霹靂，將正要抬刀砍向老辛巴的魯亞擊於馬下。霹靂過後，辛巴麥汝澤以為自己已經一命歸西，抬眼看去，見自己毫毛未損，那魯亞已被雷電燒死，身上的破甲和燒焦的毛髮正升起一股股裊裊的青煙。看天上，只見嘉察協噶微微一笑，然後隨彩虹一起化入了藍天。

王子扎拉將與自己交手的敵將斬於馬下，聽見眾軍歡騰，高叫父親的名字，抬頭仰望時，只見父親的彩虹中的身影正在化入藍天，不由得眼裡湧出熱淚，口中大叫父親的英名，催座下馬馱著他奔向山頂。

扎拉連叫三聲，那淡去的虹彩重又顯現，嘉察協噶身姿重現，他說：「來吧。」

王子扎拉連人帶馬就升上了天空。所有人都看見，兒子把頭緊靠在父親的胸前，父親親手扶正兒子盔甲上的紅纓。他在兒子耳邊留下三句話。

第一句：「辛巴麥汝澤要入嶺國的英雄冊。」

第二句：「感謝王弟格薩爾使嶺國強盛！」

第三句：「我兒英雄正直，可慰我在天之靈！」

然後，再次徐徐隱去了身影。

嘉察協噶英靈現身，使嶺國軍勇氣倍增，王子扎拉更是覺得力大無比，流淚大吼：「英雄父親賜我力量，擋嘉察協噶兒子者死！」

可憐自視天下無敵，要想稱雄世界的卡契國王赤丹在這響雷般的聲音中略一分神，被扎拉一槍刺在當胸，當即，口中與脖頸上的兩個傷口同時噴出兩道血泉，仰天倒下馬去，最後一眼，沒有看到自己的夢想實現，只見空洞的藍天在眼前旋轉著，漸漸轉暗，永遠的黑暗覆面而來。卡契軍見國王與王兄先後斃命，無心再戰，紛紛投降。

得勝的嶺國英雄湧入中軍帳中，格薩爾正在替東郭察看傷口，他嘆口氣，撫了撫東贊的肩頭，說：「替你父親解開繩索吧。」

丹瑪憤怒了：「大王，你又要放過這個叛徒嗎？」

格薩爾臉色凝重：「他剛剛失去親生兒子，想想這是多麼嚴厲的懲罰。」

解開束縛的晁通撲到格薩爾跟前：「請你救救我的兒子！」

格薩爾搖搖頭，走出帳外，對相跟著的眾位將領說：「各位都看到嘉察協噶的英靈現身了嗎？」

大家都異口同聲說：「他威風八面，就像戰神一樣！」

「可是我沒有看見，我在給臨終的東郭超渡，他是替有罪的父親死了。」國王說，「我也想念兄長，我不想直到天國才與他相見。」

這時的晁通，緊緊蜷曲起身子，躺在地上痛哭失聲。

格薩爾命令王子扎拉，率一支精兵向卡契國王城進發。不過三月，扎拉王子就已得勝回朝。奏報已在卡契委派了嶺國官吏，並開啟了鐵山之寶庫，帶回冶煉的工匠，正在兵器部落傳授技藝，提高了煉鐵的技藝，使打造出來的兵器與農夫所用的鋤頭與鐮刀，不再一味堅硬，而有了成熟男人那種百折不撓的柔韌。

格薩爾率眾到廟裡超薦雙方戰死的亡魂，並新封嘉察協噶為嶺國的戰神。

說唱人：塑像

格薩爾又一次親臨了說唱人的夢境。不是重回天界後的那個神，而是那個至少從外表看起來是肉身凡胎的嶺國國王。

說唱人晉美到達和經過了那麼多地方，人們並不關心天界的崔巴噶瓦是怎樣的相貌，偶爾也有一幅兩幅的畫像上會出現他天界的模樣，但跟很多神靈都是大致的模樣。人們一直牢記的是他在人間騎在戰馬之上披堅執銳、目光深遠堅定的模樣。在他征戰過的地方，政府出資雇用雕塑家，用泥土、石頭、黑色的鐵、亮閃閃的不鏽鋼，還有銅，塑造同一個形象。在博物館，在小城的廣場，甚至在新開張的酒店大堂，永遠地手執寶刀，腰挎弓箭，雄踞在馬背之上。當年的嶺國如今是若干個自治州，晉美剛被接到其中的一個，為一個新開張的酒店安置格薩爾塑像的儀式演唱。酒店老闆黑紅臉膛，跟塑像一樣的八字鬍鬚閃著油光，說：「出席儀式的領導都很忙，不要唱得太多，就挑最精采的一段。」

晉美想問，以你之見，哪一段是最精采的一段？

但他沒問，他是一個好脾氣的藝人。他就在大人物們揭開了塑像身上的紅綢的時候，任意演唱了一段。這天他的演唱不在狀態。因為不習慣在這樣的場合象徵性演唱，也不喜歡那通身金光的塑像。但也有他喜歡的，就是老闆塞到他手裡的信封中有很厚的一沓錢。

儀式過後，他就在這個熱鬧的高原小城四處閒逛。在書店裡，他看到了櫃檯裡自己演唱格薩爾的CD，封面上印著他頭戴「仲肯」帽子，手端著六弦琴在草原上席地而坐入迷演唱的照片。他故意問了售貨的姑娘好多個問題，希望她能認出自己。為了這麼個上不得檯面的小心思，他向姑娘多問了好多句話，但這個腮幫子動個不停的姑娘卻沒有認出他來。他最後一個問題是，姑娘你這麼津津有味，吃什麼好東西？

姑娘把口香糖吹成一個大泡泡爆在他臉前，轉身走開了。還是身邊一個翻看曆書的老頭回答了他許多問題中的一個，告訴他這條街道走到盡頭，一個什麼樣的樓上，有一個繪畫工作室，幾個年輕畫師天天在那裡畫畫，聽說其中一個都快把眼睛畫瞎了。晉美找到了這個地方。樓上是畫室，樓下是一個旅遊品商店，那些畫像畫好後，就張掛在這個商店。他問有沒有格薩爾像。店員指指通向樓上的梯子，說上一幅賣掉了，新的還沒有畫出來。他就去了樓上，看見幾個畫師正在敞亮的大房間裡畫畫。其中一個年輕人跪在一張毯子上，正在往畫布上一筆筆細細描畫。他老遠就認出了自己故事裡那個主角。他的馬，他的盔甲，他的刀與箭，走近了看見畫師正在給寶刀上色，而那臉還是一個圓圈，圓圈中只打了一層底色，畫布纖維的紋路還清晰可見。他在書店裡問話吃了虧，這次問話就小心翼翼了：「為什麼不畫臉？」

年輕人也不答話，一筆筆把刀刃上的亮光畫出來，長出一口氣說：「明天，畫臉之前要做一個祭拜。」

說完年輕人又換了一支筆，蘸了另一種色彩去描弓箭上的翎毛。晉美又問：「你知道他的故事嗎？」畫師轉過臉來，看了看他，卻沒有回答。晉美回到樓下，又在店裡逛了一陣，又發現了另外一種格薩爾。刻在石頭上的格薩爾。青色的石板，不太深的線條，還是那個騎馬揮刀的形象。他更喜歡石板上的這個形象。他問店員這石像的來歷：「也是在這樓上製作嗎？」

「山上。」

「誰在山上？」

「這些像就堆在山上，不知道是誰刻的。」

出了門，他在城外雇到了一個拖拉機。要去有格薩爾像的山上，拖拉機的主人不去。他說：「又是一個去偷石像的人。」

「我只想去看刻石像的人。」不知從什麼時候起，他把一切與格薩爾有關的人都視為與自己有關，在內心裡把這些人都看成是自己的親戚一般。當然啦，人嘛，有好的親戚，自然就會有不太好的親戚。那個賣CD的姑娘不太好，年輕的畫師工作認真，就是對人有點驕傲。他想，那個在山上刻石像的人該是一個好親戚吧。他果然沒有失望。在一個草地邊緣聳立著一排挺拔冷杉的山崗上，遠遠地他就聽到了叮叮噹噹的敲打聲。一個任風撕扯著蓬亂頭髮的人正在一個石板上雕鑿。雕刻的正是格薩爾的畫像。雕好的畫像在山梁上砌成了一道長牆。晉美只問了一個問題：「你刻這個是為了賣到城裡去嗎？」

這個面孔上被風吹出了血絲的男人指了指那一列層層疊疊的畫像：「我們世世代代都有人在雕刻這個嶺國英雄的像，我也跟他們一樣。」倒是這個石匠反問他一個問題：「我看你不像那些來搬石像賣錢的人，你是嗎？」

晉美帶著好心情下山了，因為他認為自己找到了一個好親戚。他回到酒店，除了報酬，他還可以再免費吃住兩天兩夜。這是他此生中睡過的最乾淨最柔軟的床。就在這張床上，還是嶺國國王的格薩爾親臨了他的夢境。這個格薩爾有些迷惘：「我以為妖魔之國都消滅乾淨了，怎麼又冒出來一個卡契國？」

這個問題晉美無法回答。

格薩爾好像意識到自己進入了一個人的夢境，又好像只是感覺自己身處於一片迷霧之中，只是在那裡自說自話：「接下來還會冒出個什麼樣的國來與我為敵呢？」

他說：「我只是一個說故事的人，你把做過的事告訴我，我去演唱，所以，你不能問我這個問題。」

「我不知道接下來還會發生多少事情，既然你聲稱已經知曉了我的全部故事，那麼，接下來我會幹什麼？」

「天上那個你會怪罪於我。不過，也許你可以去找一個人，他正在寫關於你的新故事。」

格薩爾問：「我都不知道怎麼就到你夢裡來了，怎麼去問他？還是你去問問他，也許我還會走到你夢境中來，那時你就可以告訴我了。」

本來，有趣的交談還可以繼續進行下去，床頭的電話鈴受了驚嚇一般尖叫起來，把他從夢中驚醒了。他最後看到嶺國國王露出孩子般好奇的神情，問：「什麼聲音？」

但他無法回答，他已經醒過來了。

他說：「也許你還沒有走遠，也許我的話你還能聽見，我想問你什麼時候把我背上的箭取出來。」

沒有一點聲音，只有牆上鏡框裡是幅美女畫，被從窗上射入的光線照耀得閃閃發光。

他閉上眼睛，再問：「你走了嗎？」

沒有回應，原來他只能潛入夢中。於是他笑了：「原來你也想知道自己後來想幹些什麼？我告訴你吧，你還得征服好多個國家，為嶺國打開一個個寶庫。格薩爾大王啊，我知道你說過的話。你說，『寶馬的力氣不會永不衰竭，可降伏一個敵人，又出來一個，好像真的是沒完沒了。』」他躺在軟綿綿的床上，唸出了將被征服的一個個國家的名字：拉達克、松巴犏牛國、米努綢緞國、梅嶺金子國、象雄珍珠國、穆古騾子國、白熱國和伽國。他說，這還只是他所知道的故事裡講到的，問題是，現在又有人寫出了新的故事，還讓你去征服新的國家，為嶺國取得新的寶藏。

「在聽嗎？」

沒有聲音。他睜開眼，只見迎床掛著的美女照片被從窗上斜射進來的陽光照耀得閃閃發光。畫上那個美女，眼波蕩漾，欲言又止，如果說話，一定是當年廣播電台主持人那種綿軟魅惑的腔調，想到這不愉快的回憶，他馬上就從床上起來，穿好衣服，還對著那個美女說了聲：「呸！」

他在可以免費住兩個晚上的舒服房間裡只住了一個晚上，就又奔走在路上了。連著翻越了兩個山口，進入一個風景美麗的，但老百姓卻生活窮苦的山谷。他想到一個人們從來沒有考慮過的問題，就特別想把這個想法或者說疑問說出口來。他的問題是，如果下次夢裡格薩爾問他，他在嶺國從被征服各國聚集而來的珍寶而今安在？自己該怎麼回答。他拉住遇到的每一個人問：「你知道格薩爾的珍寶到哪裡去了？」

「你見過格薩爾的珍寶嗎？」

他這麼一路問去，因此這一路上都有人為他嘆息，他們說：「可惜了，那個『仲肯』瘋了。」

「一個『仲肯』怎麼會瘋掉？」

「他問當年嶺國的珍寶到哪裡去了。」

「這麼說來，他真是變得奇怪了。」

其實，晉美只是想問，在這些號稱嶺國故土的地方，為什麼還有這麼多百姓如此窮苦呢？但人們的理解是他想去尋找格薩爾的寶藏。

故事：出巡或告別

國王醒來，躺在身旁的珠牡也醒了過來。

「我做夢了。」

即使嗓子和嘴巴都沒有完全醒來，可珠牡的笑聲並未因此而稍有喑沉，依然如山溪奔流，清新悅耳：「大王你睡迷糊了吧，做夢真變成很奇異的事情了嗎？」

「我在夢裡跑到別人的夢裡去了。」

國王腦子中總是盤旋軍國大事，很少會觸及這樣瑣碎的話題。「快告訴我，別人的夢裡是什麼樣子！」珠牡馬上支起身體，興奮地說。她半裸的身子在暗夜裡閃爍著珍珠一般的幽幽亮光。

「看不清楚，好像起霧的山谷一樣。」

她的纖指在國王胸上輕輕劃過，口氣如嗔還怨：「那你就不能告訴我看見了什麼嗎？」

「這個人很奇怪。他好像知道我在嶺國做過的所有事情。我已經做過的他知道，還沒有做過的他也知道。」

珠牡溫潤的手臂攬住了國王的脖子：「快告訴我，我跟國王一直都是這麼恩愛嗎？」

她攬得太緊了，國王把身子挪開一點：「我只問他到底還有多少國家沒有征服，為什麼就像雨後草地上的蘑菇，這裡一個，那裡一個，會冒出那麼些國家，而且都是壞人當道，需要我去征服。」

珠牡沒有得到期待中的回應，把身子轉過去，假裝生氣了。國王沒有意識到，繼續自說自話：「他說他知道，但是不能告訴我，是回到天上的那個我不讓告訴現在的我。」

珠牡一聽，一下又翻過身來：「那我是不是也跟你回到天上去了？」

格薩爾知道王妃愛聽什麼，就說：「他說你也跟我到天上去了。」

「那國王還有什麼好操心的呢？」

「可我還是想知道到底還有多少事要幹。」

這時的珠牡變得像個母親：「哦，嶺國的事情讓你操了那麼多心，都讓珠牡我心痛了。」說著，她就把國王緊緊抱在了懷中。女人熾熱的身體，這個世界上最美麗的身體，從長成那天就不再衰老的身體讓他忘記了那些即將出現而尚未出現的敵國。她用滾燙的身體把對女色有些倦怠的國王的身體點燃了。

珠牡說：「讓王子扎拉帶領英雄們去戰鬥，讓我日日陪伴你吧。」身體燃燒的男人沒有回答。

到天亮的時候，那個顛狂的世界又恢復了平常的面目，珠牡再次重複這個建議，格薩爾由侍女服侍穿上了整齊的衣冠，他站在窗前，說：「我想我該出行一些日子，去看看兵器部落是否學會了卡契工匠的煉鐵之法。嘉察協噶顯現虹身救了殺死他的辛巴麥汝澤，辛巴麥汝澤自己也知道，他會在大戰中犧牲，他是樂意陳屍沙場的，可憐他，回到領地就病了。也許我還該去達絨部轉上一圈，失去兒子的晁通需要人安撫。也許東郭的死使他改變了。」

珠牡提出要與國王同行。但是國王說：「還是讓梅薩陪我吧，她能讓人們安定，而你會讓男人們燃燒起來。」

珠牡很不高興，但國王裝作沒有看見，只是平靜地吩咐：「媽媽病了，我不在時請你多去看望她。」

大王真的就出發到領地上巡行了。

他不常在自己所創造的這個幅員遼闊的國家的領地上巡行。在他所經過的大部分地方，老百姓都不認識他。他們只把他當成一個身分崇高的貴族。當他彩旗招展的隊伍出現在地平線上時，他們就趕著牛羊躲開了。他們害怕這些人見了肥美的牛羊就想就地野餐。只留下一些老弱病殘待在路邊，豎起拇指向貴人乞討。格薩爾讓人從馬背上向這些人拋撒食物，性起的時候，還讓僕人們拌上珊瑚、松耳石、綠松石之類的寶石。那些從地上撿到寶石的衣衫襤褸的孩子狂喜不已，馬駒般跳躍奔跑。滿臉滄桑的老人臉上都露出驚喜已極的神情，望天拜伏，有人還撲上前來，哭泣著要親吻這個慈愛官人的馬靴。格薩爾問梅薩：「一粒寶石就能讓他們高興到這樣的地步？」

梅薩低眉答道：「大王啊，不是寶石，是好運，這些人一生都與好運無緣。」

格薩爾想到每當征服了一個國家，祛除了魔法的囚禁，打開了那些被咒語緊鎖的沉重石門時，金銀、水晶、紅藍寶石、硨磲……那麼多寶貝洪水一樣奔瀉而出：「我分賞給他們那麼多寶貝，為什麼不給百姓一些？」

梅薩沉吟道：「我聽大王對首席大臣說過，你下界來只管消除妖魔鬼怪，而不想介入人與人之間的事情。」

「人間像這樣已經很久很久了嗎？」

「我不是有學問的人，但從我生下地來，世界就是這個樣子了。」

一整天，國王都鬱悶不樂。

梅薩與國王並馬而行，因此也心生憂鬱：「我尊貴的夫君，都說你無所不能，但梅薩知道這個世界對你來說，存有很多疑問。」

格薩爾心想：「這是個懂得我心思的女人。」他想，這次帶她出行是個正確的決定。

不幾日，就來到當年的霍爾與嶺國的邊界。幾十年過去了，當年兩軍建立營寨的木頭已經朽腐。國王的心情變得沉重了。在當年的古戰場上，人們在嘉察協噶捐軀的地方修築了一個石頭祭台。格薩爾下馬，在祭台四周來往徘徊。他的靴子不斷在草叢中踩到朽敗的馬骨和生鏽的箭鏃。他所徘徊的路線，早被人在草叢中踩出了一條隱約的小徑。格薩爾說：「我知道這個與我一樣徘徊於此的人是誰，你出來吧。」

辛巴麥汝澤傴僂著腰從一株古柏後轉出來。他那憔悴的模樣讓國王吃了一驚：「你為何變成了這般模樣。」

「悔恨像毒蟲，一直在咬齧我的心，如今國王大業已成，我不想再抑制它了，讓它把我這罪人吞噬吧。」

晴朗的天空哭泣一般降下了雨水。

格薩爾扶住辛巴麥汝澤的肩頭：「所有人都知道你對嶺國的忠誠，你這樣任自己內心遭受折磨，上天也灑下了感動的淚水。」

「我是個罪人，可嘉察協噶的英靈為什麼還要來拯救我？他的高尚使我更顯渺小。」一席話，讓梅薩也深感痛悔，站在一邊禁不住淚水潸然而下，並下定決心，將來要以無私無畏之心幫助格薩爾成就大業。

格薩爾說：「他是一個正直的人，所以他要幫助另一個跟他一樣正直的人，他要你輔助我成就大業，建成一個基業雄厚、傳之萬世的強大嶺國。」

辛巴麥汝澤的臉上，淚水和著雨水潸然而下，他仰起臉來，向著天上喊道：「是這樣嗎？戰神一樣的嘉察協噶?!」

天空中滾過隆隆雷聲，然後雨過天晴，藍天之下出現了一條豔麗的彩虹。

老辛巴仰天流淚：「我的罪過被赦免了嗎？」

晴空中又響起了隆隆的雷聲。

他說：「那麼，我可以安心地死去了。如果國王願意屈尊去我的領地一次，接受霍爾人民的歡呼與敬愛，我就可以安心歸天了。」

梅薩說：「國王此行正是要去霍爾看望您和嶺國的子民。」

格薩爾的眉毛卻擰結起來：「你說，人們真的會向我歡呼嗎？」

「他們會的！」

「可是我在路上遇見的人們卻躲起來了。」

「因為他們不知道是您，是偉大的格薩爾王！」

「我還遇到很多一無所有的人向人乞討。」格薩爾說，「當他們撿到撒在路上的寶石是多麼高興，怎麼？我們征服敵國的珍寶沒有賞賜給他們嗎？」

「稟告國王，賞賜了一些給隨軍出征的將士。」

「那就是說還剩下了很多？」

「至少在我的手中，沒有剩下什麼。」

「？」

「我們從戰爭中得到的財寶又用於新的戰爭了。」

「那些在路上乞討的婦人和小孩……」

「都是死去戰士的母親和兒子。」

「為什麼不幫助他們？」

「等到不再有戰爭那一天，我們就可以幫助他們了。至少我會幫助他們。」

「也就是說……」

「不是每一個位高權重的嶺國英雄和大臣都有我王一樣的憫民之心。」

辛巴麥汝澤和梅薩從沒想到過，國王心中有那麼多的疑問。他居然問那些財寶還有什麼用場。回答是營造更加雄偉富麗的城堡，營造更加氣象森嚴的寺廟，或者，依然把財寶深藏於洞窟之中。因為巨大的財富會讓人感覺到自己更加地位崇高，更有天賜的力量。前往霍爾的路上，格薩爾的名字已先期抵達。所以，他一路上的確接受到了人民許多的歡呼。格薩爾真的感受到了，這些人真的為自己有幸生在這樣一個偉大君王創造的國家而感到幸福與自豪。

離開霍爾的那個晚上，酒宴下來，和愛妃盡情繾綣後，格薩爾對梅薩說：「看來，我該回到天上去了。」

梅薩把臉腮緊貼在國王胸前：「你真忍心拋棄我們嗎？」

「我不離開，好像戰爭就不會停止。」

「你消滅的都是禍害人間的妖魔。」

「但是，我的戰士們還是會死去，他們的母親和兒子會野狗一樣四處流浪。」

「偉大的男人，慈悲的國王，就是死去一千次，梅薩也願意隨侍在您的身邊。」

離開霍爾後，國王去了王子扎拉的領地。在星光燦爛的夜晚，在那個雄踞於山崗、可以看到自東向西橫越的群山、看到大江自北向南穿過幽深峽谷的城堡頂端，可以看到兵器部落冶鐵爐的熊熊火光。扎拉報告，明天就請國王去看獲得了新的冶鐵之術的工匠們如何鍛造新的兵器。

國王說：「不必了，在這裡看看就可以了。」

「可是大王親臨現場會讓能工巧匠們感到巨大的榮耀。」

望著那些熊熊的烈火，國王問：「打造這些兵器一定耗費了不少錢財吧？」

扎拉說：「託國王的福，歷次戰爭中得到的財寶足夠支付了。」

國王在扎拉的城堡中住了三天，再沒提兵器的事情，要麼獨自沉默不語，要麼就教導扎拉要做一個憐老惜貧的國王。做一個自己想做、其實沒有做成的國王。國王說：「你身上有嘉察協噶的骨血，當你成為嶺國之王，要有跟他一樣的博大胸懷。」

扎拉聽了這話大驚失色，深深拜伏在國王座前。因為身旁一直有人提醒他，要永遠小心，不要讓國王感覺到自己對王位迫不及待。國王把他攙扶起來：「你是光明磊落的嘉察協噶的兒子，永遠不要讓卑劣的想法毒蟲一樣鑽進心房！」

離開兵器部落的時候，格薩爾對梅薩嘆息：「我給王子心中留下了一個難解的謎團。他不知道該為百姓散盡財寶，還是繼續鍛造鋒銳無敵的兵器。」

「也許他從此開始學著如何做一個偉大的國王。」

格薩爾笑了：「一個憂心忡忡的國王。」

「如果一個國王是不快樂的，晁通叔叔為什麼總是想要？」

國王讓梅薩到了達絨部時親自去問他。

在達絨國奢華的酒宴上，梅薩沒敢提出這個問題。因為晁通依然沉浸在痛失愛子的悲傷之中。國王對他盡情撫慰。晁通便漸漸顯出他的老毛病，換上了一臉得意之色。酒宴之後，晁通拉住梅薩，請她把一株九尺高的珊瑚樹、一尊銅山中形成的自生佛獻給國王。

梅薩問他是不是有什麼要求。

晁通說：「大王出行的消息早就四處傳開了，人們都說，這是國王要離開我們回到天界了。整個嶺國，除了國王，神通廣大者就數我晁通了……」

「王叔的意思是……」

「我想，他應該知道只有晁通有資格繼承他的大業。」

梅薩以為國王會拒絕這份厚禮，但國王收下了。她想，一個正直的國王不該如此行事，國王卻說：「如果我們都活在一個故事裡的話，那麼一切都早已確定了。如果一切都早已確定，那他送這麼多禮物又有什麼用處呢？」他吩咐梅薩差人把這些寶貝出售給那些四處搜羅稀世珍寶的波斯或伽地的商人，把得來的銀錢布施給路上遇到的貧困百姓。格薩爾是這樣說的：「過些天就要回到達孜王宮了，我希望遇到一個沒有房子的人，就讓他擁有一所房子；遇到一個即將出嫁卻還沒有一串珊瑚項鍊的姑娘就給她一串，讓她感到幸福；給一個生病的人藥，給一個光腳的人一雙結實的靴子，給無助的人一次驚喜。」

然後，他嘆息一聲轉移了話題：「我又到那個人夢裡去了。奇怪的是，我走到他夢裡，是在他身體的裡面，卻看清楚了他的模樣。」國王看到的說唱人晉美消瘦、頎長，端著一把六弦琴，一張臉飽經風霜，看他靴子上的塵土就知道他總在路上，雙眼神采黯淡。格薩爾說：「既然是天界的我讓他傳揚我在嶺國的事蹟，但他為什麼不是一個高貴的人？」

國王的意思是，在後世的嶺國，那些高貴的族裔應該更記得他，可傳誦他故事的人為什麼卻是尋常百姓？既不身分高貴，也不相貌堂堂。

國王只能責怪自己，怎麼變成一個內心裡問題多多的人了。

說唱人：拒絕

晉美在一個村莊演唱。

演唱結束後，起了一點小小的糾紛。人們沒有按慣例帶來給演唱者的酬勞：一些食物和一點小錢。村民們認為，這次演唱是村長召集的，就應該用村裡的公款支付。村民們說，大家的錢不能只用來招待下來檢查工作的官員，像這樣的演出也應該開支一點。村長堅持這樣傳統的活動，應該按傳統來辦。「良馬載著主人出行，總是挑選最熟悉的道路。」雙方相持不下時，是一個衣著光鮮的年輕人給了他一百塊錢。然後那個年輕人跟上了他，提出要拜他為師。晉美告訴年輕人，他的故事是天神所授，不可能教給別人。年輕人說他知道，他只學習他一些六弦琴的彈法與曲調，而不是學習故事。年輕人從自己的琴袋裡拿出琴來，抱在胸前略一沉吟就讓琴發出了聲音。

「你的琴聲比我的好聽。」

「不是聲音，是調子，我要用這支琴彈出你的調子。我只要調子。」他以為要教這個年輕人很多時候，但他只跟了他三天。在曠野中走累了，兩個人坐下來，彈奏一陣，他彈一聲，年輕人跟著彈一聲，他彈一段，年輕人相跟著彈一段。講述英雄故事，重要的是故事，所以，調子就那麼幾種。年輕人很快就學會了。這時，他們又到達另一個號稱是曾經嶺國的自治州了。他們從山坡上下來，貼地的風從背後推動著，使他們長途跋涉後依然腳步輕快。地上的風向北吹，天上的薄雲卻輕盈地向東飄動。這個城市的廣場很寬闊，兩個人坐在廣場上的噴泉跟前，看人來車往。年輕人說：「老師，我們該分手了。」他還要給他一些錢，晉美拒絕了。他的內心像廣場一樣空曠。身後，噴泉譁然一聲升起來，又譁然一聲落回去。他說：「調子是為了配合故事的，為什麼你只要調子，不要故事？」他知道自己已經改變了主意，他願意教給這個快樂的年輕人那些漫長的故事。但是年輕人說：「我給它配上一段段新的唱詞。」

年輕人彈著琴歌唱。他唱的是愛情，他看見年輕人眼中有了憂鬱的色彩。開始他只是試著低聲吟唱，後來，琴聲激越起來，是他教給的調子，又不是他教給的調子。這使他內心比廣場更加空曠。聽到歌聲，人們聚集起來，聽年輕人演唱。圍觀的人越來越多，姑娘們發出了尖叫，小夥子吹起了口哨。他們認出了他。晉美這才知道他是個非常有名的歌手。他在歡呼聲中把自己的老師介紹給大家，但下面只響起一點禮節性的掌聲。他們把帽子和頭巾拋向空中，要他再來一個。年輕人又開始演唱。晉美起身了，歌手一旦開始歌唱，就無法停止。歌手用眼光目送著他，那眼光跟歌唱的愛情是一致的，無可奈何，但又深情眷戀。當整個廣場和人群都在晉美背後的時候，他流淚了。

他說：「該死的風，吹痛我的眼睛了。」

然後他對自己說：「我是流淚了。」於是，更多的淚水洶湧而至。哭過之後，他感覺到周身暢快。這天晚上，他停宿在一個跟他家鄉非常相像的牧場上。帳篷中央的彤紅的牛糞火慢慢黯淡，他睡著了。中途醒來，一位身上帶著羊群和青草味道的女人鑽到了他的毯子底下。他把女人抱在了懷中，嘴裡發出了聲音：「嚯，嚯。」

女人把嘴巴貼在他耳邊：「這不像是『仲肯』的歌唱。」

他又說了：「嚯！嚯，嚯嚯！」

後來，毯子底下又只有他一個人了。

他聽見離開他的女人在給幼兒哺乳，還聽見星光錚錚然落在草稞的露水之上。在這裡，還在嶺國為王的格薩爾再次來到他夢中。夢境的闖入者不出一點聲息，只是好奇地打量。還是晉美先開口：「你為什麼不說話？」

「反正你也不會告訴我什麼，我就看看你的樣子吧。」格薩爾說，「你長得不是我想像的樣子。」

「我該是什麼樣子呢？」他覺得這個國王格薩爾比天神格薩爾更加可親可愛。

「你有點難看。」

「天神沒把你的故事塞到我肚子裡之前，我只是一個目不識丁的牧羊人。」

「你過得好嗎？」

「我不知道，有時候我覺得好，有時候覺得不好。」

「有房子嗎？」

「在家鄉有，到處演唱你的故事後就沒有了，我們說唱藝人四海為家。」

「我們？你是說還有別人也在演唱？」

「好多人，不過他們說我唱得最好。」

「你妻子呢？」

「我沒妻子。」

「你好像也沒有錢？」

「我前些日子剛掙到了一筆錢，一千塊錢！」

「我怎麼沒有看見？」

他指給他衣袋裡的紙幣。

「那只是寫字的紙。」

「銀行寫了字的紙就是錢。」

「這麼說來，字的魔力更大了。你知道我們這裡，字只是紙上的話。我在晁通的領地上。」

「我知道他獻給了你禮物，想當國王。」

「他當了嗎？對，你不會告訴我。可我想我不會讓他當的，嶺國各部的首領們也不會同意，首席大臣也不會同意。我出去巡行時看到好多人受苦，既然我是一個好國王，為什麼還有那麼多人食不果腹，流落異鄉？你那邊也有很多受苦人嗎？」

「很多。」晉美想說，我就是其中的一個，但他沒有說。他只說，「也有很多達官貴人，很多有錢人。」

「這麼說來，世道一直沒有改變。」

「好像沒有。」

「還有戰爭嗎？」

「電視裡說，全世界有好多個國家正在打仗。只是沒有妖魔跟神仙了，就是人跟人打。黑顏色的人打，白顏色的人打，跟我們一樣顏色的人也打。」

「那麼我要回去了。」

「你回去吧。」

來無影去無蹤，這個困惑的國王一下就消失了。醒來的時候，晉美想，幸好他沒有問親自創立的嶺國還在不在，回答在是撒謊，回答不在會令他心傷。上路的時候，他一時間覺得無處可去。他忽然想起那個正在繼續撰寫格薩爾故事的喇嘛，那個開掘心藏的喇嘛，便又去了那個地方。半個月後，他見到了那個喇嘛。他在轟轟然作響的林濤聲中等著喇嘛從禪定中出來。

喇嘛睜開雙眼，看見了他，說：「我對那些人說你一定會回來。」

「你在等我回來？」

「我一直在等你，我知道你會回來，我要把從心中開掘出來的新故事教給你，讓你去四處傳唱。」

晉美想起夢中的國王，低下頭沒有說話。

「你拒絕？」

他直截了當地問：「你的故事寫什麼？」

喇嘛說：「這麼多『仲肯』都沒把格薩爾的故事講全，我得到天神的授意，要把他全部的英雄事蹟開掘出來。」

「在你的故事裡他還幹了什麼？」

「征服了一些從前沒有聽人說過的魔國，打開寶庫得到了許多稀世珍寶。」

晉美沉吟了一陣，終於開口了：「我拒絕，我還想告訴你不要寫了，格薩爾王已經想回到天上去了。他太累了。」

喇嘛吃了一驚，臉上浮現出譏諷的神情：「看看，凡夫教訓喇嘛。」

「我請求你。」

喇嘛恢復了鎮定：「你這麼說，莫非有什麼緣故？」

晉美說：「我在夢裡見到了他。」

「這個我知道，你們這些說唱藝人都說在夢裡得到了他的授意。」

「我見到的是還在嶺國做國王的格薩爾。他已經非常厭倦沒完沒了的征戰了。」

「厭倦戰爭?!正是戰爭給了他那麼多榮光！人們傳誦他的故事，不就是因為那些轟轟烈烈的戰爭嗎？他是戰神一般的無敵君王！」

「我就是來請求你不要寫了，格薩爾王已經厭倦了。」

喇嘛顯出高傲的神情：「神讓你做一個『仲肯』是你的造化，你竟然對故事評頭論足，你忘記自己是什麼身分了。我們被天神選中，就是他謙卑的僕人！」

「我想……他上天以後就把在人間的困惑忘記了。」

「神靈啊，請聽聽這個狂悖的人在妄議什麼！」

「我也不敢肯定，但我真是這麼想的。」

「你這個瀆神的人，請你離開！」

「我請求……」

「管家，讓這個人離開！」

「我錯了嗎？」

「你錯了！」

「我沒錯。」

「管家！」

故事：伽國消息

國王在領地上巡行的時候，從遙遠的伽國，三隻鴿子起飛了。三隻鴿子從金色的皇宮，從伽地公主獨居的蘭香閣上起飛。一隻鴿子身上是公主致嶺國國王的親筆書信。另外兩隻鴿子帶著公主送給國王的禮物——一塊美玉和她花園裡奇花異草的種子。

鴿子們在路上飛行了很長時間。

這幾隻鴿子的飛行路線經過伽國和嶺國之間的一個山地之國木雅。當年嶺國征服霍爾時，木雅國曾經出兵助戰，戰後嶺國與木雅便盟誓成為兄弟之國，對天宣誓要睦鄰萬年，相互永不侵犯。後來，木雅國法王又對奉嶺國為兄長之國心存不滿，便對穿越木雅的嶺國商隊課以重稅，後來又索性下令關閉了邊界，不再與嶺國互通音訊。大多數時候，他都在山中苦修，炮製加持種種魔力巨大的法器，日常的國政就交予其弟玉昂頓巴打理。話說那三隻信鴿飛越木雅時，玉澤頓巴正在高山上修行，呼風喚雨為他那些寶貝法器加持更大的功力。就在這個時候，他看到了鴿子正在飛越自己的國家，並感到了鴿子的焦灼之感。他在天空中布滿了包含著鞭子一樣閃電的烏雲，只在自己頭頂留下一片晴朗的天空，並把其中一件叫做如意神變的法器變成了一棵參天大樹。如意神變本來只是一小段木頭，但這段木頭在地底的黑暗中埋藏了一千年，又被滔天洪水捲到一個湖泊在冰涼中沉睡了一千年。滄海桑田，湖泊乾涸，變成高山，那段像鐵不是鐵，似玉不是玉的比黑夜還黑的木頭，又在高山頂上被閃電抽打了一千年。再經過他的種種供養與加持，喚醒了它內部的力量，又加入了更多外部的力量，便具有了種種無常的變化。三隻疲憊的鴿子剛一落在那結滿鮮美果實的樹上，樹就變成一只巨大的口袋，把牠們全部納入其中。玉昂頓巴哈哈大笑：「來自伽國的信使，我木雅國好像不是你們的目的地！這麼急急忙忙是要到哪裡去？」

鴿子們說：「被你的幻變之術所蒙蔽，有辱使命，殺死我們吧！」

「你們這麼小，久飛之後，身上的油與肉都快耗光了，殺了你們讓我堂堂國王吃三副光光的骨架？放心吧，我不殺你們。」

「那我們更不會告訴你將去往何方。」

木雅國王叫人把鴿子身上的信解下來，展開一看，一切都明白了。「伽國公主忠誠的鴿子們，你們自己死吧，因為你們的祕密我已經知道了！」

鴿子們飛向高空，然後箭一樣往地下扎來，牠們決定如此結束自己的生命。但是，木雅國王使法術把地面變得比乳酪還鬆軟。他說：「我不要你們死，你們還是給那嶺國的格薩爾送信去吧，我看他怎麼不經過我木雅國就去幫助你們的公主！」

木雅國王還讓鴿子飽餐一頓，讓牠們恢復了體力：「繼續飛行吧，替我問問格薩爾，我木雅要是不肯借道，他怎麼領軍去到你們的國家？那時，你們公主就會來求我了。」

鴿子問：「你肯幫助我們的公主嗎？」

「肯，如果她嫁給我！」

三隻鴿子再次振翅而起，向嶺國飛去。不幾日，就降落到達孜城王宮頂上。但是，牠們只見到了被嫉妒心折磨的王妃珠牡。她告訴鴿子們，國王帶著梅薩妃巡行領地去了。鴿子們繼續起飛到了霍爾，國王已經離開很久了。身體衰弱的辛巴麥汝澤遺憾地說：「有此大事，老朽卻不能再追隨大王出征，在陣前殺敵了！」在王子扎拉的領地，三隻鴿子差點被正在試箭的兵器部落的工匠們射死。王子扎拉對牠們溫言撫慰，並指給牠們去往達絨部的方向。鴿子們還沒有消失在天際，王子已經傳令整頓兵馬，準備隨國王遠征伽地了。

到了達絨部，國王已經離開了。

晁通盛情款待，並對鴿子們聲稱自己就是聲名遠播的那個嶺國之王。鴿子信使就把公主的信與隨信禮物一併獻上。晁通說：「你們可以安心回去覆命了，告訴公主，要不了多久，格薩爾就會帶著嶺國大軍向伽國進發。」說罷，真的就點起大軍，即刻向王城進發，他要達絨部兵馬第一個到達王城，在國王面前顯示他晁通是如何精明幹練。

格薩爾回到王城宮中，珠牡擔心國王再次離她出去遠征，沒有把伽國信使來尋求幫助的消息告訴國王。過了幾日，天氣晴好，格薩爾就在百花盛開的野外紮下大帳，與眾大臣飲酒作樂，欣賞最近流傳的新歌。這時，數十里外的藍天之下升起滾滾黃塵，一看就知道，正有成千上萬的人馬正向王城驅馳而來。

國王驚道：「並未發出徵召之令，如何有兵馬前來？」

首席大臣一看：「黃塵起處，正是通往達絨部的官道，莫非是晁通……」

國王便令老將丹瑪迅即集合警衛王城的兵馬前去察看。丹瑪領令，倉促間只集合起幾千兵馬。此番晁通擅自率達絨部大軍直奔王城，直出所有人意料。「莫非他真的膽大妄為，前來逼宮了？」

倉促之間，王城向四面八方派出信使，催令各部兵馬前來勤王。

在距王城十幾里路的官道上，丹瑪勒馬擋住了晁通的去路：「達絨部尊敬的長官，不在自己領地上好好待著，如此匆匆忙忙，得意洋洋是要去往何方？」

這兩人平時就水火不容，在此場合下見面，更是一上來就劍拔弩張。

「我有要事向國王稟報，耽誤了大事，你丹瑪可只有一個腦袋！」

「沒有得令而重兵前往王城，你是想犯上作亂吧？」

這句話，像是微風吹醒了睡著的火種，一股烈焰頓時在晁通心中騰騰竄起：「我看你還是讓開道路為好，你區區幾千兵馬，豈是我達絨部數萬雄兵的對手！」

「為了得到嶺國的王座，我看你真是要犯上作亂！」

此時那股烈焰已在晁通心中燃成了熊熊大火。一看丹瑪前後隊伍的旗號，他就知道，拱衛王城的精兵差不多全都在此了。而各部兵馬前來，最快也要三五天時間。此行本是為了送信，並隨國王遠征伽地，不想卻遇此良機，既然你說我反了，我就反了吧！想到此，立即口吐狂言：「我就是反了，又能把我怎樣？」

那狂妄的姿態，激怒了丹瑪，他不答話，便放馬直奔晁通而去。

兩人大戰幾十回合，未分勝負。眼看天已黃昏，晁通還不肯罷休，還是兒子東贊拍馬上來，將他和丹瑪隔開，和父親回到自己陣中。東贊勸父親：「我看不是丹瑪擋道，是國王對你放心不下，不讓我部兵馬靠近王城，父親何必硬要通過，就派兒子一人一馬把信送到國王手上便罷。」

晁通罵道：「格薩爾！我好心率兵前來助你，你不好酒好茶款待，反倒派心腹大將把我攔在半道，你說我反了，好，我今天就反了！」

東贊力勸父親：「就算現時王城兵微將寡，誰不知格薩爾天神下界，神通廣大……」

「他有神通，難道我晁通就沒有神通?!如果你是我的兒子，怎麼甘心屈居他人之下?!」

東贊也不再言語，還是晁通緩緩開口：「我這是將錯就錯。成，是天賜良機；不成，我也有話向格薩爾解釋，是他丹瑪不讓路，定要與我拚個你死我活。明天一早，全軍準備大戰，得手後，就直攻王宮，不成，你再把伽國來信給格薩爾送去不遲。」

可是還在半夜，就起了彌天大霧，早上起來，達絨部在濃霧中布好兵馬，只待紅日升起，驅散霧氣，就要發兵衝鋒。無奈格薩爾已經施展遮天大法，濃霧經久不散，大中午時還如黃昏一般。雙方只好紮住陣腳，除了小小的騷擾，無法發動真正的進攻。晁通設壇，要驅散大霧，與格薩爾鬥法，但四周山神與水中龍王都來給格薩爾助力，可憐晁通空耗了許多力氣，卻未見絲毫的效果。

第二天，格薩爾又變換了法術，晴天麗日下，借來風神雷神與雹神之力，降下冰雹，將剛剛排列成陣的達絨部兵馬驅散。第三天，後面傳來密報，扎拉王子率領的大軍已經上路，晝夜兼程，三日內就可到達。晁通想，三天之期，至多可以戰勝丹瑪，定然無法攻克王宮。於是，自己避戰不出，讓東贊執伽國書信請丹瑪讓路，讓他獨自一人去面見國王。

丹瑪便同東贊去見國王。路上，丹瑪好奇地問東贊，如何不出來為他父親助戰。

東贊道：「如若達絨部真的要反，我還不傾力出戰？」

丹瑪想不清楚事情原委，說：「你小子還是自己向國王解釋吧。」

國王見了東贊，也不讓他難堪，收了信，給了賞賜，說：「各部兵馬不日間都會齊聚王城，是非曲直，再讓眾人評判吧。」

東贊還是辯解不已：「父親收了信，只是因立功心切，才未領王命便啟動兵馬。」

國王說：「也許起初是這樣，後來就不是這樣了。」

「那也是因為丹瑪逼迫……」

格薩爾說：「我並未為難於你，就是因為明瞭一切原委，你先回去，三日後與你父親一同前來吧。」

三日後，各部兵馬陸續到達。晁通自縛前來請罪，再三聲辯，自己並無反意，只因丹瑪步步進逼，才舉兵相向，交戰之中，不免也說了些忤逆狂言。格薩爾道：「如若沒有丹瑪力戰，如若不是我施行幻變之術，如若不是各部兵馬接令後火速前來，想必你已經高居在這黃金王座上了吧！如若你做了國王，會將我怎麼辦？殺頭？關入黑牢？還是如當年一般將我流放到荒郊野外？」

晁通以額觸地，高叫：「還是請我王看了伽國書信再來處置我吧！如果此次出征你用不上我，要殺要剮，我都毫無怨言！」

國王冷冷一笑，叫人展讀書信。

書信打開，卻不是三五行字，密密的文字寫滿了三張薄絹，殿上殿下，無論大臣與術士，竟沒有一個人認得這異國文字。國王叫人先把晁通押入地牢之中，等人譯出書信再作區處。首席大臣說道：「要是嘉察協噶生母在世，認出這字就不在話下。」

話音剛落，殿上殿上便響起如風穿洞穴一般的聲音：

「嗚──」

「嗚──」

這是發自眾人口中的譏刺之聲。

首席大臣已經一百多歲了，年老體衰，比起過去，他於朝政已經有些懈怠了。國王微微皺起眉頭：「難道嶺國與伽國來往貿易，竟沒有出現個把一條舌頭能說兩種語言，一雙眼睛能讀兩種文字的人？就像辛巴麥汝澤，既能講霍爾語，也能講我嶺國的語言。」

老將丹瑪上前一步，又退回去了。

國王的眼光便落定在他身上。

丹瑪自己沒有說話，把王子扎拉推到國王跟前。

國王笑了：「難道你已經習得異國的語言。」

王子扎拉說：「我知道兩種人該有這種本事。廟裡專心譯經的喇嘛，還有那些往來兩國的商人。」

格薩爾說：「正是如此，領馭一方土地與人民的人不需要學會所有的本事，卻要知道什麼人具有這樣的本事。快快著人召他們進宮來吧。」退朝之時，他又轉身問首席大臣，「我會在太陽落山之前，知道書信裡說的是什麼嗎？」

智慧的喇嘛和精明的商人來到宮中，用不同的風格譯出了同一封書信。喇嘛的譯本文辭優雅，藻飾豐富，商人的譯本簡單直接，明白如話。但不論風格如何，都準確地轉述了信中的陳述。國王當即發下旨意，將來嶺國的文書，要讓這兩種風格並存，既要深奧典雅，也要明白如話。但是，事與願違，一千年過去了，然後又有幾百年過去了。這塊土地上的人們越來越多地轉入內心的省悟與自我觀察，因此之故，藻飾優雅的風格蔚為大觀，明白如話的民間風格卻消失於無形了。這是後話。當大家看到兩種不同的翻譯陳述出同一個事實時，首席大臣便急急帶著人去宮中向國王稟報了。在宮中那些幽暗曲折的通道中穿行時，首席大臣還特意走到一個向西洞開的窗戶前向外張望了一下，看見通紅的落日距離山頭還有整整一匹馬身的距離。

故事：妖妃作亂

寫這封書信的伽國公主。

「大伽國公主泣拜於天降英雄雄獅大王格薩爾座前……欲知所求之事為何，敬容細述原委。」

原來，那幅員廣闊、人口眾多的大伽國皇帝也是上天所封，國中內臣萬千，封疆領牧的外臣更是不計其數。宮中已有妃嬪一千五百人，但對皇帝噶拉耿貢來說，都不能完全稱意，因此一直沒有冊封皇后。很長時間，沒有一個皇后母儀天下，使得舉國上下十分不安。但是，宮中眾多美貌的嬪妃已經窮盡了這個國度陰性的精華，大臣們便只好籌畫著從其他途徑來為皇帝尋找一個皇后。因此也尋遍了鄰近那些按年上貢方物的臣屬之國，皇帝仍然不能稱意。大臣們覺得只有下到龍宮，才能迎娶到一位出身高貴、美麗聰慧的美人。這裡剛剛起意，馬上就有人打探到消息。東海龍宮有一個美麗無比的公主名叫尼瑪赤姬，剛好到了談婚論嫁的年齡，其美貌言語難以形容，如果將她迎娶，皇帝定能稱心如意。這個國家前所未有地遇到一個如此內向、如此沉溺於內心與情感而不問政事的皇帝。大臣們商議停當後，甚至沒有報告皇帝，迎親隊伍就帶上黃金、寶石、白銀、銅器、檀香木，還有大象、孔雀、飛龍和鳳凰，乘上大船向東海而去。這些人其實沒有走到龍宮。因為皇帝一味沉溺於內心，伽國與龍宮斷絕往來已經很多年了。他們並不知道龍宮裡其實沒有一個待嫁的公主。他們得到的消息，不過是想入主伽國作亂人間的妖魔們想出的一個計策。想不到，這個計策如此輕易就成功了。大船在海上才航行了九天，就到達了妖魔們布置下的假龍宮。龍王痛快地答應了伽國的求親使者，並給尼瑪赤姬公主陪嫁了深海中眾多的珍寶。大宴三天後，假公主、侍女和海底的奇珍異寶隨求親使團一起浮上海面。帆鼓滿順風，不到三日，就回到了海岸。這位公主，皮膚白皙光滑，賽過剛出水的海螺，面目賽過任何一朵剛綻放的花朵，走路的姿態，猶如微風輕拂水波。如此絕色的美人，當然立即就占領了皇帝的心靈。除了耳鬢廝磨，床笫纏綿，皇帝最大的心願，就是在出宮公祭天地歲時的時候，能夠攜著這位絕色的皇后，讓他眾多的子民也看到自己美麗的伴侶。他希望，子民們能把皇帝擁有這樣美豔的皇后當成自己的幸福與驕傲。

春天來了，風染綠了宮牆外的柳樹，祭拜土地神與五穀神的日子到來了，可尼瑪赤姬卻不肯走出宮牆。

她問皇帝：「我漂亮嗎？」

「漂亮這個詞難以形容你的風姿與容貌。」

尼瑪赤姬垂下淚水：「夫君啊，我這種言辭不能形容的美麗，上天只讓你獨享，而不能讓你的百姓看見。」她告訴皇帝，這個世界上最美麗的東西都是最嬌貴最脆弱的，任何陌生人驚羨的眼神與讚美的語言對她都會構成嚴重的損毀，「夫君啊，他們的目光對我是眼魔，他們的言語對我是口魔，暴露在他們的眼目與口舌之下，就像把一朵花棄置在寒風與嚴霜之下！」

皇帝只好獨自前往。往後，皇帝就不肯再出席類似的活動了，只與皇后隱居於後宮之中不理朝政，由隨侍公主而來的幾位龍女，向大臣們傳達皇帝的旨意。大多數時候，龍女們傳達的都是任意編造的謊言。因為妖魔魅亂於宮廷，這個國家的大地上出現許多災異的現象。湖泊乾涸了，鳴聲嘹亮的鶴群遷移到別處，甚至連宮廷畫師畫在絹帛上的鶴都振翅而去了。雄偉的山峰攔腰崩折，河流改道。一些地方的人民失去了賴以生存的水源，而在另一些地方，大水淹沒了道路、城鎮與村莊。

皇帝與妖后生下的公主阿袞措長到十三歲時，這個國家的災難已經非常深重了。大臣們慢慢明白，這些災變都是由於女妖魅亂於宮闈的結果。他們才知道，皇后尼瑪赤姬不是來自龍宮，而是由九個魔女的氣血化合而成，便借公主十五歲的成人禮，籌畫了一個盛大的慶典，同時祈求上天的幫助。為了收回妖女在人間的壽命，天神、龍神與念神下界。三個神分別扮成跛子、瞎子和啞巴，趕著一頭牛一頭驢出現在京城。三個人來到王宮前的廣場，把牛和毛驢的尾巴拴在一起，開始了他們的表演。啞巴翩翩起舞，瞎子放聲高歌，跛子變起了戲法。舞蹈、歌唱、戲法，人們都聞所未聞，見所未見，整個京城都轟動了。廣場上的喧鬧與歡呼直達宮中，三天三夜後，尼瑪赤姬也按捺不住好奇心，給頭臉蒙上紗巾，趁黃昏登上了可以俯瞰廣場的城樓之上。這時一股風吹來了，揭去了尼瑪赤姬頭上障人眼目的輕紗，已經挨近地平線的太陽放射出最後一縷耀眼的光芒，照亮了城樓，尼瑪赤姬豔麗無比的容貌暴露在成千上萬人面前。那麼多眼光同時投注到她身上，驚嘆讚美之詞從那麼多張嘴中噴湧而出。這個美貌的妖女，這個修煉未至最高境界的妖女中了眾人的口魔與眼魔了。就像寒風與嚴霜落在嬌豔的鮮花之上，回到宮中的尼瑪赤姬從此一病不起。皇后得了病，不再見人，連公主也只能在規定的日子裡前去探望。這天是可以探望的日子，公主進宮去探望母后，只見寢宮中簾幕深垂，其間瀰漫著甘甜的藥香。隔著幾重簾幕，她聽見父皇問母后：「為讓你病體康復，我張榜徵集了全國的名醫，國庫裡的銀錢財物花去不少，作為賞賜，可你的病體為何不見好轉？」

母后飲泣：「夫君，我這個病，就是花去全國的所有銀錢，也不會好轉了。」

「那就沒有一點辦法了嗎？」

「我已中了你百姓的眼魔與口魔，所以必須死去一次。如果皇帝真的不願捨棄我，那就在我死後，按我的辦法做，我定能死而復生，再伴君王！」

「自打與你親近，我就不可能再愛上別的女人，你真的能死而復生，使我夫妻再享恩愛嗎？」

皇后告訴皇帝，只要遵她囑咐，依計而行，她定然能死而復生。她告訴皇帝，等她死後，屍身要用上等絲綢包裹，放置於一間光線無法透進的密室之中。「皇上請下令把太陽關進金庫，月亮關進銀庫，把星星關進螺庫；天上不能見飛鳥，水中不能有游魚，空中的風也不能吹動。」她說一共需要九年時間，處在黑暗死寂的空間。用三年恢復血脈的流動，用三年生長肌肉，再用三年強壯筋骨。復活以後，她將更加美麗，而且獲得永生，與皇帝共享沒有盡期的歡樂。

皇帝發問了：「你獲得了永生，我呢？我會死去，我不能永遠得到你，你又會屬於另外的皇帝嗎？」

「我會幫助你的。」

「幫助我獲得永生嗎？」

皇后的語氣無力而空洞：「是的，我會幫助你獲得永生。」

皇帝知道這是不可能的，不由悲從心起。皇帝這種表現，讓皇后很不放心，但她已經命懸一線，只好繼續往下交代：「我死之後，伽國還要斷絕與嶺國的所有交通與貿易，所有通向嶺國的橋梁要砍斷，渡口要封閉。我死去的消息也要嚴加保密，這消息千萬不能傳到嶺國去。」

「為什麼？」

「這消息要是讓格薩爾知道了，會來焚毀我的屍身，那我就再也不能復生了！切記，切記！」

公主阿袞措把這一切都聽到了耳裡。

不幾日，皇后就死去了。好長時間，公主陷入了無比的悲傷。但是父王的悲傷比她更甚十倍百倍，每天晚上，他都在那間密室中，睡在皇后旁邊，用自己的體溫使皇后的屍體不致太過冰涼。從此，伽國失去了太陽，失去了月亮，甚至失去了夜晚微弱的星光。整個國家就這樣陷入了黑暗。鳥不再鳴叫，花不再開放，人們也不再歌唱，百姓苦不堪言。公主這才知道自己的生母原來是個禍害人間的妖女。如果任其復活，這個國家不知將還要蒙受怎樣的災難！思前想後，這個善良的姑娘決定除掉妖屍，拯救百姓，讓伽國重見天光。最後，還是與從小起長大的姊妹們商量，想起用鴿子送信的辦法，請求嶺國國王格薩爾的幫助。

於是，才有這封在黑暗裡用金線繡於黑絹上面的書信來到了格薩爾面前。令人難解的是，信中寫道，要滅此妖屍，需要綠、白、紅、黃、青各色松耳石編成的髮辮，這些髮辮是一個名叫阿賽的羅剎頭上的頂戴，這些松耳石編成髮辮結在羅剎頭頂上，隨他一起修行已經很多很多年了。格薩爾問到底多少年了，答說起碼已經有三百年了。更奇怪的是，很多人都知道這羅剎的存在，卻又沒有人知道該去哪裡尋找他。

這時，卻聽到晁通得意洋洋地在地牢裡作歌而唱：「想知道雨水什麼時候下來，去問問天上的雲團。雲團飛得比鷹翅還高，知道阿賽消息的人卻身陷於國王的地牢！」

晁通唱第一遍的時候，所有人都露出了冷笑。當他一遍又一遍唱下去，在國王詢問眼光的逼視下，他們臉上的笑容變得尷尬了。沒有人和那個術士打過交道，更不知道他在什麼地方。

晁通卻還在一遍遍作歌而唱。

格薩爾笑了：「我沒有殺掉這個該死的罪人，原來是要派上這個用場。」隨即派人把那個打入黑牢的傢伙帶到他跟前。

「罪人，那羅剎真的頂著一頭松耳石辮子？如今他隱居在什麼地方？」

「尊敬的國王，繩子緊縛著雙手，我的舌頭也很緊張。」

「死在臨頭還巧舌如簧，你不是一個膽小鬼嗎？這時怎麼反倒不害怕了？」

「真正死到臨頭，怕也沒有什麼用處了。特別是想到姪兒要去伽地收妖伏魔，還用得上我，更沒有理由害怕了。」

「你的意思是說，沒有你，我就不能完成功業嗎？」

晁通的眼珠在眼眶中轉得碌碌有聲，說：「我只是說有了晁通，事情會變得容易一些。」

「來人，把繩子給他解開！」

一解開繩子，晁通便拜伏在地：「謝國王再生之恩！」

說唱人：打箭爐

打箭爐是一個老地名，朝廷大軍進剿異域時，把此地當成後方。此地本也是異域，但占領以後，軍隊便在此開爐造箭，從而得到這個名字。

當弩機營的兵勇把箭矢都射進了不肯降伏者的肉身，使他們筋斷骨折，流盡鮮血時，大軍回營，這地方又變了名字，叫做康定。之後又是百多年過去，此地已經是一個熱鬧的邊城。旅遊者在城裡穿行，登山者在戶外用品店中對裝備做最後一次補充。集市上，農夫出售蘑菇與藥材，牧人出售乾酪與酥油。城中心最大的酒店張掛著紅色的布幅：祝賀格薩爾學術討論會隆重召開！

因為這個大會，正在草原上四處流浪的晉美被人從某個偏僻之處找出來，讓一輛吉普車拉到了這個酒店。

在會上，他再次和最初發現他的學者相逢。

那天晚上，他在晚會上為學者們演唱格薩爾伽國伏妖中的一章〈梅薩妃木雅智取法物〉。老學者即席用漢語和英語替專家們翻譯。

接下來，他還參加了半天學者們的會議，但沒太聽懂他們的說話。

進午餐時，他一直在張望頭頂上那盞巨大的吊燈。當他看那燈，人們就都看著他，使他不好意思多看。後來，他發現從酒杯中可以看見那燈燦然的倒影。

學者問他：「老看這個幹什麼？」

他說：「這麼多玻璃……我害怕掉下來。」

「夥計，不是玻璃，是水晶。」

他睜大了眼睛：「這麼多水晶？」

「你會為這個吃驚？你的演唱裡，不是說格薩爾每征服一個敵國，打開寶庫時，它們不是像洪流一般奔湧而出嗎？」

「那是故事裡，可這是真正的……」

當他說到這裡，圍桌而坐的專家們來了興趣：「聽聽他說什麼？仲肯認為故事裡才會有那麼多水晶或寶物？他的意思是在現實中不會有這麼多？」

「也就是說他並不認為故事是真的？」

一個坐在另一張桌子上的教授也坐了過來：「看來不是只有我在質疑故事的真實性。這麼有名的仲肯自己也不以為故事是真的！」他扶住晉美的肩膀，「說唱大師，請告訴我，你為什麼不相信故事是真的！」

晉美脹紅了臉：「我沒有不相信故事是真的！」

「可你剛才那句話我聽得清清楚楚，我聽出來你的意思是，那些事只在故事裡是真的！」

「我不是說故事，我只是說……」晉美不敢說下去了，抬頭去看吊燈上結成瓔珞狀的串串水晶。他想，自己的意思好像是說故事裡那麼多寶貝可能不是真的，又好像是說，故事裡的水晶也不能一直流傳下來，然後做成這麼多光閃閃的構造複雜的燈盞。他顯得結巴了，「我，我，不是說故事……」

還是老朋友幫助他擺脫了尷尬的處境：「我們盡可以讓討論複雜，還是讓他只知道演唱吧。」

老學者拉著他離開了餐桌，下了寬大的樓梯，來到城中那條奔瀉而下、很是喧譁的河邊。河上清新冷冽的風讓他清醒了不少。晉美說：「我不喜歡那些人。」

學者笑了：「你沒有想到我們為格薩爾開會，卻還在爭論這個故事是不是真的吧。」

晉美從嗓子深處哼了一聲，表示同意這個說法。

「看來我不該讓你攪到這些事情中來，我只是提議請你來為專家們好好演唱一次。」

「我想回去了。」

說這話的時候，他的目光順著這條喧騰的河水所來的方向舉目西望，他知道，峽谷盡頭的那座山峰背後，就是廣闊的康巴大地，寬廣的草原，雄峙的雪山，寶石藍的湖泊。大路越過山口，然後就像一棵巨樹分枝一樣分出眾多的道路，通向一個個谷地中的村莊與高地上的牧場。講故事的人就像一隻鳥，在不同的枝頭間飛來飛去，然後，停在某一個枝頭婉轉歌唱，世世代代，故事就這樣在人群中四處流傳。

他對學者說：「你知道那些地方，翻過山是木雅，再往西，寬廣的阿須草原，是格薩爾出生的地方，有珠牡沐浴的湖泊，然後是兵器部落，北上是鹽湖，順大江而下，是門國的峻嶺與高山。」

「我們相遇有十好幾年了吧，我老了，你也該安頓下來了。」

學者告訴他，這次不只是請他來演唱，他這樣的民間藝人也是國家的寶貝，在這次會議上，專家委員會將認定他為民間文藝大師，有了這個稱號，政府會給他一套房子，每個月還有工資，有公費醫療，「差不多跟幹部一樣。」

「我？像幹部一樣？」

「國家重視非物質文化遺產，要把你這樣的人當成寶貝。」

學者有些動情：「我們並不是整天開會，開會時也不光在討論你不喜歡的那種問題。算了，我不說了，再說就是你不明白的話了。但是，這麼多年來，我心裡都一直牽掛著你。」

「你讓我上了廣播電台。你把我的聲音錄下來，又讓我自己聽見。」

學者笑了：「可是你逃跑了。」

晉美想起了當年的尷尬事，沉默半晌：「那個姑娘為什麼一進播音間就那樣說話？」

「我知道，她工作時的聲音使你迷惑了。」

「後來我想，也許珠牡說話就是這樣的吧。」

「她要是知道你這麼說，會高興的。」

「她討厭我，下賤的我冒犯了高貴的她。」

「那人也很後悔，她說如果還能遇見你，一定要代她表示歉意。」

「她真這樣說過嗎？」

「好了，這些事情都過去了。我老了，要退休了。這時我就想，四處奔波的人，雙腿也會慢慢失去力量，應該安定下來了。你願意安定下來嗎？」

「我不知道。」

「走吧，我帶你去見一個人。」

他們過了橋，穿過一段曲折的街道，在一座灰色的水泥樓房幽暗的樓梯間按響了門鈴。開門的是一個手持一串佛珠的老太太。她對著學者露出了滿面笑容。晉美在幽暗的門道中看到她閃閃的金牙。她扭頭大聲說：「貴客來了，煮茶！」

來到客廳中的燈光下，晉美認出了她，就是和他在廣播電台一起演唱過的央金卓瑪。如今她已經是一個面容平和的肥胖老太太了。央金卓瑪也認出了晉美。她的臉沉下來，嘴唇緊緊閉攏，遮住了閃閃發光的金牙。央金卓瑪隨即又大笑起來，把正在煮茶的丈夫叫過來：「看看，這就是那個從電台跑掉的傢伙。」

老太太又轉臉對晉美說，「我告訴過他你是誰，晉美。」

緊張感消失了。

「多麼好的仲肯啊，我們總是聽見你四處演唱的消息。」老頭彎下腰，恭敬地用額頭去碰觸晉美隨身攜帶的六弦琴，「你還在一遍又一遍地演唱英雄故事，神是多麼愛你啊！」

「神愛所有的人。」

「除了從錄音機裡，我從沒聽見過她親口演唱。」

央金卓瑪說：「我為你唱過。」

「那只是一些段落，不是完整的故事，神已經從你腦子裡把故事收回去了。」

晉美確實知道，神並不總是給一個藝人完整的故事，即使給了完整的故事，也只借他們的口演唱一段時間，再後來，這些人就要將這些故事淡忘了。晉美問央金卓瑪是不是遇到了這種情形。央金卓瑪說：「從廣播電台回來後，我就在文化藝術館，每天對著故事搜集者的錄音機演唱。」

她從頭到尾演唱了一遍，錄了很多盤磁帶。其中一盤磁帶壞掉了。貓從架子上把磁帶弄到地上，把裡面的帶子拖出來，恣意玩耍。帶子被貓拖到煮茶的爐子上燒毀了。他們決定最後再回頭來補錄這個缺失的片段。當那個時刻到來時，她突然發現，腦子裡空空如也，故事不再浮現。連續三天，腦子裡面像是陰沉的天空，一片灰色，沒有出現一個人，一匹馬，一座山，一個湖。把故事給她的神，又把這一切收走了。三個月後，搜集者又來了，還是空手而歸。一年以後，兩年以後，他們又來過，依然失望而歸。

央金卓瑪笑了，再次露出了口中的金牙：「神也是愛我的，不然，一個農夫之女，怎麼會什麼都不用幹，還拿著國家的工錢舒舒服服待在家裡喝著熱茶。晉美，你看，我長得有多胖！衣食無憂，什麼都不幹，怎麼會不長胖呢？醫生讓我多走路，多爬山，我沒聽他的，要是那樣，我就留在村子裡種地，飼養牲畜就好了。神讓我享福，神是愛我的。」說完這席話，老太太累了，坐在軟和的椅子上，她說：「你們喝茶，我要休息一下。」話音剛落，她就睡著了。

他們又閒坐了一會兒，就準備起身了。

剛剛站起身來，老太太突然睜開了眼睛：「晉美，不來個正式的告別，你就想再次悄悄離開嗎？親吻我一下，吻一個老太太你用不著害羞。」

兩個人的額頭碰觸到一起。

茶爐上水開了，濃烈的茶香在並不寬敞的室內瀰漫開來。

老太太在晉美耳邊說：「神還在你身上，我又聞到了他的味道。」

在會上待了兩天，晉美突然問學者：「我最後也會變成她那種模樣嗎？」

「我不知道。我想你也不知道。」

「我不要成為這個樣子，我不會成為這個樣子。」晉美之所以如此堅定，是想起了自己那些夢境，不是神來入夢，是還在故事裡的格薩爾進入自己的夢境，「格薩爾好多次都到我夢裡來過。」

「好多仲肯都這麼說。」

「不是神，是當國王的格薩爾。」

學者沉吟一陣：「因此你相信故事永遠也不會離開你。」

「格薩爾還在夢裡問我，接下來他要幹些什麼。」

「因此你很得意。」

「我沒有告訴過他，故事也是一種祕密。」

「對我來說，你的這些經歷才是一種無解的祕密。」

「它發生了。」

「可為什麼以這種樣子發生？」

「神要讓我知道他的故事。」

「可為什麼是這樣的方式？對於這個世界上的大多數人來說，這聽起來太不可思議，甚至過於荒唐了。」

「你不該這麼說。」

「我們是老朋友了，才與你談一談我心中的疑問。」

晉美感到，這麼談下去有種危險，那就是讓他冒犯這個故事，讓被冒犯的故事離開他。他感到故事正準備起身，將要離開。他說：「我要離開了。」

「我為你做了那麼多安排！」

「對不起，我真的要離開了。故事已經不高興我了。」他一邊說，一邊拔腳開走。一有行動，腦子裡的故事又安定下來。晉美長吁了一口氣，這才回頭張望，看見學者頂著一頭斑駁的白髮目送他遠去。他聽見自己說，「我該跟這個好人好好告別一下，但是，我知道不能這麼做。好的，只要你不離開我，我願意遠走天涯。我不能沒有故事而在房子裡天天煮茶。」

學者在身後喊道：「你要去哪裡？」

「木雅！」

其實他只是聽說過山那邊就是木雅舊地，卻不知道到底哪裡是木雅。

順著公路走了一段，他就走進了蜿蜒在杜鵑樹叢中的隱約小路，回望身後，邊城簇擁的建築消失不見了。樹木清新的氣息和樹下枯枝敗葉腐爛的氣息混合在一起，讓他感覺到自己進入了另外一個世界。而水晶吊燈亮晃晃的是另一個世界。到底哪個世界更為真實呢？他不知道。但是，這個樹與樹相連，夾峙著一條蜿蜒小道的世界更讓他心安，因為熟悉而心安。

在路旁草棵下築巢的雲雀被他驚動了，從他面前，像被拋石器拋出的石塊一樣，直端端地沖上雲霄。

起風了，風吹動著樹，吹動著草，一波一波的綠光翻沸不已，向著遠方奔湧而去。

故事：木雅或梅薩

晁通終於開口了：「稟國王，那些具有法力的松耳石辮子都在一個羅剎鬼身上，這個阿賽羅剎隱居在木雅國。」

「木雅？肯定是一個遙遠的國家。」

丹瑪說：「木雅不是遙遠的國家，就在嶺國跟伽國之間，是我們東方的老鄰居。」

格薩爾很吃驚：「為什麼從沒人向我提起過這個國?!我怎麼不知道有這樣一個國家？」

首席大臣打起精神：「是我不讓他們向國王報告。只有我這個首席大臣才能對國王封鎖消息。」

格薩爾憤怒了：「居然有國王不知道的消息？這就是說，一個國王沒有完全地掌握這個國家！以前，我不知道打開了那麼多敵國的寶庫，卻還有那麼多百姓流離失所！現在，我又知道自己居然不知道就在家門口還有一個叫做木雅的國！」

「一個很大的國！」晁通趁機煽風點火，「如果我做首席大臣，早早地就向國王報告了。」

國王著人展開羊皮卷，地圖上也沒有這個叫做木雅的國。

首席大臣跪地而前，指出嶺國和伽國間一片隱約模糊的地帶，說，那就是木雅國的所在。格薩爾無數次看過那張地圖，每一次戰爭勝利，都讓人用利刃刮去原來的邊界，重新用墨線勾畫出嶺國擴張了的邊界。格薩爾用指頭叩擊嶺國和伽國間自北向南蜿蜒而下的墨線時，把戒指上的紅色珊瑚都粉碎了，但他盡量壓抑著憤怒：「這又是怎麼回事？」

首席大臣說：「那是一條大河，北方一段是嶺伽之間的真實邊界，南方一段……國王已經知道了，老臣有罪，施障眼法，用已流入木雅的河流代替了邊界。」

格薩爾真的就看見圖上那一塊特別模糊不清，一片迷霧從其間升起，在他眼前瀰漫開來：「你說說，還有多少故意不讓我看清楚的東西？」

晁通大叫：「國王英明！他們隱瞞這個國，就是為了裡應外合，篡奪王權！」

「那你不報告，卻又為何？」

破碎的戒指弄傷了國王的手指，鮮血在圖上，在木雅國所在的那個位置慢慢洇開：「我要用鐵騎蕩平這個藏在眼皮底下的國！」

「國王真有此願，我晁通願為先鋒！」

首席大臣叫道：「國王千萬不可輕興刀兵，嶺國與木雅有盟誓在先，永遠互為友鄰，不相侵犯！」

「難道你要我相信晁通的話，你們跟木雅竟私訂同盟?!」

「我王有所不知，聽老臣細說原委，國王再做決定不遲！」

原來，還是嶺國初興的時候，格薩爾征討魔國後，久不歸國，霍爾國大兵壓境，這時，東方的木雅也陳精兵於邊境，準備大舉侵犯。這木雅國由兩兄弟共同掌權。法王玉澤頓巴，世俗王玉昂頓巴。兩個國王，法王心堅如黑鐵，俗王心溫軟似白玉。平常都是法王說一不二，只有當他閉關修行時，王權才暫由玉昂頓巴執掌。霍嶺大戰初起時，法王玉澤頓巴就對弟弟說：如果此時不與霍爾同時起兵滅此嶺國，將來必成大患，成枕邊之虎，令我寢食難安！如今嶺國年輕的國王沉溺於酒色之中，樂而忘歸，嶺國雖有三十英雄，怎奈何群龍無首，正好和霍爾合兵一處，滅了此國！俗王心裡並不願意輕啟戰端，他說：都傳說那格薩爾是天神下界，拯救眾生危難，不要滅了此良善之國，再起一個虎狼之國。但最後，還是依了法王之意，陳大軍於邊境，兵鋒西向，伺機就要發起進攻。

首席大臣叩首道：「那時，我王久久滯留魔國不歸，內部晁通與敵國暗通款曲，圖謀乘勢作亂，嘉察協噶在北方邊境拒敵，我只好帶幾個親隨前往東方邊境與木雅談判。幸有那俗王玉昂頓巴生性良善，知道我王是天神下界，造福眾生，才努力說服法王兄長，與我嶺國訂下盟誓，兩相安好，世世代代不相侵擾。」

國王聽了，不禁暗生慚愧，心中仍然怒氣未消：「那我回駕之後，為何不如實稟報！」

「因那法王常在山中修些妖術，國中也多有妖異之人，大王領命下界，斬妖除魔，知道近鄰之國竟有國王如此行事，斷然不肯相容，只好隱匿至今，我王明察！」

一席話，說得國王疑慮全消，只是嘆道：「從不曾想到，人間的世故人情，竟如此曲折幽深，縱有通天神力，也不能決斷是非。」回到後宮，國王深深自責，嘆息不已。梅薩見狀，想當年國王久居魔國，任白帳王擄去愛妃，嘉察協噶因此捐軀疆場，如今又聽聞首席大臣為保國境平安，還背著國王與木雅國訂下如此盟誓，因此受到國王怪罪，心中更是愧怍難當。她也不陪侍國王，獨自哭泣一夜，當啟明星升起時，心下已經打定主意，要獨自一人親赴木雅，取回法物，助國王去伽國降伏妖孽。主意已定，便覺心中寬慰，當下起來準備行裝。

這個夜晚，珠牡也未陪侍國王，她想那去伽國路途迢迢，山高水長，更怕國王迷於伽國美豔王后的妖術，一去不返，心裡更是妒火難當，披衣起來，在中庭的淡薄月光中左右徘徊。正好看到梅薩穿了夜行衣潛行出宮，便叫她止步：「敢問梅薩妹妹是要去往何方？」

梅薩便垂下淚來：「要去往木雅，取回法物，贖我罪孽。」

珠牡便冷笑：「當年你在魔國迷住國王，如今是不是知道國王要去征伐木雅，你便預先前去等候，到時候又好重施故技，魅惑國王。」

梅薩在珠牡面前跪下：「當年任性邀寵，不想造成如此嚴重的後果，我無數次向菩薩悔過。此次前往魔國，正要獨自取回法物，贖我前番的罪孽！求姊姊放行！此行若能回來，我就削髮為尼，遠離塵世，不再在國王跟前爭寵獻媚。如不能平安歸國，也是該當的報應，請轉達國王以嶺國國運為重，不必為賤妾分心掛念！」說罷，振起夜行衣，就要像仙鶴展翅一般飛去。

一番話情真意切，漣漣淚水熄滅了珠牡心中的妒火，拉住梅薩不讓離去，心裡已經釋然，嘴巴卻不饒人：「且慢，我也要和你一起前往，如果取法物是真，我也有些小小的神通，如果是在那裡等待國王，也沒有你獨享的道理！」說完，便修書一封，悄悄放在國王枕邊，告知國王，如果十日內不見兩妃回返，再來發兵相救。然後，兩妃把夜行衣的披風化作翅膀，趁著曙色往木雅國飛去了。

當太陽升起，面前出現一座高山，梅薩告訴珠牡，過了這山，就是木雅了。卻見格薩爾長身而立，背後的太陽放射出萬道金光，空中響起宏亮的聲音：「兩愛妃如此行色匆忙，是要去往何方？」

兩人趕緊斂翅而下，長跪在國王面前。

格薩爾回復原形，在山頂上扶起兩妃：「你們的心意我已知曉，我就成全了你們吧！」

兩妃叩頭謝恩。

「你倆不該如此莽撞，要去那木雅，還得多做些準備才是。」

三人從高山頂上直飛而下，山下的樹林邊已經搭起了大帳。除駐守邊疆的阿達娜姆之外，嶺國十二妃齊聚於此。大家一起宴飲嬉戲，格薩爾更密授珠牡與梅薩一些神通幻變之法。不幾日，首席大臣帶著隊伍前來相會。晁通進一步交代，要從阿賽羅剎身上取得那些獨具法力的松耳石辮，還需要一樣特別的東西：一種竹子的根，這種根天然長成人手掌的模樣，上面的爪像人手指般長為三節，施以咒語，就能像手指一樣開合自如，只有這東西才能把松耳石辮子從羅剎頭上拿下。這法物也是經木雅法王加持之物，就在三山碰頭兩水匯流之處。晁通說：「兩妃前往木雅，要是能取回那三節爪，就是無上功德，與那阿賽羅剎鬥法，還得我親自出馬。」

這一天，兩妃穿上潔白的仙鶴衣，向木雅國振翅飛去。飛到木雅上空時，因那法王玉澤頓巴正在山中修行作法，濃霧蔽天，從上往下，什麼都不能看見。珠牡和梅薩用剛剛習得的神通，念動咒語，那翅膀竟變得無比寬廣，猛力扇動一陣，便見青天下雲開霧散，群山圍繞的低曠之地，河流蜿蜒曲折，岸上林邊，屋舍儼然。法王在洞中，感到聚集之氣四處消散，知有異人入境，但修行正在緊要處，不便中斷，便任一角青天洞開，調息入定，飽攝天地精華。掐指一算，知道了異人因何而來，便將那片青天開在了兩妃取寶之處。兩妃在天上盤旋不多時候，就看到預言中三山碰面兩水匯流之處，一片竹林閃耀綠光。兩個人沿清風之路徐徐降下，很快，那人手般如意變化的竹爪就在她們手中了。

念過咒語，喊一聲：「變！」那竹爪真如人手般自如伸張。

兩人再次振翅飛上天空。珠牡笑道：「要是國王親自來取，不知要過多少關隘，斬多少兵將，有多少日子我們要獨處深宮，不得與他相見！」

梅薩卻多個心眼，說：「奇怪，這洞開的青天為何只有一個湖面大小，而且隨我們的移動而移動，木雅國王法力高強，我們為何如此輕易就取得了他的寶物？」

就在她如此思索的時候，在她們下面，一個青翠樹林環繞的湖泊出現了。湖上五色鳥翔集，湖岸上，鮮花的芬芳直上雲天。

珠牡提議：「飛得這麼久，我有些累了，正該在這湖畔休息一陣。」不等梅薩答話，就已徑直降落下去。梅薩也就相隨而下。兩人採集鮮花編成花環懸掛在身上，又到湖邊戲水。高曠的嶺國從未有過這樣溫暖的湖水。眨眼之間，珠牡已經將身上的羽衣脫下，涉入了湖中：「天色還早，我們好好戲耍一陣再回去不遲，梅薩你快下來！」

梅薩剛剛脫下羽衣，雙腳還未沾到湖水，湖邊一株大樹倏忽間變成了一員面色鐵青的威猛小將：「哈哈，我家法王英明，叫我在此等候二位，快快束手就擒！」

梅薩趕緊穿上羽衣，待要騰空而去，卻見珠牡在水中花容失色，稍一猶豫，被那小將拋出套索拖翻在地，梅薩喝道：「不得造次，我們不是凡間女子，而是仙女下凡，不得無禮！」

那小將一笑：「兩位美貌賽過仙女，卻是凡間之人，你們從嶺國而來，我家法王說了，只要你們服服貼貼隨我前去，交出盜走的寶貝，他的寵愛要勝過那格薩爾王！」

梅薩振翅又欲飛走，珠牡卻在水中嬌聲喊道：「梅薩救我！」

稍一猶疑，翅膀還未展開，就被小將推倒在地上。她只好罷了逃跑的念頭，再作他想。更可憐那珠牡，下水嬉戲時脫得只剩一件貼身的紗衣，雖然貴為王后，戰戰兢兢上岸時，浸濕的薄紗貼在身上，等於一寸布頭都沒穿！不禁花容失色，羞愧難當。倒是那小將憨直，把臉轉向一邊。珠牡讓梅薩快快幫她穿上衣裳。

梅薩一邊脫下羽衣，給珠牡穿上，一邊垂下淚來：「好姊姊，我來纏住那小將，你帶著寶貝快快飛走！」

小將轉過身來喝問道：「哪一位是格薩爾的愛妃珠牡？」

梅薩對珠牡使個眼色，徑直走到小將跟前，展開盈盈笑意：「我就是美名遠揚的珠牡，我隨你去拜見木雅王，我的姊姊，就讓她回家報個平安吧。」

小將把兩人打量一番，一時難下決斷。

梅薩便道：「你看她，下水嬉戲將玉體暴露，臨事又驚惶不已，哪有一個王后的氣度？」

小將真就信了，說：「好吧，只要你乖乖跟我前往，我也不會為難於你。」

不想，珠牡聽了梅薩一番奚落，不由妒火再起，壓住了驚恐：「向前一步值駿馬百匹，後退一步值犏牛百頭，百個男子見我眼發直，百個女子見我嘆命運不濟，我才是格薩爾的愛妻，美名遠揚的嶺國王后珠牡！」並用一雙媚眼望得小將心慌意亂，連忙打開法王給予的人皮口袋。那口袋剛一張開，一陣旋風就將兩妃都納入了袋中。小將這才定下神來，扛起口袋回王城而去。兩人在黑暗的袋中擠在一起，再要互相埋怨也無濟於事了。當袋口打開，兩人從袋中擠出來。梅薩看到珠牡變成了一隻麻雀，在珠牡眼中，梅薩也變成了一隻小小的麻雀，聽有人聲響起，竟如打雷一般，仰頭望去，並排坐於王座上的木雅兩位國王竟如高山一般。法王玉澤頓巴得意地對俗王玉昂頓巴說：「只是一個小小的法術，不然兩個活人，怎麼裝得進一個人皮做成的口袋裡。」

「時間過了這麼久，也許變不回來了。」

聽了此言，珠牡明白自己也跟梅薩一樣變成了一隻醜陋的雀鳥，又急又惱，吱吱亂叫。跟失去美貌相比，她倒不怕失去生命，便振翅起來，要去啄那法王的眼睛，飛到半空，那法王搖搖手中的銅鈴，隨著錚然之聲放出道道金光，將她擊落在地上。法王又說聲：「變！」

兩妃立即變回了人形。

「哪位是珠牡？」

「我！」珠牡不能容忍梅薩再次冒充王后，立即答道。

「給我綁了，釘在柱上！」

俗王想要阻止，但法王先開口了：「聽我的沒錯。」臉上轉而露出笑容，「這麼說來，剩下的就是梅薩了。」

梅薩扭頭不語。

「當年，我們曾經有過一面之緣，你忘記了？我可是念舊之人，所以，不用銅釘釘你。你不記得了，當年你還身為魔國王妃之時，我去魔國與國王切磋功力，還飲過你親奉的美酒呢，對你就心懷仁慈了」

梅薩說：「國王既是念舊之人，就不該忘了與嶺國的盟誓！」

這句話讓法王玉澤頓巴勃然變色：「你不念魔國舊情也罷，倒替嶺國聲辯，那我倒要與你算算舊帳了。當年，是我兄弟仁慈，才沒有趁嶺國之危舉兵相向，可是，這麼多年過去，嶺國就當木雅這個國家不曾存在一樣，不僅未見一點謝禮，甚至沒有從風中傳來一聲問候。如今嶺國強大了，非但不念舊情，還來盜我寶物。我想定是你等盜寶在前，格薩爾舉兵在後，恩將仇報，要滅我木雅！」

梅薩說：「騎在毛驢背上揮鞭算什麼好騎手，你如果善待王后，我才與你商量說話。」

「好啊，我法術甚多，並不怕她變化逃脫！」說著命人解下珠牡。梅薩見那俗王親自囑咐御醫為她敷藥療傷，想如果支開那凶惡的法王，這俗王玉昂頓巴心存良善，見機行事，不但能玉成國王大功，更可拯救珠牡性命。於是便展露笑顏，溫聲軟語對法王說：「當年我在魔國，大王對我恩愛有加，我何曾忘懷於他！當時就與大臣秦恩發誓，一定要為大王報仇雪恨，便與阿達娜姆用計將格薩爾迷魂不能歸國，不曾想，那霍爾王得了美人便自歸國，才有今天。」

法王恨恨地看一眼俗王：「都怪我這兄弟心軟，木雅才與絨察查根訂下盟約，不然，如今天下哪有什麼嶺國！」

「大王啊，魔國舊部都由大臣秦恩統領，如果與他取得聯繫，木雅與魔國舊部聯合，定能與嶺國一戰！只是怕大王沒有勝算。」

「我怕？我怕就不敢綁他格薩爾的王后與愛妃，好，就讓我兄弟去一趟魔國，與秦恩商量計策。」

「我怕二大王到時心裡作難……」

「說得也是，我兄弟一貫把懦弱當良善，罷了，玉昂頓巴，你替我陪著梅薩，看緊珠牡，我去魔國面見秦恩，幾日之內，帶著好消息回來！」當即，就乘一隻大鳥飛往北方去了。

玉澤頓巴一走，珠牡和梅薩都對俗王玉昂頓巴施展開魅惑之術，珠牡想的是藉機逃走，梅薩一面憐他良善，一面設法要為嶺國取得更多的法物。玉昂頓巴只是短暫迷惑於珠牡的美色，卻不喜歡她那過分的伶俐，倒是梅薩對他顯得情真意切，便叫人好生善待嶺國王后，只獨自與梅薩一個飲酒說話。酒意上來，在腦袋裡轟轟作響。梅薩想，格薩爾已經多次流露歸天之意，說不定此次消滅了伽國妖后，就是那個日子了。於是便問玉昂頓巴：「你看我能上天成仙嗎？」

玉昂頓巴說：「有人說成仙要像我兄長一樣苦修法術，也有人說成仙是靠一個人的福氣，我不知道你……」

美人星眸裡波光流轉，把個玉昂頓巴看得魂不守舍，梅薩卻垂下淚來：「妾身既不精通法術，更有罪孽在身，最後的結果還是這副皮囊在人間化灰化煙！」美人語氣與表情的痛楚都讓玉昂頓巴生出憐愛，將梅薩一雙玉手握在自己手中：「我知道，格薩爾最後將回到天國，如果願意留在木雅，你我凡人可以白頭到老！」

一句話更說得梅薩珠淚漣漣：「大王啊，格薩爾神威難當，怎麼會讓他的妃子成了別人的愛妻！」

「那我待他歸天後再來迎你！」

梅薩說：「其實，我和珠牡此行前來，只是要與木雅借些法物，去伽國滅妖后屍體，並不像法王所想是要滅亡木雅！如果你借此法物與我，格薩爾王也許會容我留在木雅，與你終生相伴！」

當夜兩個就行了夫妻之事，玉昂頓巴念動咒語，打開一個密窟，取出一串鑰匙，交給梅薩，告訴她，這些鑰匙能打開歸他掌管的一十八個庫房。梅薩趕緊將庫房打開，細細尋找，終於在一只黑鐵箱子裡，找到了一段蛇心檀香木。玉昂頓巴告訴她，這段檀香木可以防治瘴氣，如要去到伽國，沒有這個法物，就無法穿越伽國那些炎熱的叢林。這天半夜，見木雅俗王沉沉睡去，梅薩悄然起身，找到看管珠牡的密室，讓她重新穿上羽衣，帶上三節爪和蛇心檀香木兩件法物快回嶺國。她讓珠牡轉告國王，她正用計矇騙木雅兩王，還要留在此地。珠牡見有機會脫身，也顧不上多說，興奮地振翅飛入了夜空，乘月色往嶺國而去。

卻說那玉澤頓巴聽信了梅薩之言，飛往魔國舊地去見秦恩。兩人也是老相識了，所以，當秦恩在城堡中聽到空中傳來的笑聲時，就知道是木雅法王來了。秦恩想，梅薩與珠牡往木雅取法物幾天都不見歸來，正好向他打探兩位王妃的消息，便立即出門相迎。木雅法王急急把梅薩之計告訴秦恩，要他集結魔國舊部，約定時間同時向嶺國發動進攻。

秦恩說：「我得見到梅薩的書信。」

玉澤頓巴跌足嘆道：「來得匆忙，梅薩未曾寫下書信。」

秦恩已經明白梅薩的意思，就是說她和珠牡已經陷身於木雅，要他把這消息轉告格薩爾王。於是，便開口道：「那麼，大王可帶有梅妃的信物？」

玉澤頓巴沒有信物。

「我秦恩與梅薩都未曾忘記故王，但沒有她的書信與信物，我不辨真偽，不能聽命於你。」

那玉澤頓巴只好再回木雅，去取梅薩的信物。如此秦恩便爭取到了向格薩爾報信的時間。玉澤頓巴再次取了信物前來，秦恩便痛快答應他，兩下裡約定三個七天後魔國舊部開到木雅，與木雅精兵合兵一處向嶺國發起進攻。

玉澤頓巴從魔國歸來，心裡高興，便叫人置酒洗塵，並要梅薩前來相陪。梅薩執酒祝賀，心裡卻忐忑不安，怕他問起珠牡何在，但這法王禁不住梅薩一盞盞進上的美酒，大醉之後便沉沉睡去了。那邊秦恩吩咐下屬集合兵馬準備出征，自己立即動身前去面見國王。格薩爾聽罷，說：「我想聽聽你的打算。」

秦恩說：「我會帶魔國軍前去，把木雅軍帶到大王指定的地方，到時候，魔國軍用紅旗做標誌，木雅軍用黑旗做標誌，到了嶺國軍埋伏之處，我們裡應外合，一舉把木雅軍消滅！」

格薩爾對從於身旁的扎拉說：「秦恩如此忠勇有謀，以後有事，你要多多倚重於他。」

扎拉提醒國王：「從魔地去木雅，要經過十八道雪隘險關，徒步的大軍難以在他們約定之日到達。」

格薩爾命人取出幾根綠色的馬尾，囑咐秦恩，過雪山與冰川時，將這些馬尾繫於腰上，大軍便能借這神馬之力順利通過險關。秦恩領命而去，並在約定的日子裡如期到達木雅。玉澤頓巴心中高興，便命擺下酒宴，款待秦恩和他手下百夫長以上眾將。玉昂頓巴見哥哥鐵心要入侵嶺國，心中十分不安，力勸兄長，說這個世界上沒有人能在武功上與格薩爾一決高下。秦恩聽了，趕緊說道：「大王啊，閉起眼睛，災禍照樣降臨；塞起耳朵，驚雷照樣炸響；怕嶺國無用，因為格薩爾自己會發動進攻。」

第二天早上，木雅軍便與魔國軍合兵一處，向嶺國進發。十幾天後，秦恩就將木雅大軍帶進了嶺軍的埋伏圈中。起初，木雅軍還拚死抵抗，不料魔國軍搖旗吶喊，突然在內部發起了進攻，從中午射出第一群箭矢開始，到黃昏時分，木雅軍的黑旗已經倒下大半。格薩爾見黑夜即將降臨，便驅馬馳入陣中，將正與秦恩混戰的木雅法王一把擒離了馬背，像掄一只皮袋一樣，在空中轉了數十圈，然後，才將他摜於地下。木雅法王只覺得頭暈目眩，雙腿癱軟，幾次想站起身來，又重重地跌坐在地上。他趕緊念動咒語，召他密藏於木雅各地的法器前來助戰，但是格薩爾已經用更大的法力在嶺國與木雅的邊界構成一道巨大的屏障，讓他的意念不得穿越。此時，圍過來的嶺軍都齊聲吶喊：「殺！殺！殺！」

木雅王嘆息一聲，悔不該不聽王弟勸阻，閉眼挺身，準備引頸就戮。

格薩爾喊：「且慢！我聽見這個狂妄之人的嘆息裡有深重的悔意。玉澤頓巴，有什麼話你只管道來。」

「格薩爾王啊，你的法力使我心服，我不請求饒恕我的罪過，只請你念在當初木雅曾經與嶺國發誓結盟的分上，不要難為我的百姓。為報答你的恩德，我死之後，所有煉就的法物，都會任你驅使！再有，我那王弟玉昂頓巴心地善良，對嶺國也一直懷有忠心，請你不要加害於他。」

格薩爾說：「念你臨死之時，發此向善之言，本該將你罰往地獄，罷了，你就且放心，我會將你的靈魂導引到清淨佛國，去吧！」話音未落，掌心中發出一道強光，將那玉澤頓巴肉身擊倒在地，脫離軀殼的靈魂真的被超度到無憂無慮、無欲無念的淨土去了。

故事：晁通歸天

見木雅法王被格薩爾超度，晁通叫道：「大王，此時正該出動大軍，蕩平木雅！」

秦恩卻奏道：「大王，連這法王臨終都有向善之心，那俗王玉昂頓巴更是個向善之人，萬萬不可舉兵相向！」

格薩爾微微一笑：「秦恩說得極是，我此去木雅只帶君臣數人，只取鎮妖的法物，領回愛妃梅薩，便算是大功告成。」說完，國王便翻身跨上神駒江噶佩布，秦恩、丹瑪、米瓊等幾位將軍與大臣也跨上座騎，向著木雅邊境絕塵而去。風馳電掣之中，那神駒用人的語言作歌而唱：「我飛馳如身上長滿羽毛的鷹鷂，展開的尾巴如瀑布瀉千里，我呼喚天上的眾神，幫助我們把木雅雪山之門全打開！」果然，高聳天際、比肩而立的雪峰都錯動身子，一道道峽谷在眼前展開。嶺國君臣策馬穿過那些幽深的峽谷，封閉於雪山屏障之中的木雅向著世界敞開！

秦恩導引著格薩爾一行來到了木雅王宮，正看見木雅王玉昂頓巴和梅薩走下王宮高高的台階也來迎接格薩爾王。

玉昂頓巴向格薩爾獻上哈達：「尊貴的雄獅大王格薩爾，感謝你的仁慈，沒有將我王兄罰往地獄，更望雄獅王大發慈悲，不使我百姓遭受戰爭之苦，我願意將木雅所有一切敬獻！」

格薩爾對玉昂頓巴溫言勸慰：「我此番來到木雅並未帶一兵一卒，除了幾件降妖的法物，嶺國不會要木雅一滴露水，不會掠走木雅草原上的一縷花香，你且寬心做你的國王！」

梅薩也將一條上等的哈達獻上：「尊貴的國王，我出生在嶺國，曾經是父母的嬌女，又做了國王的愛妃，身陷異域時曾曲意侍奉魔國之王。大王啊，只為了發洩心裡鬱結的怨氣，致使國王失去了嶺國偉大的英雄，你親愛的兄長嘉察協噶。如今，為取降妖之寶，我又做了玉昂頓巴的妃子，大王啊，我從此不願意再在男人間流浪，請恩准我留在木雅終老此生吧！」

聞聽此言，格薩爾心中有些不快，但想到梅薩此次身陷木雅，本是為了想要為嶺國建立功業，便親手將跪在面前的梅薩攙扶起來：「梅薩啊，幾次反覆，中間你雖然也有過錯，但根本的原因都不是因你而起！這些緣由，嶺國的人民知道，上天的神靈也都一一知曉。你快快收拾停當，跟我回到嶺國，繼續你我未盡的姻緣！」

當即，一揮手，一件羽衣就穿在了梅薩身上，再一揮手，那梅薩便飛上了雲天。梅薩想要再說什麼已是枉然，心緒紛亂地繞著木雅王城盤旋三圈，嘴裡發出悲喜交集的鶴唳之聲，並從天上投下木雅王交付她的寶庫鑰匙，展翅飛走了。

在此情形之下，那玉昂頓巴覺得心如刀絞，但在格薩爾面前不敢流露出悲戚之色，任那淚水倒流入身體內部，激盪迴響。那聲音震得自己頭暈目眩！他強打精神把格薩爾君臣迎入宮中，擺設酒宴，這才動問格薩爾還需要從木雅取得什麼樣的法物，因為他知道梅薩和珠牡已經取得了兩樣法物。格薩爾告訴他是阿賽羅剎的松耳石髮辮。

聽聞此言，玉昂頓巴臉上露出了為難之色，他只知道國中有此異人，並且是玉澤頓巴的密友。因他對密授法術向來沒有什麼興趣，所以並不知道如何取得他身上的法物，也不知道他確切的隱修之處。玉昂頓巴把梅薩留下的寶庫鑰匙交給格薩爾：「除此之外，這國庫中有什麼寶物法器，你們儘管取去。」

打開寶庫，除了已被梅薩送往嶺國的蛇心檀香木，又找到一個隕石做成的罐子，其中是林麝的護心油。玉昂頓巴說，遠去伽國，要經過許多林木茂密、巨毒蛇蟻為患之地，每人身上帶一點這護心油，百毒不侵，是很好的護身之寶。

格薩爾謝過木雅王，帶著臣子們回到嶺國。

聞聽國王回朝，珠牡盛裝打扮了，出宮來迎接國王。她圓圓的臉盤，彷彿初升的明月，彎彎的眉毛，彷彿消融了積雪的遠山；顧盼之間，彷彿輕風拂過湖面，光焰如夢幻一般。珠牡還親手把從木雅帶回的寶物奉上。

格薩爾說：「大家都會記下你和梅薩的功勞。」

珠牡心中有些微不快，格薩爾卻已經轉移了話題，詢問誰能找到阿賽羅剎，但是殿下鴉雀無聲。格薩爾提高了聲音：「難道這個世界上本沒有這個阿賽羅剎？」

這句話使大臣們都暗稱慚愧，把頭深深低下，只有晁通臉上顯出了得意之色。這傢伙前些日子還在牢裡生死未卜，臉上撲滿了灰塵一般晦氣的顏色。現在，他坐在那裡，精心打理過的鬍鬚閃著油光，高聲說道：「首席大臣無所不知，再說作為首席大臣他也應該知道！」

首席大臣埋頭不語。

晁通這才開言：「要是國王真取了我性命，今天就沒有人能告訴你那阿賽羅剎所在的地方了。要是國王得不到阿賽羅剎的行蹤，伽國的妖后就無法消滅。要是任那妖屍復活，不只是伽國陷入黑暗，就是嶺國……」直到格薩爾發出冷笑，晁通才停止了得意的饒舌，說，「我是想告訴國王，在嶺國與木雅交界的地方，有座紅銅色的大山，阿賽羅剎就隱居在那裡。當年霍、嶺交戰時，我追趕一群野馬不小心越過了邊界，就在那裡遇到了阿賽羅剎。我倆交戰，從山頂打到山下，半日未分高下，兩人惺惺相惜，焚香盟誓，在此世間要同患難共生死。不過，我想國王和所有人一樣不相信我能從他那裡得到松耳石辮。」

首席大臣說：「如果你取來那法物，人們自然就相信你了。」

晁通碌碌地轉動眼珠，說：「你相不相信對我晁通不算什麼，只有國王……」

國王朗聲大笑：「好個達絨部長官！我未治你試圖篡奪弒亂之罪，你倒還心存怨恨，你且想想，當年我賽馬稱王，未治你驅逐我母子於荒野之罪，霍嶺大戰，我也未曾治你通敵之罪，還不敢再信你一次？說吧，怎麼才能從那羅刹手中取得松耳石辮？」

晁通見國王列數他樁樁罪過，額上立即滲出了冷汗：「謝國王不殺之恩，我定真心實意助國王取回降妖的法物！」

「那你什麼時候出發？」

「稟告國王，與那妖人見面，必定要在專門的時間。再說我被人下到地牢，現在身體還沒有復原，怎麼走得長路？」

「那你說什麼時候？」

「下月十五，正是出發之期。」

「既是如此，你且回去休養身體，我就依你之言，等到下月十五月圓時分！達絨部長官你要記住，這是我最後一次出於信任委你重任了。」

還沒有回到家裡，晁通就已經後悔了。格薩爾已經多次赦免了他的罪，也許這次他是把自己置於死地了。他與那羅刹有過一面之緣，卻不是他聲稱的那種生死之交，而且，這件事已經過去好多年，也許阿賽羅刹已經記不得一個手下敗將了。那次，兩人在那紅銅大山頂上鬥法，後來又下降到峽谷裡鬥法，弄得那一帶地方飛沙走石，夏天的大地布滿寒冰，陰濕的沼地裡噴出烈焰，最後晁通失敗了。阿賽羅刹並不與他多話，大笑一陣，抖開大氅，飛回山上去了。那松耳石辮，是羅刹護身法物，怎肯輕易交與他人！要是這次前去，那羅刹肯定拚命保護法物，晁通想，此前已有一個篡弒之罪尚未發落，再要加上一個欺君之罪，在嶺國就斷然沒有自己的活路了。想到此，他真的是寢食難安，半夜裡坐起身來，猛打了自己兩記耳光：「叫你多嘴好勝！」

「叫你四處逞強！」

「叫你想做國王！」

更想起早年間家人怕自己過於魯莽蠻勇，而用邪術把自己變成了一個膽小多疑但又野心難抑之人。想到此，他哭了。他知道，找不到阿賽羅剎，自己斷斷沒有活命的道理了。想到此，他又哭了一陣，他說：「我不是哭自己，我已經老了，本來就離死期不遠了。我哭的是兒子東郭，如果不是因為我的野心，他一定好好活在世上，更哭我強大的達絨部，將從人人敬重變得被人唾棄。

格薩爾稱王，特別是佛法傳入後，嶺國人都不再供奉各種邪神了，但在晁通的寢宮，他還專門闢出密室供奉著邪神的偶像。這個夜半，他打開密室，跪倒在邪神面前：「也許你會給一些特別的力量？求你給我戰勝一切困厄的力量！」

那偶像沒有任何表示，凶怖的眼睛裡沒有一點光芒。當他第幾十遍禱告時，手裡掌著的燈燃乾了油脂，微弱的燈焰抽動幾下，滅掉了。最後一眼，他好像看到邪神大張的雙目慢慢閉上了。晁通在黑暗中跪下來，說：「如果幫不上我別的忙，至少讓我生一場大病，讓我一直病過正月十五的月圓之時吧！」

出了密室，他躺在床上，感到自己真的虛弱不堪，他想，這是他的邪神要讓他生病了。所以早上剛剛醒來，他就發出了痛苦的呻吟。但當他要發出第二聲呻吟時，他發現自己沒有一絲一毫生病的跡象。心臟怦怦跳動，血脈汩汩湧動。胯間物豎起，像旌旗上端的矛槍！妻子來請早安，他說：「我病了。」

妻子見他臉色紅潤，眼光尖銳，笑著奉上一碗漱口的香茶。

晁通把碗摔碎在牆角，大叫：「難道你就不肯相信我真的病了?!」

就這樣，他一直躺在床上。中午時分，他叫人傳兒子東贊來見他。

一看見兒子魁偉的身影，他真的哭了。他說：「看見你，我就想起你戰死的兄弟了。」

這令東贊也黯然神傷。

他悲傷地對兒子說：「我病了，我要死了。」

「父親臉上沒有一點病容，是不是昨夜裡做過什麼噩夢了？」

「我不是真的生病，是我的心病要把我害死了！」晁通發出這憤怒呼喊時，聲音尖利得像一個婦人，「格薩爾要把我害死了！」

東贊皺起了眉頭：「父親，國王剛剛赦免了你，你又在盤算與他為敵嗎？他是天神之子，誰也不能夠戰勝他。」

「滾！」

「父親……」

「滾！」

轉眼間，正月十五日就到了。

格薩爾料定晁通不會自動前來，就派人前去迎接。但他們都被達絨寢宮前一堆忌石擋在了門口。嶺國習俗，石頭以這樣的方式堆在門口，表示家裡有重病在身之人，謝絕探訪。他們立即返回王城向國王報告。國王知道，晁通又在跟他耍什麼花招，再派丹瑪陪同精通醫術的米瓊一起前往。晁通見門口的忌石堵回了來人，正得意自己計策成功，下了床正在享用美食，下人卻來報告，丹瑪與米瓊又來到了大門之外。晁通趕緊上床躺下，並吩咐他妻子趕緊備茶迎客。

他妻子給來人殷勤獻茶，並稱晁通回來後便一病不起，怕病氣沖犯了二位貴客，不便相見，並請兩位轉稟國王，晁通不能追隨國王前後，遠赴伽國了。

丹瑪道：「國王早就料定達絨長官會稱病不起，所以派了醫術高超的米瓊來為晁通把脈診病！」

晁通更不敢與兩位相見。

米瓊說：「這個不妨，我們就來個懸絲診脈吧。」

於是，一根紅絲線從內室的門縫裡拉出來，米瓊就靠這微弱的振動細讀病人的脈息。晁通在內室將絲線的一頭搭在一隻鸚鵡的脖子上，那律動短促匆忙，立即被米瓊識破，說：「尊貴的達絨部長官，脈息應該迴環遼遠，為何顯現如此局促的氣象？」

晁通又把絲線搭在貓的身上，又被米瓊識破，只好把線搭在自己身上。但晁通還不甘心，並不把絲線搭在尋常診脈之處，而是纏繞在小拇指上，米瓊大笑：「這脈象無果無因，無病可診，該不是沒病裝病吧！」

他妻子也知道丈夫是在裝病，見他伎倆敗露，感到羞愧難當，便進內室，請丈夫起身。晁通知道自己此時已是在劫難逃，說什麼也不肯起身，反要妻子繼續撒謊，讓她轉告丹瑪與米瓊，說他上身燒熾如火，下身如陷寒冰，生命已危在旦夕。妻子見丈夫死心塌地，只好幫他裝病裝得更像一些。於是，把他置放於陰陽交界之地，上身在烈日下晒著，下身在陰冷處涼著。丹瑪和米瓊早已不能忍耐，便逕自闖進內室，看晁通那樣折騰自己，既好氣，又好笑。晁通見兩人闖進內室，便屏氣翻眼，兩腿一伸，裝出一副死相來。

丹瑪憨直，以為晁通真的死了。

但米瓊醫術精湛，一看便知這傢伙是在裝死，使一個眼色，丹瑪明白過來，扛上晁通，放上馬背，便與米瓊直奔王城而去。晁通想，米瓊肯定識破了自己裝死之計，不然，他不會跑這麼長的路，把一具死屍弄到國王面前。他想，如此一來，我只好真的死了，才能騙過獨具法眼的格薩爾王。於是，他在馬背上便關閉了身體中的風息之門，讓血液中結出冰凌，停止了流動。然後，讓靈魂飄離了那具橫陳在馬背上的肉身。靈魂剛一脫出軀殼，陰間的勾魂使者就到來了。他指給兩個勾魂使者山中的寶藏作為賄賂，才贏得了三天緩赴陰間的時間。晁通就讓自己的魂魄繼續跟蹤丹瑪與米瓊。他想，格薩爾不會要一具冰涼的屍體，達絨部的人會把他運回自己的部落，那時，他再借屍還魂不遲。

那天，所有在王城的人都知道丹瑪和米瓊帶來的只是晁通的死屍。至少還有一半的人，親眼看見死去的晁通就躺在王城西邊一塊四方的磐石之上。格薩爾也來到那塊磐石跟前，摸一摸，手腳已經冰涼。他彎下腰，嘴附在晁通耳邊，眼睛卻望著天上，說：「你真的死去了？」

晁通沒有回答。

「我想你沒有真正死去。」

晁通飄在天上的魂魄顫動了一下，仍然沒有出聲。格薩爾感到了一股陰冷的風輕輕地擾動，就再一次抬眼看了看天上。於是，格薩爾大聲說：「看來，叔叔真的是離開我們了！」

三十位經師來到了，圍坐在磐石四周，為亡靈超度。三十隻蟒號和三十隻白海螺同時吹響。巨大的柴堆架起來，格薩爾吩咐下去，明天太陽升起來之前，如果死者沒有還陽，就為他舉行火葬。

格薩爾說：「晁通叔叔法力高強，也許是扔下這腿腳不太方便的老軀體，去阿賽羅剎那裡取松耳石辮子去了。如果是這樣，明天一早，他就該回來了。」格薩爾知道，晁通是在裝死，他這麼吩咐，是給他留下悔改的時間。晁通自然是後悔了，但他不可能在眾目睽睽之下，鑽回自己的身體，然後，說一聲：「走吧，我帶你們去見阿賽羅剎。」

其間，他真的飛去了一趟當年見過阿賽羅剎的紅銅山之上，除了見到冰涼的星光從山頂直瀉而下，並未見到山上有任何活物。天很快就亮了，晁通的魂魄又飛回了王城，看到人們已經把他的身體放到了高高的火葬柴堆上。一些婦女，唱著悲傷的歌往他肉身上拋撒芬芳的花瓣。

格薩爾說：「看來叔叔是真不會回來了。」

話音剛落，他的面前就豎起了一支火把，這三昧真火，能焚化世間一切堅不可摧之物，並能了斷此物歷經塵世時所積累的一切是非恩怨。格薩爾說：「來一個屬虎之人點燃火堆吧。」

丹瑪正是那屬虎之人，趨前接了火把。國王命他，火門要從東方開啟，也就是火要從東邊引燃。這時，晁通已經什麼也顧不得了，靈魂飛掠而下，要去撲滅那火。那一時刻，所有人都感到了一股冷氣襲身，但那真昧之火騰騰的火苗呼呼燃燒，沒有受到絲毫的擾動。情急之中，晁通讓魂魄一頭扎入肉身，那肉身的僵冷反把他緊緊地桎梏住了。他想對丹瑪喊住手，對國王喊饒命，卻張不開僵冷的嘴巴。他想張開眼睛，但沉沉的眼瞼已經僵硬。這時，東方的火門已經開啟，火苗歡騰地爬上了高高的柴堆，丹瑪又開啟了通向西方的煙門。一道筆直的濃煙便傾斜著升上了天空。然後，火堆轟然一聲塌陷下去，人們好像聽到了一聲驚叫，但是，人們什麼都不能看見，只看見一團白熾的火苗，在熊熊燃燒。

格薩爾端坐不動，閉眼合掌，為葬身於火堆者念誦超度的經文。

他聽見晁通的魂靈像一隻小鳥圍著他吱吱鳴叫。

格薩爾說：「這下，你是真正得到超脫了。」

他感到那隻鳥停在了他的肩頭，發出了人聲。這人聲是一個人的名字：「卓郭丹增。」

「我知道，天母昨夜已經託夢於我了，但我還是想聽叔叔自己說出來。」

「吱吱！」

「本來，你的罪孽該讓你下到地獄，但你臨終生出的悔意能讓你的靈魂去往淨土，無欲無求、無憂無慮的西方淨土！」

晁通的靈魂發出了高興的吱吱叫聲，他又在火葬的灰燼堆上盤桓一陣，看人們把一些碎骨撿起來，放進一個陶罐。後來，那個陶罐封口時，受到了人們的祝禱。兒子東贊帶著一彪人馬把陶罐送往了達絨部寄魂鳥所居的那座高山。

說唱人：在木雅

晉美來到了一所只有一個老師的小學校。

學生們不在老師身邊，學校的小操場中間有幾個明亮的水窪。水窪邊的濕泥裡長出了綠藻。老師戴著一頂寬檐的帽子，坐在台階上看書。這是國家法定的兩個假期外，山裡學校的另一個假期：半個月的農忙假。鄉村的孩子們回家去幫大人幹活。農夫的孩子幫助大人清除農田裡和麥苗一起瘋長的雜草，牧人的孩子幫助大人把牛羊送到高山草甸的夏季牧場。

老師聽到腳步聲，脫下帽子向他張望，並給他備下一杯熱茶。

他問老師在看什麼書，老師說，關於這個世界上許多不同國家的書。老師告訴他，如今這個世界一共有二百多個不同的國家。老師說：「仲肯啊，真正的國家比你的故事還多很多！」

晉美說了一句讓老師很傷感的話。他說：「你知道這個世界上的那麼多事情，可是他們誰知道你在的這個小小地方！」

老師重新把寬檐的帽子戴上，遮住了眼睛。

晉美轉移了話題：「我在尋找一個地方，木雅。」

「一個傳說中的地方。」老師把他帶進教室，用指點學生認字的棍子指著地圖上一個一個地方的名字，說：「這些才是真正存在的地方，裡面沒有什麼木雅。」

他離開那個學校，來到學校下方的那個村莊。

他遇到一戶正在修建新房的人家。匠人們用石頭砌牆，主人在旁邊的核桃樹下架起大鍋烹煮食物。主人請他停留一陣：「一個仲肯的演唱是對新房很好的祝禱。」

匠人們停止了手中的活計，聽他演唱那些盛讚雄偉城堡的華麗段落。當他演唱完畢，人們互祝吉祥。他說：「我要尋找木雅，我要到木雅土地上遊歷一番。」那些人笑了，說：「你剛剛來到的地方，你離開時將要經過的很多地方，都是古代的木雅。」

「真的？」

那些人湊過臉來：「看看我們是不是和別處的人不大一樣。」

果然，他們都有尖尖的略帶彎勾的鼻子，和略帶褐色的雙眼。

人們說話：「聽聽，我們的說話，是不是也和別處不大一樣？」

果然，他聽到一些聲音，就從喉頭上端爆發出來。

所有這些，就是古代木雅殘存的蹤跡。古老的木雅地方，寬敞的峽谷被開墾出來很多年，林間與水邊的土地上種植著小麥與青稞，石頭的寨樓山牆上用白灰畫出碩大的吉祥圖案。這些村莊都是桃核樹與蘋果樹包圍的村莊，牛欄空空盪盪。夏天，雪線不斷後退，牛群去到了白雪消融的高山牧場。秋天還沒有到來，打麥場邊長著大叢的牛蒡。風推動著天上長條狀的白雲，橫越過寬闊峽谷的上方。這個晚上，他就在打麥場上為人們演唱。晚上，他和那些修建新房的匠人們住在帳篷裡。

睡著以前，他還在唸叨：「木雅，木雅。」他的意思是，原來這個平和之地，沒有什麼法術的影子，更不是一個隨便就會觸犯到禁忌的地方。然後，他又做夢了。

那個人又到他夢裡來了。他就是那種國王的作派，一個一切在他都是理所當然的國王的作派。進來，他就盤腿坐在他腦海中央，但異於往常的是，他就那麼坐著沉默不語。

晉美輕聲說：「國王？」

「我是。」格薩爾聲音低沉，停頓了一會兒，他說，「今天，我把晁通這個該死的傢伙結果了。」

晉美發出了一聲低低的驚叫。

「我下界來，是斬妖除魔的人，可是這次，我殺死了一個人。」

晉美沒有說話。

「對，你不能預先就把故事的結果告訴我，所以，我也好久不到你夢裡來了。但是這次我殺的是一個人，他裝死，我就將計就計，把他的肉身焚化了。」

晉美不說話，是因為這個人他把故事改變了。在他得到的故事版本裡，晁通死期尚未到來。

格薩爾有些興奮：「我聽到了驚叫，你為何驚慌？」

「你把故事改變了！」

「我把故事改變了?!晁通不該這樣死去？」

晉美再次閉口不言。

格薩爾用譏諷的語調說：「天機不可洩漏？可他的肉身已經燒成了灰，靈魂也被超度到西天淨土了。難道他還能活回來？」

「他只是裝死！」

「我知道他是裝死，我知道他的魂魄脫離了肉身，我知道他還在跟我玩陰謀詭計，可是都把他那肉身放到火葬的柴堆上了，他還不肯向我認錯求饒！」

「丹瑪剛剛把火堆點燃，他就向你求饒了！」

「可惜他沒有。」

「他從火堆裡鑽出來，請你饒恕他的罪過……」

「都把他燒成灰了，他的魂魄像小鳥一樣落在我肩上吱吱叫喚！」

晉美嘀咕道：「你把故事改變了。你把流傳千年的故事改變了。」

格薩爾就告訴他，在來的路上，他看見洪水使一座山峰崩潰，堵塞了原來的河道，致使洶湧的洪水奔向了新的通道。兩人又沉默良久，然後，心平氣和地討論了一陣，晁通的靈魂在火焚他肉身時幹什麼去了，但兩人都沒有想出什麼結果。後來，還是格薩爾說，「天快亮了，我要回去了。我想說的是，晁通死了，我很難過。我的使命只是下界斬妖除魔，而不是取凡人的性命。」

弄得晉美反倒去安慰他：「他是一個壞人。」

「其實他一直在逼我殺掉他。」

「……」

「我是神，我犯不著殺掉一個人。」

「你也是一個人。所以你的心會感到難過。」

「人為什麼要讓人感到難過？有時，珠牡與梅薩也讓我感到難過。首席大臣也讓我感到難過，我人間的母親也讓我感到難過……」

這時村子裡的雄雞開始啼鳴，格薩爾說：「你說故事不是這樣，也許晁通沒有死，那只是我做的一個夢。」

晉美在夢中跪下：「我不知道，求你不要到我夢中來了。」

一直在質疑自己行為的格薩爾站起身來，身披著灰蒙蒙的曙色，換上了堅定的語氣，說：「無論如何，故事已經改變了。」

從夢中醒來，晉美起身追到外面，只看到河谷裡升騰而起的霧氣，正慢慢地爬上山崗，霧像踮著腳行走的什麼龐然大物，瞬息之間，就侵入了整個村莊。他的耳邊卻還迴響著那堅定的話：「無論如何，故事已經改變了。」晁通以與過去故事裡不同的方式死去了，靈魂被超度到西天淨土去了。但是……他想，原來晁通又是一個什麼樣的結局呢？他發現自己想不起來了，這讓他感到了片刻的驚慌。他就那樣站在濕漉漉的霧氣中，想他肯定失掉整個故事的結局了。但是，故事的結局依然十分清晰地呈現在他的眼前。

他把頭抵在一塊石頭上，讓那份沁涼遊走遍他整個的身體。

故事：寶物與誓言

超度了晁通，格薩爾對首席大臣說：「現在，我是一個殘酷的國王了。」

首席大臣說：「你是一個公正的國王了。」

「那麼，卓郭丹增是誰？」

「是嶺國和木雅之間的一個土地神。」

「真不愧是首席大臣，差不多沒有你不知道的事情。」

首席大臣聽出了國王語氣中譏諷的意味，就說：「國王的意思是為什麼我偏偏不知道阿賽羅剎住在哪裡？我確實不知道他在哪裡，我從來沒有聽說過世界上有這麼一個名字。」

「就像格薩爾——嶺國國王之前從沒聽說過在自己眼皮下面就有一個叫木雅的國家。」

「我尊貴的國王啊，我知道是處置了晁通讓你心緒煩亂，如果你需要因此處罰一個人，就罷免了老臣吧。」

格薩爾沒有答話，回宮去待了不到一個時辰，就傳出話來，讓首席大臣安守王城，自己帶人去找那個叫做卓郭丹增的土地神了。

首席大臣笑了，說：「我知道國王不會長久怪罪於我，我很高興國王這麼快就已經消氣了，就請國王放心前往吧。」

到了邊境，到了一個四周都是紅色山峰的地方，格薩爾跺跺腳，那個土地神就出現在他的面前。丹瑪喝問這小神為什麼不對國王下跪，他皺起了白白的眉毛，說：「我不知道自己屬於哪個國家。」他有些驕傲地說，「神是沒有國家的。」他說自己在這片土地上為神已經上千年了，後來才有人劃出了嶺國與木雅的邊界，他說，「你們嶺國的首席大臣和那個晁通，他們是兩兄弟吧？他們跟木雅的兩兄弟跑來，把我的土地劃成了兩半，難道因此我就有了兩個國王？」

丹瑪不耐煩他的饒舌，上前強摁住他給國王下跪。丹瑪稍一使勁，老頭的身子就陷入到地下。轉眼之間，他又從另外一個地方鑽了出來。他仍然堅持不給國王下跪，他說：「國王管的是人、牛羊和莊稼。我管的是土地的精氣，生長的礦脈，還有那些你們凡人看不見的精靈。」處置了晁通後，格薩爾一直情緒低落，這回卻讓土地神給逗樂了。丹瑪舉箭要射時，格薩爾變化成與土地神一模一樣，和那白眉老頭站在一起，丹瑪只好放下了弓箭。看到格薩爾的神通，土地神說：「原來你不是凡人。」

「他是上天派給嶺國的國王！」

這時，天上應聲出現了一道瑰麗的虹彩，虹彩上傳來仙樂，一列神仙在薄雲間若隱若現。土地神說：「你真是天神下界？」

格薩爾笑而不答，抽出腰間的短劍，對空一劃，對面山坡上，一道白銀的礦脈顯現出來。那是土地神滋養多年，正在成長的礦脈。

這回，土地神願意下跪了。

格薩爾變化的土地神說：「罷了，不用下跪，你跪也是跪你自己！我要你告訴我阿賽羅剎的行蹤。」

「我不能……」

他話音未落，格薩爾一揚手，平地一陣狂風，就把他像一個陀螺吹得滿地旋轉，睜眼之時，已經在大地盡頭，灰色的冰冷的虛空，像是無比廣大，又好像只是小小的一點。那種無始也無終的感覺，比世間所有可怕的東西還要可怕。所以，再被拽回來時，他哭了：「我知道你是神了！」

「那麼，告訴我要的消息吧。」

「再翻過兩座紅色山頭和一道黑色的山梁，就是阿賽羅剎的地盤了。尋找他的人都有去無回，那山上所有的草與樹，還有其間流淌的水，都含有劇毒，誰輕輕觸碰一下就會死去。那道黑山梁上有一棵孤獨的巨樹，樹下有一塊開天闢地時就有的磐石，阿賽就以此地為中心四處遊蕩。但是，我求你不要傷害他……」

話音剛落，晴空中便響起一個霹靂，阿賽羅剎自己現身了。

他站在山頂，長身接天，他糾結的黑髮間果然綴滿了各色松耳石結成的辮子。他站在山頂上哭泣。一顆一顆碩大的淚珠掉在腳下紅銅色的山坡上，濺起了鐵鏽味道的嗆人煙塵。他說：「格薩爾，你知道我為什麼哭泣嗎？」

格薩爾說：「我只是來借你法力高強的寶貝一用，我不傷你性命，你不要害怕。」

「不，」羅剎搖晃著腦袋，淚水橫飛到對面的山窪裡形成了湖泊。「格薩爾王你不知道，我修行幾百年並未作惡世間，靠的是所有知道我行蹤的人保守祕密的誓言，我的松耳石辮子的每一個結都是借用了一個人保守祕密的諾言的願力。這麼多年了，四周的百姓保守了這個祕密，天上的飛鳥保守了這個祕密，木雅的國王保守了這個祕密。現在，卓郭丹增一開口，我的辮子就要鬆開了。」

阿賽羅剎一步一步搖晃著身子自己往山下走來，他說：「我的身體，我的力量，只是氣的凝聚，所以我不吃不喝，不禍害百姓生靈。反倒因為我在這裡，其他妖魔邪祟都不敢在此為非作歹，卓郭丹增你說難道不是這樣嗎？」

土地神說：「他們只是想借你的寶貝，不是來取你的性命，要你的地盤。」

阿賽羅剎憤怒了：「不遵守誓言的人，當你說出了祕密，我的力量就不再凝聚，包括我的身體就要消散了！是人們遵守誓言的意志讓我存在！」這時，他的身影、他的面孔真的開始變得模糊與虛幻，他最後的聲音也越來越稀薄：「格薩爾，以後這個世界不會再有只是因為喜歡法術而修持法術的人了，以後也不會再有人遵守誓言……」

丹瑪拿出了專用來取松耳石辮子的如意三節爪。

阿賽羅剎哭了：「愚蠢的傢伙，當誓言都失去了力量，那法物就沒有什麼用處了。」

聲音和巨大的人影消失了，只有銅山稍微加深了一點顏色，那紅色顯得不再那麼鮮豔。

阿賽羅剎的聲音和身影消失了。他頭上松耳石辮子迸散開來，落在地上，匯聚在一起，像一道無源的溪流，從山坡上蜿蜒而下，一直奔湧到格薩爾的腳前。格薩爾還在對著那身影消失後的虛空發愣，只聽土地神喊一聲：「快！」

原來，那些松耳石像新鮮的乳酪一樣閃爍顫動，像它們最初來到這個世界時一樣，正在重新冷卻與凝結。一陣手忙腳亂，人們用草，用馬尾，用絲線，甚至是用自己頭上扯下的長髮，給那些正在冷凝的寶石穿出孔洞，編結成串。最後，還是有一些松耳石凝結在一起。取得寶物的嶺國王臣一行準備離開了，土地神請求他們把那些不能穿孔的寶石留下。他說，他要把這些寶石埋回到地下，埋到山峰最初的生長點上，讓那些寶石重新生長，讓這片地脈重新豐潤，不再像現在這樣童山濯濯，而要森林密布，清泉長流。

丹瑪阻止土地神繼續往下說，他怕格薩爾因為滅掉了一個無害的羅剎而再度傷感。此前因為處置了晁通，他就處於對自己行為的懷疑之中了。他說：「老頭，你閉嘴，要做你就去做，這麼嘮叨是想得到賞賜嗎？」

格薩爾說：「也許真該給卓郭丹增一點賞賜。」

「如果大王有賞，也請不要給我，而給予這片土地。」

「如果我給了，你能保證這片土地會成為你所說的樣子嗎？」

土地神連連擺手：「謝謝大王，你不要讓我再說出需要在以後兌現的諾言，我和我的土地都不需要什麼賞賜。」

格薩爾笑了，說：「你不要，但使山水美好是我對大地的祝願。」馬上，天空中就有五色的鳥群飛過，牠們銜來從世界各個角落採集的種子，一一從空中投下。鳥群飛過後，格薩爾對土地神說：「只要一場雨水，很多樹與草就會發芽開花。」

「可是烈焰一樣的山，把天上的雲團都烤乾了。」

「你的土地上會降下雨水。我要讓渴望雨水的土地得到雨水。」說完，格薩爾就帶著丹瑪他們離開了。七天之內，他們回到了王城，讓首席大臣和王子扎拉留守嶺國。格薩爾囑咐扎拉要像一個真正的國王一樣行事。首席大臣有些傷感，他要國王早些回來，如果滯留太久，他老了，怕見不上國王的面了。辛巴麥汝澤更加老邁，他知道，自己在陽間的壽命早該終結，是英雄嘉察協噶的英靈原諒了他，並在戰場上拯救了他。他更盼望國王早日還朝歸國，臨終之時，他希望得到國王的指引，得以到天上去拜見戰神嘉察協噶。

珠牡和梅薩送給國王的不再是美酒，而是兩支利箭。她們共同祝禱夫君早日還朝。

七天之後，格薩爾率領著丹瑪、秦恩和米瓊等十二個將軍與大臣離開了嶺國。再次經過嶺國與木雅邊界的紅銅之山時，格薩爾請來雨神向那寸草不生的紅色山地降下了雨水。

故事：伽地滅妖

格薩爾一行在暗無天日的伽國行走時，白天是淺一點的灰色，夜晚是更濃重一點的灰色。他們遇到了重重屏障，都用從木雅取得的法物一一破解了。

越到伽國腹心地帶，光線越微弱，最後一次他們宿營在一片茂盛的竹林中，那黑夜已是比所有黑夜更深重的夜色。

丹瑪說：「就像這個國家被裝在了幾個箱子裡面。」

格薩爾說：「因為那妖屍害怕光芒。」

當他們剛剛紮下營帳，宮中的妖屍異常振動，營地四周的竹子都變成了毒蛇，將嶺國君臣包圍得嚴嚴實實。格薩爾拿出從木雅寶庫中取得的林麝護心油，在一苗燈火上慢慢融化。那些融化的油脂散發出異香，蛇群退去了。

當瘴癘之氣迷霧一樣席捲而來，格薩爾又拿出了蛇心檀香木，那瘴氣就消散了。

格薩爾說：「這下大家放心休息吧，明天就要進入伽國的王城了。」

丹瑪要大家放心安睡：「天亮後，我先起來給大家準備早飯。」

格薩爾說：「從今天開始，就沒有天亮，直到我們除掉了妖后，這個世界才會重見天光。」

「那麼我們怎麼判定就是早上？」

「鳥開始尋食，花朵張開花瓣，我們自然醒來，就是早上。」

秦恩說：「沒有光，花怎麼會展開？」

格薩爾沒有回答。

第二天重新上路的時候，他們在道路兩邊看見了一些星星點點的微弱光亮，仔細看去，原來是綻開的花朵所放射出來的。濃重的夜色中，他們看到了一座漢白玉的橋，那些石頭以自身微弱的光亮讓這群遠行人看到了它。在這座橋的拱頂上，他們遇到了前來迎接的伽國公主。公主手持著一盞照路的燈籠，侍女們圍成一圈，用黑布把那團光芒圍在中間。當聽到嶺國君臣上橋的腳步聲，黑色的布幔對他們敞開了。公主婀娜趨步到格薩爾面前：「小女子在此天天迎候，望眼欲穿，只差一天，就是整整三百天了！」

格薩爾說：「要知道你請我來，是對付你生身的母親！」

「我還是皇帝的女兒，更要以天下的蒼生百姓為念！」

格薩爾想這女子身體柔弱，內心卻比一個男人還要堅強。公主引他們往城裡去時，他們所見的情形真如夢境一般。這城市的那些房屋、道路、水井和市集上陳列的物品，適應了長久暗無天光的日子，學會了以幽微的光亮勾勒出自身模糊的輪廓，讓人們看見。而移動著空洞一樣的更黑更暗的影子是人，因為他們都像公主一樣用厚厚的黑布遮住照路的燈光。人們在那一圈圈外人不能窺見的燈影裡交易，談話，接吻，看書，哺乳……整個城市沉浸於一種偷偷摸摸的氣氛中，好像這種隱匿的行為帶給人們一種特別的快感。公主帶他們進駐了王城裡最好的行館。公主說，過去，好多臣屬之國前來王城進貢寶物和等待國王賞賜時就住在這個地方。說話的時候，他們四周一團團黑影來來去去，看不見人，但他們面前很快擺上了熱茶和美味的飯食。

格薩爾說：「我需要見到皇帝。」

公主離開了，去把嶺國君臣來到伽國的消息報告給皇帝。

皇帝卻說：「他沒有得到朕的恩准，為什麼擅自前來？」

公主進退兩難時想出一個主意，她假借皇帝的名義發出一封書信，要格薩爾先派幾個大臣進宮拜見。格薩爾為滅妖而來，並不在乎伽國皇帝無禮，就派秦恩帶兩個人進宮覲見。伽國皇帝得報嶺國大臣前來拜見，只好派幾位名聲顯赫的大臣出宮迎接。秦恩聽見了皇帝的聲音，卻看不清人，只見到那把金色的龍椅。那椅子的中央發出慵懶的聲音：「那麼，我就跟你家國王在王宮前的廣場上相見吧。」

「為什麼不在宮裡，伽國難道沒有一個寬敞氣派的大殿？」

「在我伽國這種奇妙的情境中，難道貴大臣不覺得在裡面在外面都是一樣？」

秦恩想想倒是這個道理。他也知道，皇帝不想在宮中會見生人，是怕對妖后的屍體不利。

約定見面是木曜、鬼宿兩吉星相聚的五月十五日。

為了這一天，伽國皇帝特別允許上天打開一道縫隙，漏下一點天光，好讓百姓們見識一下盛大的場面。他說：「這樣，他們像牛反芻一樣回味這盛大場景，他們會安安心心地在暗夜裡過上好多年，直到我的王后死而復生那一天！」為此，他還命人給停著妖后屍身的房間加裹了九重黑色的布幔。

格薩爾終於在伽國王宮前的廣場上和伽國皇帝相見了。

這時，從雲縫裡漏下的一點天光照亮了廣場。擁擠在廣場上的伽國百姓因此發出了震天的歡呼。伽國皇帝說：「我的百姓這麼狂熱地愛戴我，我不常出宮，就是怕接受這樣的歡呼。」

「難道他們歡呼就不是為了天氣的原因？」

「我的百姓總是樂於接受我安排的天氣，這樣他們就省得操心了。」

「天氣太暗了。」

「但是，因此也就沒有了狂風、冰雹和洪水，太陽也不會把地上的水分烤乾。」

被歡呼聲驚飛的鳥群不斷撞在高高的宮牆上。馬把車拉進了池塘。

格薩爾說：「久不見光，牠們的眼睛都瞎了。」

「但人看得見。」

「因為他們偷偷用燈。」

伽國皇帝不高興了：「你還是用一點擺在你面前的果子與香茶吧。」

「沒有陽光，果子與茶葉都沒有香味了。」

伽國皇帝一下站起身來：「原來你不是來接受我的款待，而是專程來冒犯我的威嚴！」

「我領受天命，來幫助你的國家重見天日。」

伽國皇帝的手按在了腰間的劍上，城頭上立即出現了許多預先埋伏的弓弩手，張弓搭箭。

「你是見我只有君臣一十二人嗎？你錯了。」立即，格薩爾就用幻變之術在城裡城外布下了千軍萬馬。人們一陣驚慌，格薩爾朗聲說道，「大家不必害怕，今天這個吉祥的日子只是嶺國與伽國的勇士們演武比賽！」

騷動的人群隨即安靜下來。

伽國皇帝說：「那麼，我們不得不比試一番了。」

雙先商定先從賽馬開始。出發地是眼前這廣場，終點是佛家勝地五台山。於是，伽國將軍跨上了追風馬，嶺國將軍跨上了鐵青玉鳥馬，閃電一般馳出了廣場。這邊國王和皇帝繼續飲酒喝茶，說些閒話。不一會兒，一串蹄聲傳來，嶺國將軍手持一枝開在五台山上的桫欏花回來了，伽國將軍卻久久不見回返。後來經過驛站傳來消息，那追風馬本來跑在前面，但在天朗氣清、陽光明亮的五台山下，牠久處昏暗的眼睛受不了明亮光線的照耀，失足跌下深溝，把自己跟將軍都摔傷了。那個將軍恥於失敗，飲劍自刎了。

格薩爾說：「看來一個國度長久曖昧不明，並不一定是好事啊！」

伽國皇帝生氣了，他一揮寬大的衣袖，剛剛打開的一角天空就關閉了，大地迅速地沉入了黑暗。伽國一百名神箭手出場。每一箭都射滅了百姓手中用黑布圍裹的燈籠。他說：「我的人不必遠遠跋涉到陽光刺眼的地方去與敵人作戰！」

丹瑪穿好了黃金甲，持弓出場。那黃金甲冑吸引了所有人的眼光，那些自慚微弱的光亮匯聚起來，讓他通身閃閃發光。他張弓放箭，箭鋒過處，像掠過一道閃電。箭矢射中了人們不能看見的黑色魔法之門。聚集在人們四周的灰色霧氣一樣消散。天空變成了藍色，陽光照亮了河山。因為光的突然照臨，躺在水面上的魚群驚惶地潛入了深淵。鳥把翅膀搭在眼睛上面。伽國皇帝和他的臣民們一樣，因為習慣了長久黑暗而在光明重新降臨時蒙上了雙眼。大地一片死寂，只有光帶著蜜蜂飛舞一樣的聲音，傳遍了每一個地方。

伽國皇帝還聽到格薩爾問他：「你為什麼要讓你的國家沒有光明呢？」

「這樣，人就不會在地上投下影子了。」

格薩爾沒有回答。

他在伽國君臣和百姓都蒙上眼睛之時，化作一隻金色的大鵬鳥，馱著秦恩與米瓊飛進了伽國宮城。他看到了用黑色布幔重重包裹的宮殿。那宮殿幽深曲折，他們在十八進院落的最後一重的密室裡找到了妖后的屍體。

格薩爾吩咐：「把她裝進鐵匣之中，不到地方絕不能打開！」

秦恩和米瓊把屍身搬進鐵匣時，那妖后竟然發出了「嘖嘖」的怕冷之聲。他們拿出從阿賽羅剎處取來的松耳石辮子在那屍身上纏繞三圈，那屍體便又冷冰冰地陷入了沉寂。格薩爾載著他們飛向天地相接處，在這個世界的盡頭，把鐵匣放置在最逼仄的三角形空間中，舉火把妖后的屍身與鐵匣一起焚化了。

妖屍被焚化的那一刻，在伽國，皇帝和他的人民都聽到起風了。風吹動了草與樹，吹動了湖泊上靜止的水，風振動了他們的衣衫。人們睜開了雙眼，看見鳥又飛上了天空，看見花朵旋轉著要把臉盤朝向太陽。潮濕的土地散發出馨香。人們又能彼此看見了，奔回家中梳洗打扮，換上了五顏六色的鮮豔衣裳。

伽國皇帝彷彿聽到從遙遠的地方，傳來一聲淒厲的叫聲。他驚叫一聲：「王后！」這時，一隻大鵬在他面前斂翅，格薩爾笑吟吟地站在他面前：「王后是妖怪，我領天命前來，消滅妖后，讓伽國重見天光。」

伽國皇帝昏過去了。

醒來後已是黃昏，他躺在寢宮的床上，他發布命令：「抓住格薩爾，將他碎屍萬段！」睜眼卻見格薩爾笑吟吟地俯視著他：「你想對我幹什麼，我都不會反抗，我要讓你相信上天的意志，讓你覺悟，做一個顧念眾生的好皇帝。」

「吊死他！」

格薩爾被高吊在王城的城樓之上，三天後，大臣來報說，那格薩爾有奇異的飛鳥日夜餵他玉液瓊漿，三天過去容顏不改，精神健旺。國王又下令把格薩爾投入放滿了毒蠍的地牢，誰知那些毒蠍非但不傷害他，反倒對他頂禮膜拜。國王令人把格薩爾從萬仞懸崖上拋下，結果，從大海飛起的鳥群將他在空中接住，送回了王城。燒他，大火燃了七天七夜，那大火燃燒的地方變出了一個美麗的湖泊。湖中央長出一株如意寶樹，格薩爾就坐在雲團一樣的高大樹冠上，聆聽仙樂。這樣，伽國皇帝才終於覺悟了。率領眾大臣前來賠罪。酒宴排開，格薩爾說：「伽國妖氛已經蕩盡，願皇帝與眾百姓永享安樂！」

妖后的魔力解除，伽國皇帝徹底醒悟過來了，他對格薩爾說：「想你那國家高曠苦寒，而我的國家物產豐饒，我已經年邁，膝下無子，公主柔弱不能執掌國政，你就留下與我共掌國政吧。」

格薩爾拒絕了伽國皇帝，告訴他公主柔中有剛，而且足智多謀，更以社稷蒼生為念，雖是女流之輩，未必就不是一個好皇帝。伽國皇帝只好挽留格薩爾君臣多留些日子，並在其國內風景秀麗之地四處遊玩。終於，又一個正月十五日到來時，格薩爾告訴伽國皇帝，他從嶺國出發時，給王子和大臣們就約定好三年之期，一定回返，所以，明天就得啟程上路了。伽國君臣依依不捨，與嶺國君臣話別後，又讓公主帶人馬直送到伽國邊境。

故事：辛巴歸天

初春時節，格薩爾君臣一行終於回到了嶺國的邊界。

先是山神前來迎接，呈上山中的珍寶。然後，專程到邊界來迎候國王的將軍與大臣也來到了。他們說：「王子扎拉與珠牡王后早已經望眼欲穿了。」他們還捎給國王一件珠牡與梅薩親手繡製的衣衫。

「這是一個讓人高興的消息。」

「首席大臣也還康健。」

「這也是一個好消息。」

「王子扎拉處事穩重。」

「這個消息讓我心寬。那麼，壞消息呢？」

「嶺國有上天護佑，國王離國的三年，沒有發生大的災害，無論是風災雪災，還是蟲災。」

「那麼壞消息呢？」

「首席大臣囑咐過，不要一見面就告訴讓國王憂心的消息。」

「我已經憂心忡忡了。」

「稟告國王，老將軍辛巴麥汝澤快要不行了。王子扎拉早把他從霍爾接到王城醫治，卻不見好轉。他也捎來口信，盼望國王早日回國，唯願臨死之前能見上一面。」

格薩爾知道，辛巴早些年就該戰死於征服赤丹王的陣中，幸得嘉察協噶英靈護佑，才得幸免，又多活了這麼些年。但是老將軍受愧悔之情的折磨，這些年的日子真是生不如死，早些結束陽壽對他未嘗不是徹底的解脫。這時，天上有仙鶴飛來，落腳在營地之中，發出悲戚的鳴叫。大臣們從仙鶴脖子上解下書信，呈於國王面前。這信是辛巴麥汝澤寫來的，他聽說國王已經回到嶺國，怕自己支撐不到國王回到王城的時候，便請求國王允許他從王城啟程，以期在半路遇到國王做最後的告別。格薩爾當即修書一封，命王子扎拉陪伴老將軍順官道前來，希望君臣能夠在半途相見。

王子扎拉收到回信，當即率領一支隊伍，護送氣息奄奄的辛巴麥汝澤上路了。

見王子護送在病榻之旁，老將軍吐出了第一口鮮血。他由衷讚嘆：「嘉察協噶的兒子，在馬背之上是多麼英武啊！」

辛巴麥汝澤終於在半路上望見了招展的旗幡和國王的身影。

他吐出了第二口鮮血，說：「有幸追隨如此英雄的國王建功立業，我是多麼榮幸啊！」

在國王沒有催馬來到面前的時候，他命人擦乾淨了血跡，替他梳理失去生命力滋養而顯得乾枯的銀鬚，自己拚命從病榻上坐直了身子。這時，國王已從馬背上翻身而下，急步來到他的跟前。辛巴麥汝澤悲喜交加：「我尊敬的國王啊，我是嶺國的罪人，但國王還在臨死之前滿足老臣最後的心願，可是我已經沒有氣力起來施禮了。」

格薩爾聽了這番傾訴，內心痛如刀絞：「辛巴啊，你最初雖對嶺國犯下罪過，後來卻對嶺國的事業忠心耿耿，日月可鑑！」

聞聽此言，辛巴吐出了鬱結於心的第三口鮮血，微微一笑便耗盡了所有的氣力，他戀戀不捨盯著國王的目光漸漸渙散，失去了神采。國王替他輕輕合上了雙眼。因為傷心，格薩爾在路上停留了一天。第二天，火化了老將軍，格薩爾又命人將骨灰送回霍爾建塔安葬，一行人才繼續上路。

王子扎拉、首席大臣和眾位王妃率眾出王城幾十里，紮下大帳迎接國王歸來。酒宴上，格薩爾接受了太多的祝酒，腦子不禁有些昏昏然，他想閉上眼睛清醒一下，首席大臣又親自前來請他，讓他高居於大帳中央的寶座之上，接受人們的朝賀。如今的嶺國是如此強大，不要說帳外雲集的百姓，光是有名有姓的大臣、將軍、萬戶長、千戶長，有品級的內宮侍應，到他座前獻禮，同時求他祝福，就足足用了三四個時辰。這情景自然讓格薩爾喜不自勝。但到後來，悲傷慢慢襲上了心頭。珠牡問國王為何鎖起了愁眉。

格薩爾輕輕敲擊被酒弄得昏昏沉沉的腦袋：「我在想，有哪一張熟悉的面孔我未曾看見？」

珠牡跪下來：「大王是在想念嘉察協噶吧，嶺國人都知道，王兄捐軀有我珠牡的過錯，但我已經……」

格薩爾舉起手，制止了她：「你起來說話，嶺國人都知道他已成為天上的戰神，你就忘記了曾經的過錯吧。」

珠牡起來，說：「我知道了，國王是沒有看見老將軍辛巴。」

「他已經往生了。」

「那麼……」

「對了，是我勇敢的妃子阿達娜姆。珠牡啊，你是嶺國眾妃之首，她替嶺國征伐四方，獨自領軍鎮守邊關，難道你就沒有想起她？」

珠牡垂首，沉默不語。

「女人啊，我以為嫉妒之火已經在你心中熄滅了。」

「阿達娜姆捎來過書信，說她過去殺孽太重，在遙遠邊城重病纏身，所以，我才沒有告知她國王歸來的消息。」

格薩爾嘆息一聲，找來首席大臣，要他稟告阿達娜姆的消息。首席大臣馬上找來阿達娜姆手下做事的人。首席大臣是這麼說的，「來一個在阿達娜姆將軍手下做事的吧。」

格薩爾說：「我聽見你不叫她王妃，叫她將軍。」

「我的國王，這表示我對她無比的尊敬。她有王妃的美麗，更有將軍的正直與勇敢。」

格薩爾問首席大臣叫來的那個臉膛白淨、雙眼聰慧的人：「你在王妃手下做什麼事情？」

「翻譯，圖畫邊疆的山川地形。阿達娜姆將軍還有一封信捎給你。」

「呈上信來。」

「將軍知道國王不識文字，臨行之前，將軍一字一句告知，小臣全都記在心上。」

阿達娜姆一封信字字深情，說她不悔為了眾生福祉背叛了自己的魔國王兄。說她與國王雖然相聚日少，分別苦多，但男歡女愛，一刻千金，值得終生慶幸。更慶幸自己雖為女身，但一身武藝，躍馬疆場。如今嶺國聲名遠播，大業垂成，想到自己追隨國王，也有尺寸之功，深感榮幸。可憐自己出身魔國，未曾歸附時也曾食肉寢皮，作惡多端，所以才正當盛年而染上重病。病中格外思念夫君，渴求恩愛，但知國王去異國除妖，山高水長，自己的陽壽已經是以天以時辰計算。如果再不能面見夫君，就以此信泣血作別。

這封書信由那白面小臣字字唸來，首席大臣和國王眼裡都沁出了滴滴淚珠。

珠牡也慚愧地低下頭來，淚濕衣衫。

格薩爾高叫一聲：「江噶佩布！」

神馬備著全套鞍韉，閃電一樣飛奔到主人面前。

格薩爾翻身上馬，那神馬便騰空而起，向著阿達娜姆鎮守的邊關騰雲而去。沒有凡人隨行，一人一馬，一主一僕，不需半日便來到了阿達娜姆鎮守的邊城。但是，格薩爾來晚了。阿達娜姆已經死去多日了。格薩爾去得也正是時候，阿達娜姆麾下的士兵與百姓正為她舉哀之時，卻從王城傳來消息，那裡正在為國王歸來舉行盛大的慶典。釀酒汲乾了一個湖泊的水，薰香採淨了九座山上的香柏樹。正當所有人洶洶然深感不平的時候，格薩爾駕著神馬從雲端降落了。他站在城頭：「你們不為王妃舉哀，反倒怨憤沖天，是什麼道理！」

人們都跪下了，為了國王的降臨，為了女將軍的死而哭出聲來。

格薩爾感到奇怪：「為何不為她舉行超度法事？」

「國王有所不知，臨終之前，將軍就囑咐不要舉行法事。」

原來，阿達娜姆病重的時候，除了服一點草藥，就拒絕了喇嘛來為她念經祛病。她說：「念經好像召鬼祟。」喇嘛卻搖頭說，格薩爾收服這女魔頭時，百密一疏，沒有把她的魔性徹底祛除。阿達娜姆卻不為所動，臨終之時，除了派手下去王城，獻上邊關圖形與捎去口信，又向身邊人交代後事：「現在的佛僧，不要請來做我枕邊的上師，他口中念著超度經，心中念著馬和銀。他說要超度亡魂，卻是無識無見的空論。待雄獅大王從伽國歸來，請把我的幾件隨身物品送給他！」

說唱人：地獄救妻

在大段的念白後，盤坐在地上的說唱人站起身來，把說唱帽飄於胸前的彩帶拂到背後，長聲吟唱：

頭戴首飾金與銀，
猶如天空之群星，
把它獻於國王手。

頭上珊瑚瑪瑙串，
更比草原百花豔，
把它獻於國王手。

貼身綢緞百花衫，
好似空中彩虹現，
把它獻於國王手。

頭上這頂白盔帽，
原用魔國精火煉，
把它獻給國王手。

身上這襲白盔甲，
阿達娜姆親綴連，
把它獻給大王手。

腰上囊中三金箭，
原是國王親手贈，
把它獻給大王手。

阿達娜姆生魔國，
後隨國王供驅遣，
臨終欲別不得見，
祝嶺國基業萬萬年！

這一番唱得盪氣迴腸，下面的聽眾中竟是唏噓一片。但是，也有一個年輕喇嘛呼一下騰起身來，高聲打斷了他的演唱。這個喇嘛指責他在演唱中攻擊上師與佛法：「一個人怎麼能夠拒絕佛法的護佑？」

一旦從故事裡出來，晉美就不是一個敏於應對的人了。

咄咄的逼問還在繼續：「你為什麼要借這個魔女的口攻擊替人超度的上師？」

「我只是講述一個故事，你知道……我只是一個仲肯，一個……」

不等晉美說完，那個袒臂的喇嘛兩掌相擊，發出一聲響亮，說：「攻擊上師，不敬佛法，就是妖異之人！」

剛才那些還被故事裡的真情感動著的人，這時都覺醒過來了。對不敬佛法與上師的人發出了噓聲。這對晉美來說，是一次前所未有的經歷，一個仲肯被聽眾驅逐了。他都起了身，還想分辯，「你們知道，我只是傳達……」喇嘛再次響亮擊掌，晉美只好收拾起行頭自己走路了。

他很害怕，那麼多人做出兇狠與厭棄的表情是令人害怕的。他走在路上還在渾身顫抖，但他決定讓自己不要害怕。於是，他想這是一個神授的故事，是神要他講的，那他就不應該感到害怕。他甚至想到，自己應該返回那個地方，把故事講完——使故事完整是一個說唱人的責任。但他還是缺乏足夠的勇氣，轉過身去，邁開堅定的步子。他繼續快步向前，離開那個地方。他知道自己還在害怕。他恨自己會如此害怕。直到走得很累了，他才在野外一株巨大的松樹下停下了腳步，把身子倚靠在粗大的樹幹上喘氣休息。

他睡著了。他夢見自己還在說：「我害怕。」

但是，沒有人理會他。夢中空空盪盪，誰也沒有出現。作為神的格薩爾沒有出現。作為國王的格薩爾也沒有出現。他醒來，四周寂靜無聲，聽得見一枚枚松針脫離了枝頭，落在地上。這時，他內心已經平靜下來了。講述這個故事是他的命運，那麼害怕又有什麼用處呢？其實，他也聽說過說唱人在一些地方被驅離被指控的故事。理由都是一樣，故事裡那些人的言行有違於佛法，但那都是老一輩說唱人的經歷了。那時，好多地方，寺院有禁令，格薩爾的故事不得進入。難道是自己進入的是一個曾經的禁地嗎？

他又繼續上路了。在下一個小村莊，他對十幾個圍攏來的人把阿達娜姆的故事講完。

嶺國的女將軍死後，靈魂飄飄悠悠，七七四十九天後，被小鬼引到了閻羅殿前。

閻王驚異道：「你這女人真不一般，臉上部是少女相，臉下部卻是個男子漢，口不淨冒著腥臭氣，手不淨血跡未曾乾。上身彷彿烏雲遮，下身還有黑霧盤。」

阿達娜姆感到十分驚異，自從脫離了肉身，自己只是感到自己的存在，卻未曾看見或感到自己有具體的存在。

閻王喝道：「你還敢懷疑我的眼光，你是誰？快快報上名來。」

「阿達娜姆，嶺國王妃，鎮邊大將。」

閻王大笑：「原來是你！看來你在人間並未做多少善事，所以死後才露出原來的妖魔之身！」

「斬妖除魔不是善事？」

「修建鋪路才更有功業。」

「鎮守邊關、庇護百姓不是善事？」

「你所做的盡是殺戮之事，何不生時多多聽聞佛法，供奉上師？」

這時，阿達娜姆的右肩上出現了一個拇指大的白色小人，開口說話：「有威力的閻王，分辨善惡的法王，我是這女人的同來神，她的情形我知曉，她是嶺國女英雄，肉食空行所化身，格薩爾神王的妃子，做過許多大善事，請把她向極樂世界來接引。」

白色小孩剛說完，阿達娜姆的左肩上冒出一個黑色的小孩：「我也是她的同來神，所有底細我知情，她是九頭妖魔的後代，三歲之時就有殺心，殺過多少飛鳥與畜生，殺過權勢崇高的長官，殺過馬上英雄漢，殺過長髮之婦人，如此魔女怎超度，應該墮入地獄遭報應！」

閻羅聽了兩人的話，一時難做決斷，便叫小鬼把上善惡秤來，那把秤的小鬼上來，附耳問阿達娜姆可有禮物奉上，阿達娜姆說自己連身體皆已失去，一魂飄蕩，哪還能有禮物攜帶在身。結果，連秤了十八次，小鬼報給閻王的結果都是此女惡行重於善行。

閻王說：「雖然你也在嶺國做過些善事，但究竟是為魔之時罪孽太重，歸附嶺國入了正道，卻又不尊佛法，輕慢上師，只好判你下地獄去了，等你苦熬五百年，再作區處！」

於是，阿達娜姆的魂魄就被下到地獄去了！

故事：地獄救妻

格薩爾在北方邊境的山頂上火葬了阿達娜姆，然後閉關作法超度，要讓她的靈魂去往西天淨土。

但在一片迷濛中，他得不到關於阿達娜姆靈魂的一點消息。他傳來天上巡行的夜叉，動問阿達娜姆靈魂的去向。夜叉說，好長時間，那靈魂都在邊城四周徘徊不去，就在國王趕來前一天，被閻王治下的負責接引亡靈的小鬼帶走了。

格薩爾叫聲不好，便騎上神馬江噶佩布起身追趕。等追到閻羅殿前時，阿達娜姆已經被下到地獄受苦了。他便在空寂無人的閻羅殿前，大聲喊叫閻羅出來相見。

閻王說：「諸位，這人一叫，空中便現出彩虹，降下花雨，一定是什麼大救主大修行者來到了，還不快去看看！」

鬼卒來到殿上，喝問：「來者何人？」

「快快喚閻王出來，我有話問他！」

閻王在後面聞聲，知道是格薩爾到了，知道是為阿達娜姆的亡魂而來，在後面故意拖延。格薩爾心下煩躁，用一支霹靂箭把閻王的寶座射翻，繼而又拿起水晶劍，猛烈揮舞，將那通往地獄的鐵城門震得搖搖欲墜。閻王從後面轉出來，到了殿前：「看你本來英俊無比，卻讓憤怒扭歪了臉龐。我雖然不知道你是誰，卻知道你這個生人還未到死期。你哪裡來的，就回到哪裡去吧。」

格薩爾本以為他會問明自己的身分，這麼一來，格薩爾如雷貫耳的名字肯定會讓他俯首聽命。但是，閻王偏不問他，只是再次說：「回去享你的陽壽，回你的來處去吧。不然，我會以為你真不想活了，看你的面相，在陽間雖有善業，但殺戮太重，照樣可以把你下到地獄受些煎熬！」

「你敢！我下界斬妖除魔是天神派遣！」

閻王笑了：「原來你是天上的神子崔巴噶瓦，是嶺國的格薩爾王。想不到你以一個國王之尊，行止卻如此粗魯。格薩爾，我知道你的來歷，但你也要知道，在我閻羅王的大殿裡，英雄沒有用武之地，善辯者沒有講話的餘地。你抬頭看看，往上，青天是空的，沒有誰下降來幫你；往前，空寂的大道，沒有誰能給你指引！大神委派我管理這個世界，我從開天闢地時就住在這裡。」

「你不公平，阿達娜姆不該下到地獄。」

「你來晚了，如果你與她同來，為她求情，或許還有得商量，但她既已被判入地獄，不在苦海中煎熬五百年絕對不能超生。」

「求你了，閻王！」

「你還是回去吧，如果你五百年後還沒有忘情於她，就到這裡來迎接她吧。」

格薩爾再次拔劍在手，閻王揮揮寬大的衣袖，被他砍歪的鐵門，就恢復了原狀。閻王笑笑，說：「既然拘來這裡的靈魂都無質無形，我殿裡的東西也不過是些幻影，你如何能用實在兵器毀損它們？你，還是回去吧。」

「難道我的阿達娜姆真要在地獄中待上五百年？」

閻王沒有回答，扶著肩頭送他出門，並在迷霧中送出很遠。格薩爾這才看清，原來閻羅所轄之地是很多的深淵。所謂路就是一座又一座的危橋跨過深淵。閻王一直送到可以遠遠看見陽光的地方。陽光就像一道巨大的簾幕懸掛在遠方，微微動蕩。閻王說：「就到這裡了，格薩爾啊，也許有緣我們還會相見。」

「你是威脅要把我也下到地獄嗎？」

「怎麼會呢？你是天神下界到凡間，神是不會下到地獄的。我的意思是……」

「你是說我還是有辦法救回阿達娜姆？」

閻王搖搖手，做了個諱莫如深、欲言又止的表情，然後，他的身形就消散了。接著，那些深淵上的橋也消失不見，連同那些灰蒙蒙的深淵。格薩爾和神馬江噶佩布正置身於明亮的陽光之下。在死寂的陰間待過一陣後，他的耳朵能聽到陽光在流淌。又在草原上行走了一些時候，格薩爾突然對江噶佩布說：「我感覺，陰間不像人間的國一樣，有一個專門實在的地方。」

神馬說：「那在什麼地方？」

「陽間地方同時也是陰間。」

「就算真是這樣，國王就能救出他的愛妃嗎？」

格薩爾情緒低落：「我只是這麼覺得罷了。」

這時，空中傳來一個清越的聲音：「神子崔巴噶瓦，不只願力強大，在人間斬妖伏魔，還能如此了悟陰陽之道，真幻之變，看來慧根不淺哪！」

聲音若近又遠，舉目四顧，不見發聲之人。一朵五彩的祥雲正從天邊徐徐飄來。觀世音菩薩手持寶瓶，端坐於雲團之上。格薩爾正待翻身下馬，但屁股竟像黏在了鞍上，動彈不得。菩薩笑道：「你已經在心裡禮拜過了。就這樣坐著說話吧。」

「觀音菩薩！」

觀音微微頷首：「你在上天為神時，我們見過。」

「我在嶺國，從廟裡的畫像上見過。」

「我問你，如何要去騷擾閻王？」

「我去救我的愛妃。」

「你那來自魔地的妃子屠戮太多。」

「但她歸順後……」

「這個我也知道。」

「請求菩薩度化於她。」

「哦，我不便干涉閻王的事情，你還是去找蓮花生大師吧，他半人半神的身分，比起我來要行事方便。回去吧，休息一些時候，因為你沖犯閻王，要病倒幾天。病癒之後，再去拜見大師吧。」

說話間，菩薩示現於空中的身影就消失了。

回到王城，格薩爾真的病倒了，身上冷熱交織，四肢痠軟。王子扎拉、眾位王妃、連抱病在身的首席大臣都圍在身邊，他們以為，國王將要回天上去了。

「你們放心吧，我只是累了，需要好好休息一下。我不會用這樣的方式回歸天界的。」格薩爾說，「如果以病懨而死的方式回到天界，那我寧肯不回去。」

他們都崇信國王，於是就都放心退下了。

話雖如此說了，國王心裡也沒有太大把握。於是，他對天禱告：「大神啊，求你不要讓我像凡人一樣病羸而死。我要體面地回到天上。」

空氣輕輕顫動，傳來龍吟一般的雷聲，彷彿是天上大神的應答。

不到一月，格薩爾的病痊癒了。格薩爾對珠牡說，他將前往小佛洲去拜見蓮花生大師。

珠牡問他那小佛洲在哪座深山。

格薩爾回答：「吉祥境離天國更近，離人間更遠。」

往常，格薩爾就在人間各處降妖伏魔，珠牡尚且不捨得他離開。這次，國王要去的地方，已非人間而近於天國。聞聽夫君要去的是一個另外的世界，珠牡只感到一陣劇烈的痛楚，閃電一樣貫穿了身體，從頭頂直到腳底，心臟更像是破碎了一般。她以為這回格薩爾是要歸天去了，當即匍匐在地：「國王出行請帶上珠牡，不然我會心碎而死。」

格薩爾有些不高興了：「為什麼我每每出行，你都要百般阻攔？」

珠牡頓時淚如雨下：「夫君啊，過去我耽於戀情而阻撓你，是我的過錯，但今天，我是怕你一去不返，把珠牡一個人丟在人間。我縱有千般不是，但我真的是深深依戀於你呀！」

格薩爾這才好言寬慰，告訴他此行只是去拜見蓮花生大師，討教將阿達娜姆救出地獄之法。他說：「我此行不知需要多長時間，生母梅朵娜澤出身高貴，卻為嶺國眾生吃盡苦頭，如今年邁體衰，我本該留下日夜侍奉，現在只好請你代我奉茶敬湯！」

珠牡便不再言語了。

格薩爾把首席大臣與眾將軍眾大臣召集起來：「我將往佛法深致之處請教大師，在此期間，不能再有興師討伐之事，獵人要收起弓箭，漁夫要晾乾漁網。切記，切記！」

說完，便化作一道霞光向著西方天空飛去了。

小佛洲位於羅剎國的中心，境內溝深谷險，所有樹木長滿尖刺，石頭都沁出毒汁。世界各處被收服的羅剎都集中於此，上天因蓮花生法力高強，便委他做了羅剎國的君王。格薩爾來到此地有些驚訝，驚訝於蓮花生大師原來統領著如此一個怖畏之地。正在徘徊猶疑間，一個隨侍大師的瑜伽空行母前來導引，把他帶到大師座前。這宮中卻又是另一番景象。四壁明淨澄澈，猶如水晶，猶如光。一種迴環流淌的東西，猶如樂音，猶如馨香。在此情景之中，格薩爾聞到自己身上發出一股惡臭。那是屍橫遍野、血流成河的戰場的味道。那白衣空行母拿一只淨瓶，將慈悲福水傾倒在他的頭頂。一陣清涼過後，他像一株檀香樹發出了異香。大師隨即出現在他面前：「除了我這小小的無量宮，你所見的情景是不是比當年的嶺噶更加不堪？」

「我降生嶺噶之時，那裡已經由大師降伏了不少妖魔，所以……」

「不愧是做著人間的國王，說起話來……」蓮花生大師笑了，「不說了，不說了。當年要是我不生出厭倦之心，哪有你現在這般勞頓的差使。」

「觀音菩薩說你能為我指點迷津。」

「菩薩總是怕我閒著，說吧，你所為何來？」

「閻王判決不公，我來討教救我王妃之法。」

蓮花生大師說：「你再想想，還有什麼事情，只為救那當年的魔國公主，好像不值得跑這麼一趟。你想想，再想想……」大師的聲音低下去，低下去，並從空行母手中接過淨瓶，把瓶水用手指彈到他臉上。

格薩爾聽見自己開口說道：「我還要請教大師，我在嶺國還要住多長時間？在我身後，嶺國的黑頭眾生，如何才能安享太平？」

蓮花生大師作起法來，從他的身上發出了各種顏色的光，各方的菩薩順著那光紛然而至。好些菩薩又從自己身上發出了不同的光，從格薩爾的額頭，從胸膛，從肚臍，從會陰，注入到他的身上。他感到身體輕盈地升起來，同時充滿了巨大而平靜的能量。蓮花生大師從座上起身，擺出金剛般威嚴的舞姿，作一偈歌：

精進之馬常馳騁，
智慧武器掌磨拭，
因果盔甲要護身，
從此嶺噶得安寧！

語畢，諸菩薩和大師的身影便消散了，然後，宮殿和羅剎之國也隨之消散不見。來時，片刻就到，回去的路卻走了整整三天。

格薩爾回到嶺國時，人們已經望眼欲穿。因為只差一個月，他已經離開了三年有餘。嶺國的臣民們都以為他們英明的國王早已回到天國去了。

國王發現前來迎接的人中沒有首席大臣絨察查根的身影，就親自前去看望。

「老臣未能親往迎接，請國王恕罪。」

格薩爾說：「我想你一定是生病了，請御醫看過了嗎？」

「國王啊，老臣沒有什麼病，我只是再也沒有力氣了。他們都以為你不再回來了。我告訴他們，國王一定會回來，我絨察查根一定會先於國王離開嶺國。」

「你怎麼會如此著急呢？」

「不是我著急，我已經一百多歲了。我看到了嶺國的誕生與強大，我捨不得嶺國，但我確實是要離開了。」

幾句話說得格薩爾感到眼眶發熱，抓緊了絨察查根的手不肯放下。

絨察查根笑了：「國王回來時，好像走岔路了。我請人算過你的歸期，你晚回來了整整三個月。天上一日，就是人間一年。地上那三個月時間，我倒想知道，國王去了什麼地方？」

離開首席大臣，國王問神馬江噶佩布：「路上我們還去過什麼地方？」

神馬說：「我沒去，你去了。」

「我去了什麼地方？」

「我沒有問尊貴的主人，後來，你在我背上說夢話，你說你去到了未來。」

説唱人：未來

晉美感到自己在路上行走的時候越來越吃力了。

所以，行走了很長時間，才走出了木雅舊地，來到了康巴大地上，人們對於格薩爾特別崇奉的地方。岩石上一個坑窪，人們說，那是神馬江噶佩布留下的蹄印。嶙峋的岩石突然顯出光滑的一面，人們說，那是格薩爾試刀留下的痕跡。雪山下出現一汪藍色的湖泊，人們也有故事，說是珠牡曾經的沐浴之處。

人們指點給他這些聖蹟時，他沒有過去那麼興奮。他只知道漫無盡頭的行走越來越困難。

那天，當他來到一個鎮子上，他到郵局去了。他需要打一個電話。服務員說，你打吧，電話就在那裡，你打吧。他說，可是我不會打。你從來沒有打過電話?!晉美從身上掏出一張早就變得皺巴巴的名片，那是老學者和他分手時留給他的。老學者說，當你厭倦了漂泊，我要幫助你安定下來，並且留下了這張名片。晉美把這張名片給了服務員。服務員把電話遞給他時，他首先聽到嗡嗡的電流聲，然後，才傳來老學者的聲音：「喂?」

他覺得很難對一個見不到面的人說出話來。

那邊又說：「喂!」

他這才開口：「是我。」

老學者笑了：「這麼快就來找我了。」

「我走路越來越難受了。」

「你該休息了。你的故事裡，故事的主人總是在厭倦，其實那是你自己也感到厭倦了。」

「我沒有厭倦。我只是感到腰背僵硬，走起路來不太方便。」

「真的只是身體不舒服？那就看看醫生吧。」老學者最後囑咐他，不要忘記這個電話。晉美又去了鎮上的衛生院，醫生讓他站在一架機器前，照他的背。醫生說，他的骨頭很健康。他問：「我背上除了骨頭就沒有別的東西嗎？」

醫生問：「你以為背上還有別的東西？」

「一支箭。」他又想起，格薩爾在夢中用一支箭貫穿了他的身體，把他射離了不希望他去的地方。那時，格薩爾對他說，「好好講你的故事，相信你的故事，不要追問故事的真假。」

再次上路的時候，他真的感到了這支箭就在他背上，不但使他頸背僵直，一端還頂在胯間，使他邁動雙腿時格外艱難。他在想，為什麼這麼多年，都沒有感到過這支箭，現在卻讓自己感到了。他望望天空，卻什麼都沒有看見了。這甚至讓他想到了故事裡閻王對格薩爾說過的話，「往上，青天是空的。」青天真的是空的，他什麼都沒有看見。但他還是對一件事充滿了預感。他在心裡說，神啊，你是打算來收回你的箭了嗎？想到這個，不禁使他心生憂鬱：神啊，收回箭時，你也要收回你的故事了嗎？他越來越相信這是一個確實的預兆，神要終結他的使命了。這時，他來到一個三岔路口，來來去去的卡車使那個地方塵土飛揚。他向人打聽，三條路分別通往哪裡？

有人指給他最僻靜的那一條：「仲肯，這一條是你的路。這條路通往阿須草原。」

阿須草原，傳說中的格薩爾王的出生之地。這讓他再次抬頭看了看天空。他在毫無準備的時候，來到了這個地方。他想，這與感到貫穿在身上的箭一樣，肯定是命運的安排，而不是出於偶然。他蹣跚著上路了，去往那個英雄誕生的地方。因為行走艱難，他在草原上露宿了一個晚上。聽著那條叫做雅礱的江水在耳邊奔騰，看著滿天閃爍的星斗，他想，也許這個夜晚，夢境中會有人出現。他想，會是哪一個呢？是天上的神，還是那個人間的國王？早上，他醒來，知道自己什麼都未曾夢見。當他重新邁步，摸不著看不見的箭還別在他身上，讓他難受，讓他步履維艱。

就這樣，他在夕陽西下時來到了阿須草原。寺院旁的草地上，喇嘛們在活佛指導下排演藏戲格薩爾王。年輕喇嘛們換上了華麗的裝束，用彩筆描過了臉面，在有節奏的鼓聲中絡繹上場。一些扮作神仙的人翩翩起舞，格薩爾金盔金甲，被簇擁在中央。晉美問：「這是哪一齣，國王歸天？」

活佛說：「這是英雄的誕生之地，人們最愛看英雄降生。格薩爾從天上看見下界苦難，準備降臨人間。不過，如果你要演唱國王升天，我可以替你做些安排。」

「活佛怎麼知道……」

活佛沒有摘下深色的眼鏡，但他還是感到銳利目光落在身上：「仲肯啊，你的身上散發出來了一種味道。」

「一種味道？」

「終結的味道。」

「我要死了嗎？」

「我感到了故事的終結。你願意在這裡演唱英雄故事的終結篇章嗎？」

「看來就是這個地方了。」

直到太陽落山，最初的星星跳上天幕，戲還沒有演完。

晚上，活佛吩咐人照顧了他的飲食，又請他去喝茶說話。晉美告訴活佛，在另一個地方，因為他演唱了故事裡阿達娜姆臨終時對僧人不敬的話，他就被那裡的喇嘛們驅逐了。活佛笑笑，沒有說話。活佛說：「你真的準備要演唱那終結的篇章了嗎？」

晉美說：「我走不動路了。」

兩人又交談了一些時候，談到好多仲肯都不會輕易演唱英雄故事的最後一齣。因為好多仲肯演唱完最後一齣，故事就會離開他們，好像是因為神授的使命已經完成了。

活佛糾正說：「不應該說完成，而應該說圓滿。」

這時，晉美又猶豫了。他告訴活佛，如果他現在不演唱，把故事帶到城裡去，全部錄了音，國家就讓他過上衣食無憂的生活。活佛有一種力量，讓他說出心裡埋藏的話。他對活佛講了那個女說唱人的故事。講他們在廣播電台的相識，講不久前的相遇，他甚至講到了她的金牙，講告別的時候，老太婆如何要他親吻。這時，他笑了：「她在錄音帶裡的故事也不完全，貓把一盤帶子搞壞了，她卻不能回頭補錄那缺失的一段了。」

後來，兩人陷入了沉默，只是坐在寬大的露台上看東方天空中破雲而出的月亮。

活佛起身送他時，說，明天的天氣，既適合繼續演戲，也適合他演唱。

這天晚上，他還是什麼都沒有夢見。

第二天都快中午了，他還沒有拿定主意是不是要演唱。喇嘛們繼續排演戲劇的時候，活佛又來邀他去看廟中新修的格薩爾殿。活佛帶著他從樓上開始，裡面陳列著許多格薩爾像。畫在畫布上的，刻在石頭上的，騎馬馳騁的，張弓射箭的，揮刀劈妖的，與美人嬉遊的。然後是一些實物，馬鞍，盔甲，箭袋，鐵弓，銅刀，法器。這些都是活佛從各處搜集的。活佛聲稱這些都是格薩爾在人間用過的實物。活佛再次糾正了他的用詞：「不是搜集，是掘藏。這些寶物，都是格薩爾有意留下，讓有緣人作為寶藏來開掘的。」晉美眼睛不好，他請求活佛允許他撫摸這些東西。活佛應允了。那些東西冰涼堅硬，沒有任何信息傳導出來讓他判定真偽。

兩人又來到樓下，那是一個大殿。

這個大殿光線昏暗，但晉美卻看見了，正面中央，是格薩爾的金身塑像，輔佐他成就大業的手下，嶺國眾英雄排列兩廂。晉美一個一個叫出了他們的名字。絨察查根、王子扎拉、大將丹瑪、老將辛巴……姜國王子玉拉托琚、魔國公主阿達娜姆……還有英年早逝的嘉察協噶……唸到這個名字的時候，晉美好像感到大殿震動了一下。他又叫了一聲這個名字，卻又什麼動靜都沒有了。

最後，他來到格薩爾面前。他看到，這個形象不是他夢中所見的那個人間國王，而是他在天上的那種形象。那樣的威嚴，那樣居高臨下。這個金光閃閃的塑像是神，是他故事的主角，更是他的命運。面對這個塑像，他心情複雜，便叫了一聲：「雄獅大王啊！」

這時正是格薩爾騎著江噶佩布回到王城的路上。他好像聽到這聲呼喚。於是，他在馬背上挺直了身子。這回他聽得更真切了：「我的命運我的王！」

他知道，這是說唱他故事的那個人。他凝神諦聽時，身子已經懸空而起，江噶佩布卻毫無知覺，繼續向前。格薩爾聽到晉美說：「你不是一直想知道故事最後的結局嗎？這個時刻來到了。」

他不只聽到了說唱人的聲音，還感到了他的淚水。這一分神，他就來到了千餘年後的阿須草原，來到了他的未來。虛空中不會分出任何一條岔路，所以神通廣大的國王也不知道如何就來到了這個陌生的時間節點。但他看到了熟悉的河山。看到了出生之地，也是嶺國創下最初基業的阿須草原。他在這裡看到了草地上紅衣的喇嘛們奮力鼓吹著銅號，搬演他從上天下界的篇章。然後，他在新建的廟宇裡看到了自己的塑像。他想那可能是回到天上後的形象。他看到了，那個說唱人正用額頭碰觸著那塑像腳上的靴子。

晉美正在發問：「你要我結束掉故事了嗎？那麼，請你把放在我身上的東西拿掉吧。我老了，背不動如此神物了。」

他忍不住問了：「什麼東西？」

「神啊，你把別在我身上的箭忘記了嗎？」

「箭？」

「箭。」

活佛感到了異樣：「你說什麼，我沒有聽清。」

晉美轉過臉來笑笑：「我在求神的憐惜。」

後來，活佛對人說，他親眼看到神像抬起手來，在晉美仲肯的頸背上輕拂了一下，這時，就聽得噹啷一聲，一支鐵箭掉在了地上。後來，這支箭成了他樓上那個房間裡陳列的最最重要的寶物。

這時，晉美感到故事開始離開。那是一陣風在吹，像風吹沙塵，故事就這樣飛到天上。他知道自己必須抓緊演唱。草地上英雄降生的故事還沒有演完，他卻抓起了六弦琴，穿戴上整齊的行頭，步入場中開始演唱英雄歸天。演戲的人們退下去，加入到聽眾之中，屏息聆聽傳奇故事的最後一幕：英雄歸天。

晉美終於在故事全部飄走之前，把那個最終的結局演唱出來了。活佛命人錄下了他最後的唱段。當唱完最後一句，他的腦子就已空空如也，都忘記了望望天上，看那人間的國王是否還在附近盤桓。

失去故事的仲肯從此留在了這個地方。他經常去摸索著打掃那個陳列著嶺國君臣塑像的大殿，就這樣一天天老去。有人參觀時，廟裡會播放他那最後的唱段。這時，他會仰起臉來凝神傾聽，臉上浮現出茫然的笑顏。沒人的時候，他會撫摸那支箭，那真是一支鐵箭，有著鐵的冰涼，有著鐵粗重的質感。

故事：雄獅歸天

格薩爾離開的三年多時間裡，格薩爾的生母梅朵娜澤也去世了。

一回到宮中，珠牡就哭倒在他的面前，告訴他梅朵娜澤媽媽辭世的消息。格薩爾嘆息一聲說：

「我只想知道媽媽的靈魂去往了哪裡。」

珠牡一臉茫然，不知道如何回答這個問題。她不知道格薩爾並不期望她做出回答。從小佛洲歸來，經過蓮花生大師的開導，諸菩薩的加持，他的神通已非同一般。他一起念，便喚來了閻王治下的勾魂使者。他被告知，梅朵娜澤媽媽也被下到地獄了。於是，他再次來到閻王殿前：「你這個是非不分的閻王，我母親一生慈悲憐憫，你竟然把她也下到了地獄！」

閻王走下寶座：「威震人間的雄獅大王，雖說你是領天命下界斬妖除魔，並不能因此消弭你殺戮的罪孽，再說，哪一次戰爭不誤傷眾生，使百姓流離失所？」

「那是我的罪過，不是我母親的罪過！」

「可是誰能把你下到地獄？因果循環，只好讓你母親代你受過！」

格薩爾感到憤怒難當，再次揮起寶劍一陣亂砍，但是劍鋒過處，無論殿上物件還是閻王鬼卒，都沒有絲毫毀傷。這時，格薩爾才想到拜見蓮花生大師時賜他的密咒，便收劍默誦，這時，閻王隱去了。通往地獄的生鐵大門訇然打開，輔助閻王的判官隨他下到地獄尋找母親與阿達娜姆。在一重重的地獄中，格薩爾見到成千上萬忍受著痛苦煎熬的靈魂。但是，他的母親不在他們中間，阿達娜姆也不在他們中間。墮入地獄的靈魂太多，以至於重重疊疊，擠滿了所有的空間，連去到下層地獄的通道都堵得嚴嚴實實。焦急憤怒的格薩爾再次舉起了寶劍。

判官道：「你已經知道陽世的刀劍在此並無什麼用處。」

「可是我要知道怎麼打開通道找到我母親！」

「這個不難，你就把他們都超度了吧。」

「母親都為我下了地獄，難道我還能超度了他們？」

「大王有所不知，雖然你有罪孽在身，但你善德更多，足以把他們都超度了。」

格薩爾在地獄中看到了靈魂所受的折磨遠超過他們在人間犯下罪孽的百倍千倍，這種念頭立即激發了他的憐憫之心，立即向蓮花生大師、觀音菩薩和西天諸佛強烈祈禱，祈求在六道輪迴中備受煎熬的眾生得到解脫，往生西方淨土。

祈禱剛畢，那些靈魂便脫離了暗無天日的地獄，輕盈上升，飛往了西天淨土。在這些靈魂中，格薩爾寬慰地看到梅朵娜澤媽媽和阿達娜姆的靈魂也飛升起來，超脫了六道輪迴，徐徐升天。只是此時，他認得出她們，而她們卻認不出他了。她們只是上升，上升，直到在一片天光中消失不見。

閻王又出現了。

「我特地來向你道謝。好多好多年了，沒有善德巨大者出現來超度眾生，地獄裡早已人滿為患。至少以後的一千年，我不必操心沒有地方接納新來的靈魂了。」

格薩爾有一個疑問，前次來連自己的妃子都救不了，這次卻連擠滿了地獄的所有靈魂都拯救了。

閻王搖手道：「這個問題，以後你去問蓮花生大師吧。」

格薩爾便騎神馬奔回嶺國。剛剛抵達王城，國王剛剛翻身下馬，不等人取下身上的鞍具，神馬便奔往放牧在山上的馬群去了。而他剛剛下馬，就得到首席大臣讓人轉告給他的一個口訊：「我夢見在嶺國的神山上，鷂鳥的羽毛被風吹動了。如果羽毛掉落下來，請金翅鳥憐憫護持。」

國王知道，這是絨察查根在陽間的大限到來了。他立即趕到了首席大臣的病榻之前。嶺噶眾英雄與王子扎拉也都聚集到了首席大臣跟前。絨察查根見到國王到來，黯然的眼睛裡又泛出了光彩：「格薩爾，允許我不稱你國王，稱你親愛的姪兒吧，因為我就要離開你們，離開嶺國了。」

「叔父，有什麼話就儘管吩咐吧。」

「無論你在天上是什麼神靈，但在人間，你都是我親愛的姪兒。嶺噶長仲幼三系代代相傳，沒有人得到過超過我的幸運與榮耀，那都是因為追隨了你，嶺國偉大的國王！我離開之後，眾人都不必悲傷。我不是死亡，是幻化。我最後的心願就是嶺國的偉業傳之久遠，嶺國的百姓永享安康！」

說完這些話，首席大臣就昏迷了。格薩爾和眾人就環繞著病榻，陪他度過在人間的最後時刻。天色將亮時，首席大臣又醒來了，他依戀而欣慰的目光拂過一個又一個朝夕相處的人們的臉龐。太陽照亮神山積雪的晶瑩的山尖時，他的臉上浮現出一絲微笑，吐出了在人間的最後一口氣息。此時天空中瀰漫開虹彩的光芒，虹光中出現了一匹白馬，徘徊一陣，便隨虹光一起消失了。人們轉臉再看病榻時，絨察查根的肉身已消失不見，只餘下一身衣裳，還殘留著人身淡淡的溫暖。

格薩爾掐指一算，自己下界已經八十一年了。自己在人間的功業已經完成，該是自己回歸天界的時候了。於是令從王宮中拿出各種財物，任全國各地百姓與長官集會宴樂。在王城四周，也召集起眾多百姓，美食歌舞，盡情玩樂。如此大宴三天，才命人召王子扎拉來見。王子獻上長壽哈達，請求道：「國王既是天神下界，不像我等凡人受陽壽所限，如今嶺國大業甫成，祈求國王長駐人間。」

嶺國上下，無論長官與百姓都齊聲挽留，懇請國王留駐人間，繼續庇佑蒼生百姓。

格薩爾作歌而唱：

大鵬老鳥要高飛，
是因為雛鵬雙翅已強健了。
雪山老獅要遠走，
是小獅的爪牙已鋒利了。
十五的月亮將西沉，
是東方的太陽升起來了。

國王還當眾宣布，自己歸天之後，嘉察協噶的兒子，格薩爾的姪兒扎拉，就是嶺國之主，並把王子扎拉親手扶上了寶座。

「扎拉我的好姪兒，嶺國的過去我有交代，嶺國的未來你莫心焦。危害嶺噶的眾魔已降伏，變作嶺噶護法神。」最後，格薩爾把晁通的兒子東贊叫來，當面囑咐兩人，「晁通叔父的靈魂我已經超度到西方淨土，他在人間的是是非非已經了結。再說，達絨家還有東郭為嶺國大業獻出了生命。扎拉啊，你要善待東贊兄弟。東贊啊，你要敬重扎拉兄長！」

兩兄弟執手相擁，表示要相親相敬，生死與共。

與此同時，神馬江噶佩布在馬群中長嘶三聲，眼中流出了淚水。牠知道，自己與主人回返天界的時刻已然來到了。那些一起驅馳四方、出入戰場的寶馬們都聚攏過來——美麗白蹄馬、白毛寶珠馬、火焰赤幟馬、千里夜行馬、紅鬃鷹眼馬、青毛蛇腰馬，都來了。

江噶佩布收淚開言：「同馳過無數大道的夥伴們，並肩衝鋒過的朋友們，我的主人將歸天界，我江噶佩布也將追隨主人而去。今天，我把身上鞍韉留給王子扎拉的好座騎，願大家與英雄主人一起傳美名！」說罷，長嘶一聲，升上了天空。

格薩爾箭袋中的火焰霹靂箭也豎起了身子，對眾箭作別：「我隨大王歸天界，眾箭兄留在嶺國鎮敵軍，如若再有烽煙起，我再來與眾兄相聚！」

說罷，不借弓弦之力，向天上飛去。

與格薩爾一同下界的斬魔寶刀也離了鞘，對眾兵刃作別道：「我等鋒利者，對外鋒芒寒，對內要默然，一旦嶺國遭侵犯，亮出利刃去迎戰！」

說罷，一道紅光閃過，寶刀繞所有兵器環行一圈，也飛到了天上。

當下就有人來報告格薩爾，他的寶馬、寶箭和寶刀都已騰身起飛了。格薩爾與眾人抬眼望去，見那寶箭、寶刀與寶馬正盤桓於天空，似乎有所等待。格薩爾最後與嶺國作別：「隨我下界的神馬與兵器已升上天空，我該返回天界了。」並最後一次用法力加持了嶺國的大地與眾生。嶺國上下，雖然十分不捨，但知天命如此，便齊聚起來，懷滿心的虔敬，目送雄獅大王返歸天界。

當此之時，春雷般的隆隆雷聲滾過，天門隨之打開。格薩爾在天上的父親與母親，以及十萬天神都出現了，他們都來迎接大功告成的神子崔巴噶瓦返回天界。眾神現身之時，悅耳的仙樂響徹四方，奇異的香氣滿布世界。一條潔白的哈達從天上直垂地面，格薩爾緩緩向那條天路走去，珠牡與梅薩陪伴在他的左右，登上天路時，他們再一次回首，以無比眷戀的目光最後一次環顧嶺國的山脈與江河，最後一次環顧嶺國眾生。然後，彩雲環繞著他們上升，上升，他們的身影升入了天庭後，天空降下了陣陣花雨。

格薩爾返回了天界，他也再未返回人間，只留下英雄故事至今流傳……

當代名家·阿來作品集1

格薩爾王

2011年2月初版　　定價：新臺幣390元

著者　阿來
發行人　林載爵

出版者　聯經出版事業股份有限公司
地址　台北市基隆路一段180號4樓
編輯部地址　台北市基隆路一段180號4樓
叢書主編電話　(02)87876242轉203
台北忠孝門市：台北市忠孝東路四段561號1樓
電話：(02)27683708
台北新生門市：台北市新生南路三段94號
電話：(02)23620308
台中分公司：台中市健行路321號
暨門市電話：(04)22371234ext.5
高雄辦事處：高雄市成功一路363號2樓
電話：(07)2211234ext.5
郵政劃撥帳戶第0100559-3號
郵撥電話：27683708
印刷者　世和印製企業有限公司
總經銷　聯合發行股份有限公司
發行所：台北縣新店市寶橋路235巷6弄6號2樓
電話：(02)29178022

叢書主編　胡金倫
封面設計　黃子欽

行政院新聞局出版事業登記證局版臺業字第0130號

本書如有缺頁，破損，倒裝請寄回聯經忠孝門市更換。　ISBN 978-957-08-3758-2 (平裝)
聯經網址：www.linkingbooks.com.tw
電子信箱：linking@udngroup.com

國家圖書館出版品預行編目資料

格薩爾王/阿來著．初版．臺北市．聯經．
2011年2月（民100年）．488面．14.8×21公分
（當代名家·阿來作品集1）

ISBN 978-957-08-3758-2（平裝）

857.7　　100000475